AZRAM,
LE DÉMON DES PROFONDEURS

W0366708

COLLECTION TERREUR

dirigée par Patrice Duvic et David Camus

MARC MOULY

AZRAM, LE DÉMON DES PROFONDEURS

ROBERT LAFFONT

Si vous souhaitez recevoir régulièrement
notre zine **« Rendez-vous ailleurs »**, écrivez-nous à :

« Rendez-vous ailleurs »
Service promo Pocket
12, avenue d'Italie
75627 PARIS Cedex 13

PRESSECO
PAPIER RECYCLÉ
NATURE PROTÉGÉE

Le Code de la propriété intellectuelle n'autorisant, aux termes de l'article L. 122-5, (2e et 3e a), d'une part, que les « copies ou reproductions strictement réservées à l'usage privé du copiste et non destinées à une utilisation collective » et, d'autre part, que les analyses et les courtes citations dans un but d'exemple et d'illustration, « toute représentation ou reproduction intégrale ou partielle faite sans le consentement de l'auteur ou de ses ayants droit ou ayants cause est illicite » (art. L. 122-4).
Cette représentation ou reproduction, par quelque procédé que ce soit, constituerait donc une contrefaçon sanctionnée par les articles L. 335-2 et suivants du Code de la propriété intellectuelle.

© Éditions Robert Laffont, S.A., Paris, 1999.

ISBN 2-266-10031-9

Pour Éva

PROLOGUE

Le vent et la nuit étaient ses alliés. Il s'approcha du cimetière. Sa voiture était garée à huit cents mètres de la clôture, sous un bouquet d'arbres fleurant bon la résine et l'air marin, à l'abri des regards. Il était seul. « Du gâteau », pensa-t-il, en marchant à travers les fougères perpétuellement mortes et perpétuellement vivaces qui entravaient sa route.

Son pas était lourd et précis, silencieux grâce à l'humidité qui imprégnait la flore. On lui avait expliqué la mission. Il était paré. Ses chaussures de sport ne glissaient pas sur l'herbe mouillée, sa veste de toile le laissait libre de ses mouvements, tout en le protégeant du vent qui tordait son catogan, pourtant si bien arrangé avant de partir. Il balançait au bout de son bras sa boîte à outils, rythmant sa marche vers le vieux mur. Pour un peu il se serait mis à siffloter.

Le ciel était clair, trop clair sous la lune. On lui avait pourtant dit qu'en cette saison il ne risquait rien, que les nuages étaient toujours là, et que personne ne pourrait le distinguer à moins de dix mètres. « Bah ! Rien à foutre ! »

De toute façon il n'y avait personne dans ce coin, un trou paumé, entre ciel et mer, loin de tout. Il s'arrêta à quelques mètres du mur, protégé par la lisière d'un bosquet. Ses yeux, bleus dans la lumière du soleil, incolores dans la clarté lunaire, regardèrent lentement autour de lui. Le mur était à quelques mètres, franchissable en quatre enjambées maximum.

– Du gâteau ! répéta-t-il entre ses dents.

D'un seul coup les nuages attendus cachèrent la lune. La nuit devint noire, le mur et le ciel se confondirent. Il se redressa, respira un moment l'air iodé, écouta une dernière fois la nuit. Le cri d'une mouette le fit presque sursauter. Il sourit. Au petit trot ! Arriver près du mur, reconnaître le terrain, s'accroupir, respirer sans bruit. Il y était.

Il s'élança et grimpa comme une araignée sur le mur, parvint sans encombre au sommet. Des bouts de verre, coulés dans le ciment, lui écorchèrent les mains. Il allait sauter lorsque la lune réapparut. Une lumière laiteuse le figea là-haut, perché au niveau des branches. Il sauta. La douleur faillit lui arracher un cri, mais son entraînement l'aida. Plutôt que de hurler il roula sur lui-même et s'immobilisa en silence. Danger ! Sa tête lui faisait mal. Qui l'avait frappé ?

Il retint sa respiration, serra la boîte à outils de sa main gauche et regarda autour de lui.

Des tombes l'entouraient. Il était tombé sur le socle de l'une d'elles, et sa tête avait heurté la base d'une croix de pierre, rongée de mousse, qui s'élevait comme des bois de cerf au-dessus de lui. Il faillit éclater de rire : des tombes, dans un cimetière, quoi de plus normal.

Il se releva et reprit son chemin. Le caveau qu'il cherchait n'était plus qu'à quelques mètres. Il le repéra assez facilement : l'alignement des croix le guidait selon le plan qu'on lui avait donné. Repérer le plus grand Christ, s'orienter au nord, vers la mer, et suivre ensuite les allées encombrées d'herbes folles. Gauche, gauche, droite, face, gauche enfin pour arriver au but. Il marchait courbé, invisible derrière ces croix aux ombres protectrices. Le cri des mouettes salua son arrivée. Le caveau était devant lui.

Il y avait une grille rouillée. Il s'approcha doucement, s'accroupit et attendit. Rien, sinon le silence de la nuit, et toujours le bruit du vent. L'homme respira profondément. Il pouvait commencer.

Il sortit de sa poche des gants de chirurgien qu'il enfila en jurant. La fine peau de plastique ravivait la douleur de ses égratignures. Mais ses commanditaires avaient été formels : ne laisser aucune empreinte. Il ouvrit la trousse et sortit une pince. La vieille serrure rouillée n'allait pas être commode. Elle céda plus vite qu'il n'avait prévu. Il tira vers lui la lourde grille d'entrée dont le grincement le fit sursauter. Un escalier en pierre, moussu et glissant, descendait en tournant de quelques mètres sous terre. Au-dessus de l'homme un rayon de lune vint éclairer la lourde façade du caveau, dévoilant un instant les inscriptions qui l'avaient guidé : le nom de famille, écrit en lettres gothiques, à peine effacées par le temps, l'obligatoire croix, des saints au visage torturé. L'homme n'avait jeté qu'un bref coup d'œil à la façade – il voulait simplement être certain qu'il avait trouvé le bon caveau. Il n'avait pas remarqué qu'au-dessus de la croix, ainsi qu'à chacune de ses extrémités, était gravée dans la pierre une flamme. On aurait dit que la croix brûlait. Il n'avait pas remarqué, non plus, les signes qui entouraient le fronton, des signes bizarres et torturés, qui n'avaient rien à voir avec la religion catholique.

La porte du caveau lui donna beaucoup plus de mal que la grille. Il dut se résoudre à scier le pêne, suant et jurant pendant une demi-heure. Il pensa qu'il avait mérité les cinquante mille francs qu'on lui avait promis. Enfin, il put pénétrer dans le caveau. Trois marches de pierre l'amenèrent sur un sol pavé, dans une obscurité totale que perçait difficilement sa lampe torche. L'air était humide et lourd, une odeur de moisi lui piquait les narines. Il balaya la pièce avec son pinceau de lumière, révélant les cercueils de ceux qui reposaient là depuis des siècles. Certains, en bois, étaient mangés de moisissure et ce qui avait été gravé sur leurs flancs disparaissait dans une poussière verdâtre. D'autres, en pierre, étaient recouverts par endroits d'une mousse noirâtre qui soulignait dans la lumière crue de la lampe les inscriptions gravées autrefois. S'il avait été plus curieux, ou plus instruit, il aurait pu reconnaître les mêmes signes que ceux qui cernaient le fronton. Il aurait pu également noter qu'aucune croix n'ornait ces cercueils, si ce n'est, à la base de chacun d'eux, la croix enflammée qui trônait sur la façade de la crypte. Mais l'homme n'était pas là pour voir des boîtes à squelettes. Il n'avait peur ni des fantômes ni des esprits démoniaques. La seule chose qui lui importait était le mur du fond : sa lampe l'éclaira. Il allait devoir enlever une dizaine de pierres, ses commanditaires l'avaient prévenu. Il sortit un marteau et un burin de sa trousse, cala sa lampe et se mit au travail.

« Le moment de gagner mon fric », pensa-t-il en attaquant le mortier.

Il lui fallut une heure avant de la *trouver. Plusieurs briques de granit reposaient à ses pieds et la sueur coulait sans discontinuer de son front et de ses tempes, l'obligeant à éponger d'un revers de la main cette eau salée qui lui brouillait la vue. Il dégagea la pierre du mur en s'arrachant une fois de plus les ongles, malgré les gants de chirurgien qui collaient douloureusement à sa peau. Le sang tachait de brun les extrémités de ses doigts, boursouflant la fine pellicule qui enveloppait ses mains.*

Jusqu'à présent les pavés qu'il avait descellés ne découvraient qu'un mur gris de terre humide, mais celui-là était le bon. La pierre lâcha d'un coup, dévoilant un trou noir dont il ne voyait pas le fond. Il engagea la main, puis le bras dans l'excavation. Accroupi, le cou tordu par l'effort, il finit par sentir sous ses doigts une boîte en métal qu'il ramena dans la lumière de sa torche. Une boîte noire avec quatre pattes fourchues et fermée par un cadenas en forme de losange – un truc qu'il n'avait jamais vu et pourtant il s'y connaissait en serrures ! Toutes les faces étaient lisses, sauf le couvercle sur lequel était gravée une croix enflammée. Il se souvint du nom qui lui était apparu sur la façade du caveau : Famille ducale de Lauclay. Eh bien, si le duc de Lauclay aimait les croix en feu, tant mieux pour lui !

Il souleva la boîte qui lui parut très lourde, trop lourde même pour son volume. « Putain ! C'est rempli de plomb... » Il ne lui fallut pas plus de cinq minutes pour ranger ses outils, remettre, d'une façon plutôt artistique jugea-t-il, les pierres enlevées du mur et effacer les traces. Un examen minutieux aurait certainement dévoilé son passage, mais qui viendrait dans ce trou perdu, au fond d'un cimetière perdu ?

Il referma la grille, remonta les marches glissantes et bloqua la porte du caveau. Dehors le vent hurlait, la mer grondait et la lune était cachée pour un bon moment. Quelques minutes plus tard il avait retrouvé sa voiture et démarrait, n'allumant ses phares qu'après avoir rejoint la route côtière qui passait loin du cimetière.

« Du gâteau, parfaitement », pensa-t-il en accélérant dans la nuit pluvieuse.

La route était facile, personne ne le suivait. Il s'était arrêté à la sortie d'un virage, phares éteints, et, pendant dix minutes, avait observé le ruban désert. Aucun véhicule n'était apparu. « Le contrat est dans la poche ! » Il arriva dans un petit village et ralentit afin de se repérer.

À côté de lui, à la place du passager, la boîte de métal brillait sous la lune. Encore quelques virages et sa curiosité se fit plus forte. C'était si lourd, comme une bourse bien remplie. Un trésor ?

A priori, cela ne le regardait pas. Il avait été payé (« Et bien payé ! ») pour piquer cette boîte et la remettre à qui de droit. Mais il avait toujours été trop curieux – sa mère le lui avait reproché pendant ses quinze premières années. Jusqu'à ce qu'il la quitte pour toujours.

Il s'arrêta dans un bois sombre et protecteur. La petite route sinueuse se détachait mal dans la noirceur de cette nuit de mai. Tranquille, cool man. *Il saisit la boîte luisante aux angles vifs et regarda longuement le cadenas en forme de losange. Facile à forcer. Il sortit un tournevis de sa boîte à gants, l'enfila dans l'anneau qui enserrait le cadenas. Il s'arrêta. « Rapportez la boîte intacte. Ne cherchez pas à l'ouvrir. Surtout pas ! » avaient-ils dit. S'il la forçait, c'était la moitié de ses gains qui s'envolaient. Ces pingres lui avaient dit : « Moitié maintenant, moitié à la livraison. » Il la contempla longuement, plein d'obscurs désirs. Il posa le tournevis sur la place du passager et sourit. «* Cool man, *très cool. »*

Il ne lui fallut pas plus de cinq minutes. Les serrures, il connaissait ! Le losange rouillé rendit l'âme. Le couvercle se souleva sans bruit. Curieux, pensa-t-il, depuis le temps qu'elle est dans sa niche humide. Il regarda le trésor et fut déçu. Un livre et une bague, rien d'autre. Il feuilleta le livre à la couverture épaisse, uniquement décorée de la croix enflammée. Du charabia, des lettres qu'il ne connaissait pas. « En tout cas ce n'est pas de l'arabe », murmura-t-il en le refermant d'un coup sec. Il prit la bague et l'examina. Très belle, en argent sans doute. Lourde dans la main. C'était un anneau, un simple anneau très épais avec un renflement en forme de demi-sphère. L'homme grogna en le faisant tourner dans ses mains. Qu'est-ce qui avait de la valeur dans ce coffre ? Pas la bague. Même en argent massif, elle ne devait pas valoir tant que ça. Le livre ? Là, il ne savait pas. Cette écriture bizarre recelait peut-être des secrets. Il le parcourut une dernière fois – cela ne lui disait rien. Rien de rien. Il le remit dans la boîte de métal noir (« Quel drôle de métal... ») et s'apprêtait à poser la bague lorsqu'une idée saugrenue lui vint à l'esprit. « Et si elle était magique ? » Il sourit dans la lumière tamisée de sa voiture et passa l'anneau au majeur de sa main droite.

– Putain, c'est génial !

Elle lui allait à ravir. Il se sentait bien, tellement bien avec ce truc au doigt. « Cette bague est faite pour moi », se dit-il en regardant sa main. Ce fut sa dernière pensée heureuse.

Il se mit à hurler.

1

– Allons, poussez !... Poussez... Respirez... Voilà, c'est très bien. Poussez encore, il vient ! Arrêtez et respirez, arrêtez et respirez.

La voix de la sage-femme était ferme et douce. Professionnelle. Hélène Staup connaissait son métier. Depuis trente ans qu'elle l'exerçait, cette vieille fille de plus de cinquante ans avait mis au monde des milliers d'enfants. Donc, tout allait bien : la future maman, Sarah Duguet, était jeune et saine. La grossesse s'était bien passée, l'échographie ayant montré que cela allait être un garçon, mais la mère n'avait pas voulu le savoir à l'avance.

Pour l'instant Sarah faisait la respiration du petit chien, haletant régulièrement comme elle l'avait appris aux cours de préparation. Malgré la souffrance qui déformait son visage en sueur, malgré le bruit ridicule de sa respiration saccadée, elle restait belle, très belle même, avec ses grands yeux bleus et sa chevelure noire collée à son front et à ses tempes. Hélène l'envia un bref moment, elle qui avait les traits secs, la fesse plate et l'air revêche depuis son adolescence. Si seulement elle avait pu avoir autant d'orgasmes qu'elle avait mis au monde d'enfants ! Mais les propositions avaient été rares et plus rares encore les fois où elle avait accepté, plus par curiosité que par désir. Plusieurs fois déçue, elle avait décidé que l'amour physique n'était pas pour elle. Elle, elle était faite pour mettre au monde, pas pour être fécondée. L'anesthésiste (Sarah avait demandé une péridurale) était près de la porte, restant là plus pour voir le mystère de la vie que par obligations professionnelles : la naissance était imminente et le bébé se présentait bien.

« Alors, qu'est-ce que le Dr Reynal fout là ? » se demanda la sage-femme une fois de plus. Car il y avait un quatrième personnage dans la pièce. Immobile dans sa blouse blanche, son crâne presque chauve luisant sous la lampe, il se tenait près de la parturiente depuis le début du travail. Il n'avait pas dit un mot mais son regard était attentif. « Il est là parce que c'est sa patiente favorite », pensa-t-elle avec un sourire. Toutefois sa présence la gênait. Comme s'il la surveillait, elle, la sage-femme la plus expérimentée de la clinique ! Sarah poussa un cri et releva la tête. Une nouvelle série de contractions.

– C'est bien, dit Hélène. Poussez, poussez ! Je vois la tête qui apparaît.

Au-dessus d'elle, elle sentait le regard concentré et presque anxieux du Dr Reynal. Il semblait fasciné. Comme s'il n'avait jamais vu d'accouchement, lui, l'obstétricien en chef de la clinique. Quelque chose ne tournait pas rond. Reynal regardait le col de l'utérus se dilater, tandis que Sarah, poussant un dernier cri, se laissait retomber en arrière.

Hélène estima que c'était presque fini, mais elle leva la tête vers Reynal :

– Épisiotomie ?

Il acquiesça sans un mot. Ça aussi, c'était bizarre. Sans être un adepte forcené de l'accouchement « naturel à 100 % », il évitait toute intervention, même bénigne dès que cela ne lui semblait pas nécessaire.

– Ne vous inquiétez pas, madame, c'est presque fini.

Hélène fit rapidement une piqûre d'anesthésie locale, et attendit une minute. Sarah, épuisée, respirait la bouche ouverte et les yeux fermés. Puis Hélène sectionna le périnée d'un mouvement précis et rapide. Deux petits coups seulement. « On aurait dit que vous découpiez ma femme comme un poulet », lui avait avoué un père après l'accouchement.

– Cela va venir tout seul, maintenant.

Sarah, qui n'avait pas bronché pendant qu'on la charcutait, ouvrit les yeux et eut un faible sourire qui se transforma vite en grimace.

– Aïe ! cria-t-elle, tandis qu'une nouvelle série de contractions la reprenaient.

« Mais maintenant c'est gagné », pensa Hélène. Elle prononça à nouveau ses encouragements et bientôt elle vit la tête du bébé apparaître, couverte de mucosités. Une minute après, il était né.

L'enfant ne réagit pas au début, comme s'il était étonné de se retrouver dans le monde. Puis il vomit du liquide, agita ses petits membres et poussa son premier cri.

– C'est un garçon ! dit Hélène en posant le bébé gluant sur le ventre de Sarah.

Le Dr Reynal semblait toujours aussi fasciné. Sarah serra contre elle son nouveau-né et sourit, les yeux fermés. Elle les rouvrit péniblement.

– Merci, docteur, dit-elle à Reynal qui la regardait, presque en admiration.

Hélène ne l'avait jamais vu ainsi.

On dirait que c'est lui le père ! Cette idée l'amusa car personne à la clinique n'avait jamais vu Reynal en compagnie féminine. Certains même murmuraient que son tempérament le poussait plutôt vers les hommes. Il était assez beau, avec un début de calvitie qu'Hélène trouvait, au contraire, très viril. Un bouc lui donnait un air vaguement méphistophélique. Une autre chose remarquable était ses yeux. Gris et froids la plupart du temps, ils étaient exceptionnellement doux aujourd'hui, tandis qu'il regardait la mère et l'enfant. Pourtant, ce regard avait terrorisé Hélène à certains moments. Elle avait beau connaître son métier à fond, il la mettait toujours mal à l'aise. Derrière une fausse bonhomie, ses yeux vous transperçaient, ils semblaient toujours voir autre chose que vous-même, calculer en permanence des projets mystérieux. Aujourd'hui, il était transformé.

Peut-être bien que c'est le père, après tout. Elle avait vu des choses beaucoup plus étranges... En tout cas Sarah lui était manifestement très attachée.

L'anesthésiste était sorti, appelé dans une autre salle. Hélène prit délicatement le bébé des bras de sa mère et lui dit :

– Je vais le laver, le peser et le mesurer. Au fait, quel prénom avez-vous choisi ? C'est pour le bracelet d'identification.

Sarah la regarda, interdite. Elle se rendit compte brutalement qu'elle n'avait jamais pensé à un prénom, de la même façon qu'elle ne s'était jamais intéressée au sexe du bébé. Pour elle c'était *l'enfant* et il fallait à tout prix qu'elle ait cet enfant, même si elle ignorait qui était le père.

– Julien, répondit-elle d'une voix épuisée. C'est un prénom courant dans notre famille.

Elle se sentit idiote de se justifier ainsi, mais la journée avait été rude et elle pouvait maintenant se reposer. Elle repenserait à Julien et à ces neuf mois de grossesse plus tard. « Neuf mois où j'avais l'impression d'être une autre », se dit-elle en fermant les yeux. Elle avait fait ce qu'elle *devait* faire et maintenant sa tâche était terminée – le bébé était né. Elle sentit à peine qu'on lui enlevait l'enfant et ce fut comme si un rêve s'achevait.

– Je vais rester auprès d'elle pour attendre l'expulsion du placenta, dit Reynal à la sage-femme qui sortait. Prenez tout votre temps, Hélène.

Elle remarqua que Reynal avait retrouvé son regard glacial, avec toutefois une sorte d'anxiété dans la voix. Tout s'était pourtant absolument bien passé. Elle avait fait son travail correctement, en bonne professionnelle. Reynal dut voir son malaise car il lui sourit largement.

– Vous avez fait de l'excellent travail, comme d'habitude. Et prenez tout votre temps, occupez-vous bien de lui, répéta-t-il en fermant la porte derrière elle.

Reynal revint près du lit et s'assit enfin près de la patiente. Il ne la regardait pas comme un père regarde la mère de son enfant ni comme un amoureux détaille sa dulcinée. Il la regardait avec un intérêt froidement professionnel : il semblait attendre quelque chose. Reynal savait qu'Hélène avait omis de dire tout ce qu'elle allait faire au bébé. Tout nouveau-né est, en effet, systématiquement laissé dans une couveuse artificielle, un endroit chaud et douillet, riche de cet oxygène qui était une grande première dans la vie de Julien. Il avait donc au moins une demi-heure devant lui.

Cinq minutes passèrent, puis dix. Reynal ne pouvait s'empêcher de regarder sa montre à chaque instant. « Du calme », se morigéna-t-il intérieurement. Son plan avait fonctionné à merveille, Sarah semblait dormir profondément. Brusquement elle eut un sursaut, ouvrit les yeux et demanda, affolée :

– Qu'est-ce que c'est ?

– C'est juste le placenta qui est évacué, dit Reynal d'une voix tendue.

Il le déposa dans le bac préparé à cet effet, puis examina Sarah qui avait refermé les yeux.

– Alors, ce n'était pas trop dur, en fin de compte ? demanda-t-il gentiment.

Sarah secoua faiblement la tête de droite à gauche.

– Merci encore, docteur.

Il lui prit la main, la serra tendrement.

– Dormez, maintenant.

Sa voix était douce, comme pleine de reconnaissance. Lorsque la respiration de Sarah fut devenue régulière, il lui lâcha la main et marcha furtivement vers la table où était déposé le placenta.

Le silence était total. La mère, épuisée, souriait dans son sommeil avec un air innocent. Reynal regarda sa montre : il avait le temps. Il sortit de sa blouse une éprouvette munie d'un bouchon et une petite lancette. Il préleva, sans que cela laisse de trace, suffisamment de placenta pour remplir l'éprouvette et découpa un petit morceau de cordon ombilical. Il remit le tout dans ses poches puis retourna s'asseoir à côté de Sarah.

Bien qu'il ne le montrât pas, un immense sentiment de triomphe l'habitait. Il ferma les yeux un court instant. Hélène arriva à ce moment et parut surprise de le voir comme assoupi près de Sarah.

– Elle dort, dit-il en ouvrant brusquement les yeux. Le placenta est là.

Il désigna la table, puis se leva et se dirigea vers la porte.

– C'est un beau bébé, 3,250 kg et 52 cm, l'informa Hélène.

Le Dr Reynal marmonna « c'est très bien » et quitta la pièce. Hélène mit délicatement le bébé dans son berceau transparent, posé juste à côté du lit de la mère. Ce serait la première chose qu'elle verrait à son réveil.

La sage-femme ramassa quelques ustensiles, dont le bac avec le placenta, puis sortit. « Eh bien voilà, tout s'est bien passé malgré le stress dû au Dr Reynal », pensa-t-elle en souriant, fière d'elle.

Oui, ça devait faire plus de cinq mille enfants qu'elle avait mis au monde. Elle haussa les épaules et sortit de la chambre.

La chambre était plongée dans une douce obscurité que rayait la lumière d'un lampadaire filtrée par le store vénitien.

La mère et l'enfant reposaient côte à côte. Leurs deux respirations mêlées semblaient s'appeler et se répondre dans le silence de la clinique.

Lorsque Hélène lui avait ramené l'enfant – *Julien voyons ! Il s'appelle Julien. Il existe, il a un nom !* – elle était restée un long moment à le contempler. Cet enfant, *son fils,* semblait si petit dans son berceau transparent qu'il lui paraissait irréel.

Il était comme un jouet, comme les poupées de son enfance. Elle se souvenait, d'ailleurs, d'avoir longtemps eu un baigneur dont elle s'occupait comme une mère. Elle le lavait, l'habillait, le promenait et lui parlait comme à un fils. Ou plutôt comme à un petit frère. Elle avait trois ans quand son véritable frère était né et allait avoir quatre ans lorsqu'il était mort. C'est ensuite qu'elle avait dorloté son bébé en Celluloïd, l'emmenant partout avec elle, ne se rendant pas compte qu'elle ravivait ainsi le chagrin de sa mère qui n'osait pourtant pas le lui interdire. Ou, peut-être, avait-elle conscience de la douleur maternelle, mais lui infligeait-elle cette punition pour avoir laissé mourir le bébé, ou pour avoir laissé partir son père.

Curieux comme des souvenirs qui semblent enfouis peuvent resurgir lorsqu'on s'y attend le moins. *Imbécile ! Ça n'a rien de curieux dans la situation où tu te trouves, c'est plus que normal que tu repenses à tout ça.*

Peu à peu l'agitation du jour avait cessé. Sarah avait l'impression que sa tête flottait dans le brouillard, détachée du corps, comme un ballon que tirent les gosses dans les fêtes foraines.

Elle s'agitait parfois dans son sommeil, faisait quelques mouvements avec les lèvres, tournait la tête, serrait les poings, puis sa respiration redevenait calme et ses traits se détendaient. À quoi rêvent les mères la nuit qui suit la mise au monde ?

Julien s'agita dans son berceau. Lui aussi émit des bruits de succion, lui aussi serra les poings et balança sa petite tête de gauche à droite. Mais il ne se calma pas. Ses gémissements éveillèrent Sarah qui mit plusieurs secondes à se souvenir de l'endroit où elle était. Elle s'assit dans son lit et prit le bébé dans ses bras. Il se calma tandis qu'elle le berçait. Elle eut peur qu'il n'ait faim, car elle n'avait pas eu de montée de lait, mais elle se souvint que le Dr Reynal lui avait dit de ne pas s'en faire et que les infirmières s'occupaient des repas de l'enfant.

Le bon docteur Reynal ! Que serait-elle devenue sans lui ? Pendant toute sa grossesse il l'avait surveillée, entourée, soutenue dans ses moments de désarroi. Sarah se rendit compte que le docteur était depuis neuf mois l'être le plus important de sa vie.

Depuis plus longtemps même. Elle l'avait rencontré il y avait un peu plus d'un an. La gynécologue de Sarah, un vieux médecin au sourire maternel, avait pris sa retraite, l'adressant à un jeune confrère en qui elle avait toute confiance, disait-elle. Les compétences du successeur étaient indéniables : il s'empressa de claironner dès le début de la première consultation qu'il était diplômé de ceci, spécialiste de cela, et qu'il avait fait ses stages avec le célèbre professeur Machin.

Son allure de parfait robot aseptisé ainsi que sa suffisance indécente avaient transformé la visite en séance de torture. Sarah avait décidé de ne jamais le revoir et en avait parlé autour d'elle. Elle s'était retrouvée avec l'embarras du choix : toutes ses amies lui proposaient leur gynécologue en affirmant péremptoirement qu'il était unique, incomparable, vraiment humain et hypercompétent. Devant une telle avalanche de talents Sarah n'arrivait pas à se décider. Et puis il y avait eu cette soirée.

Assise dans son lit, berçant machinalement le minuscule bébé, Sarah s'aperçut brusquement que ses souvenirs étaient très flous justement depuis cette fameuse soirée. Un ami d'ami fêtait sa réussite professionnelle et Sarah s'était retrouvée invitée par hasard. *Qui l'avait invitée ? Chez qui était-ce ?* Peu importait, après tout, puisque c'est là qu'elle avait rencontré Reynal. Elle se souvenait de son regard fixé sur elle, tandis qu'elle bavardait, son verre à la main, fumant et riant avec les autres.

– Un mode de vie à éviter pour une femme enceinte, avait-il dit d'un ton mi-figue mi-raisin en surgissant devant elle.

Elle avait voulu le rabrouer d'un air glacial, mais quelque chose dans ses yeux l'avait arrêtée. Comme paralysée, elle l'avait entendu se présenter et s'excuser de son entrée en matière.

– Je suis obstétricien, c'est peut-être pour ça que je vois des femmes enceintes partout !

Elle avait ri un peu niaisement et la conversation s'était facilement engagée. Ils avaient parlé un long moment, à vrai dire Sarah n'avait pas le souvenir d'avoir adressé la parole à personne d'autre après cette rencontre.

Reynal savait écouter ; elle s'était rendu compte en rentrant chez elle qu'elle s'était confiée à cet inconnu avec une facilité déconcertante. Elle en fut gênée après coup, mais Reynal était si humain, si compréhensif, il semblait si bien la connaître qu'elle lui avait pratiquement raconté toute sa vie.

La mort de son petit frère, la disparition de son père, ses études, la rupture avec sa mère, son inévitable grand chagrin d'amour, elle avait tout confié à Reynal. Pourquoi s'était-elle laissée aller ainsi ? Étaient-ce ses yeux ? Non ! En y repensant, Sarah se souvint surtout de sa voix. Elle résonnait étrangement et vibrait parfois d'un écho métallique. Chaque fois que Reynal avait parlé, elle avait senti sa volonté l'abandonner.

Ce fut le plus naturellement du monde, lui sembla-t-il, qu'elle décida de le prendre comme gynécologue attitré.

– Un obstétricien s'y connaît suffisamment en gynécologie, avait-il expliqué d'un ton péremptoire.

Elle avait acquiescé sans hésiter, se disant, tout de même, qu'il n'était pas près d'exercer sur elle sa véritable spécialité !

Comme je me trompais ! Sarah eut un pauvre sourire à l'adresse de Julien. *Je ne m'attendais pas du tout à te voir arriver !* Le bébé bougea dans son sommeil, ouvrit un instant les yeux et il sembla à Sarah qu'ils luisaient dans l'obscurité. Elle eut un mouvement de recul et la lueur disparut. *Sans doute la lumière du dehors.*

Elle le regarda à nouveau, mais il avait refermé les yeux. Il lui sembla très chaud tout à coup et elle essaya en vain de le dégager de sa brassière. Elle se sentait gauche en le manipulant, elle ne se sentait pas mère, elle ne croyait pas que ce petit paquet qu'elle serrait contre son sein était réellement son enfant. Elle n'était même pas sûre de l'aimer. Julien restait pour elle un étranger qu'on lui avait imposé. « Que *Reynal* m'a imposé ! » songea-t-elle en se remémorant ce jour de septembre où elle était arrivée chez lui sans se douter de la mécanique qui s'était mise en marche dans son ventre.

Dès son premier rendez-vous, le docteur l'avait « prise en main », selon son expression. Il lui avait prescrit des examens dont elle ne voyait pas du tout l'utilité, mais à chaque fois elle cédait et sortait de son cabinet vaguement amusée par sa surprenante docilité. Sa voix, toujours sa voix aux reflets électriques. Elle le voyait fréquemment et lui obéissait en tout. Il lui avait expliqué dès le début que sa pilule était mal dosée et lui avait proposé de lui fournir directement ses contraceptifs, à chacune de ses visites mensuelles. Elle ne s'était pas étonnée de voir cet obstétricien se faire gynécologue et pharmacien, et plus elle allait le voir, plus sa confiance en lui augmentait.

Ce jour-là il lui sembla qu'il l'accueillait plus chaleureusement que d'habitude et qu'il avait du mal à cacher un profond sentiment de contentement. Lui d'ordinaire si maître de ses émotions, si calme et pondéré, lui laissa à peine le temps de s'asseoir avant de lui annoncer :

– J'ai une grande nouvelle pour vous !

Et comme Sarah ne réagissait pas, il ajouta :

– Vous êtes enceinte de trois semaines.

Au début elle ne comprit pas. Elle crut qu'il plaisantait ou qu'il parlait de quelqu'un d'autre. Lorsqu'elle parvint à saisir la signification de sa phrase, elle ne put que bredouiller :

– C'est impossible, vous devez vous tromper. Je prends votre pilule !

– Peut-être l'avez-vous oubliée un soir. Je vous les

donne dans un flacon. C'est hélas moins pratique que les plaquettes du commerce où les jours sont indiqués.

Pour être moins pratique, ça l'était ! Sarah l'avait bien remarqué, merci. Mais elle était certaine, certaine, qu'elle n'avait jamais oublié une seule fois de prendre sa pilule. Elle était même maniaque sur ce sujet, n'hésitant pas à se relever en plein milieu de la nuit si, par le plus rare des hasards, elle ne l'avait pas prise avant de s'endormir. Un de ses amants s'était même moqué d'elle gentiment en la voyant faire. *Non, j'ai pris scrupuleusement tes saloperies de pilules, et si je me retrouve en cloque c'est parce qu'elles ne valent rien !*

Mais elle n'osa pas exprimer à haute voix ses doutes sur l'efficacité du médicament. Comme à chaque fois son regard l'hypnotisa, et elle enfouit aussitôt ses pensées sacrilèges.

– Eh bien, je crois qu'il va falloir que vous m'aidiez à régler ce petit problème, dit-elle d'un ton dégagé.

Après tout, Reynal était obstétricien et elle savait que dans la clinique qu'il dirigeait on pratiquait également des IVG. L'idée ne la séduisait guère, mais avoir un enfant lui plaisait encore moins.

– Êtes-vous sûre de ne pas vouloir garder cet enfant ? Qu'en pense le père ?

À cette question Sarah se sentit rougir des chevilles jusqu'à la racine des cheveux. Tout son corps lui sembla écarlate et brûlant. Elle baissa les yeux et chercha quoi répondre. Car elle venait de prendre conscience qu'elle n'avait absolument aucune idée de qui pouvait bien être le père. Une seule pensée tournait sans cesse dans sa tête : *Je ne veux pas cet enfant, non, je ne veux pas cet enfant.*

Julien hurla.

Sarah sursauta si violemment qu'elle le laissa glisser sur le lit. Elle le reprit aussitôt, mais eut du mal à le tenir tant il gigotait. Il hurlait si fort qu'elle en avait mal aux oreilles, et elle se rendit compte qu'il était brûlant. Paniquée, elle sortit maladroitement du lit et se dirigea vers la porte.

Les cris de Julien se faisaient de plus en plus forts et il se débattait avec tant de violence qu'elle était obligée d'enfoncer ses doigts dans le petit corps pour le maintenir. Arrivée à la porte elle se souvint qu'il y avait un bouton près de son lit pour appeler l'infirmière et elle hésita, ne pouvant se décider, tout juste capable de répéter à haute voix « mon Dieu, mon Dieu », en tournant sur place. Elle se rendit compte qu'elle pleurait en voyant les larmes s'écraser sur le crâne du bébé. Il était si chaud qu'elle imagina que les larmes allaient bouillir et s'évaporer en grésillant.

Cette idée faillit la faire éclater d'un rire hystérique. Elle se mit à crier « mon Dieu, mon Dieu, calme-toi » sans savoir si elle s'adressait à elle ou à Julien. Elle pensa très vite qu'il était curieux qu'elle appelât le seigneur, elle qui n'avait jamais cru en qui que ce soit.

Elle se vit, folle, échevelée, en chemise de nuit, un sein à l'air et serrant cette masse rose, rouge, non, bleue maintenant qui hurlait en se tortillant comme un ver et elle se dit qu'elle n'en pouvait plus, que toute cette histoire n'était qu'un cauchemar qui durait depuis neuf mois, qu'elle n'avait jamais voulu cet enfant, que c'était trop lui demander. Elle poussa un profond hurlement et aperçut vaguement l'infirmière avant de s'évanouir dans ses bras.

Marie-Josée était jeune, antillaise, jolie, et possédait un sang-froid à toute épreuve. Elle rattrapa Sarah avec adresse tout en s'emparant du bébé de l'autre main. Tous ses gestes étaient fluides et gracieux. Les cris et les soubresauts de Julien ne la troublèrent pas. Elle allongea Sarah sur son lit puis, jugeant l'état du nouveau-né plus préoccupant que celui de sa mère, elle sortit de la chambre et fonça vers la salle de soins en espérant que les cris n'allaient pas réveiller tout l'étage.

Elle allongea Julien sur la table d'examen et le déshabilla. La pince qui serrait le bout du cordon ombilical, coupé quelques heures plus tôt, était blanche et tranchait sur le bleu violacé de sa peau. Julien battait des bras et des jambes comme s'il était électrocuté et sa voix commençait à faiblir et à se casser un peu plus à chaque hurlement. Marie-Josée hésita sur la marche à suivre. D'ordinaire elle savait parer à tous les incidents qui pouvaient survenir la nuit et il était rare qu'elle réveille le médecin de garde. Mais les symptômes que présentait Julien l'inquiétaient par leur étrangeté et elle savait que le Dr Reynal s'intéressait beaucoup à cet enfant. Il était évident qu'il souffrait et elle ne comprenait pas pourquoi. Elle se dirigea vers le téléphone.

Reynal décrocha à la seconde sonnerie et ne parut ni surpris ni contrarié d'être appelé en pleine nuit. On aurait dit qu'il attendait cet appel. *Tu as eu la bonne idée, ma vieille !* Elle expliqua en quelques mots la situation. Reynal répondit qu'il arrivait, demanda que l'on s'occupe de Sarah et interdit que l'on touche au bébé avant qu'il ne soit là. Marie-Josée enregistra les ordres brefs donnés d'une voix calme et sèche *(c'est vrai qu'il ne s'affole jamais, celui-là)* malgré les cris de l'enfant dans son dos. Elle appela ensuite l'infirmière de l'autre étage pour lui dire d'aller s'occuper de Sarah. Tandis qu'elle parlait, il lui sembla que quelque chose avait changé dans la pièce. Comme elle raccrochait, elle se rendit compte que c'était le brusque silence du nouveau-né qui l'avait alertée.

Inquiète, elle s'approcha de la table d'examen et regarda Julien. Il respirait régulièrement mais restait bleuâtre et brûlant. Elle décida de lui passer un linge humide sur le corps. Tandis qu'elle s'occupait du bébé, elle eut l'impression que le silence devenait plus dense autour d'elle. Mal à l'aise, elle parcourut la pièce des yeux. Il n'y avait personne, évidemment. Elle haussa les épaules et continua à frictionner Julien qui semblait tout à fait calmé maintenant.

Elle avait pourtant le sentiment qu'il y avait quelque chose d'anormal. Comme si, dans la pièce, une présence étrangère rôdait. Elle crut entendre un bruit. Elle ouvrit la porte du couloir désert et tendit l'oreille : rien. Elle retourna dans la salle d'examen et se dit que Reynal n'allait pas tarder à arriver. Mais l'impression qu'une troisième personne était présente et les regardait s'accentua, et Marie-Josée chercha de nouveau autour d'elle, ne découvrant que les objets habituels de la salle de soins : le téléphone, l'armoire à pharmacie, la table d'examen, le lavabo, la penderie dont la porte était entrouverte.

Mais la porte était fermée lorsque je suis rentrée ! Elle n'osait pas bouger. *Quelqu'un serait caché dans le placard ?* L'idée lui parut comique et terrifiante à la fois. Le silence sembla se faire plus épais, ses oreilles bourdonnaient et elle entendait à peine sa propre respiration. Son cœur battait si violemment qu'elle le sentait cogner dans sa poitrine. Et toujours cette impression. Elle avança vers la penderie en retenant son souffle. *Qu'y a-t-il là-dedans ? Voyons, mon imper beige, la veste de Claudine... et puis ce vieux manteau d'Hélène qui est là depuis des mois. C'est tout. Non ! Il y a aussi mon parapluie ! Et une vieille paire de baskets.*

Elle tendit une main moite, mais qui ne tremblait pas, vers le bouton de la porte, respira un bon coup et ouvrit violemment.

Quelque chose lui tomba dessus et elle bondit en arrière en hurlant, battant des bras devant elle. Le parapluie valdingua à travers la pièce et alla fracasser un flacon d'éther sur la paillasse. Devant Marie-Jo le placard révéla ses secrets : un imper beige, une veste à carreaux, le manteau d'Hélène auquel il manquait un bouton et, bien rangée au fond à droite, sa paire de baskets qui semblait attendre des cadeaux de Noël. *Pas de loup-garou, pas de vampire ni de violeur psychopathe dans ton placard ! Désolée ma vieille.*

Elle fut prise d'un fou rire et ne put s'arrêter qu'en réalisant qu'elle respirait à pleins poumons les vapeurs d'éther qui avaient envahi la pièce. *La championne du monde du lancer de parapluie était une droguée !*

Elle se dit qu'il fallait mettre de l'ordre avant que Reynal n'arrive, car elle se voyait mal lui expliquer qu'elle s'était battue avec un parapluie parce qu'elle croyait qu'il y avait un monstre dans la penderie.

Elle finissait de nettoyer les dégâts lorsqu'elle perçut un mouvement derrière elle. À genoux devant la paillasse, elle balayait les derniers morceaux de verre et tourna la tête, s'attendant à voir entrer le Dr Reynal. Ce qu'elle vit figea tous ses mouvements.

Non, ce n'est pas possible ! Assis sur la table d'examen, le bébé la fixait. Marie-Josée se demanda si elle ne devenait pas folle. Cela ne pouvait être qu'un rêve ou une hallucination. Un nouveau-né de quelques heures *ne peut pas* s'asseoir, *ne peut pas* accommoder sa vision et vous regarder ainsi.

Et pourtant Julien était assis sur la table et la dévisageait calmement, il la détaillait même. Elle vit ses yeux descendre le long de son corps, s'attarder sur l'échancrure de sa blouse, caresser son ventre plat pour finir par se fixer sur ses cuisses écartées par le mouvement qu'elle avait fait en se tournant vers la porte. Elle prit brutalement conscience de sa posture équivoque et se sentit rougir. Elle évoquait plus une esclave des îles offerte à son maître qu'une infirmière modèle occupée à faire du rangement. Elle voulut se relever, mais en fut incapable, comme si le regard salace de Julien ralentissait ses mouvements. *Oui, c'est un regard de violeur ! Mon Dieu, non, c'est un bébé !*

Elle lâcha sa pelle et sa balayette, sa tête lui semblait peser des tonnes, la pièce tournait autour d'elle, elle se sentait engluée et ne pouvait détacher ses yeux de ceux de l'enfant. Son pied glissa lorsqu'elle voulut se mettre debout et elle s'affala à quatre pattes. Sa blouse remonta encore plus haut. Les larmes aux yeux, elle essaya de bouger, mais elle était clouée au sol dans sa position humiliante par un pouvoir qui émanait de la chose assise sur la table. Elle baissa la tête pour échapper au regard de l'enfant et prit appui sur les mains, oubliant les morceaux de verre. La douleur lui permit de se ressaisir et elle parvint à se relever, les mains en sang. Elle rabattit sa blouse, se moquant éperdument des traînées rouges qu'elle faisait en la lissant contre ses jambes. Elle osa enfin regarder Julien en serrant son col comme si elle avait peur qu'il ne lui arrache ses vêtements.

Le bébé avait pris une nouvelle pose incroyable : appuyé sur un coude, il avait croisé les jambes, et son pied se balançait au rythme d'une musique que lui seul semblait entendre. Haletante, couverte de sueur, Marie-Josée le fixait d'un air hébété, incapable de bouger, incapable de penser, tout juste consciente des vapeurs d'éther qu'elle respirait par la bouche à grandes goulées.

Sans la quitter des yeux, Julien ramena ses jambes sous lui et, d'un mouvement souple, se mit debout. Marie-Josée poussa un faible gémissement, laissant retomber ses bras le long du corps.

Julien se campa devant elle, les jambes écartées, et les poings sur les hanches. Ses lèvres frémirent et elle crut qu'il allait lui parler tant elle n'en était plus à une absurdité près. Mais, avec une lenteur effrayante, les lèvres s'étirèrent et Marie-Josée comprit que l'enfant lui souriait, non du sourire innocent et réflexe d'un nourrisson, mais du sourire sensuel d'un homme à une femme. *Je suis folle, complètement folle, ça doit être l'éther que je respire.*

– Mais qu'est-ce que tu veux, espèce de salopard ? cria-t-elle en s'avançant vers lui.

Elle n'entendit pas le verre craquer sous ses pieds, tant elle était folle de rage devant ce sourire narquois. Les idées les plus insensées lui traversèrent l'esprit. Gifler ce monstre, l'étrangler, s'enfuir en hurlant, se prosterner devant lui.

Il lui sembla qu'une musique au rythme lourd remplissait la pièce. Elle eut une fugitive vision d'animaux sauvages tenus en laisse par des hommes brutaux habillés de cuir, elle crut entendre le fouet s'abattre sur la chair nue des esclaves, les cris des suppliciés et le grondement des brasiers. Tout son corps lui faisait mal et sa tête devenait de plus en plus lourde.

Immobile, Julien la contemplait toujours de son air

narquois. Il sortit une petite langue rose dont il se caressa les lèvres. Puis il éleva lentement le bras droit et tendit vers elle son minuscule index. Marie-Josée remarqua avec horreur que son ongle avait démesurément poussé, prolongeant le petit doigt d'une véritable griffe.

De nouveau la musique caverneuse retentit à ses oreilles. Hypnotisée par ce bébé monstrueux qui la désignait comme une victime sacrificielle, elle avança encore d'un pas. *Je suis promise à mon Dieu.* Cette pensée folle ne la choqua pas et lui procura même une indicible sensation de bonheur.

Hiératique, Julien la dominait de son regard brillant. Il prononça un mot dans une langue inconnue, d'une voix nasillarde qui jurait avec le ton d'autorité qui émanait de tout son être. Soudain il balaya l'air devant lui avec son bras tendu et son ongle acéré déchira la blouse et le soutien-gorge de l'infirmière, laissant une profonde entaille sur son sein.

Marie-Josée ne broncha pas sous la douleur, restant droite et immobile face à son petit tortionnaire. Elle avait fermé les yeux et semblait partie dans un autre monde. Julien regardait en souriant le sein dénudé d'où perlait le sang à chaque pulsation de la gorge.

Il prononça encore quelques mots puis un puissant jet liquide jaillit de son pénis et frappa Marie-Josée au visage. Une odeur âcre d'ammoniaque envahit la pièce, étouffant celle de l'éther. Le liquide jaune et poisseux brûla les yeux de l'infirmière, lui coulant dans le nez et la bouche, dégoulinant sur son sein. Elle eut l'impression que l'on posait un fer chauffé à blanc sur sa poitrine.

Elle poussa un cri en se jetant en arrière et se retrouva assise par terre. Julien sauta de la table et retomba sur ses pieds juste devant elle. Marie-Josée avait trop peur pour continuer à hurler. Elle recula en rampant sur le dos jusqu'à ce que le mur empêchât sa fuite. Elle se mit à pleurer doucement en s'apercevant que la porte était du côté opposé de la pièce. Toujours souriant, Julien marcha vers elle.

Lorsque Marie-Josée l'avait appelé, Reynal somnolait sur le divan de son bureau. Il avait été tenté de rentrer chez lui après avoir vu Sarah le soir car Julien n'était pas nécessaire au Grand Œuvre. L'obstétricien en Reynal s'amusait de voir la réalité ainsi inversée : ce qui importait le plus n'était pas l'enfant, mais le placenta.

Pourtant, le même obstétricien ne perdait pas sa conscience professionnelle. Julien allait certainement mourir, mais Reynal était décidé à tout mettre en œuvre pour que cela n'arrive pas. Enfin, il y avait une autre raison qui le poussait à surveiller le bébé, une raison qui, pour l'instant, n'était qu'une hypothèse un peu folle.

Il se félicita d'être resté à la clinique en écoutant le rapport de l'infirmière. S'il y avait un moyen de sauver Julien, il fallait agir vite. Il prit un coffret dans le tiroir gauche de son bureau, celui qui ne s'ouvrait qu'après une manipulation compliquée de la serrure du tiroir de droite. Cette ruse enfantine était très efficace contre les cambrioleurs d'après les dires d'Ophile. Reynal ignorait si c'était vrai et ce système l'agaçait, mais il était contraint de suivre les règles de sécurité que lui imposait l'Ordre.

Avec la clé qu'il portait en permanence sur lui il ouvrit le coffret en bois dont l'intérieur, couvercle compris, était recouvert d'une mince couche d'acier. « À l'épreuve du feu et des balles », répétait Ophile avec un air gourmand. Reynal en sortit une fiole remplie d'un liquide crémeux qu'il mit dans la poche de sa veste.

Une fois dans le couloir, il décida d'aller voir d'abord où en était Sarah, car il fallait à tout prix éviter le scandale, une publicité désastreuse pour la clinique. Il avait bien pensé à faire garder Julien toute la nuit par une infirmière, mais il n'y avait aucune raison médicale valable pour que le personnel accepte cet ordre sans poser de question. Et les questions ainsi que les bavardages étaient les dernières choses que Reynal avait envie d'entendre.

Quand il entra dans la chambre, Sarah dormait et l'infirmière la veillait, assise dans un fauteuil au pied du lit.

– J'ai dû lui faire une piqûre car elle s'agitait beaucoup, dit l'infirmière en se levant. Elle ne voulait pas dormir et vous réclamait sans cesse.

– Docteur !

Sarah ouvrit les yeux et essaya de lever la tête mais parvint juste à la décoller de l'oreiller avant de retomber en arrière.

– Docteur, comment va-t-il ?

– Tout va bien, Sarah. Ne vous tracassez pas. Il a juste eu une crise de convulsions. Ce n'est absolument pas grave, et c'est fini maintenant, je viens de passer le voir.

Il lui prit la main en proférant son mensonge et compta ses pulsations. Tout était normal, Sarah allait bientôt se rendormir. Il se pencha vers elle, lui sourit et utilisa la Voix :

– Dormez maintenant. Dormez et oubliez !

Les yeux de Sarah se fermèrent et sa respiration se fit régulière. Reynal resta quelques minutes dans la chambre, concentrant son esprit comme il l'avait appris afin que son ordre d'oubli soit aussi puissant que possible. Puis il se tourna vers l'infirmière :

– Restez avec elle encore un moment. Les autres patientes ne devraient pas poser de problème cette nuit. Marie-Josée s'occupe de l'enfant.

– Bien, docteur.

L'infirmière n'osait pas se rasseoir en présence de son patron comme elle n'osait pas demander comment allait réellement Julien. Ce que lui avait dit rapidement Marie-Josée pouvait signifier aussi bien une crise grave qu'un incident bénin. Elle doutait que le docteur ait déjà eu le temps d'aller voir l'enfant, mais il l'intimidait tellement qu'elle ravala sa question. Reynal devina son inquiétude et ajouta d'un ton qui se voulait complice :

– C'est plus préoccupant que ce que je lui ai dit. Je retourne le voir. Veillez sur elle, je compte sur vous.

Si Julien devait mourir, autant qu'elle y soit préparée et qu'elle se sente solidaire de son patron dans l'adversité. Il remarqua son expression satisfaite après sa confidence. Elle le soutiendrait quoi qu'il arrive et ne poserait pas de question gênante. Reynal était très fort à ce petit jeu.

Il s'attendait à une atmosphère de crise en arrivant dans la salle de soins, mais certainement pas à ce qu'il découvrit en ouvrant la porte. Ce fut d'abord l'odeur qui le surprit. Une odeur âcre d'ammoniaque qui brûlait le nez et la gorge, avec par-derrière la senteur piquante de l'éther. Pendant un bref instant il crut qu'il y avait le feu et chercha des yeux des traces de fumée. Son pouls s'accéléra en n'apercevant nulle part Julien dans la pièce et en découvrant Marie-Josée recroquevillée dans un angle, ses longues jambes tremblantes ramenées sous elle. Elle gémissait par moments, se cachant le visage dans les mains.

Reynal vit les traînées de sang sur la blouse et se précipita vers elle. Il s'agenouilla et lui écarta les bras en l'appelant par son prénom d'une voix douce. Il vit ses yeux révulsés, il vit les larmes qui coulaient, il vit la blouse déchirée et la gorge à moitié dénudée qui portait une longue balafre. La plaie ne saignait plus, mais tout un pan de la blouse avait pris une teinte rosée.

– Marie-Jo, que s'est-il passé ? Où est Julien ?

Il dut répéter plusieurs fois ses questions avant que l'infirmière ne le regarde vraiment. Il lut la terreur dans ses yeux et continua de lui parler d'une voix calme jusqu'à ce que les traits de son visage abandonnent le masque de la frayeur.

– Où est Julien ?

Le nom de l'enfant eut un effet dévastateur sur l'infirmière. Elle poussa un cri, se mit à trembler et porta une main à sa bouche. Elle mordit son poing à s'en faire saigner.

– Allons, allons ! Tout va bien maintenant. Je suis là, Marie-Jo. Dites-moi ce qui s'est passé ?

Il n'osa pas répéter le nom du nourrisson de peur de déclencher une nouvelle crise. Il parvint avec peine à lui faire lâcher son poing et lui releva le menton d'un geste doux.

– Marie-Jo, c'est moi, le docteur Reynal. Dites-moi ce qui est arrivé.

La jeune fille le regardait d'un air implorant, comme si elle le suppliait de la protéger. Elle tourna légèrement la tête.

– L..., là..., là, dit-elle en tendant le bras par-dessus l'épaule du docteur.

Reynal se retourna et ne vit rien.

– Là... dans... dans le placard.

Il se releva et marcha vers la penderie. Marie-Josée aurait-elle enfermé le bébé dans le placard ? Était-elle devenue folle ? Il ouvrit la porte et fut suffoqué par l'odeur. La puanteur était si forte qu'il recula d'un pas et se boucha le nez. Tout d'abord il ne vit rien d'autre que quelques vêtements pendus aux cintres. Enfin, baissant les yeux, il aperçut Julien.

Le bébé était assis en position du lotus, les mains posées sur les genoux, et levait son visage vers lui. L'odeur infecte émanait de la mare qui s'étendait autour de lui. Dans la pénombre du placard, ses yeux brillaient. Ils étaient remplis d'une telle malveillance, reflétaient une joie si mauvaise que Reynal en fut impressionné.

Le docteur et Julien se regardèrent un long moment, indifférents à l'infirmière qui gisait évanouie à côté d'eux.

« Se pourrait-il que ce fût *Lui* ? se demanda Reynal. Se pourrait-il que j'aie eu raison ? »

À cette idée il sentit son estomac se contracter. Si son hypothèse était juste, sa vie était en danger.

Comme en réponse à sa question muette Julien tendit

ses bras à l'horizontale, paumes vers le bas, et prit un air grave.

Reynal hésita encore un court moment, mais il pensa que le plus sûr moyen de rester en vie était de jouer le jeu. Il prononça une longue phrase dans une langue aux sonorités gutturales. La chose qui possédait Julien écouta attentivement et sembla acquiescer d'un battement de paupières. Fasciné, Reynal le regarda se mettre debout. Le nourrisson mesurait une cinquantaine de centimètres (« cinquante-deux centimètres exactement, et il pèse trois kilos et demi »), mais il émanait de lui une telle autorité que le docteur s'écarta respectueusement de son chemin.

Il marcha vers Marie-Josée toujours inconsciente et trempa son index dans sa plaie à la poitrine. Il regarda son doigt et, déçu du résultat, l'enfonça à nouveau sur le sein de l'infirmière, appuyant fortement afin de faire couler le sang. Puis il se retourna vers Reynal et lui jeta une phrase brève de sa voix nasillarde. Le médecin s'agenouilla et Julien traça des signes avec son doigt sur son front et ses joues. Il mettait une grande application à son travail, plongeant sans hésiter son ongle pointu dans la plaie rouverte de la gorge de Marie-Josée, comme le ferait n'importe quel écolier trempant sa plume dans son encrier.

Lorsqu'il eut fini, le visage de Reynal était couvert de lignes entrelacées qui ressemblaient à des runes. Julien contempla un moment son œuvre, sembla satisfait et entonna une nouvelle mélopée.

Le docteur lui répondit et bientôt un chant à deux voix, aux accents rauques et lugubres, s'éleva dans la pièce. Au fur et à mesure qu'ils psalmodiaient, l'air semblait vibrer autour d'eux et une lumière de plus en plus intense émanait du corps de l'enfant. Brusquement Julien cessa de chanter. Il écarta les bras, paumes tournées vers l'extérieur, et sourit à Reynal. Pendant quelques secondes il ne se passa rien d'autre que ce face-à-face muet entre l'adulte prosterné au visage peint et l'enfant dont les traits reflétaient le Mal à l'état pur.

Puis un faible grésillement se fit entendre dans la pièce. Reynal sortit de son rêve et se releva lourdement. Des flammes s'élevaient de part et d'autre de l'enfant. Reynal vit les vêtements s'embraser dans la penderie, des torchons prendre feu à leur tour, des flacons exploser sur la paillasse et bientôt les flammes crépitèrent autour d'eux.

– Reynal !

Le docteur sursauta en entendant Julien l'appeler. L'enfant lui tendit les bras comme aurait pu le faire n'importe quel bébé et Reynal le souleva comme l'aurait fait n'importe quel père. Il ouvrit un tiroir et prit un linge dont il entoura Julien. À peine finissait-il de l'envelopper que le feu s'empara du meuble. Une fumée épaisse commençait à envahir l'air et le fit tousser.

Il se dirigeait vers la porte lorsque Julien l'arrêta en posant sa petite main sur son bras. L'enfant désigna le corps de Marie-Josée cerné par les flammes. *Je l'avais oubliée celle-là !* Reynal voulut se diriger vers l'infirmière, mais Julien l'arrêta de nouveau d'un cri bref. Il regarda le docteur, ses yeux brillaient d'une joie féroce, puis il tendit le bras vers la forme prostrée qui s'embrasa. Une odeur de viande grillée atteignit Reynal qui réalisa soudain que la sonnerie qu'il entendait depuis quelques secondes était celle de l'alarme incendie. Pas question qu'on le découvre le visage ainsi peinturluré en train de regarder son infirmière brûler vive !

Heureusement la lumière irréelle qui entourait Julien avait disparu. Le docteur s'essuya hâtivement le visage avec sa manche en reculant vers la porte qu'il entrouvrit. Il n'eut que le temps de la refermer : une blouse blanche arrivait au bout du couloir. Pourvu qu'aucune fumée ne soit sortie de la pièce ! Pourvu que l'infirmière ne rentre pas ici ! Reynal se demandait ce qu'il ferait si la femme entrait. La tuer ? Oui, mais comment, avec Julien dans les bras ?

Il se colla à la porte et écouta les pas se rapprocher.

La fumée lui piquait les yeux et il dut se retenir de toutes ses forces pour ne pas tousser. L'infirmière passa près de lui sans s'arrêter et il poussa un soupir de soulagement. Elle allait certainement au bureau de la surveillante. Il compta jusqu'à dix, le temps qu'elle arrive au bout du couloir, ouvrit la porte brutalement, la referma tout aussi vite. Il était temps : la chaleur devenait insupportable dans la salle et l'air du couloir lui parut délicieusement frais. Il respira goulûment et se mit aussitôt à courir vers l'escalier. Il n'avait que deux étages à descendre pour rejoindre son bureau et, avec un peu de chance, il y parviendrait sans rencontrer quiconque.

La moquette absorbait le bruit de ses pas, mais il dut faire attention en descendant les marches à ne pas faire claquer ses chaussures car le moindre bruit était amplifié par la cage d'escalier. Dans ses bras Julien était indifférent à son angoisse et semblait même s'en amuser. La descente des deux étages lui parut durer une éternité. Il s'attendait à chaque instant à voir quelqu'un débouler en criant « au feu », mais il avait beau tendre l'oreille il n'entendait que la sonnerie étouffée de l'alarme. Il parvint enfin à l'étage de son bureau et allait entrouvrir le battant lorsque Julien poussa un cri et s'affaissa dans ses bras.

Reynal faillit paniquer, déchiré entre l'angoisse qu'il avait pour l'état du bébé et la peur que son cri n'ait alerté quelqu'un. Il examina le corps de Julien à travers la sueur qui lui coulait dans les yeux. Le bébé s'était évanoui et respirait difficilement. Reynal força sa propre respiration à se calmer puis risqua un regard dans le couloir. Personne. Il se rua vers son bureau, serrant contre lui le corps moite du bébé. Ce ne fut qu'une fois la porte fermée qu'il s'autorisa à reprendre son souffle.

Il déposa Julien sur le divan. Il avait fermé les yeux et ses lèvres serrées laissaient passer une respiration sifflante. En écartant le linge, Reynal vit que du sang coulait continûment du pénis ainsi que du nombril. Julien bavait et à chaque expiration de petites bulles de salive se formaient et explosaient au coin de ses lèvres.

– C'est bien ce que je craignais, murmura-t-il pour lui-même.

Il retourna à la porte, ferma le verrou et sortit la fiole de sa poche. Il prit une seringue (heureusement qu'il avait toujours des instruments dans son bureau), aspira le liquide blanchâtre et injecta la solution dans la veine du bras de l'enfant. Ses gestes étaient précis et efficaces, il avait retrouvé son sang-froid.

Tandis qu'il appuyait lentement sur le piston de la seringue, il leva les yeux et s'aperçut dans le miroir. Ses cheveux décoiffés lui collaient au front, en fines mèches entrelacées, la sueur et le sang s'étaient mélangés pour lui faire un masque grotesque et effrayant. *Je suis horrible. Je ferais peur à un bébé !*

Il fut pris d'un fou rire qu'il eut le plus grand mal à contrôler. Il s'en voulait un peu d'avoir paniqué mais il se donna des circonstances atténuantes. *Le phénomène en lui-même est plutôt stressant !* Julien respirait plus régulièrement et il en profita pour se laver la figure et se recoiffer.

Il finissait de se rendre présentable lorsque le téléphone sonna. C'était Lucie, l'infirmière qu'il avait laissée avec Sarah. Elle hurlait dans l'écouteur et bafouillait tous les trois mots. Elle lui apprit ce qu'il savait déjà : que le feu avait pris dans la salle de soins, qu'elle avait essayé de rentrer dans la pièce et que c'était impossible « à cause de cette fumée si épaisse. Et puis, il y avait une drôle d'odeur là-dedans, docteur ! Alors j'ai appelé le gardien et je vous ai cherché ! Et qu'est-ce que je dois faire, docteur ? Et où est Marie-Josée ? ».

Reynal la rassura sur son sort et celui de Julien, et fit semblant de s'inquiéter pour Marie-Josée.

– Je l'ai quittée il y a un quart d'heure. Je voulais examiner Julien dans mon bureau.

C'était totalement inhabituel... Heureusement Lucie était trop bouleversée pour s'en apercevoir. Il regrettait de s'être ainsi justifié, cela aussi sortait de l'ordinaire, mais l'important était que l'infirmière crût qu'il n'était au courant de rien.

– Cherchez Marie-Josée et appelez le gardien ! De toute façon, le système anti-incendie devrait éteindre le feu. Ce n'est pas la peine d'appeler les pompiers pour l'instant. Tenez-moi au courant.

Il raccrocha sans lui laisser le temps de répondre et alla déverrouiller la porte : maintenant qu'il était présentable on pouvait le surprendre dans son bureau, chose qui ne manquerait pas d'arriver lorsqu'on découvrirait Marie-Josée.

Julien gémit et s'agita sur le divan. Il ouvrit les yeux sur Reynal qui s'approchait. Il n'avait plus le regard luisant de méchanceté de la chose qui avait saccagé la salle de soins mais offrait au docteur le visage d'un nouveau-né en proie à une violente douleur. Reynal le prit dans ses bras. Brutalement tout son corps se tétanisa et il ouvrit démesurément la bouche comme s'il allait hurler à nouveau. Ce ne fut pas un cri qui franchit ses lèvres mais un flot de petits vers blancs qui vinrent s'écraser sur la veste du docteur et s'éparpillèrent sur le sol en se tortillant d'une façon obscène. Quelques-uns d'entre eux le frappèrent au visage, lui causant de violentes et brèves brûlures. Reynal ne semblait pas horrifié par cette engeance répugnante, plutôt consterné.

– Les *Makorachs*, murmura-t-il en regardant les derniers vers se glisser dans les poils du tapis avant de disparaître en fumée.

« Julien va mourir, pensa-t-il rageusement. Peut-être cela vaut-il mieux, après tout. »

Comme pour lui donner raison l'enfant se raidit et vomit une seconde salve de vers. Cette fois Reynal put éviter d'en être aspergé en l'écartant de lui. Le bébé émit un hoquet sonore et une mousse verdâtre lui sortit de la bouche. Tout son corps se détendit et sa tête tomba en arrière. Des coups violents furent frappés à la porte.

– Docteur, docteur ! Marie-Josée est morte !

– Julien aussi, murmura Reynal en déposant le petit corps sur le divan.

Puis, d'un pas traînant, il alla ouvrir.

2

J'ai horreur des gens qui mâchent du chewing-gum, surtout la bouche ouverte. Pourtant le gendarme Larnoux m'était sympathique. Il mastiquait avec application, dévoilant une dentition parfaite.

– Le commandant vous attend à la voiture.

J'aperçus à quelques mètres la silhouette de Jean, près d'un autre gendarme, penchée du côté du conducteur. Un type en blouson s'activait à la portière avant droite, je reconnus le chef de l'identité judiciaire que Jean m'avait présenté hier.

– Je vous préviens, ce n'est pas beau à voir, dit Larnoux, entre deux mastications.

Il me regarda dans les yeux et je faillis éclater de rire en voyant son képi lui branler sur la tête au rythme de ses maxillaires en folie.

Je m'avançai vers la voiture en respirant un bon coup d'air breton. Si Jean m'avait demandé de le rejoindre à une heure aussi matinale, c'est qu'il avait quelque chose d'intéressant à me montrer. Enfin, j'espérais que cela fût intéressant, parce que se faire réveiller à six heures du matin lorsqu'on est en vacances, que la gueule de bois est en train de naître et que l'on n'est même pas flic, franchement c'est inhumain.

Une mouette hurla. J'ai levé les yeux, le ciel était bleu, avec quelques nuages blancs. L'air sentait l'iode. Jean discutait toujours. Plus je m'approchais, plus j'avais l'impression qu'une sorte de *malheur* s'était abattu sur cette voiture.

– Alors, enfin réveillé ?

– Mmm...

Il inspira une grande goulée d'air et me regarda bien en face. C'était bizarre de sa part. D'habitude il ne regardait jamais les gens en face, il préférait inspecter vos vêtements ou vos chaussures. Pourquoi me dévisageait-il dans ce petit matin breton assez pénible après m'avoir téléphoné à l'aube ? Il se retourna vers l'officier de police judiciaire et lui demanda d'un ton sec :

– À quelle heure remonte la mort ?

– Je ne peux pas encore le dire exactement. Entre deux et quatre heures du matin.

Je m'approchai lentement de la voiture, une BMW haut de gamme. Jean se tenait très droit, face à moi. Le ciel blanc et bleu lui faisait une auréole magnifique. Cela me rappela la scène de la nuit des longs couteaux, dans le film de Visconti. Je me secouai : même en uniforme Jean n'avait pas l'air d'un nazi.

– Alors, qu'est-ce que tu veux me montrer ?

Il tourna la tête vers l'intérieur du véhicule. Les vitres et le pare-brise étaient couverts de sang. Devant moi, le cadavre d'un homme assez grand, blond, plutôt costaud, dans une drôle de posture. Dans sa main droite il serrait un tournevis qu'il avait planté en plein milieu de son ventre. Il avait fait plusieurs entailles, et on voyait, à travers les lambeaux de la chemise, la peau déchirée qui s'ouvrait comme un sourire sur les intestins qui coulaient.

Le plus horrible était sa main gauche qu'il gardait crispée près de son visage. Les deux yeux arrachés, à moitié écrasés, étaient serrés dans le poing couvert de sang qui avait laissé une trace rouge sur la joue. L'odeur et l'horreur de la scène me firent reculer.

– Que s'est-il passé ?

Je fixais Jean d'un air ahuri et vaguement dégoûté. Lui me regardait sans me voir.

– Eh bien, cela semble incroyable... intervint l'officier de police judiciaire.

– ... incroyable, oui. Il semblerait que cet homme se soit mutilé et suicidé.

– Quoi ! Vous voulez dire que ce type s'est fait ça tout seul ?

Jean sembla enfin accommoder sur moi. J'eus l'impression de redevenir visible.

– Oui, me fit-il. Ce type – il désigna le cadavre du pouce – ce type s'est crevé les yeux avec la main gauche pendant qu'il se donnait des coups de tournevis dans le ventre et le thorax. Il a fini par toucher le cœur et s'est arrêté.

Le manche du tournevis dépassait d'une façon obscène de la poitrine du mort. On aurait dit un phallus brun, car le sang avait séché. J'avalai difficilement ma salive.

– Et c'est tout ?

– Non, ce n'est pas tout !

Jean se pencha brutalement en avant, comme s'il allait embrasser le cadavre.

– Regarde sa main droite.

Malgré mon peu d'envie de contempler à nouveau le mort, j'obtempérai. Sa main droite serrait le volant. Au début je ne remarquai rien, tout paraissait normal, si l'on peut dire. Ce fut en regardant mieux que je m'aperçus qu'il manquait le majeur. Comme s'il avait été cisaillé au ras de la paume. Je demandai à Jean :

– Il a perdu un doigt ?

– Pire que ça.

La plaie était fraîche et un bout d'os blanc, rond comme un œil d'escargot au bout de son pédoncule, sortait de la main pour désigner la lande à travers le pare-brise. De plus, la peau près de la plaie était noircie, comme brûlée. Un peu comme ces marques vertes que laissent les bagues de mauvaise qualité avec la transpiration.

– Avant de se tuer il s'est coupé le doigt et a essayé de cautériser la plaie avec l'allume-cigare ?

C'était idiot mais il fallait à tout prix que je dise quelque chose : je sentais que mon petit déjeuner remontait. Jean ne me répondait rien.

– Va-t'en savoir, dit-il enfin en éloignant sa grosse carcasse de la voiture.

Jean avait toujours été un peu gros. Pas obèse, mais un peu gros. Ça devait l'aider dans son métier. Je lui fus reconnaissant de s'éloigner de la voiture.

– Vous avez retrouvé le doigt ?

Sans répondre, il sortit de sa poche un petit sachet en plastique transparent. Il me le tendit et je fus bien obligé de le prendre. Mon petit déjeuner s'agitait de plus en plus. Le doigt était blanchâtre, recroquevillé, et on voyait là aussi que la blessure était fraîche et la base du doigt complètement brûlée.

– Où l'avez-vous trouvé ?

– Par terre, sous la pédale d'accélérateur.

Les mouettes n'arrêtaient pas de hurler. Je m'éloignai encore plus de la voiture après avoir rendu à Jean sa macabre pièce à conviction. Il me suivit et nous marchâmes ainsi quelques dizaines de mètres en silence. Puis je n'y tins plus.

– Écoute, Jean, nous sommes amis depuis longtemps, je suis dans la région pour mes recherches, on en profite pour se faire un bon gueuleton, pourquoi me montrer de telles horreurs ?

Je me rendis compte que j'avais crié ces derniers mots. Le type dans la voiture et surtout le doigt dans le sac m'avaient rendu quasiment hystérique.

– Pour ça, dit-il, en sortant d'une autre poche un livre que je reconnus immédiatement : *L'Histoire obscure du pays celte*.

Je connaissais bien ce livre : mon nom s'étalait d'ailleurs sur la couverture : Xavier Lefrançois. Je le retournai machinalement et revis avec déplaisir l'horrible photo de quatrième de couverture, me représentant en portrait, avec en arrière-fond tout un tas de croix. Je me trouvais l'air niais sur cette photo, faisant une grimace à mi-chemin entre l'air grave de l'universitaire mystérieux que j'étais et le jeune chercheur sympathique que j'étais également.

Cela fait toujours plaisir à un auteur de voir que quelqu'un a acheté son œuvre, mais là l'effet fut mitigé.

– Et alors, le rapport avec mon bouquin ?

– C'est la seule chose personnelle que l'on ait retrouvée, bien planquée au fond de sa valise de linge. Sinon, il n'y avait que la panoplie du parfait cambrioleur. Rien d'autre.

Il prit un air peiné.

– Rien de rien, sauf ça, dit-il en me montrant mon livre. Et regarde-le bien.

Je le feuilletai et je pus constater, non sans un plaisir narcissique certain, qu'il avait été lu et relu. Des passages étaient même soulignés. Manifestement, quelque chose dans ces pages avait passionné l'homme mort de la voiture.

– Maintenant je comprends pourquoi tu m'as fait lever de si bonne heure pour me montrer Frankenstein.

– Oui, c'est notre seule piste dans cette histoire incompréhensible. Ce mec s'arrache les yeux, se larde de coups de tournevis jusqu'à en mourir, son doigt tombe, brûlé ou coupé, et la seule chose qui puisse nous donner un début de piste, c'est ton bouquin. Alors comme je te savais dans le coin... Tu vois, j'ai besoin de ton aide, moi je n'y connais rien dans tous ces trucs celtiques. On finira bien par savoir qui était ce type, mais je doute que cela puisse expliquer ce gâchis. J'ai besoin de toi. Tu es devenu un auxiliaire de police depuis ce matin.

Je m'attendais à ce qu'il ajoute « repos ! Vous pouvez fumer », mais il se contenta du regard « ce n'est plus l'ami mais le militaire qui te parle ».

Je ne sus que répondre. Je ne voyais absolument pas comment mon livre pouvait avoir le moindre rapport avec le carnage de la voiture. Certes, dans *L'Histoire obscure...* j'avais décrit mille et un supplices, mutilations et tortures diverses pratiqués depuis l'Antiquité, aussi bien dans le nord de l'Europe qu'en Bretagne, mais je n'avais jamais rien lu concernant les suicides au tournevis ni les doigts qui tombent tout seuls. Pourtant je m'y connaissais, *L'Histoire obscure...* était le résultat grand public de ma thèse, c'est-à-dire de cinq années de recherche parmi les légendes, les lieux et les monuments de la région. J'avais patiemment interrogé les vieux, je m'étais usé les yeux sur les grimoires à demi effacés. On pouvait dire que j'étais un spécialiste de l'histoire préceltique. Mais franchement, je ne voyais rien dans mes connaissances qui puisse se rattacher à l'abomination dans la voiture.

– Bon, je suppose que maintenant je dois rentrer à l'hôtel et voir ce que je peux tirer de mon chef-d'œuvre.

– C'est exactement ce que j'allais te proposer. De mon côté je t'informerai de tout élément nouveau intéressant notre client et sa mésaventure.

Jean avait toujours eu le sens de la litote. Il me broya la main, comme d'habitude, en me disant au revoir et nous partîmes chacun de notre côté, lui vers le mort, moi vers ma voiture. Je fus, cependant, incapable d'y arriver directement : mon petit déjeuner avait décidé de se séparer définitivement de moi.

L'hôtel que j'avais choisi portait bien son nom : Hôtel de la plage. Il était effectivement au bout de la rue principale (« grand'rue », disait-on ici), là où elle débouche sur la mer. Mini-port sur la gauche (quelques barques de pêche modestes, pas de chalutiers ni de yachts), et belle plage de sable blanc sur la droite.

Les rochers parsemaient le rivage et, à marée basse, on voyait qu'ils s'enfonçaient loin dans la mer. J'apercevais, de temps en temps, des gens du pays courbés parmi les mares que la mer avait laissées en se retirant. Ils ramassaient du goémon. Je savais que c'était l'industrie locale. C'était curieux de voir ces gens transporter dans leurs brouettes toute cette barbe marine, dégoulinante comme les cheveux de Méduse, et pleine de cloques qui me rappelaient mon enfance. On s'amusait à les faire claquer entre le pouce et l'index, le gagnant étant celui qui arrivait à faire la fusillade la plus impressionnante. Les inévitables massifs d'hortensias bretons bordaient tout l'hôtel, ne laissant libre que l'entrée.

J'ouvris la porte aux petits carreaux et débouchai dans la grande salle. À droite se trouvait le bureau du réceptionniste, absent pour le moment. Devant moi, la pièce faisait à la fois bar et restaurant. L'extérieur était typiquement breton – murs blancs, toits d'ardoise –, la salle également : lourdes chaises en bois et tables « rustiques ».

À gauche il y avait un comptoir où je m'installai péniblement, encore sous le coup de mon réveil matinal et de la vision du suicidaire. Trop fatigué pour penser, je consultai mon estomac qui me dit d'accepter un grand café avec un verre d'eau. Je fus tenté d'y ajouter un remontant (ils ont un excellent calva dans le coin), mais il était vraiment trop tôt et je voulais garder l'esprit clair.

Remonté dans la chambre, je m'étendis sur le lit, le livre en main. J'étais vraiment surpris que mon bouquin ait été ainsi annoté. Le type dans la voiture n'avait pas l'air d'un intellectuel, autant que je m'en souvienne. C'est vrai qu'il avait les yeux crevés.

Je secouai le livre, mais aucune feuille mystérieuse n'en tomba. Je fermai les yeux un instant et, chose surprenante, je m'endormis. « Après tout je ne suis pas James Bond », dis-je à l'image de Jean qui flotta un instant devant moi, l'air peiné.

Je fus éveillé en sursaut par le téléphone breton, c'est-à-dire un vieux modèle à sonnerie stridente. Juste punition pour un apprenti flic qui préfère dormir plutôt qu'enquêter.

– Xavier ! C'est André.

André Sollier est journaliste et se croit mon ami. Je dirais plutôt une relation, pour ma part. Il m'aime plus que je ne l'apprécie, et ce déséquilibre des sentiments me met toujours mal à l'aise. Pourtant, ce ne sont pas les mœurs d'André qui sont en cause : doté d'une femme délicieuse, il a également un joli minois qui lui permet de nombreuses conquêtes. J'ai, parfois, l'impression que son véritable métier est essayeur de femmes, tellement il met d'opiniâtreté à les séduire. Et le pire c'est que ça marche : chaque fois ou presque que nous nous voyons il est accompagné d'une femelle sexy. Il parle russe couramment. Peut-être devrais-je apprendre le russe ?

– Alors, qu'est-ce que tu penses de cette affaire ?

D'un seul coup je fus totalement éveillé.

– Quelle affaire ? parvins-je à croasser.

Je regardai ma montre, j'avais dormi une heure et demie. Jean n'avait certainement pas prévenu la presse, ce n'était pas son genre. Alors, pourquoi le journaliste m'appelait-il ?

– Eh bien, le cambriolage du tombeau des Lauclay. Enfin, le viol de sépulture, quoi !

J'eus l'impression qu'il me parlait chinois.

– Écoute, je ne suis au courant de rien, tu viens de me réveiller, j'ai fait la java tard hier soir... Et puis, qu'est-ce que cela a à voir avec moi ?

– Ah ! là, là ! Tu dois tenir une bonne gueule de bois, si je comprends bien. Je t'appelle parce que j'ai appris tôt ce matin qu'on avait forcé le tombeau de la famille Lauclay.

Il marqua une pause. « Et alors ? » eus-je envie de répliquer. Mais il avait prononcé sa dernière phrase d'un ton entendu, comme si je devais tout de suite comprendre que cela me concernait. Je mis un certain temps à réagir.

– Tu veux dire le caveau de la famille ducale de Lauclay ?

– Tout juste, mon vieux ! Celle dont tu parles beaucoup dans ton bouquin. Et tiens-toi bien : on n'a touché à aucun des cercueils. C'est le mur qui les intéressait ! Il y avait une cache pas plus grosse qu'une boîte de chaussures. La police pense qu'on est venu récupérer ce qui se trouvait dedans.

– Et quand est-ce que ça s'est passé ?

– Cette nuit même, mon vieux ! Le type qui s'occupe

du cimetière est venu travailler tôt ce matin. Comme lui et sa femme gardent leur petit-fils et que sa femme était malade, il a emmené le gosse au cimetière. C'est en jouant avec son ballon que le gamin a découvert le pot aux roses. Il a shooté en plein dans la grille du caveau et celle-ci s'est entrouverte. Il paraît qu'il a poussé un cri à réveiller les morts !

André était presque aussi fier de son sens de l'humour que du nombre de ses conquêtes.

– Et alors ? fis-je laconiquement.

– Et alors, le vieux est descendu. Il a vu qu'on avait scié le pêne de la grille. Ça l'a intrigué et, une fois dans le caveau, il a constaté les dégâts. Et il a prévenu la police. Et c'est là où mes contacts ont marché. Moins d'une heure après j'étais au courant !

– Bravo ! Et que comptes-tu faire maintenant ?

– Eh bien, venir te voir, renifler à droite et à gauche, faire mon boulot, quoi ! Je serai à ton hôtel ce soir. On dîne ensemble ?

– Ça doit pouvoir se faire. Tu me raconteras ce que tu as appris et je te dirai tout ce que je sais de la famille Lauclay.

Nous nous quittâmes peu après et je réalisai brusquement que j'allais passer mes vacances comme flic adjoint et journaliste à mi-temps. Je jetai un coup d'œil par la fenêtre – la mer avait commencé à remonter et il y avait moins d'hommes sur la plage. Mais, monotone et rassurant, le bruit des vagues continuait à battre son rythme à mes oreilles.

« Bon, il faut se mettre au boulot », me dis-je en bâillant. Je pris le livre et de quoi écrire et m'assis à la petite table en bois brun qui était collée à la fenêtre.

Il me fallut une heure pour arriver à quelque chose. Et encore, je ne voyais pas très bien à quoi tout ça pouvait mener. Il y avait trois sortes de marques.

La première, la plus ancienne, pensai-je, était faite au crayon. Les deux autres au feutre bleu et noir. J'examinai avec attention les écritures en marge et je parvins à la conclusion que c'était une seule et même personne qui avait fait ces marques.

Donc, une même personne aurait lu mon livre au moins trois fois – inutile de préciser que cela fit un bien fou à mon ego.

Je dressai trois listes des passages soulignés pour voir ce que cela donnait. Le résultat ne me dit pas grand-chose au début : trois successions de noms propres (lieux et noms de famille) qui n'avaient rien en commun, hors le fait d'avoir été soulignés. Je restai plusieurs minutes à les étudier : certains apparaissaient dans deux listes, tous étaient en relation avec des lieux de culte celte, avec des familles nobles ayant toutes, à différents degrés, un lien avec les Celtes. J'en fus étonné (et un peu déçu) car mon livre parlait avant tout des légendes celtes. C'était à croire que mon lecteur mystérieux s'intéressait à autre chose qu'aux légendes et traditions que j'avais étudiées.

Je décidai de prendre le livre par la fin, pour vérifier que je n'avais oublié aucun mot souligné lorsque je tombai sur une quatrième liste, écrite par mon lecteur sur la dernière page du livre avec son feutre noir. C'était une succession de noms de famille. Tous étaient barrés, sauf un : *de Lauclay*.

Il était temps d'aller manger.

Reynal parcourut la pièce du regard. C'était une salle aux proportions harmonieuses quoique très grande. Le sol était entièrement couvert de tapis. Trois hautes fenêtres laissaient entrer la lumière du soleil tamisée par des voilages. Aux murs étaient accrochés des rayonnages supportant des centaines de livres.

En face de lui se trouvait un coin salon fait d'un canapé et de profonds fauteuils. Une cheminée, éteinte, partageait la pièce en son milieu. Des rais de soleil entraient à flots et Reynal dut cligner les yeux pour distinguer le bureau. Il était vide. Il s'avança vers les fauteuils qu'il voyait inoccupés lorsque la voix de Gunnar résonna :

– Alors, tout s'est bien passé ?

Malgré lui Reynal sursauta. Il chercha à localiser la voix, et ce ne fut qu'en arrivant au bout de la salle qu'il aperçut Gunnar confortablement installé dans un fauteuil. « Toujours ce goût pour la mise en scène mélodramatique », songea le docteur en allant s'asseoir en face de lui.

– Tout s'est bien passé, maître Gunnar, dit-il en sortant de sa poche l'éprouvette qu'il tendit à son supérieur.

Ce dernier la prit sans la regarder, fixant Reynal de ses yeux gris perçants. Ce qui frappait le plus dans son visage était sa pilosité d'un blond presque blanc. Ses sourcils fournis faisaient ressortir l'éclat pâle de ses yeux et ses cheveux coupés très court, presque rasés, laissaient apparaître la peau du crâne, si blanche qu'on aurait pu le croire chauve.

Il fit tourner l'éprouvette entre ses doigts. La lumière du soleil se reflétait sur le verre, renvoyant des éclats qui gênaient Reynal.

– Parfait ! Tout se passe donc comme prévu.

– J'ai bien peur que non, maître Gunnar.

Une brève lueur de contrariété brilla dans les yeux de Gunnar. Il attendait la suite.

Le docteur lui raconta alors les événements de la nuit, la possession de Julien, la mort de l'infirmière, comment il avait réussi à tout régler. Malgré sa remarquable maîtrise de soi, Gunnar ne put s'empêcher de laisser transparaître un étonnement croissant devant le récit de Reynal.

– C'est fantastique, lâcha-t-il, lorsque celui-ci eut terminé.

– C'est d'autant plus surprenant que nous ne sommes pas près de l'océan. Je m'étais dit que cela pouvait se produire si Julien allait près des côtes, mais à Paris...

– Cela signifie qu'il est puissant, le coupa son chef avec excitation.

– Puissant et mauvais. J'avoue que j'ai eu très peur,

c'est pourquoi j'ai dit le rituel. Je ne savais pas du tout comment les choses allaient tourner. En fin de compte le corps de Julien n'a pas supporté la présence.

– C'était à prévoir, et c'est tant mieux !

Gunnar ne s'embarrassait pas de scrupules, Reynal n'en fut pas surpris : imaginer Gunnar s'apitoyer sur quelqu'un relevait de la plus haute fantaisie.

– J'aurais pourtant aimé que l'enfant vive, murmura le docteur.

Son chef ne l'écoutait pas. Il jouait distraitement avec l'éprouvette.

– Vous allez raconter cette histoire aux autres. Ils nous attendent dans la salle de réunions. Je suis certain que cela va passionner Ophile, dit-il enfin en se levant.

Il sourit à Reynal, puis alla déposer l'éprouvette sur son bureau.

– Et de votre côté, tout s'est bien passé ?

Gunnar marqua un infime temps d'arrêt.

– Parfaitement.

Il se retourna vers Reynal.

– Nous touchons presque au but maintenant. Notre homme a récupéré ce que nous lui avions demandé.

– Que va-t-on faire de lui ?

– Eh bien, il a, en quelque sorte, réglé son propre problème, et celui qu'il aurait pu nous poser. Cet imbécile n'a pas résisté à la tentation d'ouvrir le coffret. Il a, bien sûr, passé la bague à son doigt...

Reynal devinait la suite, mais il voulut l'entendre confirmée par le grand maître.

– Il est devenu fou ?

– Complètement, répondit le colosse aux cheveux ras avec un air ravi. C'était horrible, d'après Saint-Germain et Peyrac qui le surveillaient. Ils se sont précipités et ont eu le temps de le voir s'agiter comme un diable dans la voiture. Il hurlait, m'ont-ils dit. Lorsqu'ils ont ouvert la portière, il paraît que ce n'était pas beau à voir.

Gunnar sourit à nouveau, comme s'il s'agissait d'une bonne plaisanterie.

– Enfin, cela a réglé la question de ce que nous allions faire de ce monsieur. Les mercenaires sont toujours un problème, une fois qu'ils ont accompli leur travail. Nos gens ont récupéré les objets, le plus dur a été de trouver l'anneau qui avait glissé sous le siège. Le doigt était tombé, brûlé jusqu'à l'os.

– Pas d'ennuis donc ?

– Je crois que Vorreux a égaré quelque chose, dit Gunnar d'un ton sibyllin.

Il sourit à nouveau, uniquement avec les lèvres. Ses yeux restaient froids.

– Allons-y, ordonna-t-il à Reynal en ouvrant la porte qui menait à la salle de réunions.

Ils étaient sept autour de la table. Gunnar présidait. Les six autres se faisaient face, trois de part et d'autre de leur chef, séparés de lui par une distance marquant la hiérarchie. La salle de réunions était attenante au bureau de Gunnar, mais de lourds rideaux rouges masquaient les hautes fenêtres donnant sur le parc. Ici pas de cheminée, pas de fauteuil confortable mais un mobilier fonctionnel et sans âme. La table était recouverte d'un feutre vert et chaque participant avait devant lui un verre et une carafe de cristal. On aurait pu croire à une banale réunion de conseil d'administration.

Ophile, le « sorcier », était assis à la droite du chef. Reynal lui faisait face. Sur sa gauche se trouvaient les « érudits », Vorreux et Clément. Face à eux les « barbouzes », Saint-Germain et Peyrac.

« Et moi, qui suis-je ? songea Reynal. Le Dr Hyde ou le savant fou ? Peut-être le Dr Mengele... »

Il chassa de son esprit ces interrogations morbides et essaya de se concentrer sur la réunion.

Gunnar expliquait que l'opération du cimetière s'était parfaitement déroulée. La mort de Fréchou, le mercenaire, faisait leur affaire et tout semblait pour le mieux de ce côté-là. Reynal bâilla et attendit son tour avec une placidité qui ne trahissait nullement son excitation.

Il annonça d'une voix neutre qu'il avait le placenta,

ce qui lui valut les félicitations bruyantes du groupe. Gunnar toussota pour réclamer le silence.

– Avant que maître Ophile nous dise où en est la préparation de l'Élixir, je vous demande d'écouter la suite du récit de maître Reynal.

Tous devinrent attentifs et Reynal raconta les péripéties de sa nuit. À la fin de son récit un silence respectueux régnait dans la pièce. Ophile lui-même semblait abasourdi.

Vorreux ne put s'empêcher de prendre la parole en premier. C'était le plus bavard du groupe. C'est lui qui avait contacté Fréchou pour qu'il récupère le livre des rituels et l'anneau. Il connaissait l'histoire des Lauclay mieux que quiconque ainsi que celle de toutes les familles ayant des racines dans les clans celtiques. Clément était le généticien du groupe. Pâle et réservé, il parlait peu, laissant Vorreux pérorer pour eux deux. Ce dernier s'exclama :

– Je m'en doutais. Souvenez-vous de ce que je vous avais dit ! Avec ce que cette fille a dans ses gènes on pouvait s'attendre à tout.

Sa fatuité n'impressionna pas Reynal ni ne l'étonna. Vorreux n'aurait, au grand jamais, pu prévoir la fantastique incarnation de la nuit dernière. Reynal se souvenait au contraire de ses permanentes hésitations dès qu'il fallait prendre parti, de son art consommé pour se protéger de toute critique en se réfugiant derrière les incertitudes de la généalogie ou de la génétique. De plus, parmi les sept hommes assis autour de la table, il était celui qui supportait le moins la contradiction, ce qui n'était pas peu dire. Ce trait de caractère était bien connu des autres et personne ne releva la sortie du petit homme replet. De toute façon l'heure n'était pas au jeu des vanités. Ce qui s'était produit la nuit dernière était bien plus important.

– Tout cela est très encourageant pour la suite de notre projet, déclara Ophile. Et maître Reynal a très bien agi. Je pense qu'il a eu raison d'entonner le chant de la naissance. Contrarier le démon aurait pu être très dangereux.

– Mais l'enfant est mort ! lâcha Vorreux d'un air pincé.

Comme tous ceux qui ne supportent pas d'être critiqués, il adorait critiquer les autres.

– L'enfant est mort, reprit calmement Ophile. Mais, maître Vorreux, vous savez comme nous que la survie de l'enfant était indépendante de notre volonté. Compte tenu du contexte très difficile qui était le sien, maître Reynal a fait pour le mieux. Il était également très important que rien ne soit découvert.

Reynal inclina la tête en signe de remerciement à l'adresse d'Ophile et déclara :

– Il n'y a aucune inquiétude à avoir de ce côté-là. Les pompiers ont conclu à un incendie accidentel et j'ai pu signer sans problème le permis d'inhumer de mon infirmière. Quant au bébé, j'ai déclaré une mort subite du nourrisson. Personne ne pourra me contredire, la seule qui ait vu Julien quand il était possédé est morte.

– Tout cela est très bien, intervint Gunnar, mais ne doit pas nous faire oublier la suite de notre projet.

Tous se tournèrent vers Ophile. Le vieillard parcourut de ses yeux malicieux le reste de l'assemblée.

– J'y travaille d'arrache-pied. Les préparatifs sont très longs, mais nous avons maintenant tout ce qu'il nous faut. Plus de recherches fastidieuses, plus de longs voyages à l'étranger, dit-il à l'adresse de Vorreux et Clément.

C'étaient eux qui avaient sillonné le nord de la Suède à la recherche de l'île d'où venait l'amant de Béatrice. Reynal avait oublié le nom de l'endroit, un long mot imprononçable. Les recherches avaient duré plusieurs années, beaucoup plus de temps qu'il n'avait fallu pour dénicher Sarah. On pouvait reprocher pas mal de choses à Vorreux, pourtant il fallait reconnaître qu'il s'y connaissait en généalogie. Clément et lui formaient une équipe terriblement efficace. Ophile poursuivit de sa voix calme et posée :

– Je n'ai aucune envie de précipiter les choses. Toutes les réactions chimiques sont extrêmement lentes et les rituels magiques ne souffrent pas la moindre erreur. Ce placenta a été très difficile à obtenir, il ne s'agit pas de le gâcher. Actuellement je dois finir la dernière série des invocations de pleine lune. Tout cela doit se faire en son temps.

– Nous le savons, maître Ophile. Mais notre impatience est bien compréhensible. Dites-nous seulement quand vous pensez être prêt.

C'était Gunnar qui venait de parler. Il traitait toujours Ophile avec le plus grand respect, mais Reynal savait qu'il était aussi impatient que les autres, si ce n'est plus, de voir les travaux du grand alchimiste aboutir.

– L'Élixir sera prêt dans le début du mois de juillet, le 21 au plus tard, dit Ophile. Comme je vous l'avais promis.

– Très bien. Voilà qui nous rassure, dit Gunnar avec un sourire satisfait.

Il parcourut des yeux les six hommes autour de lui.

– Maintenant, chers frères, je vous demanderai d'être le plus discrets possible. Nous n'avons plus que quelques semaines à attendre. D'ici là aucun geste qui puisse attirer l'attention sur nous. Nous nous reverrons ici la nuit du 21 juin. Ne me contactez que s'il y a un problème grave.

La voix sèche de Saint-Germain rompit le silence.

– Puisque vous parlez de sécurité, il me semble qu'il y a deux points dont nous devrions discuter, maître Gunnar.

Saint-Germain était très grand, avait de longues mains fines et un visage également allongé. On aurait dit un reflet tel qu'on en trouve dans les fêtes foraines dans la galerie des glaces déformantes. Mais son physique de fil de fer ne faisait pas oublier à Reynal qu'il était l'enquêteur du groupe, chargé de leur sécurité. Le « maître espion » comme l'appelait Ophile. C'est sans doute la raison pour laquelle Gunnar répondit presque aimablement :

– De quoi voulez-vous parler ?

– Tout d'abord il y a ce vol du livre de maître Vorreux.

L'intéressé rougit légèrement et s'agita sur sa chaise, mal à l'aise. Reynal comprit alors à quoi Gunnar avait fait allusion dans son bureau. Le mercenaire, qui avait été en contact avec Vorreux à plusieurs reprises, lui avait dérobé un livre. Un ouvrage sur les familles nobles de Bretagne, crut comprendre le docteur. Qu'est-ce qu'il comptait en faire ? Sans doute espérait-il en savoir plus sur son commanditaire et sur ses intentions. Une minable tentative de chantage, bien dans le genre du personnage.

Reynal écouta distraitement la diatribe de Saint-Germain contre Vorreux, se contentant de la conclusion : chacun s'accordait à penser que la disparition de ce livre n'était pas une catastrophe. Mais Saint-Germain avait de la suite dans les idées.

– Nous savons qu'il est maintenant dans les mains de la police. Or c'était un instrument de travail de maître Vorreux. Il était annoté de sa main...

Et bien renseigné en plus ! Reynal se demanda quels secrets Saint-Germain pouvait savoir sur lui.

– Je ne vois pas quel danger cela peut représenter, protesta Vorreux. Il s'agit d'un livre universitaire qui n'a que de lointains rapports avec notre projet.

– On y parle beaucoup des Lauclay !

– Et alors ? La police ne me paraît pas capable de faire le moindre rapprochement.

– La police peut-être pas, mais l'auteur du livre, si.

Saint-Germain avait parlé d'un ton cassant. Il regardait Vorreux d'un air courroucé. Sa pomme d'Adam montait et descendait comme un yo-yo sur son cou décharné.

– J'ai appris que l'auteur du livre, un certain Lefrançois, était un ami du commandant de gendarmerie chargé de l'enquête. Le hasard fait mal les choses,

Lefrançois était en vacances dans la région quand Fréchou s'est tué.

– Je ne vois toujours pas en quoi cela peut nous inquiéter. J'ai entendu parler de Lefrançois. C'est un chercheur brillant mais il n'a rien d'un flic. C'est juste un spécialiste des civilisations anciennes.

– Justement ! Je me méfie du mélange entre le policier et le chercheur.

– Et que proposez-vous ? demanda Gunnar d'une voix basse.

Reynal remarqua que leur chef n'avait pas dit « maître Saint-Germain », ce qui prouvait son irritation. L'intéressé dut s'en apercevoir car il répondit d'une voix plus calme :

– Avec votre respect, maître Gunnar, je suggère la liquidation de Lefrançois.

Le silence s'installa autour de la table. Chacun pesait le pour et le contre. Enfin Gunnar prit la parole.

– Je ne pense pas que cela soit une bonne solution. Je doute que la police puisse découvrir quoi que ce soit avec ou sans l'aide de ce Lefrançois. En revanche, l'action que propose maître Saint-Germain risque d'attirer l'attention sur nous et c'est justement ce que je vous demandais d'éviter à tout prix.

– Mais cela peut se faire très discrètement, maître Gunnar !

– Il y a toujours un risque. Pensez au vol de Fréchou chez maître Vorreux. Personne n'est à l'abri de ce genre d'incident. C'est pourquoi je m'oppose à toute action tant que cela n'est pas absolument nécessaire.

Les autres acquiescèrent un à un, Vorreux le premier, reconnaissant à Gunnar de ne pas s'être étendu sur le vol commis dans son bureau. Saint-Germain sentit qu'il avait perdu la partie sur ce point.

– Très bien. Le second point que je voudrais aborder est celui de la fille Duguet.

Reynal mit une seconde à réaliser qu'il parlait de Sarah.

– Elle ne nous est plus d'aucune utilité et elle pourrait parler à n'importe quel moment.

– Parler de quoi et à qui, maître Saint-Germain ?

Reynal contrôlait difficilement sa voix tant sa rage était intense. « Cette graine d'espion ou de mafioso me dégoûte, pensa-t-il en dévisageant le long bonhomme. Il ne pense qu'à tuer tout le monde autour de lui. »

– Tout est possible... Parler à la police, parler à Lefrançois, reprendre contact avec sa mère... retrouver son père, pourquoi pas ?

– Tout cela est du roman, contra Reynal. Sarah n'a rien à raconter. Pour elle il s'agit d'un épisode malheureux de sa vie qu'elle oubliera vite. J'y ai veillé.

– Quand sort-elle de la clinique ? demanda Gunnar.

– Demain. Je n'ai aucune raison de la garder plus longtemps. Quant à contacter d'autres personnes mêlées à l'affaire, cela relève de la plus haute fantaisie ! Là aussi je pense que la discrétion est notre meilleur choix.

– Je suis chargé de notre sécurité à tous, maître Reynal. Je soulève ce qui pourrait devenir un grave problème et je suggère une solution.

Saint-Germain avait parlé d'une voix onctueuse qui jurait avec son physique anguleux.

La tension entre les deux hommes était presque palpable. Gunnar semblait se désintéresser du problème. Reynal savait qu'il n'en était rien et que leur chef réfléchissait tout en observant attentivement chacun.

– Il y a peut-être un moyen de concilier la sécurité et la discrétion, dit Peyrac. Nous pouvons faire surveiller la jeune Duguet et si le moindre indice inquiétant apparaît, il sera temps d'aviser. Je propose que l'on suive également les progrès de l'enquête sur la mort de Fréchou. Je ne pense pas que ce Lefrançois trouve quelque chose, mais ça ne coûte rien de garder un œil sur lui.

L'idée que l'on puisse faire du mal à Sarah avait révulsé Reynal et il abonda dans le sens de Peyrac afin d'éviter tout projet de « liquidation ».

– Je verrai Sarah régulièrement. Si elle se doute de quoi que ce soit, je le saurai immédiatement.

Gunnar se tourna vers lui et eut un petit sourire de complicité.

– Entendu. La suggestion de maître Peyrac me paraît raisonnable. Lui et maître Reynal s'occuperont de la jeune femme. Vous-même – il se tourna vers Saint-Germain – suivrez de près les progrès de l'enquête. Je doute que la police aille bien loin. Si jamais il se passait quelque chose qui puisse nous gêner, rendez-m'en compte immédiatement et surtout n'agissez pas sans m'en parler d'abord.

De nouveau il dévisagea les six hommes autour de lui. Cette fois-ci aucun ne parla et Gunnar leva la séance. Saint-Germain, Peyrac et Clément quittèrent aussitôt la pièce. Vorreux parlait avec Gunnar de la cérémonie du solstice. Ophile se pencha vers Reynal qui buvait un second verre d'eau et demanda avec une mine gourmande :

– Je vous en prie, maître Reynal, racontez-moi encore une fois l'incarnation. Cela a dû être un moment extraordinaire.

Et Reynal raconta.

3

Un vieux gendarme à l'uniforme défraîchi était de garde. Son regard fatigué n'avait rien à voir avec les prunelles enthousiastes de celui du petit matin. C'est à peine s'il leva la tête vers moi.

– Le commandant vous attend, dit-il en continuant sa conversation téléphonique.

Il me désigna une porte entrouverte à sa gauche.

Jean téléphonait lui aussi. Une grosse mouche se battait avec insistance contre la vitre. Je m'assis en face du bureau, contemplant mon ami d'un œil désabusé.

L'après-midi avait été décevante à tous points de vue : mes « investigations » avaient tourné court. Le livre ne m'avait rien appris de plus. Je croyais savoir moult choses sur la famille Lauclay, mais je dus me rendre compte que ma mémoire n'était pas encyclopédique. Je me souvenais juste qu'elle prenait loin ses racines.

Non contente d'avoir participé aux premières croisades, la famille tirait ses origines d'un clan qui dirigeait la région depuis l'époque gallo-romaine. Plus ou moins druides, les Lauclay avaient produit de nombreux chefs et guides spirituels. À l'époque on les connaissait sous le nom du clan des Bar Lacl'. Ce qui m'avait le plus frappé était qu'ils avaient construit, beaucoup plus tard, leurs châteaux dans des lieux de culte, restant ainsi sur place depuis plus de deux mille ans.

Le membre le plus célèbre de la famille était Charles

de Lauclay. Ce compagnon de Jeanne d'Arc, ami de Gilles de Rais, avait mystérieusement disparu en même temps que ce dernier. Charles avait-il lui aussi participé aux massacres d'enfants de Gilles, après leur avoir fait subir les terribles violences que l'on avait découvertes par la suite ? C'était plus que probable, si l'on en croyait les commentateurs de l'époque. J'étais persuadé qu'il en était l'instigateur, car il ne cachait pas son goût pour les cultes anciens.

Son adoration des divinités païennes l'avait amené aux sacrifices humains. Ce charmant personnage était réapparu quelques années après la mort de Gilles et avait repris en toute impunité ses cruels rituels. C'est lui qui avait fait construire l'immense château des Lauclay. Son arrogance avait dû blesser les citoyens de l'époque car ils l'avaient brûlé en 1790 après en avoir égorgé tous les habitants. Cette fameuse nuit d'horreur était souvent citée en exemple par les historiens pour illustrer les atrocités de la Révolution.

À ma connaissance, il n'existait aucun descendant des Lauclay : tous avaient péri en 1790, et les seules traces qui restaient d'eux étaient les cercueils entassés dans le caveau bâti par Charles près du château. Ce même caveau qui avait été violé la nuit dernière.

– Il s'appelle Georges Fréchou.

Je sursautai. Jean avait raccroché et me regardait l'air épuisé. Sans son képi il avait une tête de petit garçon. Les cheveux courts, sans doute.

– Trente-deux ans, célibataire. Né à Paris 11e. Condamné deux fois pour vol à main armée. Trois affaires de mœurs, à chaque fois relâché faute de preuve.

Le mort de la voiture.

– Un grand voyou ?

– Pas vraiment. Un bon cambrioleur, un peu trop porté sur la drogue pour être fiable. Je ne comprends pas ce qu'il fichait dans ce caveau. Et toi ? Ton bouquin ?

Je lui résumai brièvement mes déductions. Ce n'était

pas grand-chose, cependant il eut l'air satisfait. Nous tombâmes d'accord sur le fait que ce n'était certainement pas Fréchou qui avait si soigneusement annoté le livre. Donc il ne lui appartenait pas. Il l'avait sans doute volé. À qui ?

– Je vais quand même fouiller dans son passé. On finira par trouver quelque chose avec un peu de chance.

Son visage n'exprimait ni enthousiasme ni déception, mais l'application du professionnel. Quant à moi, je me sentais à la fois excité par cette enquête, et vaguement honteux de ne pouvoir l'aider davantage. La mouche continuait son tam-tam agaçant, se fichant de nos états d'âme.

Il décida que j'irais le lendemain examiner le caveau.

– Je préviendrai mes hommes.

Je voyais mal ce que je pouvais trouver de plus qu'une équipe de la gendarmerie, mais l'idée de me balader dans un lieu aussi romantique me tentait.

– Ah ! Une dernière question, demanda Jean. Qu'est-ce que cela représente ?

Il me montra une photo que je reconnus immédiatement : une croix dont les branches et le sommet étaient surmontés de flammes.

– Ce sont les armoiries des Lauclay. Ce dessin remonte à Charles, le constructeur du château. La croix est là pour montrer la grande spiritualité de la famille, mais l'important c'est les flammes, c'est un symbole qui remonte aux origines du clan.

– C'est-à-dire ?

– C'est-à-dire que les Lauclay adoraient les sacrifices par le feu. Les bûchers rituels existent depuis deux mille ans dans cette région. C'est une spécialité de la famille qui vouait un culte au soleil. Les flammes dominent la croix, c'est un clin d'œil pour souligner que les vieilles croyances sont les plus fortes et méprisent le catholicisme. Un exemple de l'humour de Charles.

– Je me demande comment tout ça va m'aider pour l'enquête... Enfin, je vais chercher du côté d'éventuels descendants de la famille.

Je ne répondis rien, mais cela ne me paraissait pas une piste prometteuse.

Pourtant Fréchou avait bien trouvé quelque chose dans ce caveau, et il n'y était pas allé par hasard.

Jean se leva et mit son képi. La mouche zigzagua follement à travers la pièce, sans doute affolée par ce beau militaire. Dehors, le soleil de la Bretagne jetait un voile doré sur la mer. C'était l'heure que je préférais, ce moment de la journée où le monde est d'un calme absolu. Seuls les cris des mouettes viennent troubler l'air immobile. Le vent est tombé, la mer se repose, et tout semble en paix autour de vous.

Nous marchâmes lentement vers mon hôtel.

Ma sérénité disparut lorsque j'ouvris la porte du restaurant, un peu comme la sonnerie du réveil vous arrache d'un rêve. Assis au fond de la salle, en grande discussion avec la serveuse qui semblait complètement sous son charme, André Sollier nous attendait.

Je n'eus pas le temps d'être gêné. En nous apercevant André agita le bras dans notre direction.

– Bonjour Xavier, bonjour mon commandant. Devinez ce que je viens de découvrir ?

Depuis bientôt vingt-quatre heures il était sur la route. Il avait été réveillé par un rêve la nuit dernière et il avait préparé ses affaires en hâte, remplissant son sac du strict minimum : ses papiers, son argent et un peu de linge. Il avait également pris du pain, du fromage et un saucisson dans le garde-manger en faisant attention de ne pas faire grincer la porte, car il ne voulait pas réveiller Betty. Il avait laissé un mot bref sur la table, griffonné sur une feuille arrachée au cahier d'écolier dans lequel il écrivait parfois des poèmes. *Je reviens dès que je peux. Je t'aime. Paul.*

Déjà, une première fois, avec une autre femme, il était parti ainsi. Mais il n'avait pas laissé de mot, il était parti sans espoir de retour. Cette fois, il espérait bien revenir. Betty comprendrait. Au début de leur vie commune, elle l'avait questionné :

– Tu partiras un jour ?

Elle l'avait surpris les yeux dans le vague, fixés sur l'au-delà des montagnes.

– Je ne veux pas partir...

Le jour était arrivé. Il avait descendu la montagne pendant les dernières heures de la nuit. L'air était frais et le vent faisait voler ses longs cheveux gris qu'il avait fini par attacher en queue de cheval.

Je reviens dès que je peux. Betty riait de son entêtement à ne pas aller chez le coiffeur. « Tu ressembles à un hippy, disait-elle en souriant. À ton âge ! » Et c'est vrai qu'avec sa veste de toile informe et son regard doux il pouvait évoquer ceux qui aimaient fumer du cannabis et se mettre des fleurs dans les cheveux. Mais il avait vingt ans de trop. Et puis il ne partageait pas leur incurable optimisme et restait sceptique devant la toute-puissance qu'ils accordaient à l'amour. De plus, il n'était pas non-violent. La lame cachée dans sa botte avait servi deux fois.

Il atteignit la route nationale avant le lever du soleil. Le ciel pâlissait déjà et les étoiles s'éteignaient une à une depuis qu'il avait commencé à remonter vers le nord. Il se cacha sur le bas-côté en entendant une voiture. À cette heure-ci cela ne pouvait être que Lucien, le boulanger, qui commençait sa distribution.

Le bruit caractéristique du haillon déglingué de la camionnette conforta son jugement. Il reprit sa marche sur la route sans être dérangé pendant plus d'une heure.

Le rêve l'avait réveillé et lui avait fait comprendre qu'il fallait partir. Il avait su immédiatement, pendant qu'il rêvait, que ce rêve était *le* rêve, celui dont son père lui avait parlé le jour de ses vingt ans.

– Si tu fais le rêve, tu sauras qu'il faut retourner au château. C'est là que t'attend ton destin.

– Mais comment saurai-je qu'il s'agit du bon rêve ?

– Tu le sauras.

Quarante ans après, Paul se souvenait de cette conversation dans ses moindres détails. Il revoyait le regard clair de son père posé sur lui tandis qu'il lui racontait ce que son propre père lui avait dit et avant lui le père de son père, et ainsi de suite depuis de multiples générations.

– Et si tu fais le rêve avant moi ?

– C'est moi qui partirai et tu le sauras d'une façon ou d'une autre.

Son père d'ordinaire avare de ses paroles avait plus parlé ce jour-là à son fils que pendant toute son enfance. Enfin, même si c'était exagéré, Paul avait bien senti l'excitation paternelle. La difficulté à trouver le ton juste pour livrer le secret de la légende familiale lui donnait un style parfois pompeux, parfois elliptique.

En avait-il été ainsi pour son grand-père ? Et pour tous ces hommes qui avaient transmis le secret au cours des siècles ? Paul s'était souvent demandé comment il s'y serait pris à son tour, mais son fils était mort avant même de savoir parler et il avait ensuite refusé de procréer à nouveau. *C'est peut-être pour ça que j'ai fait le rêve.* Il en doutait. Si un des hommes de la lignée était mort avant d'avoir eu un fils, eh bien, rien ne se serait passé. Les choses auraient pris un cours différent, voilà tout. Le pion qu'il était dans cette vaste partie aurait été remplacé par un autre. Ou alors on n'aurait pas trouvé de remplaçant et la partie aurait continué différemment. Mais il avait fait le rêve.

Il marchait dans une plaine, le soir tombait et un vent froid le faisait frissonner. De hautes montagnes l'entouraient et il sentait un danger mortel perché dans les cimes. Il avait l'impression qu'un regard maléfique l'observait tandis qu'il avançait.

Le sentiment d'oppression devint plus fort, sa peur était presque palpable. Pourtant rien dans le rêve ne pouvait l'expliquer. Devant lui la plaine semblait s'étendre à l'infini, sur les côtés les montagnes se dressaient, immenses.

Soudain, il entendit des bruissements, des craquements comme si une troupe était en marche près de lui. Mais il eut beau tourner les yeux dans tous les sens, il n'apercevait que la plaine où nul ne pouvait se cacher.

Le bruit devenait de plus en plus net, il distinguait le pas des chevaux, les cris des hommes, les aboiements des chiens, le cliquetis des harnais et, parfois, au milieu de cette cacophonie, le rugissement d'un fauve.

Sa marche semblait se poursuivre à l'infini. Bientôt le battement lancinant d'un tambour rythma ses pas. Sa peur grandit. Et puis la plage fut devant lui. Alors que rien ne l'annonçait, Paul s'était brutalement retrouvé marchant sur le sable, à quelques mètres seulement de l'eau qui clapotait faiblement. Cet océan était mauvais, Paul le savait. Le soir tombant rendait noire la surface qui s'étendait devant lui. Tout bruit avait cessé et seul le vent mettait de la vie dans ce paysage de rêve. Paul s'avança malgré lui jusqu'à ce que ses pieds soient dans l'eau. Il sentit les vagues lui éclabousser les mollets.

Il ne savait pas combien de temps il était resté planté dans l'eau. Très longtemps d'après lui, en proie à une angoisse qui lui tordait le ventre et le paralysait. Chaque cellule de son corps lui hurlait de fuir, mais ses jambes semblaient enracinées dans le sable.

Un vent violent se mit à souffler, la mer bouillonna devant lui et soudain se creusa. Un souffle glacial sembla sortir de cette cavité impossible et frappa Paul au visage. Puis une lueur apparut au creux des ondes, une lumière bleue qui s'intensifia et finit par jaillir hors de l'eau. On aurait dit un nuage de lumière électrique, flottant devant les yeux de Paul, fasciné et terrifié.

Puis la lumière explosa, Paul entendit un rire immense courir au-dessus de l'eau et il tomba à genoux.

C'est alors qu'il s'était réveillé au milieu de la nuit, le corps de Betty blotti contre le sien.

Une fois assez loin du village pour être presque certain de ne rencontrer personne de sa connaissance, il fit du stop. Curieusement il répugnait à prendre le train. Il avait pourtant assez d'argent sur lui, mais l'idée de se retrouver au milieu de trop de ses semblables lui paraissait sacrilège. Il avait même pensé au début qu'il ferait toute la route à pied mais, sans qu'il ressente tout à fait un sentiment d'urgence, il avait éprouvé une légère angoisse à l'idée de traîner en chemin. Il savait que ce voyage serait initiatique et il aurait voulu le prolonger au maximum, mais il savait également qu'il ne devait pas trop tarder.

Aux alentours de midi, après avoir bien entamé ses pauvres provisions, il finit par monter dans un trente tonnes qui allait vers Paris. Le chauffeur n'était guère bavard, Paul non plus, et il dormit pratiquement tout du long. En fin d'après-midi il arriva dans la capitale et marcha longtemps dans les rues avant de trouver sa direction. Cette flânerie lui était nécessaire. Bien que viscéralement attaché à la campagne, Paul aimait cette ville dans laquelle il avait passé trois années de bonheur et de folie avant de se marier. Il reconnaissait sans les reconnaître les endroits qu'il avait fréquentés car la ville avait beaucoup changé en vingt-cinq ans. Il eut l'impression que les magasins de vêtements avaient remplacé tous les restaurants qu'il connaissait et fut surpris par la prolifération des fast-foods.

Il marcha longtemps sur les quais de la Seine, voulant suivre le fleuve jusqu'à la sortie de la ville, et il s'aperçut que c'était devenu impossible à cause des voitures qui avaient conquis les berges. Brusquement il en eut assez de la ville et de ses souvenirs et c'est presque en courant qu'il s'enfonça dans la banlieue à la recherche de l'échangeur.

Sa dégaine de faux hippy ne lui facilitait pas la tâche et il dut patienter deux longues heures avant de pouvoir repartir vers l'ouest. Dans la soirée un voyageur de commerce, vraiment bavard celui-là, le fit monter dans sa puissante berline. Il parla pendant tout le trajet, empêchant Paul de s'endormir et de rêver au Paris moderne qu'il venait de trouver. Mais il put reposer ses jambes et malgré son babillage incessant le VRP se révéla somme toute assez sympathique.

Peu après Rennes son chauffeur le laissa, il voulait dormir avant de commencer sa tournée le lendemain. Paul dîna tardivement dans un restaurant de routiers et son regard doux et ses manières polies lui valurent les attentions discrètes de la serveuse. C'était une femme d'une cinquantaine d'années aux traits fatigués mais au visage encore beau. Elle tourna autour de lui pendant la fin de son service et lui demanda s'il savait où dormir. Paul faillit se laisser tenter par ces seins lourds qui ne demandaient que quelques moments d'affection. La perspective de passer le reste de la nuit dans un lit, au chaud près d'un corps qu'il aurait aimé, faillit lui faire oublier sa mission et Betty.

Il déclina gentiment les avances de la serveuse qui ne sembla pas lui en vouloir car grâce à elle il put monter dans le camion d'un routier qui devait charger du poisson à l'aube. Il le quitta à Quimper et eut la chance de tomber sur des jeunes qui sortaient d'une boîte de nuit et l'invitèrent en criant à venir avec eux.

Leur haleine sentait l'alcool, ils étaient passablement excités. Paul comprit que son look de marginal l'avait aidé cette fois-ci et il entra dans leur jeu, coincé entre les deux filles à l'arrière qui ne cessaient de rire et de parler d'un certain Jacky. Paul comprit au bout de plusieurs kilomètres qu'il s'agissait du disc-jockey, qu'il était poilu et très drôle et que les deux filles l'adoraient.

Il craignit un moment que l'alcool ne mette leurs vies à tous en danger mais le conducteur, un jeune homme brun aux sourcils broussailleux, conduisait prudemment. Paul fut surpris de s'apercevoir que les filles avaient beaucoup plus bu que leurs compagnons et se dit que les choses avaient bien changé depuis sa jeunesse.

Ayant épuisé le sujet Jacky, les filles entamèrent un long débat pour savoir où ils allaient prendre le petit déjeuner. Pour les calmer, le passager avant sortit un énorme joint qu'il alluma avec une allumette tirée d'une grande boîte rouge. Il aspira goulûment une longue bouffée et Paul fut soulagé de le voir le passer directement à l'arrière sans en offrir au conducteur. Bien que grand amateur de cannabis, Paul tira très peu sur le joint. Il voulait garder les idées claires.

Rapidement la conversation cessa et chacun partit dans son monde, baignant dans la musique étrange d'Erik Satie dont le conducteur avait mis une cassette. « Curieux choix après la discothèque », pensa Paul. Les notes de piano s'élevaient sur le bruit de fond du moteur et Paul apprécia cette atmosphère bizarre et recueillie qui les entourait. C'était, se dit-il, le dernier moment de calme avant la tempête.

La joyeuse bande le déposa tout près du rivage : la route arrivait au bord de mer et rencontrait celle qui longe la côte. Le groupe allait sur la droite, Paul sur la gauche. Une des filles s'était endormie sur son épaule et il sortit avec mille précautions pour ne pas l'éveiller.

Une fois le bruit de la voiture évanoui au lointain, Paul se retrouva entouré du bruit du vent qui couvrait celui du ressac. Il se mit en marche d'un pas rapide sous le crachin qui transperça immédiatement ses vêtements. Les vapeurs de cannabis furent vite dissipées par le vent et la pluie et il retrouva une énergie nouvelle, comme si la proximité du but décuplait ses forces.

Dix kilomètres plus loin il arriva en vue des ruines tandis que se levait un jour gris sur une mer grise. Le vent s'était calmé et les cris perçants et désespérés des mouettes qui semblaient atteintes de folie couvraient le clapotis de l'océan mourant en petites vagues tranquilles sur le sable de la plage.

Paul entama la montée vers les ruines du château. Il savait que le village était à moins de deux kilomètres, caché par le rideau d'arbres qui entouraient le cimetière. Mais il n'allait pas vers le village. À mi-pente il bifurqua sur la droite et se dirigea vers un repli de terrain masqué par un bosquet. Il n'était jamais venu dans cette région et pourtant il connaissait les ruines et le village comme s'il y avait vécu de longues années. Plus que les récits de son père, Paul sentait que cette connaissance lui avait été donnée par le rêve.

Il contourna le bouquet d'arbres et trouva la bergerie qu'il savait être là. Il se courba pour passer sous la porte basse et jeta son sac sur le sol en terre. Le jour naissant entrait par une étroite fenêtre sans carreaux. Il poussa un grand soupir, soulagé d'être enfin arrivé à bon port, enleva ses chaussures et s'allongea sur la litière de paille.

Le sentiment d'une présence étrangère dans la bergerie l'empêcha de fermer les yeux. Il scruta longuement la petite pièce sans rien découvrir. Il se releva et sortit explorer les alentours, mais il était seul. Brusquement le sentiment d'être observé disparut. « La fatigue », pensa-t-il en retournant s'allonger.

Il s'endormit immédiatement au pied des ruines du château de Lauclay.

Mon pied heurta la dalle enfouie dans les herbes et je faillis m'étaler de tout mon long. Je réussis à ne pas tomber en me raccrochant in extremis à la croix de la tombe suivante. Vu de loin je devais ressembler à quelque gymnaste alcoolique s'entraînant de bon matin. Je récitai un chapelet de jurons en retrouvant mon équilibre. Tant pis si les esprits des morts s'en offusquaient : il n'était que dix heures du matin et j'avais déjà plus que ma dose de contrariété quotidienne.

La journée avait mal commencé. La servante de l'hôtel m'avait réveillé en plein rêve érotique. J'étais un colon d'Amérique qui venait de sauver la vie à une jeune Indienne, fille d'un grand chef, bien entendu. Pour me remercier la petite sauvageonne s'offrait à moi et elle n'était plus vêtue que d'une plume dans les cheveux lorsqu'on avait frappé à la porte. Certes, la servante était jolie, mais je me souvins immédiatement que c'était la même qui jetait des regards énamourés à André la veille au soir. Le souvenir d'André acheva de gâcher mon réveil et la bonne odeur du café ne parvint même pas à me rendre plus tolérant envers le monde et ses merveilles. Lorsque je vis les gouttes de pluie écrasées par le vent sur les carreaux, je faillis me recoucher dans l'espoir de retrouver ma squaw lubrique. Un sursaut de conscience professionnelle m'en empêcha et c'est le cœur lourd mais la conscience tranquille que je me préparai à vivre ma deuxième journée de détective.

L'édifice était très grand pour un cimetière de campagne. Même chez les morts, les Lauclay continuaient à dominer la multitude. Les tombes des notables ne pouvaient rivaliser avec le petit hôtel qu'avait édifié Charles de Lauclay. On y accédait par une volée de marches qui vous amenaient deux mètres sous terre. Une fois dans la place je fus frappé par le silence : le bruit incessant du vent et de l'océan disparut dès que j'eus atteint la dernière marche.

La pièce était remplie de cercueils. Je les examinai méthodiquement, révisant mes connaissances sur la famille en déchiffrant les inscriptions sur les couvercles. Ils étaient tous là, hommes, femmes et enfants descendant de Charles, empilés les uns sur les autres, parfois à plusieurs dans le même cercueil, car il avait fallu faire de la place au fil du temps.

Je remarquai celui qui me semblait le plus récent et m'en approchai. Il contenait les restes de Philippe de Lauclay, de sa femme et de leurs trois enfants, exécutés par des citoyens en pleine crise d'égalité sociale. C'étaient sans doute les mêmes citoyens qui avaient supervisé l'enterrement, car la boîte devant moi était en bois brut, ne portant aucune des décorations qui ornaient les autres cercueils. On avait maladroitement gravé le nom des défunts avec, en prime, une faute d'orthographe : *Philippe, dernier duc de Laucley.* Ses enfants s'appelaient Pierre, Louis et Geneviève. J'imaginai l'air ravi du paysan révolutionnaire qui avait gravé l'épitaphe. Le mot « dernier » avait dû lui faire particulièrement plaisir.

– Eh bien, tu n'avais peut-être qu'à moitié raison, mon gars, dis-je tout haut.

Ma voix fut immédiatement absorbée par l'endroit et cela me fit la même impression que si j'avais eu les oreilles bouchées.

Je continuai à explorer la pièce avec la lampe torche que Jean m'avait fournie. Je découvris un espace entre deux empilements de cercueils et m'y engageai en baissant la tête. Un couloir long de deux ou trois mètres me fit déboucher dans une autre salle, plus petite mais ô combien plus précieuse. Le saint des saints ! Ici étaient entreposés les aïeuls : il n'y avait que cinq cercueils, tous en pierre et finement travaillés. Celui de Charles trônait dans le fond, immense et menaçant. Probable que l'ancêtre avait la folie des grandeurs, car le cercueil mesurait trois mètres de long et avait plus d'un mètre de hauteur. On y reconnaissait sans peine les fameuses croix surmontées de flammes, ainsi que différents animaux effrayants, réels et mythiques, gravés dans la pierre. Sur le dessus, en lettres d'or (et ça devait être vraiment de l'or !) était inscrit :

Charles de Lauclay
1398-1465
Il a régné et régnera sur les deux mondes.

L'obscurité dans cette salle était totale, car elle ne profitait pas du jour parcimonieux qui entrait dans la première pièce. J'éclairai le dessus du cercueil et découvris sous l'épitaphe un texte couvrant presque toute la surface du couvercle. Ce n'étaient pas des signes figuratifs comme ceux qui ornaient les côtés du cercueil mais bel et bien une sorte d'écriture, inconnue de moi, qui ressemblait vaguement à des runes ou aux signes cunéiformes de l'alphabet assyrien. Le texte se terminait par une curieuse signature : un œil ouvert, la pupille dilatée. L'effet était saisissant, d'autant que l'œil était environné de flammes. Il était en or comme l'épitaphe et lança des reflets vers moi, tandis que je l'éclairais avec ma lampe. Il semblait vraiment me regarder.

Tout excité par ma découverte je cherchai sur les autres cercueils des traces de la même mystérieuse écriture, et n'en trouvai pas. Il n'y avait que les armoiries et les habituelles têtes d'animaux toujours effrayantes : lions, dragons, molosses aux crocs acérés, goules, succubes et incubes. La famille avait vraiment de drôles de goûts ! Étaient présents, si l'on peut dire, les trois femmes de Charles, son fils, petit-fils et arrière-petit-fils. Chacun avait son cercueil et je me demandai pourquoi ceux-là n'avaient pas souffert de la crise du logement. Je découvrirais sans doute l'explication en me replongeant dans l'histoire de la famille dont je me souvenais avoir une très complète monographie dans ma bibliothèque. C'est d'ailleurs de mes souvenirs de cette dernière que j'avais extrait les renseignements fournis à Jean la veille. De repenser à mon ami me rappela ma mission. J'étais là pour m'occuper d'un viol de sépulture et d'un suicide suspect, pas pour parfaire mes connaissances historiques.

Je revins dans la première pièce et m'agenouillai devant la cachette ouverte par Fréchou. J'examinai les pierres une à une sous toutes leurs faces, je rentrai la tête et la lampe au fond de la cache, au risque de me retrouver coincé et de périr étouffé, tout cela pour un résultat nul.

Je me relevai en époussetant mes vêtements et allais ressortir quand me revint en tête une coutume des familles nobles de la région. Lorsqu'un membre de la lignée avait commis des actes répréhensibles ou ignominieux, il n'était pas enterré dans le caveau même de la famille mais à côté, dans un réduit attenant, en général caché des yeux trop curieux. J'avais déjà vu deux de ces « caveaux fantômes ». Dans le premier, appartenant à une famille du centre de la Bretagne, étaient enterrés deux frères qui avaient assassiné la totalité d'un village pour pouvoir kidnapper et violer une jeune paysanne, que la légende disait fort belle. Malgré la quasi-impunité des nobles à cette époque, l'affaire avait fait tant de bruit que la justice royale s'en était mêlée : les frères avaient été roués vifs. Juste châtiment, si l'on songe qu'ils avaient également assassiné la jeune fille après avoir abusé d'elle.

Dans le second caveau « fantôme » on trouvait les cendres de deux générations de sorcières d'une famille apparentée au duché de Bretagne. Les trois femmes, la mère, la fille et une nièce, s'étaient livrées à des pratiques sataniques qui avaient culminé dans l'empoisonnement d'un évêque et de toute sa maisonnée.

La famille de Lauclay avait-elle son placard secret pour défunts honteux ? C'était plus que probable vu la réputation sulfureuse de la lignée. Mais cette argumentation se retournait contre elle-même : les Lauclay étaient tous tellement peu fréquentables, à commencer par Charles, que c'était le caveau tout entier qui devait être « fantôme » !

Je décidai tout de même de tenter ma chance. J'écartai l'idée que le caveau fantôme fût dans la première pièce. Il y avait trop de cercueils et la police avait déjà passé au peigne fin l'endroit à cause de la cache dans le mur. Je retournai donc dans la petite salle obscure et me mis à chercher.

La demi-heure qui suivit me fit beaucoup douter des charmes de la vie de détective. En fin de compte ce n'était pas si facile d'être un Philippe Marlow ou un Sherlock Holmes. D'autant plus qu'aucune jolie fille ne m'était tombée dans les bras et que je n'avais pas pris la moindre ligne de cocaïne. Au lieu de cela je m'agitai dans cet espace lugubre et confiné, essayant de pousser ou de tirer les cercueils (j'eus même le projet insensé de les soulever !), frappant les murs avec le poing, me mettant à plat ventre pour essayer de découvrir le moindre signe suspect. Lorsque je m'assis, sans aucun respect, sur le cercueil de Charles, j'étais en sueur, couvert de poussière et découragé. Je croyais bien avoir peloté toutes les pierres du mur à la recherche d'un mécanisme secret et avoir appuyé sur toutes les têtes et cornes d'animaux décorant les cercueils. Tout cela en vain.

Je regardai mes mains noircies de poussière et découvris que je m'étais écorché profondément un doigt en farfouillant dans les recoins de ce foutu placard à macchabées. Me résignant difficilement à la défaite, je balayai une dernière fois la salle avec le pinceau de ma lampe, jouant à faire sortir de l'ombre les minuscules sculptures ornant les cercueils. Ce jeu puéril finit par me lasser et je me remis debout au pied du cercueil. Je m'amusai à éclairer par intermittence sa surface en agitant ma lampe. À chaque passage du pinceau lumineux le dessin brillait étrangement et on aurait vraiment dit que ce vieux Charles me faisait de l'œil.

J'eus tout à coup une idée farfelue et enfonçai brutalement mon doigt dans la pupille dilatée. J'avais agi par impulsion et je fus estomaqué de sentir la pierre céder sous la pression de mon doigt. Je retirai ma main en poussant un cri de dégoût : pendant un bref instant j'avais eu l'impression de crever véritablement l'œil de quelqu'un et j'avais eu la vision de mon doigt traversant le couvercle pour venir caresser les ossements de Charles. Trop d'imagination, même pour un détective, me dis-je, un peu honteux d'avoir crié comme une fillette.

J'examinai attentivement la surface du couvercle : l'œil avait repris sa place et on ne voyait pas la moindre fente dans la pierre. Ce n'est qu'en l'éclairant avec la lumière rasante de ma lampe que je vis un mince cercle qui entourait le dessin, se confondant presque totalement avec les flammes du pourtour. Je rendis hommage aux artisans qui avaient conçu et réalisé ce système il y a plus de cinq siècles et enfonçai courageusement mon index dans la pierre. Il disparut presque entièrement avant que je n'entende un déclic. Charles ne me saisit pas le doigt depuis son cercueil et je pus retirer ma main avec un soulagement irrationnel.

Le cercueil pivota lentement autour d'un axe situé du côté de la tête. Je me mis à quatre pattes pour essayer de voir le mécanisme, mais là aussi les artisans du Moyen Âge avaient bien travaillé car le coffre de pierre glissait à un millimètre du sol et on ne pouvait rien apercevoir. Le plus étonnant était que le mouvement se faisait sans le moindre grincement ni raclement, à croire que le mécanisme avait été huilé la veille.

Le cercueil était maintenant perpendiculaire au mur qu'il longeait auparavant, et dévoilait une ouverture. Je comprenais pourquoi il devait être aussi haut : il fallait qu'il cache l'ouverture dans le mur déjà à peine suffisante pour qu'un homme puisse s'y glisser.

J'éclairai le trou et vis qu'il débouchait dans une alcôve où gisaient des formes ressemblant à des cercueils. J'allais m'y engager lorsque j'eus le fantasme du tombeau de Charles se refermant derrière moi en silence. J'hésitai un instant puis je retournai en toute hâte dans la première pièce, pris deux des pavés que ce brave Fréchou avait eu la gentillesse de décoller, et les coinçai entre le mur et le cercueil de telle sorte que le mécanisme ne puisse se refermer à moins d'écraser la pierre. Je doutais que cela fût possible, même pour les très habiles artisans qui avaient fabriqué le système.

Je rampai dans l'étroit boyau et débouchai dans l'alcôve. L'air était froid et humide. Une odeur de moisi me chatouillait les narines. Le plafond était si bas que je ne pouvais pas entièrement me redresser. J'éclairai devant moi : bingo ! C'étaient bien des cercueils qui étaient posés au sol. Au nombre de quatre, ils remplissaient la quasi-totalité de la pièce. Je mis un certain temps à m'apercevoir qu'ils étaient étrangement petits, comme si leur taille était adaptée à celle de la salle. La lumière de ma lampe accrocha des reflets d'or. Les quatre cercueils étaient semblables à celui de Charles : le nom, en or, avec les dates. Puis, et mon cœur battit plus vite, un texte dans cette écriture inconnue. Enfin, à chaque fois la même signature, l'œil entouré de flammes.

En déchiffrant les noms gravés sur les couvercles je compris pourquoi les cercueils étaient si petits : ils renfermaient des cadavres d'enfants. Je vis avec stupeur qu'il s'agissait de quatre enfants de Charles, deux d'entre eux ayant vécu moins d'un an, les deux autres morts à l'âge de cinq ans.

Quelque chose m'échappait : pourquoi mettre ces enfants dans un caveau fantôme ? Je voyais mal des nouveau-nés commettre des actes tellement monstrueux qu'il faille cacher leur sépulture. Étaient-ils malformés, monstrueux ? C'était possible, encore que quatre à la suite paraissent peu probables – j'avais vérifié leurs dates de naissance : 1455 à 1459. Et puis, de toute façon, les enfants monstrueux n'étaient pas ensevelis en cachette. Ils étaient même baptisés comme les autres et, si on les montrait peu (surtout dans les familles nobles), on les enterrait avec les autres et on n'en parlait plus. Ceux-là n'avaient pas été baptisés : je me souvenais précisément que Charles avait eu deux enfants : une fille aînée qui entra au couvent, puis un fils qui reprit le titre et assura la descendance.

Alors, pourquoi avoir caché ces quatre naissances ? Pourquoi avoir éprouvé le besoin de leur fournir un caveau particulier ? J'en étais à ce point de mes réflexions lorsque je sentis une présence dans mon dos.

Entendre une respiration à deux pas derrière vous alors que vous êtes dans le noir, coincé dans un caveau dont l'entrée secrète se trouve derrière un cercueil, est une expérience que je ne souhaite à personne. Je retins, par un effort de volonté dont je me croyais incapable, le hurlement qui montait de ma gorge, mais je sursautai si violemment que je lâchai la lampe. Je parvins à me retourner d'un bloc et à récupérer ma chère lumière d'un seul mouvement, ce qui relevait de l'exploit vu l'exiguïté de la salle. Au début je ne vis qu'une forme noire qui s'agitait et je mis une ou deux secondes à comprendre que c'était l'ombre que projetait sur le mur une drôle de chose ronde qui s'avançait vers moi en se dandinant dans la lumière.

– Vous êtes là, monsieur ?

La drôle de chose était en képi. Le visage de mon sympathique gendarme amateur de chewing-gum était dessous. Il s'avançait courbé et leva vers moi un regard ébloui : je lui envoyai le faisceau de ma lampe en plein dans les yeux. J'abaissai la main et éclairai le sol entre nous. Je me remettais lentement de ma frayeur et n'arrivais pas à parler.

– Ça m'a fait un choc quand je ne vous ai pas trouvé.

Et puis, quand j'ai vu que le cercueil avait bougé. Vous l'avez déplacé tout seul ?

Je résistai à l'envie de passer pour King-Kong.

– J'ai découvert un mécanisme qui déplace le cercueil.

Ma voix était normale, mon cœur battait moins fort.

– Qu'est-ce qu'il y a ici ?

– Toujours la même chose : des cercueils.

Pour un peu j'aurais pris un air blasé.

– Mais c'est pire que les pyramides !

J'acquiesçai en me disant que la comparaison du jeune homme était pertinente. Quant à moi, les Lauclay me faisaient plutôt penser à un oignon. C'est moins culturel mais c'était l'idée qui me venait spontanément : à peine avait-on enlevé une couche qu'une nouvelle apparaissait, et cela semblait pouvoir durer comme ça jusqu'à l'infini. J'imaginai un caveau encore plus minuscule réservé aux fœtus et frissonnai de mon idée morbide.

– Au fait, pourquoi me cherchiez-vous ?

– Le gardien du cimetière est arrivé. Vous m'avez dit que vous vouliez lui parler. Il attend dehors.

Qu'il attende, ce traître ! J'allais m'occuper de lui. Ses confidences à André m'avaient ulcéré et avaient gâché ma soirée de la veille. Pour être franc, c'était surtout à cause d'elles que j'étais de si méchante humeur ce matin. La vérité est que j'avais été profondément vexé qu'André puisse en savoir plus que moi sur la famille Lauclay. Encore fallait-il vérifier que ce n'étaient pas des racontars.

– Je vais le voir dans un moment. Dites-lui d'attendre.

Mon ton de commandement devait beaucoup à mon soulagement après la peur que j'avais eue. Je me faisais également un plaisir d'interroger moi-même ce gardien.

– Comment s'appelle-t-il déjà ?

Le gendarme, qui avait rejoint le caveau de Charles, me cria à travers le tunnel :

– Gustave Bongrand !

– Entendu. Restez à la sortie du caveau, j'arrive ! criai-je à mon tour.

Je passai un petit moment dans la pièce aux enfants plus pour me donner une contenance (« Tu dois m'attendre, Gustave ! Ce n'est pas à moi d'accourir quand tu arrives ») que dans l'espoir de découvrir quelque chose de nouveau. De toute façon je ne comprenais rien à cette écriture et il était vraiment malcommode de voir quoi que ce soit dans cette pièce trop petite. L'odeur de moisi commençait à me donner mal au cœur.

Je balayai cependant chaque cercueil avec la lumière de ma lampe, essayai d'enfoncer mon doigt dans chacun des quatre yeux et, voyant qu'il ne se passait rien, décidai qu'il était temps d'aller interroger ce brave Gustave.

La remontée à l'air libre me procura un grand soulagement. Comme c'était bon de sentir le vent et la pluie me laver des miasmes du tombeau ! Le vacarme de l'océan me parut le chant le plus doux de la terre et je m'accordai un instant pour contempler le ciel bas qui tombait dans l'océan sans solution de continuité. J'allumai une cigarette et m'approchai de Bongrand.

C'était un homme d'une soixantaine d'années, au teint couperosé de l'alcoolique chronique. Il portait un chandail à grosses mailles sur une chemise à carreaux et un pantalon bleu de travail. L'inévitable béret complétait le tableau. Il désherbait une tombe et sursauta lorsque je l'appelai.

– Ah ! Bonjour, inspecteur, dit-il en se relevant.

Il ôta son béret et découvrit un crâne dégarni. Cela me fit un drôle d'effet d'être pris pour un flic, mais je décidai de profiter de la situation.

– Monsieur Bongrand, j'ai quelques questions à vous poser.

– Mais j'ai déjà tout raconté à vos collègues.

– Oui, je sais bien. Je ne veux pas vous parler de la découverte de la grille fracturée.

Je le fixai en silence sans préciser ma pensée. Il se troubla et tripota nerveusement son béret.

– Eh bien... quand j'ai vu qu'on avait ouvert le caveau et qu'on avait volé quelque chose, j'ai tout de suite prévenu la gendarmerie. Vous pouvez demander à Larnoux ! C'est à lui que je l'ai dit en premier.

Il désignait du menton le gendarme qui m'avait fait si peur et que j'avais posté devant le mausolée des Lauclay : que personne ne rentre avant que la police vienne examiner les cercueils et que le commandant m'envoie le plus rapidement possible des photos des couvercles. Je m'étais senti très puissant en donnant ces ordres.

– Je n'en doute pas. J'ai lu votre déposition.

C'était un gros mensonge mais cela importait peu. Ce que je voulais, c'était mettre Gustave sous pression. Comme je ne disais plus rien, le gardien tripota de plus en plus vite son béret. Dans cinq minutes il l'aurait réduit en charpie.

– Vous avez également prévenu la presse ?

C'était plus une affirmation qu'une question et il ne chercha pas à nier. Il n'y avait d'ailleurs pas de quoi paniquer car c'était son droit le plus strict de prévenir un journaliste. Mais il avait l'air de l'ignorer et je voulais profiter de sa confusion pour qu'il réponde à *la* question.

– Ben oui... Je croyais pas mal faire... Et puis M. Sollier est un ami...

« Et les petits cadeaux entretiennent l'amitié », faillis-je lui dire car je savais qu'André arrosait correctement ses informateurs. Je me tus, Bongrand avait déjà assez peur comme ça. Pas besoin de le menacer du fisc. Mieux valait porter l'estocade.

– Je sais tout cela, dis-je d'un ton tranchant. Il me l'a raconté. Et vous lui avez parlé d'autre chose.

Je vis sur son visage la perplexité disputer la place à l'angoisse qu'il avait à répondre le mieux possible à mes questions.

– Des histoires concernant la famille Lauclay, l'aidai-je gentiment.

Mon cœur battait plus vite : j'allais bientôt vérifier

si ce que nous avait raconté André la veille était fondé. Le visage de Gustave s'illumina avec soulagement.

– Ah ! L'histoire du bâtard !

– C'est ça. Cela ne me semble pas très sérieux.

– C'est pas des racontars ! protesta le gardien vigoureusement. C'est vrai ! Je vous jure !

Sa sincérité faisait plaisir à voir, mais ce n'était pas pour moi un gage de véracité. Comme il me voyait sceptique, il me raconta l'histoire dans le but évident de me convaincre et de se faire pardonner ses indiscrétions.

– Ben vous voyez, nous autres au village on le sait depuis toujours. La fille au duc Charles, je vous parle de ça, ça s'est passé il y a très longtemps, ben elle est pas partie au couvent pour rien ! À ce qu'on raconte dans le village, tout le monde le sait, c'est ma mère qui m'a dit ça quand j'étais gosse, eh ben c'est parce qu'elle avait connu un coquin. Et pis l'histoire dit que Charles pouvait pas sentir ce type. Alors quand la fille a vu qu'elle était enceinte elle est partie se cacher dans la forêt. C'est par là, derrière le ruisseau. Autrefois c'était qu'une grande forêt jusqu'à Rennes. Je vous dis ça moi, mais c'était il y a longtemps. Alors la fille a eu un gars. On sait pas qui s'en est occupé mais la fille est revenue au château toute seule. Et là, ben on dit que le vieux Charles était furieux et qu'il voulait la tuer. Et pis il l'a mise au couvent pour la punir et elle est morte là, longtemps après. On l'a jamais revue. Et pis un jour, beaucoup plus tard, après la mort de Charles, y a un gars qu'est revenu au pays. Et très vite au village on a su que c'était le fils de la fille, le petit-fils à Charles, quoi ! C'était son fils qui était duc à l'époque et le gars il se faisait discret parce qu'il avait peur du duc, qu'était son oncle, quoi. Mais il ne s'est rien passé, le duc a rien fait, il était mauvais mais pas autant que son père. Et pis on dit qu'il aimait beaucoup sa sœur et qu'il avait pas voulu tuer son seul enfant. Voilà. C'est vrai de vrai et depuis au village y a toujours eu de ces gens. Comme une deuxième famille Lauclay, quoi, mais qu'était pas reconnue.

– Et à la Révolution, qu'est-ce qui s'est passé ?

– Ah ben, c'est marrant que vous dites ça. Parce qu'ici à la Révolution ça a chauffé ! On a brûlé le château. Mais les descendants du gars, les faux ducs qu'on les appelle, eh ben on les a laissés tranquilles. C'est pas parce qu'ils avaient du sang du vieux Charles dans le corps qu'on leur voulait du mal, c'était des gars comme nous.

– Alors la famille existe toujours ?

– Ben oui.

– On peut les voir ?

– Ah ça non ! Le dernier est parti y a longtemps. C'était juste après la guerre de 14.

Sacré Gustave ! Il avait l'art et la manière de tenir son auditoire.

– Ah bon ! Et où est-il parti ?

– Ça, je sais pas. Il est revenu de la guerre et on pensait qu'il allait vivre au village, comme tous les autres faux ducs. Ils avaient jamais voulu s'installer ailleurs, comme s'ils voulaient assurer la continuité, quoi. Faire les ducs comme autrefois, surtout après la Révolution où on avait tué tous les vrais.

– Alors pourquoi est-il parti ?

– D'après mon père qu'était son copain de classe, il était tout bizarre après la guerre. Faut dire qu'ils en ont bavé. Y en a pas mal qui sont pas revenus et puis ceux qui revenaient étaient pas toujours très frais. Un bras, une jambe, un œil en moins, c'était courant, m'a dit mon père. Lui et le Matthieu sont revenus sains et saufs, mais le Matthieu c'est dans la tête qu'il était éclopé. Il a plus jamais été pareil, m'a dit mon père. Alors il est parti et il n'est jamais revenu.

– Alors il n'y a plus de faux ducs au village ?

– Non, plus depuis 1920. Mais l'histoire est vraie, vous savez. Demandez au village ! Et mon père a bien connu le Matthieu !

Gustave semblait outré que je ne croie pas son histoire. Il agitait le bras qui tenait son béret avec véhémence. Je le rassurai et posai ma dernière question :

– Il s'appelait Matthieu comment ?

Gustave hésita. Je savais qu'il l'avait dit à André et j'étais prêt à parier que ce fumier lui avait demandé d'être le plus discret possible. Mais il savait que s'il ne parlait pas je risquais de lui faire des ennuis. Et je lui aurais fait de très gros ennuis.

– Matthieu Duguet, tout le monde pourra vous le dire au village.

Bien vu, Gustave : te voilà couvert auprès d'André !

Je libérai le gardien et décidai de flâner dans le cimetière afin de repenser à cette histoire. A priori j'avais tendance à la croire vraie. Les enfants illégitimes des familles nobles pullulaient et il existait de multiples exemples de lignées bâtardes qui avaient perduré au fil des siècles, parallèlement à la famille reconnue. Il me faudrait vérifier auprès de l'état civil, chercher dans les archives du diocèse, éventuellement dans celles du couvent, les traces de l'existence de la famille Duguet. C'était un travail de généalogie que je connaissais bien.

Quant à savoir si cette famille était bien issue d'une branche des Lauclay, c'était une autre affaire. Les légendes vont vite dans ce pays et j'imaginais bien un pauvre hère arrivant dans le village et inventant cette histoire pour n'importe quelle raison : pour s'amuser, pour se faire accepter, pour séduire une fille... Les risques étaient réels de voir les « vrais » Lauclay réagir et, connaissant la famille, c'était assez dangereux. Mais un paysan de vingt ans pouvait prendre tous les risques pour le sourire d'une jeune fille.

La pluie avait cessé, mais les chemins restaient boueux et les pierres humides, donc glissantes. Je glissai une seconde fois et, comme j'utilisais la même méthode que précédemment pour ne pas tomber, la version cimetière de l'expression « se raccrocher aux branches », j'eus une idée : si les Duguet avaient existé, on devait trouver des tombes à leur nom dans le cimetière !

Je n'eus pas à chercher longtemps : il y avait bien

une famille Duguet au village et de nombreuses tombes attestaient son existence. La plus récente était celle de Pierre et Marie Duguet. Le premier était mort en 1913, la seconde en 1919. Certainement les parents de ce Matthieu traumatisé par le charnier de la Grande Guerre. Ses parents morts, il n'avait effectivement aucune raison de revenir au village. Bongrand ne mentait pas.

J'avais été très vexé, la veille. André nous avait raconté l'histoire avec délectation, enjolivant ici et là, ravi de damer le pion à son vieux copain. Il finissait un plat de langoustines en nous parlant et, pendant cinq bonnes minutes, je m'étais retenu de lui renverser sur la tête le tas de carapaces qui trônait dans son assiette. J'eus même l'idée de les lui faire manger lorsqu'il prétendit ne pas connaître le nom de famille de la lignée des faux ducs. Jean était resté très calme, avait fait semblant de le croire et avait continué à manger sans paraître s'intéresser plus que ça au discours du journaliste. Réaction qui avait fait disparaître toute trace d'autosatisfaction du visage d'André.

En y repensant ce matin, mon attitude me parut puérile. Après tout je n'étais pas un spécialiste des lignées bâtardes et ma découverte du caveau fantôme me rachetait à mes yeux. Et puis, André n'avait fait que son travail et son histoire me plaisait. Au fond de moi-même j'espérais très fort que les Duguet fussent descendants des Lauclay.

Je décidai de rentrer au village pour commencer tout de suite mes recherches. Un brutal rayon de soleil perça les nuages et les ruines du château, qui se dressaient sur ma droite, s'illuminèrent et perdirent leur aspect lugubre. J'entrevis fugitivement une ombre qui se déplaçait dans un repli de terrain. L'impression d'être observé ne dura qu'un instant. Sans doute le reflet du soleil dans le feuillage humide des arbres agités par le vent.

« Arrête, me dis-je. Tu deviens paranoïaque. »

4

Assis sur une souche, protégé du vent par les branches basses du taillis, Sollier somnolait. Sa journée avait été fatigante. Il avait passé les premières heures de la matinée à flâner dans le village. Il savait que Xavier allait interroger Bongrand car il avait vu avec quel intérêt il avait écouté son histoire. De toute façon Bongrand n'avait plus rien à lui apprendre et Sollier avait préféré vérifier l'histoire des Duguet auprès des autres villageois.

Tous les témoignages concordaient, et il avait déjà la matière pour son article. Il hésitait seulement sur l'angle d'attaque : allait-il privilégier le sensationnel (le tombeau forcé, le vol mystérieux) ou l'aspect légende historique (l'histoire des Duguet, la dynastie Lauclay) ? La question l'angoissait, car il sentait qu'il tenait un « coup » avec cette histoire, et, depuis le temps qu'il végétait, Sollier était d'avis que sa bonne étoile *devait* se manifester. Et c'est peut-être ce qui s'était passé ce matin.

Il s'était trouvé dans un bistrot situé à la sortie du village qui faisait également office de McDonald's breton. Des tables en Formica et des chaises en bois étaient posées sur un sol carrelé couvert de sciure. Puisque c'était l'heure sacro-sainte de l'apéritif, Sollier avait sacrifié aux rites locaux et trois verres plus tard il connaissait tout le monde dans le bar. La patronne était une femme corpulente au parler facile qui était ravie de voir chez elle « le journaliste de Paris ». La conversation devint générale et chacun y allait de son explication sur le vol et l'étrange suicide de Fréchou. Sollier décida de manger là, continuant à bavarder de tout et de rien. Il finissait son café en se disant qu'il n'apprendrait rien de nouveau lorsque sa chance tourna.

Un homme entra et commanda une bière au comptoir. Il avait l'air fatigué par sa matinée de travail et but son demi avec avidité.

– Soif, hein ? risqua Sollier. Je vous en offre un autre ?

– Pas de refus.

La conversation s'engagea facilement, avec la patronne dans le rôle d'intermédiaire. L'homme travaillait au port, transportant des caisses de poissons et de crustacés à longueur de journée. Il portait des bottes en caoutchouc et empestait la marée. Il avait son idée sur la façon d'en savoir plus à propos des Duguet.

– La seule qui connaît toute l'histoire, elle vit pas au village, déclara-t-il assez fort pour que Sollier l'entende mais en parlant à la patronne.

Celle-ci ne réagit pas, la phrase étant manifestement adressée au journaliste. Si l'argent est le nerf de la guerre, c'est aussi celui du reporter. Bongrand pouvait en témoigner.

– Mon journal est prêt à dédommager tous ceux qui pourraient lui apporter des informations, dit-il en sortant une liasse de billets de sa poche.

Autant jouer franc jeu. Sollier avait déjà arrosé plusieurs habitants du village, souvent à perte, mais ce sont les risques du métier. Avec Bongrand il avait tiré le gros lot. L'homme loucha vers les billets, prit son verre et vint s'asseoir en face du journaliste.

– Ben, c'est bien des histoires sur les Duguet qui vous intéressent ?

– Oui, ou sur les Lauclay. Enfin, tout ce qui a un rapport avec cette affaire.

Il fit glisser un billet vers l'homme, tout en gardant la main dessus.

– À condition que ça puisse intéresser mon journal.

L'homme posa à son tour sa main sur le billet. « On dirait un couple d'homos qui font des travaux d'approche », se dit Sollier. L'idée le fit sourire, d'autant que l'homme avait un visage caricaturalement viril, aux traits burinés par le soleil.

– Je suis sûr que ce qu'elle va vous raconter vous passionnera. C'est elle qui connaît toutes les histoires de la région.

– Elle ?

– Marie la folle qu'elle s'appelle.

Sollier leva la main et l'homme fit glisser le billet vers lui.

– Et où puis-je la trouver ?

– Par là-bas, c'est une vieille maison dans la forêt, enfin ce qu'il en reste. Elle vit là depuis toujours avec ses moutons et ses poules. C'est un coin perdu, difficile à trouver.

Sollier comprit. Un nouveau billet changea de propriétaire et un quart d'heure plus tard il roulait en direction de la forêt, avec un plan détaillé tracé sur la nappe en papier par son informateur.

Il fallait quitter le front de mer et s'enfoncer à travers les collines. Très vite les maisons se firent rares, puis disparurent et la forêt devint plus présente. L'homme lui avait dit qu'il devrait laisser sa voiture au bout d'une vingtaine de kilomètres et continuer à pied. Ses indications se révélèrent étonnamment précises et Sollier trouva sans peine la clairière où il put se garer. Un étroit chemin se perdait sous les arbres en zigzaguant. La pluie du matin faisait ressortir les odeurs de la forêt et l'océan paraissait un souvenir lointain. Sollier apercevait de lourds nuages gris et noirs poussés par un vent assourdissant, mais dès qu'il fut à l'abri du feuillage il se déplaça dans un silence étrange et mystérieux. Le monde civilisé était bien loin et le journaliste s'étonna de voir que, si près de la côte, on pouvait se croire perdu dans le pays enchanté des contes de l'enfance. Il prenait mentalement des notes pour son article tout en suivant scrupuleusement le plan du marinier. Il dut traverser des ruisseaux, enjamber des troncs et prendre des repères par rapport à des pierres levées vers le ciel qu'il découvrait brusquement au détour du chemin.

Enfin, il déboucha sur une vaste étendue dégagée et s'arrêta, le souffle coupé, tant le spectacle était grandiose. Il n'était pas monté très haut, mais il avait un point de vue magnifique. Au loin l'océan remplissait le ciel car la forêt masquait le bord de la côte. Il avait des reflets verts et bleus selon la profondeur de l'eau. Le vent courbait, par rafales, l'herbe haute du pré qui s'offrait à son regard. Le bruit du vent avait repris possession de l'espace et l'on voyait les nuages se pourchasser dans le ciel, semblables aux tourbillons de fumée crachés par une monstrueuse locomotive céleste.

Le centre du pré était occupé par une table de pierre autour de laquelle broutaient cinq ou six moutons. Sollier marcha vers elle en rangeant soigneusement le plan dans sa poche. Arrivé au milieu du pré, il put se croire revenu aux temps préhistoriques. Autour de lui la forêt remplissait le paysage, masquant toute trace de civilisation. La seule échappée pour le regard était l'infini du ciel ou celui de la mer.

La table était d'un seul bloc de granit, de forme parfaitement circulaire. Son centre percé d'un trou la faisait ressembler à une gigantesque roue posée sur le sol. Elle mesurait au moins cinq mètres de diamètre. « Que d'efforts et de travail pour fabriquer cet engin et l'amener ici ! » pensa le journaliste, ravi d'avoir un aussi étrange objet à décrire dans son article. Il essaya d'estimer son poids, s'embrouilla dans ses calculs. Sans doute plus d'une centaine de tonnes.

La forme de la roue lui fit penser à ces photos floues d'ovni que présentaient régulièrement les journaux à sensation. Il envisagea un instant d'aborder son article sous cet angle mais y renonça. Il avait sa fierté professionnelle.

Son œil fut attiré par une tache brune près du centre de la roue. Son instinct de journaliste le fit grimper sans aucune gêne sur la table sacrée. Le fond du trou ainsi que les bords étaient bien tachés de brun. Sollier reconnut immédiatement la couleur du sang séché. Il passa son doigt sur la pierre et s'aperçut que la marque était fraîche. Le sang avait coulé depuis moins de quarante-huit heures. Sinon, avec la pluie les traces n'auraient pas été aussi sombres. Intrigué, il se demandait quel sacrifice avait bien pu être pratiqué en ce lieu lorsqu'un mouton bêla, le faisant sortir de sa rêverie.

Il descendit de la table et prit la direction du sud, comme le lui avait indiqué l'homme du café, et retrouva la suite du chemin sous les arbres. Trois à quatre cents mètres plus loin il déboucha dans une clairière. « Tout à fait la maison de Hansel et Gretel », pensa-t-il en découvrant la masure au bord d'un ruisseau. Une dizaine de poules picoraient en liberté. Sollier s'approcha en appelant :

– Madame Le Braz !

Il appela de nouveau, personne ne répondit. Il était sur le pas de la porte ouverte et cherchait à apercevoir une présence à l'intérieur de la maison. Mais il y faisait si noir qu'il ne put rien distinguer. Il hésita, appela une troisième fois et, comme personne ne répondait, il entra. Ses yeux s'habituèrent à l'obscurité et il découvrit une pièce encombrée de meubles disparates posés sur le sol de terre battue. Il y avait deux commodes, un buffet, une armoire et une table bancale sur laquelle était posé un pichet. Dans un coin, derrière un paravent aux couleurs passées, un lit, ou plutôt une paillasse recouverte de couvertures bariolées. Marie semblait aimer la couleur. À terre il vit une profusion de bougies plus ou moins fondues et un bric-à-brac d'objets hétéroclites qu'il ne reconnut pas. Il allait se pencher pour les examiner de plus près lorsque la lumière qui entrait par la porte fut brusquement occultée.

– Qu'est-ce que vous faites là ?

Sollier se retourna et distingua une forme humaine dans l'encadrement de la porte.

– Madame Le Braz ? Je m'appelle André Sollier, je suis journaliste, dit-il en se rapprochant d'elle.

La femme recula et André put sortir avec elle. Lorsqu'il la vit en pleine lumière, il eut un choc. Il ne croyait pas aux sorcières, mais il faillit changer d'avis devant cette femme. Très grande et très maigre, ses longs cheveux gris tombant jusqu'aux reins, elle le dominait d'au moins dix centimètres. Son visage était couvert de profondes rides noires qui soulignaient chaque angle de son profil osseux. Il crut qu'elle s'était maquillé les yeux avec du khôl, tant ils paraissaient enfoncés dans leurs orbites, mais il s'aperçut que l'effet provenait de ses épais sourcils qui étaient restés noirs. Elle était vêtue d'une robe informe, d'un jaune tirant sur le vert, qui s'arrêtait à mi-mollets, dévoilant des jambes sales couvertes de longs poils blancs. Il y en avait tant qu'on aurait dit de la fourrure. Elle était pieds nus et pataugeait sans retenue dans les fientes de ses volailles. Établir un contact avec un tel personnage demanda à Sollier tout son talent de journaliste. Après de longues minutes de palabres où la vieille femme se montra très méfiante, il parvint à expliquer le pourquoi de sa visite et, sortant l'éternel sésame de sa poche, il obtint, en échange de trois billets de cent francs, qu'elle lui retrace l'histoire des Lauclay et des Duguet.

Elle avait le goût de la mise en scène car, une fois l'argent empoché, elle le ramena au pré et s'assit sur la lourde table de pierre avant de commencer à parler. Son visage sans âge s'accordait bien au paysage. Sollier avait pensé qu'une bonne partie de son reportage était déjà écrite rien qu'avec un personnage pareil.

Elle ne lui avait appris que deux éléments véritablement nouveaux. Tout d'abord que l'amant de la fille de Charles de Lauclay, Béatrice, était un jeune homme venu du nord de l'Europe, vraisemblablement de Suède ou de Norvège, et qu'il s'appelait Ofsenn. Comme Sollier lui demandait si ce n'était pas une légende, elle se fâcha et lui rétorqua qu'il pouvait le vérifier en allant au couvent où Béatrice avait fini ses jours. Avant d'y être enfermée par son père, elle y était venue la nuit suivant la naissance de son fils, avec son amant, pour faire baptiser le bébé. Le couvent avait conservé tous ses actes de baptême depuis sa création en 1083.

La seconde nouveauté était que la colère de Charles avait dépassé toute limite humaine lorsque Béatrice était revenue. Il avait insulté et fouetté sa fille jusqu'au sang. Elle était à moitié morte lorsque Joaquim, son frère, était arrivé, alerté par les cris ininterrompus de Charles. Il avait dû parlementer longtemps avec son père, menacer de quitter le château et de disparaître à tout jamais pour que le vieux Charles ne tue pas Béatrice à coups de fouet et accepte la solution du couvent.

Pourquoi une telle colère ? Pourquoi une rage à ce point démesurée qu'un père voulût tuer sa fille ? Joaquim apprit plus tard par sa sœur que la haine de leur père à son égard avait décuplé lorsqu'il avait compris que sa fille ne savait pas où était son enfant. En effet, Ofsenn avait décidé de retourner dans son pays et, Béatrice ne voulant pas le suivre, ils avaient confié le nourrisson à une famille de paysans. La mère de l'enfant avait donné tous ses bijoux pour que le couple quitte le pays avec le bébé et ne revienne jamais, en tout cas pas tant que Charles serait vivant. Ce n'était donc pas parce que sa fille avait eu un enfant hors mariage que Charles s'était déchaîné, mais au contraire parce qu'il n'arrivait pas à mettre la main dessus.

Marie la folle racontait bien, et très vite Sollier oublia sa bouche édentée ainsi que l'odeur rance du corps mal lavé que le vent poussait parfois vers lui. Elle s'exprimait dans un français qu'auraient pu lui envier bien des gens de la ville et elle attachait une grande importance à ce que le journaliste la croie.

– Vous pouvez vérifier tout ce que je vous dis dans les archives du couvent. Avant de mourir Béatrice a fait le récit de cette histoire. Je l'ai lue il y a longtemps et tout ce que je vous dis vient de là et de la tradition orale.

– Quelle tradition ?

– Celle de ma famille, celle des filles Le Braz. Je suis la dernière car Dieu n'a pas voulu que je puisse avoir des enfants. Mais dcpuis des générations et des générations les Le Braz ont des filles, elles portent le nom de leur mère et elles guérissent tous les maux des pauvres gens !

Ainsi il avait devant lui une sorte de rebouteuse, une sorcière *a minima* en quelque sorte, et il comprenait pourquoi le type du bistrot parlait d'elle avec respect. En tout cas, son tuyau était bon et Sollier se félicitait d'avoir entrepris sa randonnée. Il allait se lever lorsqu'il eut une idée en apercevant la tache de sang.

– C'est vous qui préparez vos remèdes ici ? demanda-t-il en désignant le trou taché de brun.

La vieille sursauta et son visage se ferma. Elle cracha par terre, ratant de peu ses chaussures.

– Je ne suis pas une sorcière, moi !

La véhémence de sa protestation étonna Sollier.

– Et ce sont des sorcières qui ont fait ça ?

Marie la folle secoua la tête de gauche à droite, faisant voler sa crinière grise autour d'elle, et ne répondit pas. Elle se leva et marcha vers sa maison.

– Je vous ai dit tout ce que je savais, lança-t-elle sans se retourner.

Sollier dut lui courir après, la remercier pour ses renseignements et, comme toujours, sortir de nouveaux billets de sa poche pour obtenir enfin qu'elle s'arrête et le regarde. Elle avait peur. Ses lèvres tremblèrent lorsqu'elle parla et c'était une très étrange impression de voir cette femme à l'aspect plutôt effrayant éprouver elle-même de la frayeur.

– Depuis plusieurs lunes un homme vient à minuit sur la table de pierre. Je ne veux pas savoir ce qu'il fait, mais le lendemain je retrouve du sang frais. Il vient quatre nuits de suite et disparaît jusqu'à la prochaine lune.

– Qui est-il ? Vous n'avez pas cherché à savoir ce qu'il fait ?

– Je sais qu'il prie dans la vieille langue, car je l'ai

observé. Il sacrifie ensuite un chien qu'il amène avec lui pendant que les autres aboient à la mort.

– Les autres ?

– C'est un maître *Malech'*, un sorcier qui commande aux animaux. Ils sont une douzaine à venir avec lui. Je connais bien le vent de la nuit et je ne m'approche pas trop près, sinon ils pourraient me sentir... Mais vous devriez laisser tomber ça, murmura-t-elle après un silence. Cela n'a rien à voir avec l'histoire qui vous intéresse.

Elle fixa le sol un long moment, comme si elle cherchait à déchiffrer les signes que les brindilles avaient tracés près de ses pieds nus.

– Enfin, j'espère que non, avait-elle ajouté avant de retourner chez elle sans un adieu.

Il était rentré en toute hâte au village et s'était précipité au couvent où il avait été fort gentiment accueilli. Il fut très heureux de constater que les journalistes n'étaient pas considérés comme des suppôts de Satan par les sœurs.

Il avait pu vérifier, sans avoir à sortir ses billets cette fois-ci, tous les éléments que lui avait fournis Marie la folle. L'enfant se prénommait Julien et avait été baptisé le 8 septembre 1449.

Il lut également le récit de Béatrice dont Marie la folle lui avait fait une excellente synthèse. Il consulta ensuite les archives des mariages et vit qu'en 1470 avait été célébrée l'union d'une certaine Marie Forcet avec *Julien Du Gué*. Il parcourut rapidement les registres, découvrant que les Du Gué avaient toujours vécu au village, leur nom s'orthographiant en un seul ou deux mots suivant les époques pour finir en Duguet en 1794. L'après-midi touchait à sa fin quand il partit.

– Vous n'êtes pas resté très longtemps, vous ! s'était exclamée la jeune religieuse qui l'avait reçu.

Il apprit ainsi que Xavier était passé en tout début d'après-midi et qu'il avait failli le croiser. Bongrand avait dû parler, ce qui était prévisible. Son ami en savait autant, sinon plus que lui maintenant, vu son talent de fouineur dans les documents historiques. *Mais il ne sait rien de l'homme de la pleine lune !* Ainsi il conservait une longueur d'avance.

Rentré à l'hôtel il prit une douche et s'allongea sur son lit afin de faire le point et de noter, à chaud, son entretien avec Marie et sa visite au couvent. Il s'offrit ensuite un solide repas, flirta avec la serveuse mais dut briser là car le travail l'attendait. Il était las de constater que ses succès féminins étaient bien plus nombreux que ses réussites professionnelles. « Cette nuit ça va changer », pensa-t-il en prenant sa bouteille de whisky. Il s'octroya une grande rasade et revissa le bouchon en rotant. Il glissa la bouteille à côté de sa Thermos de café et d'une lampe de poche, puis reprit le chemin de la forêt. Le jour tombait lorsqu'il gara sa voiture et il lui restait tout juste assez de lumière pour distinguer le chemin des menhirs. Après une marche rapide, il aperçut la table de pierre, noire et inquiétante dans le jour déclinant. Il essaya de repérer d'où soufflait le vent, mais celui-ci changeait tout le temps de direction. Heureusement que son revolver faisait une bosse rassurante sous son blouson.

Il somnolait depuis une heure. La nuit était venue. La lune, pleine et éclatante, brillait dans le ciel qui s'était totalement dégagé en fin de journée, comme c'est souvent le cas dans la région. Sollier mourait d'envie d'allumer une cigarette mais il se l'interdisait, sachant que le simple rougeoiement le ferait repérer de loin. Pour tromper son attente il pensa à la serveuse de l'hôtel, se demandant s'il irait frapper à la porte de sa chambre en rentrant. Elle avait paru déçue qu'il dût repartir dans la soirée. Puis il pensa à la jeune religieuse, ma foi très jolie, qui lui avait souri quand il quittait le couvent. André avait toujours eu du succès avec les femmes, il ne savait pas au juste pourquoi. Il savait que ses amis, Xavier le premier, l'enviaient pour ses talents de séducteur. Ce qu'ils ignoraient c'est qu'il était incapable de nouer une relation durable. Longtemps il avait cru que son métier en était la cause, mais avec le temps il s'était convaincu que cela venait de lui, qu'il y avait dans son psychisme quelque chose de tordu, quelque chose en plus ou en moins qui l'empêchait d'aimer vraiment.

« Et puis je bois trop », pensa-t-il en s'envoyant une nouvelle gorgée de whisky.

Ses pensées moroses dérivèrent à nouveau vers la serveuse et soudain il se sentit ridicule, assis sur son tronc d'arbre, à essayer de surprendre un mystérieux sacrificateur de chiens. Marie la folle avait dû inventer toute cette histoire, peut-être même que tout en y croyant elle délirait un peu. À son âge et avec son mode de vie cela n'était pas improbable. Le froid s'insinuait à travers son blouson et il avait les fesses gelées. Il vida sa Thermos de café et regarda sa montre : 23 h 42. Marie avait dit que l'homme venait à minuit. Sollier scruta une nouvelle fois le pré baigné par la lumière de la lune : aucun signe de vie.

Il ramena ses jambes sous lui et fit jouer ses articulations afin de se réchauffer. Il soufflait sur ses doigts engourdis lorsque brusquement il vit qu'il y avait du monde dans le pré. Un homme marchait vers la table, suivi d'un groupe de chiens. Sollier se demanda d'où ils étaient arrivés : il n'avait entendu aucun bruit, c'était comme si l'homme et les bêtes s'étaient brusquement matérialisés devant lui. La scène avait quelque chose d'irréel.

L'homme marchait en tête, légèrement penché en avant, et sa chevelure blanche brillait sous la lune. Marie la folle en avait donné une bonne description. C'était bien un vieillard chenu qui menait les chiens vers la table de pierre et il était bien entièrement vêtu de noir. Arrivé au centre du pré, l'homme monta sur la roue géante et se campa au-dessus du trou central. Il sortit une dague qui jeta un reflet d'argent sous la lune, l'éleva au-dessus de sa tête et commença à chanter une litanie gutturale dans une langue que Sollier ne reconnut pas. Le plus étrange était de voir les chiens tourner lentement autour de la table, sans aucun aboiement, sans aucun jeu entre eux, sérieux comme des officiants. Sollier put compter cinq bergers allemands, deux dobermans, et une ribambelle de bâtards. En tout il y avait une vingtaine d'animaux.

La scène durait depuis dix minutes environ lorsque la voix de l'homme monta d'un ton et se fit plus forte. Il cria une suite de deux ou trois mots et les chiens s'immobilisèrent. Le spectacle de cet homme, debout sous la lune, brandissant son long couteau et entouré des chiens attentifs fascina Sollier. Il ne pouvait détacher son regard de la scène, se sentait irrésistiblement attiré par elle. Il *devait* se lever, il *devait* participer à cette cérémonie sacrée dont il sentait l'importance et la majesté sans comprendre pourquoi. Il se sentait horriblement triste d'être à l'écart et allait quitter sa cachette lorsque l'homme reprit sa litanie d'une voix saccadée.

Le son de sa voix réveilla Sollier qui frémit en pensant qu'il était sur le point de se découvrir. Il se recroquevilla dans son abri. Il se souvint enfin qu'il avait emporté avec lui son appareil photographique, muni d'une pellicule ultrasensible. La lune brillait suffisamment pour qu'il pût obtenir des clichés utilisables et, sortant de son engourdissement, il photographia l'homme et les chiens. L'appareil était silencieux, mais il eut peur que l'ouïe fine des chiens ne les alertât. Heureusement, le bruit de la voix du vieillard devait couvrir les déclics de l'appareil.

La psalmodie s'arrêta brusquement. Sollier n'eut que le temps de lever son doigt du bouton de déclenchement avant que le silence ne retombe. L'homme contempla un instant la dague qu'il tenait maintenant pointée vers le bas. Il prononça un ordre bref et Sollier vit un des deux énormes dobermans se lever et grimper sur la table. Le chien s'avança vers l'homme et, arrivé à ses pieds, se coucha en travers du trou circulaire.

L'homme en noir eut un geste rapide et sa lame brilla sous la lune avant de s'enfoncer dans la gorge du molosse qui poussa un cri bref mais ne bougea pas.

Autour de la table les autres chiens restèrent assis et regardèrent, immobiles, la vie s'écouler de la gorge tranchée de leur congénère. Sollier frissonna en entendant le clapotis du liquide sur la pierre. L'homme posa sa dague et sortit un flacon de sa poche qu'il pressa contre la gorge ouverte du chien. Ce dernier respirait bruyamment et Sollier voyait de loin son flanc luisant lancer des reflets de plus en plus rapides. Ayant rempli son flacon, l'homme croisa les bras et regarda le chien mourir. Ce ne fut pas long.

Le sang cessa de bouillonner de la gorge du doberman qui poussa un dernier cri en levant la tête vers son exécuteur. Les autres animaux restaient immobiles et attentifs. Sollier retenait son souffle. L'homme se baissa et, avec une dextérité digne d'un boucher, il dépeça la bête. Il entreprit ensuite de la découper en plusieurs morceaux qu'il disposa autour de lui sur la pierre. André le vit trancher un large bout de chair rouge dans la cuisse. Il l'éleva vers la lune, lança une longue phrase toujours dans ce langage inconnu, porta le morceau de viande à sa bouche et mordit dedans.

Et ce fut la curée. Comme obéissant à un mystérieux signal, les chiens se ruèrent vers les morceaux du doberman éparpillés sur la pierre. D'un seul coup ce ne fut plus que hurlements, grondements, aboiements rauques de colère ou de joie. Ils se déchaînèrent, se battirent pour le moindre morceau de viande, chacun emportant son butin dans un coin pour s'en repaître. L'homme en noir restait debout à la même place, indifférent au carnage autour de lui, mâchant tranquillement sa viande crue. Sollier profita du bruit pour prendre une nouvelle rafale de photos. Le bruit écœurant des os craquant sous les dents des chiens parvenait jusqu'à lui ainsi que les déglutitions répugnantes des animaux en folie.

Sollier mitraillait la scène l'œil rivé au viseur et il ne vit pas un chien s'approcher de lui. C'était un grand animal aux poils roux et emmêlés qui était venu manger à l'écart de la meute l'énorme morceau de carcasse qu'il traînait dans sa gueule. Il finissait de dévorer son morceau lorsqu'il leva la tête vers ce drôle d'objet qui émettait des petits bruits dans le taillis. Il ne fut pas long à découvrir l'homme qui s'était embusqué là car Sollier avait sorti le torse des broussailles pour pouvoir mieux photographier. Le chien se précipita en hurlant et lui bondit au visage. Sollier ne le vit arriver qu'au dernier moment et d'un mouvement réflexe il tendit les bras tenant l'appareil pour se protéger la tête. Il sentit les crocs de l'animal se planter profondément près de son coude, hurla sous la douleur et lâcha son appareil. Le chien s'accrochait à son bras, malgré ses mouvements désordonnés, les crocs solidement plantés dans la chair. La douleur était atroce, Sollier crut qu'il allait s'évanouir. Il sentait le souffle chaud de l'animal sur son bras et son sang ruisseler du coude sur son avant-bras et sa main.

Écartant son bras gauche auquel était agrippé le chien, il saisit son arme sous son blouson. Il ne voulut pas tirer pour ne pas alerter les autres animaux qui continuaient leur festin bestial et frappa de toutes ses forces le museau du chien. Il sentit le métal écraser la truffe et cogner l'os. Le chien hurla et desserra les dents, retombant lourdement sur ses pattes. Son bras l'élançait atrocement. Il s'accroupit et chercha à tâtons son appareil photo mais il eut à peine le temps de balayer le sol une fois devant lui. Le chien se ramassa et bondit sur lui dans un grondement féroce. Sollier vit ses babines écumantes, ses crocs luisants de salive sur ses gencives rouges à un mètre de son visage et, dans un mouvement réflexe, il tira.

La gueule du chien explosa littéralement sous ses yeux. Sollier n'aurait pu dire si la balle avait pénétré dans la gueule, un œil ou le front car toute la tête vola en éclats, projetant des os et de la cervelle autour de lui. Un jet de sang sortit du corps de l'animal décapité et aveugla Sollier. Il repoussa le cadavre qui était venu le percuter et s'essuya les yeux en se relevant. Il réalisa brutalement qu'un profond silence était tombé sur le pré. Les chiens s'étaient tus et regardaient dans sa direction. Le vieil homme également, dont la silhouette se découpait sur le ciel étoilé. Le silence dura.

– Je suis désolé, cria Sollier.

Sa voix lui parut ridiculement faible.

– C'est votre chien qui m'a attaqué, poursuivit-il plus fort. Je ne voulais pas le tuer, mais il m'a mordu... et il m'a mordu, répéta-t-il en levant son bras blessé.

Ni l'homme ni les chiens ne bronchèrent et Sollier se sentit perdre pied avec la réalité, face à ce groupe qui le regardait, immobile, sous la lumière laiteuse de la lune. Il fit un pas vers eux pour dissiper son angoisse. L'homme jeta un ordre bref, et, avec un ensemble parfait, les chiens abandonnèrent leur repas et se dirigèrent vers lui. Sollier arrêta son mouvement. Il perçut une sorte de ronronnement, très doux au début, qui alla en s'amplifiant et comprit que ce qu'il entendait était le grondement de tous les chiens qui marchaient implacablement vers lui. La peur le saisit. Ce n'était pas possible ! Ils n'allaient pas l'attaquer !

– Eh ! cria-t-il. Rappelez vos chiens ! Je ne voulais pas le tuer, c'est lui qui m'a attaqué !

Le vieil homme ne bougeait pas et déjà les chiens de tête n'étaient plus qu'à une quinzaine de mètres de lui. Soudain le plus proche se mit à courir en grondant plus fort. Tétanisé, Sollier ne savait plus que faire tant la peur lui brouillait l'esprit.

– Arrêtez-les, supplia-t-il, tandis que le chien s'apprêtait à sauter.

Il tira sur lui mais il n'était plus à bout portant et le chien continua sa course. Sollier vida hystériquement son chargeur et réussit à atteindre la bête dont le corps boula jusqu'à ses pieds. Il avait une patte arrachée, et malgré cette horrible blessure il tenta de se relever pour mordre. En proie à la panique la plus totale, Sollier fit volte-face et s'enfonça en courant dans les buissons. Il ne savait pas où se réfugier et courut de toutes ses forces droit devant lui. Les branches lui griffaient le visage et les mains, mais il ne s'arrêta pas malgré la douleur.

Bientôt il sentit qu'il saignait de toutes les parties du corps qui n'étaient pas protégées par ses vêtements. Il ne ralentit pas pour autant car il entendait trop près derrière lui la respiration rauque des molosses lancés à ses trousses. Heureusement que les taillis ralentissaient également les chiens.

Il courut ainsi pendant ce qui lui parut être une éternité. Il déboucha brusquement sur le sentier qui menait à sa voiture. L'espoir revint lorsqu'il estima qu'en forçant l'allure il avait une petite chance de l'atteindre. Il puisa dans ses dernières forces et entama un sprint sur le chemin glissant. Il entendit derrière lui les chiens sortir des bois en grondant et entamer leur poursuite. Il courut encore plus vite malgré la douleur à son bras, malgré le point de côté qui lui transperçait le ventre, malgré le sang qui lui coulait dans les yeux et l'aveuglait. Il avait lâché son pistolet depuis longtemps et serrait dans sa main la télécommande de l'ouverture de sa voiture. Il remercia le ciel d'avoir ce système qui lui éviterait de chercher le trou d'une serrure dans le noir avec ces fauves à ses trousses. Il reconnut un menhir posé au bord du chemin et calcula qu'il ne devait plus être très loin de la clairière.

Sa voiture, mon Dieu qu'il avait envie d'être dedans !

Il courut encore, la dernière ligne droite, se dit-il, et vint s'écraser le front contre une pierre dressée vers le ciel depuis trois mille ans. Le choc le renversa en arrière et il se retrouva allongé sur le dos, à moitié évanoui, avec l'impression d'avoir reçu un coup de marteau en plein visage. Son nez était cassé et le faisait atrocement souffrir. Le sang coulait dans sa bouche. Il crut qu'il allait étouffer et vomit du sang et de la bile en se relevant. Il n'eut pas le temps de reprendre sa course car un chien sauta sur lui et referma ses crocs sur sa main gauche. Il entendit les os craquer et sa main le brûla. Il ramena violemment son bras vers lui et vit qu'il lui manquait trois doigts.

L'horreur du spectacle lui arracha un cri et il shoota de toutes ses forces dans la gueule du chien qui gronda de douleur en lâchant sa prise. Sollier vit ses trois doigts tomber sur le sol à deux mètres de lui. Ils étaient attachés par un bout de chair sanguinolente qui paraissait noire sous la lumière de la lune. Il vomit à nouveau, incapable de se retenir, et un deuxième chien se jeta sur lui, le mordant à l'épaule et le renversant. Sollier se débattit, mais ses forces l'abandonnaient. L'autre doberman fut soudain devant lui. Ses crocs luisaient et ses yeux étaient rouges dans la nuit. Il se précipita sur Sollier et referma sa mâchoire sur son entrejambe. Sollier sentit les crocs transpercer le tissu et s'enfoncer dans ses testicules. Il poussa un hurlement dément de douleur et de désespoir. Le chien tira violemment la gueule en arrière, arrachant les organes génitaux. Le sang jaillit entre les cuisses de Sollier qui, enfin, s'évanouit.

La meute entoura son corps et fondit sur lui en hurlant.

– Mme Yolande Klabot, 34 bis, rue Parmentier. Elle a repris son nom de jeune fille après le divorce ? Elle vit seule ?... Hum, d'accord. Mais elle n'est pas remariée. Et la fille ?

– C'est un peu plus difficile, il a fallu passer par les fichiers de la Sécu. Il y a pas mal de Duguet et quelques Sarah Duguet, mais nous n'en avons trouvé qu'une seule dont l'âge corresponde. Tu notes ? 114, rue Jeanne-d'Arc, dans le 13e.

– Qu'est-ce qu'elles font dans la vie ?

– La mère est à la retraite. Elle a travaillé toute sa vie à la bibliothèque municipale. Elle n'a jamais déménagé depuis son mariage. C'est pourquoi il a été si facile de la retrouver. La fille est dans une agence de publicité. Enfin... si c'est bien elle.

– Et Paul Duguet ?

– Alors celui-là, disparu ! La dernière trace que l'on a de lui remonte au 18 juillet 1972 : lorsqu'il est venu déclarer le décès de son fils.

– Le décès ?

J'écartai le combiné de mon oreille et bus la moitié de mon bol de café. Que c'était bon d'être rentré chez moi, à Paris, sous un soleil printanier qui poussait les femmes à s'habiller plus légèrement. Le vent et la pluie de Bretagne me paraissaient un mauvais rêve.

– Oui, le bébé est mort à moins d'un an, reprit Jean. Je ne sais pas de quoi. La mère est allée huit mois plus tard déclarer l'abandon du domicile conjugal par son mari. On a fait les recherches habituelles, mais cela n'a rien donné. Le divorce a été prononcé quelques années plus tard.

– O.K. Tu penses à mes photos ?

– Tu les auras ce soir. Le labo est sur le caveau depuis huit heures ce matin.

Je raccrochai, pensif. Mon retour à Paris était une idée de Jean, après que je lui eus appris mes découvertes. J'avais passé tout l'après-midi de la veille à compulser des archives et j'avais réussi une reconstitution de la lignée des Duguet à peu près complète. C'était rare de pouvoir remonter aussi loin dans le temps avec une famille de roturiers, mais le cas était particulièrement favorable : les Duguet n'avaient jamais quitté le village, lui-même dépendant du couvent chargé des baptêmes. Je soupçonnais de plus les prêtres d'avoir prêté plus d'attention à cette branche secrète de la lignée ducale.

– Tu me seras plus utile à Paris, m'avait dit Jean. Ici c'est moi qui enquête sur la mort de Fréchou et tu ferais double emploi. Puisque tu as levé cette histoire de bâtard, il faut que tu continues. Tu es mieux placé que nous.

Jean m'avait fait remarquer que la gendarmerie n'avait en effet aucune raison d'aller interroger les Duguet, qui n'avaient a priori rien à voir avec Fréchou. Le fait que Sarah fût la dernière descendante connue des Lauclay ne l'impliquait pas forcément dans l'affaire du viol de sépulture.

– Je vois mal pourquoi elle commanditerait ce genre

de chose. Enfin, on ne sait jamais. Dans un premier temps je préfère que ce soit toi qui t'en occupes.

J'avais donc pris l'avion la veille au soir et j'avais passé la matinée à étudier les deux familles. Cela se résumait en fin de compte à deux ou trois points clés. D'abord Charles était bien le personnage satanique charnière de toute cette histoire. La monographie que j'avais relue consacrait tout un chapitre aux pratiques religieuses particulières du vieux duc. Il semblait même que ce soit lui, comme je le pensais, qui ait initié Gilles de Rais à ses pratiques perverses.

C'était sa fille, Béatrice, qui était à l'origine de la lignée des Duguet. La dernière descendante était Sarah dont Jean venait de me donner l'adresse. Le dernier descendant mâle, son père, avait disparu il y avait plus de vingt ans. « Vois ce que tu peux trouver de ce côté », m'avait dit Jean. Il en avait de bonnes !

La rue Parmentier était tranquille en cette fin de matinée et je marchais en chantonnant sous le soleil, me demandant comment l'ex-épouse de Paul Duguet allait me recevoir. J'avais pensé lui téléphoner, mais j'y avais renoncé car je craignais qu'elle ne refuse de me voir. Autant me présenter directement. Après tout j'étais un jeune universitaire, propre sur lui, s'intéressant à la famille Lauclay, donc à celle de Paul, et voilà pourquoi, madame, je me suis permis de venir vous voir.

Yolande Klabot me reçut fort gentiment et accepta mon histoire sans hésitation. Elle sembla même intéressée par mes recherches et, malgré l'approche du repas, voulut bien me parler. J'entrepris de lui retracer rapidement les origines de son ex-mari.

– J'étais au courant de cette histoire. Je n'ai jamais su si c'était une légende ou la vérité. Paul n'aimait pas aborder ce sujet. Je l'ai taquiné une fois ou deux sur le mystère qu'il en faisait et sur le fait qu'il descendait peut-être d'un compagnon de Jeanne d'Arc.

Yolande approchait de la soixantaine mais n'avait pas encore renoncé au combat pour sa féminité. Grande, brune, avec des yeux foncés, presque noirs, elle parlait d'une voix douce au timbre agréablement assourdi. Un chat dormait sur un coussin à côté d'elle, la lumière du soleil était tamisée par de lourds rideaux bleus, le bruit de la rue montait jusqu'à nous, rassurant. J'étais sous le charme.

Elle avait peu connu les parents de Paul et n'était jamais allée en Bretagne. Son mari semblait avoir une grande répugnance à évoquer ses origines et il n'avait jamais voulu ne serait-ce que voir une seule fois le village où avait vécu sa famille pendant des siècles.

– « Ces vieilles histoires appartiennent au passé », me disait-il. Je sentais bien que le sujet ne lui était pas agréable, alors je n'insistais pas. Je n'avais aucune raison, ajouta-t-elle comme pour s'excuser.

– Il s'entendait bien avec ses parents ?

– Oh oui ! Nous les voyions peu, mais Paul les aimait beaucoup. Je crois qu'une grande complicité existait entre son père et lui, bien qu'ils ne se parlassent pas beaucoup.

J'appréciais à sa juste valeur cet imparfait du subjonctif et cherchais un moyen de mettre fin poliment à cet entretien, mais Yolande semblait perdue dans ses souvenirs. Impossible de brusquer une femme de cette classe.

La conversation dériva sur la disparition de Paul et je l'écoutai en silence. Il n'y avait pas besoin de la relancer pour qu'elle se livrât. Elle préférait dire « départ » et ne semblait pas lui en vouloir.

– J'ai senti que quelque chose s'était brisé en lui lorsque notre fils est mort. Je n'ai jamais su quoi exactement. Il m'aimait pourtant...

Elle leva vers moi son regard sombre et je ne doutai pas un instant que l'on pût aimer cette femme.

– Et il adorait Sarah.

Sa voix se brisa et elle resta silencieuse. Je ne savais pas trop quoi répondre et je me demandai quel genre d'homme pouvait être cet imbécile de Paul pour quitter une femme aussi merveilleuse.

– Sarah aussi l'aimait beaucoup. Elle l'adorait. Elle

avait quatre ans lorsqu'il est parti et je crois qu'elle ne s'en est jamais remise.

Sa voix, qui n'était qu'un murmure, se fit soudain plus âpre. Elle regardait sans le voir le chat endormi à côté d'elle.

– Elle n'a jamais accepté ce départ. Et j'ai eu beau faire tous mes efforts, elle s'est détachée inexorablement de moi.

Elle me sourit d'une façon si triste que j'en eus le cœur serré.

– Elle est partie le jour de ses dix-huit ans. Cela fait bientôt neuf ans que je ne l'ai pas vue ! Quand je pense que je ne sais même pas où elle habite ! ajouta-t-elle à mi-voix.

Je faillis rougir en pensant que j'avais l'adresse de sa fille dans ma poche. L'idée de la lui donner me traversa l'esprit. À quoi bon ? Si la fille ne voulait plus voir sa mère, cela ne me regardait pas. Pourtant j'étais malheureux de voir cette belle femme abandonnée, digne dans son malheur, se retenir de pleurer devant un étranger. Je cherchais comment la consoler, mais seules des banalités me venaient à l'esprit.

Elle soupira et reprit le contrôle d'elle-même.

– Pardonnez-moi. Parler de mon mari m'a rappelé trop de vieux souvenirs. Je ne devrais pas me laisser aller ainsi.

– C'est à moi de vous prier de m'excuser, balbutiai-je en me levant. Je vous remercie de m'avoir reçu et je suis navré que mon enquête, enfin mes recherches soient la cause d'un désagrément.

Elle me sourit et son visage retrouva une beauté altière.

– Mais j'ai été ravie de votre visite. Je vois si peu de monde.

Elle me raccompagna à la porte et j'allais prendre congé lorsqu'elle me coupa la parole.

– Mais j'y pense ! Une fois Paul m'a révélé quelque chose de très étrange sur sa famille. Il avait un peu bu ce soir-là, nous revenions d'une soirée avec des amis artistes. C'était l'époque où il était insouciant. Je lui avais dit que je ne pourrais jamais le quitter et il m'avait répondu que lui me quitterait s'il faisait un rêve.

– Un rêve ?

– Eh bien, cela reste très mystérieux. D'après ce qu'il m'a raconté, il y avait une légende que l'on se transmettait de père en fils chez les Duguet. Si l'un d'eux faisait un certain rêve, il devrait quitter femme et enfant, et se préparer à accomplir son destin.

– Et en quoi consistait ce destin ?

– Je ne sais pas exactement. En tout cas il fallait tuer des gens, ça c'est certain, dit-elle d'un ton calme.

Et comme je la regardais sans comprendre, elle ajouta :

– Tuer ou être tué, c'est ainsi qu'il avait parlé. Mais je n'ai pas pu en savoir plus. Il a semblé regretter de m'avoir dit ces choses. Et je n'y ai jamais repensé jusqu'à aujourd'hui.

Elle me regarda gravement en me disant au revoir, gardant ma main serrée dans la sienne. Je n'y voyais aucun inconvénient. Je la saluai, promis avec sincérité que j'aimerais la revoir et je descendis lentement l'escalier en savourant les dernières fragrances de son parfum.

Je n'aime pas les fast-foods. Je trouve que la sauce douceâtre qu'ils mettent dans les hamburgers a un goût chimique et il me faut toute la journée pour digérer les frites. J'entrai dans un café en bas de chez Yolande et commandai un jambon-beurre-cornichon, arrosé d'un verre de rouge bien français.

Debout au comptoir je me repassais mentalement le film de notre entretien et me dis que, décidément, cette famille avait le don d'inspirer d'étranges récits. Qu'est-ce que c'était encore que cette histoire de rêve annonciateur ? J'aurais bien aimé avoir Paul Duguet sous la main, mais si les services de Jean ne l'avaient pas retrouvé, je ne voyais pas comment je pourrais y arriver. Peut-être était-il mort ? Ou parti à l'étranger ? Ou les deux.

Je terminai mon sandwich et réfléchis à un plan pour me présenter chez Sarah. L'inspiration ne venant pas, je décidai de me fier à l'intuition du moment.

La rue Jeanne-d'Arc est située dans un coin tranquille du 13e arrondissement, à deux pas du quartier chinois, non loin du square Héloïse-et-Abélard. Je remarquai que la plupart des rues alentour avaient pour noms ceux des maréchaux de France compagnons de la Pucelle. Sarah Duguet, descendante de Charles de Lauclay, avait bien choisi sa rue.

L'immeuble de Sarah était banal et sans prétention. La porte sur la rue était commandée par l'inévitable code que je ne possédais pas (merci Jean !) et je dus patienter quinze bonnes minutes avant de pouvoir me glisser derrière une femme au foyer qui traînait deux bambins et poussait un caddie. La liste des locataires me confirma que Sarah Duguet habitait bien là mais hélas n'indiquait pas l'étage. Je me précipitai pour tenir la porte de l'ascenseur à la jeune maman légèrement débordée par la situation. C'était une femme blonde, pas trop jolie, aux yeux sans cesse en mouvement. Elle parvint à faire rentrer son panier à roulettes dans la cabine, battit le rappel de sa progéniture qui jouait à Zorro dans l'escalier et, une fois que nous fûmes tous enfermés dans l'ascenseur, me posa la question rituelle :

– À quel étage ?

– Je ne sais pas, dis-je en lui lançant mon plus beau sourire. Je vais chez Mlle Duguet, elle ne m'a pas dit l'étage.

– Sarah ! Mais elle n'est pas là ! Elle est à la maternité !

Je dus avoir l'air tellement surpris qu'elle devint soupçonneuse.

– Vous ne le saviez pas ? Elle devait accoucher cette semaine.

– Non, dis-je de l'air le plus naturel que je pus prendre. Nous sommes des relations d'affaires et je ne l'ai jamais vue qu'au téléphone !

Mon humour n'eut pas l'air de l'amadouer et je vis

le moment où elle allait se mettre à hurler « au viol ! ». Heureusement l'un de ses enfants, sans doute lassé d'attendre dans cette cabine exiguë, eut la bonne idée de gifler son frère. Cela provoqua un concert de cris et justifications du type « c'est pas moi, c'est lui ». La mère-de-famille-pas-commode détourna son attention de ma personne pour rétablir l'ordre parmi ses troupes.

– De toute façon, dit-elle une fois le calme revenu, vous pouvez sonner pour voir. J'habite sur le même palier.

Et elle enfonça sans plus hésiter le bouton du cinquième.

Brave cerbère qui me laissait monter parce qu'elle pouvait me surveiller ! Je remerciai une fois encore en essayant d'éviter les marmots qui me marchaient sur les pieds et, galant homme, lui proposai de porter son sac à provisions et de pousser son caddie. Radoucie, elle me remercia et nous arrivâmes devant sa porte presque amis.

– C'est en face, dit-elle en me montrant la porte à l'extrémité droite du couloir. Mais je ne pense pas qu'elle soit rentrée.

J'allai à la porte de Sarah et sonnai. Pas un bruit ne venait de l'appartement. Je n'allais tout de même pas rester dans ce couloir jusqu'à ce que Mlle Duguet ajoute un élément à la lignée secrète des Lauclay ! J'en étais là de mes réflexions lorsque la porte de l'ascenseur s'ouvrit et que je vis une ombre en sortir.

Je dis « une ombre », j'aurais pu aussi bien dire « un fantôme » ou « un esprit ». L'ombre avait de longs cheveux noirs qui lui cachaient le visage. Elle était vêtue d'un imperméable bleu nuit qui laissait voir des jambes prises dans un jean noir. Elle semblait flotter sur la moquette malgré des chaussures montantes aux lacets interminables. J'ai horreur de ce genre de chaussures, la dernière fille avec qui j'étais sorti portait les mêmes et il faut des heures pour les enlever.

L'ombre se dirigea vers moi en cherchant ses clés dans son sac et l'imperméable s'entrouvrit sur une poitrine rebondie qui gonflait un chemisier mauve. C'était bien la seule partie de son anatomie qui fût épanouie. Pour le reste il lui manquait cinq ou six kilos.

– Pardon, monsieur, dit-elle d'une voix atone.

Comme je me poussais pour la laisser introduire sa clé dans la serrure, elle sembla réaliser soudain qu'un étranger faisait le pied de grue sur le pas de sa porte.

– Vous désirez ?

Elle leva vers moi un visage interrogateur et je pus voir ses yeux, immenses comme ceux de sa mère, mais d'un violet profond. Dommage que ses traits soient aussi fatigués et ses joues aussi creusées, sinon elle aurait été d'une beauté époustouflante. Tout le portrait de Yolande, sauf le menton plus volontaire qu'elle devait tenir de Paul Duguet. Son regard semblait d'autant plus mystérieux qu'elle avait l'air complètement shootée.

– Mademoiselle Sarah Duguet ?

Ce n'était pas une entrée en matière follement originale, mais il fallait bien dire quelque chose. Elle acquiesça et ouvrit sa porte. Elle avait vraiment l'air complètement dans les vapes. Je me retrouvai tout seul comme un imbécile dans le couloir, n'osant pas entrer.

– Je m'appelle Xavier Lefrançois. Je suis chercheur et je m'intéresse aux familles nobles de Bretagne.

Elle me regarda comme si j'étais un Martien ou un fou.

– Si je me suis permis de venir vous voir, c'est parce que votre père descend en fait d'une célèbre famille noble de cette région...

Je me sentais de plus en plus ridicule, debout à pontifier sur son paillasson. L'allusion à son père avait allumé une brève lueur d'intérêt dans son regard, mais elle avait vite repris son visage apathique. Dépression post-partum ? Je réalisai soudain qu'il manquait un élément fondamental dans ce tableau : le bébé. Voilà pourquoi j'avais eu dès le début un sentiment d'étrangeté.

– Bon, je vous dérange, sans doute. Je vous téléphonerai demain, si vous préférez.

Erreur ! Comment pouvais-je savoir son numéro ? Comment avais-je pu trouver son adresse, au fait ? Bravo pour mon « intuition du moment » ! Cependant l'état de déliquescence où se trouvait la jeune femme me sauva des questions gênantes. Elle répliqua vivement :

– Non ! Je suis contente de parler à quelqu'un. Entrez, je vous prie.

Pendant mes présentations surréalistes avec Sarah j'avais entendu s'ouvrir l'ascenseur et je me rendis compte qu'aucun bruit de porte n'avait suivi. Je me retournai brusquement. Un homme se tenait devant la porte de la voisine blonde et semblait attendre. Il se retourna vers moi et je lus la contrariété sur son visage lorsqu'il vit que je le regardais. Il était immense, avait un regard froid, des cheveux rares plaqués sur le crâne, et était vêtu d'un costume sombre. Il me fut immédiatement antipathique.

– Excusez-moi, dit-il en s'avançant vers nous, je cherche l'appartement de M. et Mme Minchinsky.

Il souriait en parlant et je lui trouvai décidément l'air faux cul.

– C'est l'étage au-dessus, intervint Sarah.

L'homme la remercia et battit en retraite vers l'ascenseur. J'attendis qu'il disparaisse pour entrer chez Sarah.

– Ce n'est pas très grand. Installez-vous, je reviens tout de suite.

La pièce n'était effectivement pas très grande, mais des portes-fenêtres laissaient entrer un flot de lumière et donnaient une impression d'espace.

La partie gauche était occupée par un coin-cuisine caché derrière un bar. « Cuisine américaine », le terme venait de me revenir à l'esprit. À droite un profond canapé couvert de coussins multicolores m'invitait à m'asseoir, ce que je fis. Sarah avait disparu dans ce qui devait être sa chambre. Elle revint presque aussitôt, débarrassée de son imperméable, et ainsi sa poitrine semblait encore plus généreuse sur son corps trop maigre. Elle avait l'air d'un oiseau tombé du nid. Elle tordait sans cesse ses mains l'une avec l'autre.

– Pardonnez-moi, je n'ai pas retenu votre nom.

Je le lui répétai doucement tandis qu'elle s'asseyait à côté de moi. Elle semblait si fragile que j'avais peur de la casser en parlant trop fort.

– J'ai l'air perdu à cause de Reynal.

Comme je la regardais d'un air interrogateur, elle reprit avec un débit rapide et saccadé :

– Reynal ! Le Dr Reynal... C'est mon docteur... Il m'a donné tous ces cachets. Il ne voulait pas que je sorte tout de suite, mais moi je ne pouvais plus rester là-bas !

– Vous avez été malade ?

Elle leva vers moi ses grands yeux violets qui ne me regardaient pas.

– Mon bébé est mort, dit-elle d'une voix rauque.

Puis elle éclata en sanglots et me tomba dans les bras.

5

Lorsque je sortis de chez Sarah, j'étais secoué par l'histoire qu'elle venait de me raconter. La « mort subite du nourrisson », explication qui n'expliquait rien, n'était qu'une façade derrière laquelle s'était réfugié son médecin, un terme clinique loin de l'horreur de la mort d'un nouveau-né. Sarah m'avait raconté en pleurant comment le docteur était là à son réveil pour lui apprendre la nouvelle, comment elle avait crié, pleuré, puis éclaté de rire. Malgré la piqûre de calmants qu'on lui avait faite elle ne s'était pas rendormie et avait dû batailler ferme avec le docteur pour qu'il la laisse sortir.

Mais au-delà de la mort de son enfant, toute son histoire me paraissait étrange. En sortant de son immeuble je décidai d'y réfléchir tranquillement. Il y avait un café juste en face et j'allai m'accouder au comptoir.

Deux choses me paraissaient bizarres dans le récit de Sarah. Tout d'abord l'attitude de son médecin, le fameux Dr Reynal. Elle en parlait comme un adepte d'une secte parle de son gourou. Cet homme semblait l'avoir littéralement envoûtée. J'avais l'impression que depuis sa rencontre avec Sarah cette dernière avait vu sa vie basculer. Elle avait peu à peu cessé de voir ses amis, s'était complètement repliée sur elle-même quand elle avait su qu'elle était enceinte. Sa grossesse n'avait été qu'un long tête-à-tête avec ses fantômes et surtout avec son docteur. À entendre les soins dont il l'entourait, j'avais pensé un moment qu'il était le père.

Sarah m'avait parlé de sa voix métallique qui lui ôtait toute volonté. J'avais des doutes quant à ses talents d'hypnotiseur, mais une chose prouvait que ce Reynal n'était pas franc du collier : Sarah allait le voir une fois par mois. Or, j'avais eu suffisamment de petites amies pour savoir qu'une femme, à moins d'être malade, allait en général chez son gynécologue une fois par an, tous les six mois au maximum. Jean pourrait peut-être m'en apprendre davantage sur le mystérieux médecin.

La seconde chose qui m'avait frappé relevait de la vie intime de Sarah. En y repensant je m'étonnai qu'elle m'eût parlé aussi librement, à moi qui étais un parfait étranger. Le choc de la mort de son enfant, l'année d'angoisse qu'elle venait de vivre, tout cela avait dû contribuer à lui délier la langue. Sans oublier les deux whiskys. Je connaissais, pour l'avoir expérimenté, l'effet détonant du mélange alcool plus tranquillisants.

Comme Sarah était arrivée à la fin de sa confession cathartique, je ne pus m'empêcher de faire une allusion au père de l'enfant, qui me paraissait terriblement absent de cette histoire. Sa réaction me stupéfia : elle qui jusque-là avait parlé entre deux sanglots éclata soudainement de rire.

– Mais je ne sais pas qui est le père !

Comme je restais sans rien dire elle ajouta, avec une pointe de vulgarité que je mis sur le compte de l'alcool :

– J'ai le choix entre trois types.

Elle retomba dans un état de prostration et je sentis qu'il fallait attendre qu'elle parle. Elle finit par me raconter comment elle était tombée enceinte.

Elle avait rencontré, dans la salle d'attente de Reynal, comme par hasard, une jeune femme très sympathique. Très vite, Sarah et Caroline (elle ne connaissait que son prénom, s'aperçut-elle en m'en parlant) devinrent des amies inséparables. Ce fut la seule personne que Sarah vit régulièrement en dehors de son gynécologue. Un soir qu'elle avait dîné chez Caroline, trois amis à elle avaient débarqué à l'improviste. Trois types charmants, qui avaient vite sorti des joints et mis de la musique. Tout le monde avait dansé, tout le monde avait trop bu, et le cannabis rendait l'ambiance encore plus magique. Bientôt Sarah s'était retrouvée dans les bras de l'un d'eux en train de l'embrasser furieusement.

– C'était un homme d'une trentaine d'années. Il m'avait fait beaucoup rire. Il ne se prenait pas au sérieux et avait l'air tendre.

Son regard, déjà embrumé par l'alcool et les médicaments, se fit encore plus flou à l'évocation du séducteur. J'éprouvai un pincement de jalousie tout à fait incongru.

– Nous sommes allés dans la chambre de Caroline, elle s'y trouvait déjà avec les deux autres. Ils étaient tous les trois sur le lit et Caro était à moitié déshabillée.

Elle leva vers moi ses grands yeux qui lui mangeaient le visage.

– Je ne sais pas ce qui m'a pris... Je n'avais jamais fait des choses comme ça... Nous étions pas mal partis et l'idée de faire l'amour en groupe m'a paru d'un seul coup absolument géniale. Les garçons étaient si gentils et Caroline m'encourageait. Ce fut d'ailleurs très agréable, ajouta-t-elle avec un air de défi.

– Du coup vous ignorez lequel vous a mise enceinte ?

Elle rougit et tendit la main vers son verre vide. Je la servis généreusement, pensant que c'était un bon moyen de la faire parler. Ce n'était pas une méthode de gentleman, mais je fis taire mes scrupules : je voulais savoir où habitait Caroline.

Sarah avala une grande gorgée et me regarda droit dans les yeux, toute honte disparue.

– Il y a plus que ça... Il y a quelque chose que je ne m'explique pas. Je n'aurais jamais accepté de faire l'amour avec des inconnus sans prendre de précautions ! Malgré le brouillard dans lequel j'étais, je me souviens parfaitement qu'ils avaient tous des préservatifs.

Elle réalisa soudain qu'elle me décrivait sa partouze et replongea vite le nez dans son verre.

– Et vous n'avez jamais voulu les revoir ?

– J'ai essayé une fois, mais Caroline n'était pas chez elle ce jour-là. J'ai réfléchi et j'ai préféré ne plus me demander qui était le père. Je n'avais aucun moyen de le savoir. Qu'est-ce que j'aurais pu leur dire ?

– Vous en avez parlé à Caroline ?

– Non. Lorsqu'elle a vu que j'étais enceinte, j'ai inventé une histoire d'un type qui était parti et que je ne tenais pas à revoir. (Elle ajouta, d'une toute petite voix :) Vous êtes la première personne à qui je raconte ça. Je ne l'ai même pas dit au Dr Reynal !

Je décidai de profiter de mon récent statut de confident pour parler de ce qui m'intéressait.

– Vous voyez toujours Caroline ?

– Bien sûr. Elle est partie en voyage en Afrique il y a un mois. C'est pour ça que je me suis sentie si seule à la maternité.

– Vous devriez l'appeler. Elle est peut-être rentrée.

Sarah ne sembla pas penser que je me mêlais de ce qui ne me regardait pas et trouva même l'idée excellente. Avec la détermination de ceux qui ont trop bu, elle alla vers un meuble près du téléphone et, à ma grande joie, tira un agenda du tiroir. Elle composa le numéro, puis laissa sonner longtemps.

– Elle n'est pas là, dit-elle d'une voix de petite fille.

Je me précipitai vers elle, lui pris le combiné des mains et raccrochai.

– Vous avez l'air fatiguée. Venez vous asseoir.

Je la guidai vers le canapé en jetant un regard rapide sur l'agenda encore ouvert. Je pus déchiffrer le prénom, suivi d'un numéro que je tâchai de mémoriser. Je revins vers le canapé en me répétant mentalement le numéro comme une machine automatique. Je n'avais pas eu le temps de lire l'adresse, mais Jean saurait me trouver tout ça.

– Je vous demande pardon ?

Perdu dans mes répétitions mécaniques, je n'avais pas entendu Sarah.

– Je disais que je me sens épuisée.

– Je vais partir. Mais avant je vous laisse mes coordonnées.

Je me levai pour saisir le bloc qui se trouvait à côté de l'agenda. J'en profitai pour rafraîchir ma mémoire d'un rapide coup d'œil. Tandis que j'écrivais, je crus sentir une présence étrangère dans la pièce. Machinalement je tournai la tête vers la porte d'entrée, mais il n'y avait personne.

– Vous vivez seule ici ? demandai-je en lui tendant le papier sur lequel j'avais noté mon nom et mon téléphone.

– Oui, pourquoi ?

– C'est curieux, j'ai comme l'impression que nous ne sommes pas seuls, dis-je en riant bêtement.

Au lieu de hausser les épaules, Sarah regarda autour d'elle comme si elle cherchait quelqu'un.

– Moi aussi. C'est peut-être parce que l'immeuble est sonore, ajouta-t-elle, à moitié convaincue.

J'étais resté debout, prêt à prendre congé, quand elle se releva brutalement et me saisit le bras.

– J'ai peur. J'ai vraiment l'impression qu'il y a quelqu'un !

– Mais non, nous sommes seuls, dis-je en la prenant par l'épaule.

Malgré sa maigreur il émanait d'elle une sensualité qui était loin de me laisser indifférent.

– Vérifiez avec moi, je vous en prie !

Je me demandai un instant si elle ne jouait pas la comédie pour m'attirer dans son lit. Mais moi aussi je sentais une présence. Comme si quelque chose rôdait autour de nous. Je commençais même à me sentir mal à l'aise.

– D'accord. Combien y a-t-il de pièces ?

– Juste ma chambre et la salle de bains.

Je la pris par la main, qui était moite, et nous fîmes le tour de l'appartement. J'ouvris les placards de la chambre et je regardai derrière le rideau de la douche. L'appartement était vide, évidemment, et je me sentis ridicule.

– Vous voyez bien qu'il n'y a personne ! dis-je d'une voix un peu trop forte.

En revenant dans le salon Sarah poussa un petit cri et s'affaissa contre moi. Pendant un bref instant j'eus l'impression qu'elle était entourée d'une lumière bleuâtre. Sans doute un reflet du soleil sur une vitre. L'état d'esprit de Sarah devait être contagieux. Voilà que je me mettais à voir des fantômes. La sensation d'une présence disparut brusquement.

La jeune fille se redressa, faisant cesser la douce pression de sa poitrine contre mon bras.

– Excusez-moi, un étourdissement.

– Vous devriez aller dormir maintenant. Appelez-moi ce soir pour me dire comment vous allez.

Ses yeux se fermaient tandis qu'elle m'accompagnait à la porte. Je partis avant qu'elle ne s'endorme dans le couloir.

À peine sa porte refermée, je me précipitai pour écrire le numéro de Caroline au dos de mon paquet de cigarettes.

Je finissais ma deuxième bière lorsqu'il y eut un grand fracas derrière moi. En me retournant je vis un serveur navré et un vieux monsieur ulcéré qui l'engueulait copieusement. À la place du vieux monsieur j'aurais sans doute été aussi fâché, non pas tant à cause des frites qui formaient un joli tas sur ses genoux, qu'à cause de la longue traînée de sauce béarnaise qui s'étalait sur tout le côté gauche de sa veste.

Je cherchai du regard l'entrecôte qui devait logiquement se trouver pas trop loin et la découvris à trois mètres de là, miraculeusement posée sur l'assiette qui, je ne sais comment, ne s'était pas cassée. J'allais revenir sur la scène de la dispute lorsqu'en levant les yeux je reconnus le consommateur aux pieds duquel était venu atterrir le steak. C'était l'homme du couloir, celui qui allait chez les Machinsky. Impossible d'oublier une si sale gueule, toute en longueur, avec ses yeux froids de poisson mort. Je lui souris hypocritement. Il essaya de faire de même, mais son visage se plissa dans une grimace mécanique.

Qu'est-ce que ce long bonhomme fichait là ? Le cendrier devant lui était plein de mégots. Il lisait un livre dans lequel il s'était replongé dès qu'il m'avait vu. Donc il était là depuis longtemps. Depuis que j'étais chez Sarah ? Les Truchinsky étaient peut-être absents et il les attendait ici.

Je n'arrivais pas à me convaincre qu'il se trouvait là par hasard. Décidant d'en avoir le cœur net je réglai mes consommations, m'achetai un nouveau paquet de cigarettes et sortis dans la rue. Ce n'est que dix mètres plus loin que je réalisai avec terreur que je venais de jeter dans le caniveau le numéro de téléphone de Caroline. Et bien entendu je ne m'en souvenais plus ! Je dus rebrousser chemin et ramasser mon paquet vide qui allait être emporté par le courant du caniveau. Bien qu'il fût détrempé, je pus lire le numéro que j'inscrivis en marchant sur le paquet neuf. Je jetai à nouveau mon bout de carton mouillé et allai me poster à l'angle de la rue suivante. Personne n'avait prêté attention à mon curieux manège et j'espérais que Fil-de-fer ne m'avait pas vu de sa place dans le café.

Je n'eus pas à attendre longtemps avant de voir mon bonhomme sortir. Il regarda brièvement des deux côtés de la rue et je n'eus que le temps de me rejeter en arrière pour qu'il ne m'aperçoive pas. Lorsque je risquai un regard rapide, il entrait dans l'immeuble de Sarah. Il connaissait le code, lui !

Ma chance me sourit une fois de plus : la porte de l'immeuble s'ouvrit pour laisser sortir un couple de vieillards. Je piquai un sprint et arrivai juste à temps pour empêcher la porte de se refermer. J'entendis vaguement la femme grommeler derrière moi que les jeunes n'avaient plus aucun respect, mais j'étais déjà dans l'escalier. Mon raisonnement était simple : si le type était dans le couloir du cinquième, c'est qu'il avait menti. Donc qu'il était impliqué dans l'affaire. Je gravis les cinq étages en courant et arrivai complètement épuisé. J'entrouvris doucement la porte donnant sur le couloir.

Au début je ne vis personne mais j'entendis un léger bruit sur le côté que je ne pouvais pas voir. Cessant de respirer je poussai encore la porte qui, heureusement, ne grinçait pas et passai la tête de l'autre côté. Il était là ! Je faillis crier de joie. Il me tournait le dos et trifouillait dans le local d'électricité. Je le vis mettre quelque chose dans sa poche puis vérifier son installation avant de refermer la porte du coffrage électrique. Je me réfugiai dans l'escalier avant qu'il ne se retourne et je l'entendis appeler l'ascenseur.

Lorsqu'il fut parti, je me ruai dans le couloir et essayai d'ouvrir ce foutu coffrage. Il fallait une clé spéciale et comme je n'ai pas l'habitude de me promener avec un tournevis sur moi, je repartis aussi sec par où j'étais venu et dévalai les cinq étages, maudissant mon vice nicotinique. Lorsque je débouchai dans la rue, j'eus le plaisir d'apercevoir la longue silhouette qui se hâtait devant moi. Je décidai de le suivre.

Ce fut plus facile que je ne le croyais. Sa tenue sombre et sa haute taille me facilitèrent le travail. Ce type devait mesurer dans les deux mètres et je pus le suivre d'assez loin, assuré de le repérer du premier coup d'œil. Il se dirigea vers le quartier chinois et je n'eus même pas besoin de me rapprocher tant il se distinguait au milieu de la foule des Asiatiques.

Mais je déchantai lorsque je le vis ouvrir la portière d'une grosse voiture. J'étais venu en métro. Je cherchai en vain un taxi des yeux : à cette heure-ci mieux valait chercher une fontaine de limonade dans le désert. Je notai le numéro et me résignai à le laisser partir.

L'un dans l'autre, je trouvais que ma journée avait été fructueuse. J'avais une légende à propos des Duguet, un récit abracadabrant concernant un médecin et sa jolie patiente trop maigre ; un prénom avec le numéro de téléphone ; enfin un suspect avec une immatriculation.

C'était Jean qui allait être content et André qui serait jaloux !

Il était venu à pied, évitant le plus possible les maisons, cherchant l'abri des arbres et allongeant son trajet pour marcher au plus vite dans le refuge de la forêt. Il ressentait le besoin pressant de se trouver dans le pré où reposait la table de pierre. Il ne l'avait jamais vue, mais son père lui en avait parlé. Il marchait d'un pas souple et silencieux à travers les buissons, attentif aux bruits de la vie qui grouillait sous les arbres.

Ce bloc de pierre qu'il n'avait jamais vu, il en avait rêvé ce matin. Les quelques heures de sommeil qu'il s'était accordées après son long voyage l'avaient étrangement reposé et juste avant son réveil l'image de la table lui était apparue. Massive, immobile, mystérieuse, le gris bleuté du granit tranchant sur le vert chatoyant de l'herbe.

Dans son rêve le soleil brillait particulièrement fort, ne laissant rien dans l'ombre et transformant les arbres qui entouraient le pré en autant de flammes dressées vers le ciel. Il ne bougeait pas, regardant la table de pierre dont le calme semblait déteindre sur lui. Il avait le souvenir d'être resté longtemps à la contempler, détaillant les blessures de la vieille pierre, s'attardant sur les longues traces de sang qui la maculaient en son centre. Le soleil lui chauffait le crâne, mais il n'avait aucun sentiment de malaise. Au contraire, il était envahi d'une impression de bien-être total comme il en avait peu connu dans sa vie éveillée.

Le moment qui se rapprochait le plus de cet état remontait à bien longtemps. Il avait huit ans et son père l'avait amené à la pêche. Il se souvenait avec une nostalgie poignante du trajet du retour, le long de la rivière, son père marchant à côté de lui en lui tenant la main. Ils ne se parlaient pas, pourtant il régnait entre eux une complicité, une intimité tellement heureuses que Paul en avait les larmes aux yeux quand il y repensait cinquante ans plus tard. C'était le même bonheur qu'il avait ressenti dans son rêve, face à la pierre majestueuse. La table l'appelait.

– J'arrive, avait-il dit à voix haute, et il s'était réveillé.

Il parcourut les cent derniers mètres en cheminant de menhir en menhir et déboucha enfin en plein ciel. La lumière, pourtant tamisée par les nuages, l'éblouit. Il sentit le vent lui caresser les cheveux et assécher la sueur de son visage. Le temps était gris, mais la table était bien comme dans son rêve, encore plus imposante peut-être.

Il marcha lentement jusqu'au centre du pré. Il était absolument seul. Aucun animal en vue, aucun être humain à part lui. Il n'entendait même pas le moindre cri d'oiseau. Fatigué, il s'assit sur le rebord de la pierre et écouta le vent faire chanter les arbres. Bientôt les nuages se dissipèrent et le soleil vint le réchauffer. Il contempla un moment les larges traces de sang sur la pierre : elles étaient identiques à celles de son rêve. Comme il ne savait plus quoi faire, il décida de dormir en attendant la suite de son destin. Il s'allongea sur la pierre chaude et sombra immédiatement dans le sommeil.

Il ouvrit les yeux et contempla sans tressaillir le visage dont l'ombre portée sur lui l'avait réveillé. C'était un masque couvert de rides, aux yeux maquillés, encadré de longs cheveux blancs. Un visage de sorcière.

– Bonjour, Marie.

Il se souvenait des récits de son père concernant Marie la folle. Elle était allée à l'école du village, comme tous les autres enfants. Et déjà elle était différente, fille sans père dont la mère avait le don de guérir les hommes et les animaux. À l'école les enfants s'en méfiaient et souvent lui jetaient des pierres. Mais aucun d'eux n'aurait osé la défier ouvertement car elle leur faisait peur. À l'époque on l'appelait déjà Marie la folle.

Puis la petite sauvageonne, qui n'avait qu'un seul

ami, le père de Paul, était devenue une jeune fille désirable. Son corps de fille des bois allié au mystère qui l'entourait en avait poussé plus d'un, parmi les garçons du village, à vaincre leur peur de la fille de la rebouteuse. On dit qu'elle n'était pas farouche, on dit qu'elle a rendu fou de malheur tous les gars du village, on dit que c'est elle qui choisissait ses hommes, selon ses humeurs, et qu'elle les chassait ensuite en riant.

Paul se demanda si son père avait partagé la couche de Marie. Sans doute, puisqu'il était son ami depuis la petite enfance. Certainement, si l'on songe à la façon dont il l'évoquait...

La vieille femme se redressa lorsqu'il parla. Paul remarqua qu'elle se tenait encore bien droite malgré le poids des ans. « Quel âge peut-elle avoir ? » se demanda-t-il. S'il était vivant, son père aurait cent trois ans.

– Je vous connais ? demanda-t-elle, découvrant une bouche à moitié édentée.

– Non, mais mon père m'a parlé de vous. Je suis Paul, le fils de Matthieu.

La vieille sembla ne pas comprendre de qui il parlait, puis son visage, jusque-là méfiant, se détendit, atténuant la toile d'araignée de ses rides.

– Paul Duguet... murmura-t-elle. Du diable si je m'attendais à revoir un jour un faux duc au village !

Paul s'était redressé à son tour et c'était un spectacle étrange que ces deux êtres aux cheveux longs et blancs devisant au bord de la table de pierre. Malgré ses cinquante-huit ans, Paul semblait un jeune homme à côté de la centenaire aussi grande que lui.

Elle l'emmena chez elle et lui offrit à boire. Paul accepta avec gratitude le breuvage sombre et épais qu'elle lui proposa. Cela avait un goût étrange et il reconnut la saveur de la pomme mêlée à des herbes dont il ignorait le nom. La boisson était riche en alcool. Bientôt il sentit sa fatigue disparaître.

Elle demanda ce que devenait Matthieu et parut surprise lorsque Paul lui dit que son père était mort depuis vingt-cinq ans. Puis elle hocha la tête d'un air entendu et dit pour elle-même : « C'est vrai qu'il n'était pas comme moi. » Elle parut sincèrement affligée par ce décès qu'elle apprenait avec un quart de siècle de retard. En la regardant, Paul n'arrivait pas à imaginer la jeune fille à la poitrine ferme et au corps musclé que lui avait décrite son père.

– Et pourquoi es-tu revenu ?

– J'ai fait un rêve, répondit-il spontanément.

Marie le regarda fixement et parut comprendre.

– La désolation est partout depuis quelques jours. Et toi tu as rêvé ! Et te voilà !

Elle lui parla du viol du caveau des Lauclay et de la mort de Fréchou.

– Et ce matin j'ai vu que la mort avait encore frappé. Bois ! dit-elle en remplissant son verre. Tu as besoin de toutes tes forces. Je vais te montrer.

Elle partit sans se retourner. Les années ne semblaient pas avoir entamé sa vigueur et Paul dut allonger le pas pour se mettre à son rythme.

Ils arrivèrent vite dans une clairière où était stationnée une voiture. Paul s'en approcha, essaya de l'ouvrir, mais elle était fermée à clé.

– Elle est là depuis hier soir. Son propriétaire est un peu plus loin.

Marie la folle s'engagea à travers les buissons. Elle suivait une piste faite de branches cassées et d'herbe foulée. Ils faillirent buter sur le corps, ou plutôt ce qu'il en restait.

Il ne comprit pas tout de suite que les longs fils blancs qui sortaient du ventre de l'homme étaient ses intestins, à moitié dévorés, étirés sur un mètre ou deux autour du corps. Il y avait des bouts de viande et d'os brisés un peu partout. Une large blessure à l'entrejambe avait couvert le bas du torse et le pantalon d'une énorme tache de sang.

Paul vit avec horreur que les parties génitales avaient été arrachées. Une main était à moitié sectionnée et, maculée de sang et de terre, tenait au bras par un lambeau de peau. Il manquait trois doigts à l'autre main qui n'était qu'un moignon au bout d'un bras rongé jusqu'aux os. Le visage était en sang, griffé, mordu, coupé. Un œil était crevé et l'autre, ouvert, jetait un regard d'effroi sur le couple aux cheveux blancs. Des mouches et des vers festoyaient sur le cadavre.

Paul eut un haut-le-cœur et tira Marie en arrière.

– Quand l'avez-vous découvert ?

– Ce matin. Je me doutais qu'il reviendrait cette nuit pour voir le sacrifice.

– Qui est-ce ?

Marie lui raconta la visite du journaliste et sa curiosité à propos de l'homme aux chiens.

– Je l'avais pourtant prévenu ! Mais il ne voulait pas croire que cet homme était un magicien. Un magicien mauvais.

– Et ce magicien, vous le connaissez ?

– Non, je sais qu'il vient depuis plusieurs lunes. J'étais inquiète en le voyant pour la première fois et mon inquiétude n'a fait que croître quand il est revenu à chaque lune. Cet homme est puissant, très puissant. Il est aussi mauvais. C'est le Mal qu'il adore et je redoutais ce qui est arrivé, conclut-elle en désignant les restes de Sollier.

– Tout cela a-t-il un rapport avec les Lauclay, avec moi ?

– Je ne sais pas. Mais ça a un rapport avec Charles de Lauclay, ce sacrilège, cet impie, cet adorateur du diable.

Et Marie lui raconta qu'un coup de feu l'avait réveillée la nuit passée. Prenant garde à n'alerter ni les chiens ni leur maître, elle avait assisté de loin au carnage.

– Les bêtes étaient comme folles. Elles hurlaient, sautaient, se battaient pour le moindre bout de viande. J'ai bien cru qu'il ne resterait rien de celui-là. Mais leur maître a crié un mot et ils se sont tous calmés. Comme ça, d'un seul coup, dit-elle en agitant sa main en l'air. Ils sont partis chacun de leur côté, doux comme des agneaux. Je suis restée cachée derrière mon arbre à observer le magicien. Il a attendu que tous les chiens aient disparu pour s'en aller et je l'ai suivi.

Ils avaient marché longtemps dans la nuit, Marie suivant l'homme dans la forêt obscure jusqu'à ce qu'ils arrivent à un endroit qu'elle redoutait d'atteindre depuis qu'elle avait vu le magicien prendre cette direction.

– C'est en plein dans la forêt, il n'y a rien par là sauf la vieille chapelle.

Elle lui expliqua que Charles avait fait construire cette chapelle au retour de ses campagnes avec Jeanne. Elle était édifiée à l'abri des regards indiscrets, près d'un endroit appelé le Trou du Diable. Il s'agissait d'un puits naturel dont la légende disait qu'un conduit le reliait à la mer. On entendait, par jour de tempête, un grondement effrayant en sortir.

– Mais elle n'a de chapelle que le nom. Charles aura sans doute voulu faire une de ses vilaines farces qu'il aimait tant. Une insulte à Dieu, comme d'habitude.

C'est dans cette « chapelle » que Charles avait pratiqué ses rites plus ou moins sataniques pendant des années. Quelque temps avant de mourir il ferma l'endroit, fit sceller les portes et interdit à ses descendants d'y mettre jamais les pieds. Ils avaient tous obéi et l'endroit avait été oublié. Comme la chapelle se trouvait à l'écart des routes et des terres fertiles, elle était restée en l'état. Bien qu'assez proche de l'océan ce petit bout de forêt n'avait pas subi l'invasion agressive des constructeurs en bord de littoral car il était d'un accès difficile. Actuellement seuls quelques chasseurs allaient par là, et encore. Les vieilles peurs étaient tenaces.

– Et c'est là qu'il est rentré. Je l'ai vu de mes yeux... ! La porte s'est ouverte et la chapelle du diable l'a englouti.

Marie la folle devenait lyrique. Paul vit avec surprise qu'il y avait au moins quelque chose qui lui faisait peur dans la forêt. Il avait cru que rien ne pouvait terroriser la vieille femme dans ces bois qu'elle arpentait depuis plus d'un siècle.

– Ah ! Les révolutionnaires auraient dû brûler la chapelle du diable plutôt que le château. Il n'y avait rien dans le château ! C'est là-bas qu'il y a tout le Mal !

Ils revinrent à la cabane de Marie. Celle-ci s'énerva lorsqu'il lui dit qu'il fallait prévenir la police. Elle se butait et répétait que « cette histoire ne regardait pas la police ». Paul parvint à la convaincre de signaler au moins la présence du cadavre. Quant à l'homme aux chiens il décida qu'il s'en occuperait le lendemain : il ne voulait pas se risquer en pleine nuit dans un endroit inconnu.

Comme il allait partir, Marie le retint et fouilla dans un des multiples pots qui encombraient les abords de sa chambre.

– Tiens, dit-elle en tendant un objet à Paul. C'est ton père qui me l'avait offerte. Il l'avait faite de ses mains.

Elle déposa sur sa paume une bague faite d'un clou de maréchal-ferrant enroulé sur lui-même. Il fut ému de voir qu'elle l'avait conservée pendant toutes ces années. Il arriva péniblement à la passer au petit doigt de sa main gauche et remercia encore la vieille femme.

– Tu sais, tu es presque aussi beau que Matthieu, dit-elle en lui caressant le visage de sa main décharnée.

Paul lui embrassa la main, sourit à ce magnifique compliment et disparut dans la forêt.

– Xavier ? C'est moi.

Je tâtonnais dans le noir à la recherche de l'interrupteur. La sonnerie du téléphone m'avait arraché à un sommeil sans rêve et je me demandai un instant si justement je n'étais pas en train de rêver.

Je parvins enfin à allumer et regardai ma montre : 1 h 20. Je dormais depuis vingt minutes.

– Qui ça moi ? aboyai-je avant de bâiller.

– Sarah.

– Que vous arrive-t-il, Sarah ? demandai-je d'un ton radouci.

– J'ai peur, Xavier. J'ai si peur. J'ai envie que tu sois là.

Je ne me souvenais pas qu'elle me tutoyât, ni même qu'elle m'appelât par mon prénom, mais bon, je n'allais quand même pas la snober. Je sentais à sa voix qu'elle n'était pas loin de la crise de nerfs.

– Vous... tu n'as pas dormi cet après-midi ?

– Si. Toute la journée. Je me suis réveillée vers dix heures ce soir. J'ai pris un bain, j'ai mangé et depuis je pense à toi.

Allons bon ! Je la trouvais un peu trop excitée, cela tranchait avec le zombie que j'avais vu l'après-midi. Sa voix était très rauque, comme si elle n'avait pas dormi depuis trois jours et qu'elle ait fumé cigarette sur cigarette.

– Je t'en prie, peux-tu venir me voir ? J'en ai tellement envie.

Sa voix était câline d'un seul coup, pleine de promesses. Un peu trop enjôleuse. Mlle Duguet me paraissait complètement hystérique.

– Tu es sûre que tu veux que je vienne ?

Je n'osai pas lui rappeler l'heure, cela m'aurait paru trop goujat.

– Je t'en supplie ! Viens vite.

Sa voix était si pressante que je poussai un gros soupir et que je rendis les armes.

– D'accord, j'arrive. Au fait, rappelle-moi le code de ton immeuble, s'il te plaît.

J'arrivai chez Sarah vingt minutes plus tard. Durant le trajet en taxi je n'avais cessé de penser à son brutal changement d'attitude. Je me demandai si son état d'esprit fluctuant provenait de son deuil ou des médicaments.

Je n'eus pas le temps de sonner : Sarah avait entendu l'ascenseur et m'attendait sur le pas de sa porte.

– Enfin !

Elle se jeta dans mes bras et nous restâmes là, à nous dandiner dans le couloir, pendant un moment qui me parut beaucoup trop long. La seule chose agréable était sa poitrine collée contre la mienne.

Je la ramenai doucement vers l'appartement en marmonnant n'importe quoi de rassurant. Elle s'accrochait à moi, ce qui fait que nous marchions en crabe. Elle sentait bon le savon et le shampooing.

Arrivés dans le living, je l'assis sur le canapé et revins fermer sa porte.

– Alors, de quoi as-tu peur ?

Je m'étais vite fait au tutoiement. Elle leva vers moi un visage fatigué. Je vis qu'elle s'était maquillée et ses yeux ressortaient encore plus que l'après-midi dans ses joues creusées. Elle était étrangement désirable. Elle soupira, ce qui entrouvrit son chemisier et fit monter ma tension. Elle portait une jupe très courte, avait les jambes nues, chaussées de sandalettes.

– Je ne comprends pas ce qui s'est passé. J'ai dormi tout l'après-midi. J'étais bien en me réveillant. C'est après... J'ai cette impression qu'il y a quelqu'un qui me surveille. Je ne savais pas quoi faire. J'ai appelé Caroline, elle n'est toujours pas là. J'ai pensé à toi...

Elle me regardait comme si j'étais le sauveur en personne. Très flatté mais un peu agacé, je me dirigeai vers la chambre.

– Réglons le problème tout de suite.

Je passai rapidement dans la salle de bains, tellement petite que personne ne pouvait s'y cacher, même derrière le rideau. J'entrai dans la chambre.

Aucune impression de présence étrangère, pas de fantôme dans le placard. Le sentiment d'oppression de l'après-midi avait totalement disparu. Je me retournai et butai contre Sarah. Elle m'avait suivi sans un bruit et je sursautai.

– Je t'ai fait peur ? demanda-t-elle avec un sourire ambigu.

– Il n'y a personne, tu vois bien.

Je voulais retourner au salon, mais elle s'assit sur le lit et me prit la main pour m'attirer vers elle.

– C'est gentil d'être venu aussi vite, en pleine nuit...

Elle me caressa la joue du revers de la main.
– Tu es rassurée ?

Je n'ai pas vu exactement comment ça s'est fait. D'un seul coup nous étions en train de nous embrasser furieusement sur le lit. Pourtant l'instant d'avant j'étais debout et je cherchais un cambrioleur.

Sarah était brûlante et collait son corps au mien avec tant de passion que je pouvais à peine bouger. J'avais beau me dire que tout ça était suspect, que madame allait sans doute se dégager brutalement et me gifler en me traitant de violeur, je ne pouvais pas m'empêcher de participer activement.

Contrairement à mes prévisions pessimistes Sarah ne changea pas d'avis et se fit encore plus experte. Je me retrouvai nu en moins de temps qu'il ne faut pour le dire. Lui enlever son chemisier fut un jeu d'enfant et ses seins aux larges aréoles brunes étaient un vrai délice dans lequel je me plongeai sans retenue.

Je sentais en moi un désir violent qui m'inquiétait presque. Je crus défaillir en arrachant sa jupette : Sarah n'avait pas de culotte, ce qui prouvait la préméditation.

La demi-heure qui suivit fut un très beau moment de ma vie sexuelle. Vêtue de ses seules sandalettes, Sarah me donnait la réplique avec brio.

Elle se tordait dans mes bras en poussant des cris d'une voix rauque que je n'avais jamais entendus chez mes autres partenaires. Il me sembla un moment qu'elle me parlait dans une langue qui devait être celle du désir car je n'y compris rien. Sa voix était devenue si rauque que j'avais l'impression de baiser un tigre.

Elle jouit enfin et eut un orgasme de tout le corps qui faillit me désarçonner. J'ouvris les yeux en explosant à mon tour et, dans la pénombre de la chambre, je vis luire ses yeux.

Elle avait éteint la lampe au début de notre étreinte et la pièce était éclairée par l'applique du couloir, ce qui nous permettait de nous voir sans être sous le feu des projecteurs. Tout entier à mon plaisir, je me dis que le violet de ses yeux accrochait particulièrement bien la lumière.

Nous roulâmes l'un contre l'autre et il nous fallut quelques minutes pour retrouver notre souffle. Le corps nu de Sarah était éblouissant malgré son accouchement récent. Son ventre était peut-être légèrement trop rebondi, mais son visage aux traits émaciés était magnifique dans la pénombre. Ses seins lourds se dressaient fièrement vers moi et ses longues jambes étaient restées fines.

Allongée sur le dos, elle ramena ses jambes vers le haut et me caressa le pied avec le talon de sa sandalette.

– J'avais tellement envie de toi.

Sa voix était redevenue presque normale mais restait dans les tons graves. Sa semelle me taquinait le mollet.

– J'avoue que je ne m'attendais pas à ça lorsque je suis arrivé.

– Tu venais pour t'occuper de moi. C'est bien ce que tu as fait, non ?

Nous passâmes un moment à bavarder, ou plutôt j'essayai plusieurs fois d'engager une discussion, mais Sarah n'avait manifestement pas envie de parler. Elle me répondait par des grognements, quand elle me répondait, et ne cessait de m'agacer le corps avec des baisers et des mordillements incessants.

Il émanait de cette fille un tel érotisme que je fus bientôt en état de recommencer. Cela la fit rire et, pour se moquer de moi, elle s'étira sur le dos en m'ordonnant :

– Caresse-moi d'abord.

C'est le genre d'invitation à laquelle je peux difficilement résister. Je me précipitai sur ses seins orgueilleux que j'embrassai longuement avant d'entamer la descente de ma bouche vers un endroit plus intime.

Son pubis aux poils noirs et bouclés accueillit mes lèvres avec impatience. Sarah ondula de plus en plus vite sous ma bouche avant de pousser un cri et de serrer les jambes si fort que j'en fus étouffé.

À peine avais-je dégagé ma tête qu'elle se précipita

sur moi et me força à m'allonger sur le dos. À genoux sur le lit, elle se pencha lentement vers moi. Elle était de profil et je pouvais voir ses seins venir effleurer doucement ma cuisse.

Ses cheveux tombaient devant son visage, aussi ne vis-je pas ses lèvres s'ouvrir pour caresser mon sexe. Mais la sensation était tellement exquise que je fermai les yeux. Sarah me caressa un moment et j'étais au bord de l'orgasme lorsque je sentis qu'elle m'abandonnait.

J'ouvris les yeux tandis qu'elle se redressait et ramenait ses cheveux en arrière d'un mouvement qui fit encore plus saillir sa poitrine. Mon pénis était dur comme de l'acier et me faisait mal. Je voulus la prendre dans mes bras pour la pénétrer, mais sa main me repoussa en arrière.

Elle tourna son visage vers moi et je faillis hurler. Sarah avait disparu. Le visage qui me regardait était bien le sien, mais les traits en étaient tellement distendus que j'avais devant moi un masque grimaçant. Les lèvres retroussées montraient les dents luisantes, donnant au visage l'apparence d'une tête de mort. Au fond des orbites *brillaient* ses yeux. Oui, ils brillaient ! Ce n'était pas un reflet, la lumière du couloir était dans son dos. Je restai pétrifié devant cette lumière qui éclairait d'un halo vague ma poitrine.

Sarah me souriait d'un rictus effrayant et pencha lentement sa tête vers mon pénis dressé. Ses gencives exposées accrochèrent la lumière, c'était bien un reflet cette fois-ci et ce fut ce qui me sauva.

D'un coup de reins désespéré j'empêchai sa mâchoire de se refermer sur moi. J'entendis nettement ses dents claquer dans la pénombre. Cette salope voulait vraiment me *mordre* !

Elle poussa un rugissement de dépit et lança la tête en avant, mâchoires ouvertes. J'esquivai une nouvelle fois, pas assez vite cependant puisque je sentis ses dents s'enfoncer dans le haut de ma cuisse. La douleur décupla mon énergie et je m'arrachai du lit en roulant sur moi-même.

Je me relevai juste à temps pour recevoir la furie en pleine figure. Elle hurlait des mots incompréhensibles en cherchant à enfoncer ses ongles dans mes yeux.

Nous luttâmes en criant tous les deux. Elle hurlait dans son langage inconnu, je tentai de la maîtriser en bramant des « Calme-toi, Sarah ! » qui restaient sans effet. Je réussis difficilement à protéger mes yeux. Le sang coulait de ma cuisse et la peur de ce à quoi j'avais échappé me rendait teigneux. J'attrapai les mains de Sarah et lui tordis violemment les bras. Lorsqu'elle m'avait sauté dessus après avoir raté sa castration, elle m'avait paru d'une force surhumaine. J'avais cru un moment que je ne pourrais pas lutter. Maintenant je la sentais faiblir.

Son visage grimaçant redevenait celui de la jeune femme. Ses yeux se révulsèrent et elle eut un terrible hoquet et me vomit dessus. Dans la pénombre de la chambre je vis mal ce qui sortit de sa bouche et je fus surpris de ne pas sentir de liquide sur mes bras.

Elle était flasque et respirait bruyamment par le nez. Redoutant une ruse, je la secouai plusieurs fois avant de la lâcher. Enfin j'osai reculer, sans la quitter des yeux. J'allumai la lumière et contemplai le spectacle. Ses seins dressaient leurs pointes vers le ciel, secoués au rythme de sa respiration difficile. Son visage était couvert de sueur et ses cheveux collés au crâne lui donnaient un air de sorcière. Elle restait pourtant étrangement désirable.

J'eus beau la gifler, l'appeler et la secouer, elle restait inerte. Que s'était-il passé, bon Dieu ? J'optai pour une crise d'hystérie, car je ne voyais pas d'autre explication. Mais dans ce genre de crise est-ce que les yeux peuvent se mettre à briller dans le noir ? Je décidai de remettre ces questions à plus tard. D'abord il fallait appeler un médecin et rendre la scène plus présentable.

Je me rhabillai en vitesse. Inutile de préciser que j'avais perdu ma magnifique érection.

Reynal sortit de la clinique à 22 h 30. La soirée avait été longue car il avait dû s'occuper lui-même d'une patiente capricieuse mais très riche. Le docteur était très attentif au renom de son établissement et le fait de rester tard avec son équipe était une bonne chose après les événements de la nuit dernière.

Il roula tranquillement à travers Paris jusqu'au bois de Vincennes qu'il traversa jusqu'à Nogent-sur-Marne. Il connaissait par cœur le trajet pour aller chez Gunnar et ne se pressait pas malgré sa curiosité. Son chef lui avait demandé d'être là avant minuit.

Que s'était-il passé depuis ce matin qui nécessite une nouvelle entrevue ? Gunnar leur avait fixé un rendez-vous pour le 21 et il n'était pas dans ses habitudes de changer d'avis pour rien. Comme il n'était pas non plus dans ses habitudes d'être explicite au téléphone, Reynal en était réduit aux suppositions. Il se demandait s'il y aurait d'autres membres que lui avec Gunnar.

Arrivé devant la villa il descendit et composa un code sur le boîtier accroché près de la grille. Celle-ci s'ouvrit sans un bruit. Le colosse vint lui-même lui ouvrir la porte.

– J'ai envoyé les domestiques se coucher, dit-il en guise de bonjour.

Il se dirigea immédiatement vers son bureau, laissant à Reynal le soin de refermer. Lorsqu'il entra dans le bureau, Gunnar l'attendait devant la fenêtre, contemplant le parc éclairé par des spots. « Quel cabot ! » pensa Reynal, de plus en plus intrigué. Si l'autre faisait une telle mise en scène, c'est qu'il voulait appuyer ce qu'il allait dire.

Reynal hésita un moment puis s'assit en faisant craquer le cuir du fauteuil. Gunnar resta encore une longue minute à regarder le parc désert et daigna enfin se retourner.

– Je vous ai demandé de venir, maître Reynal, pour vous faire part d'un entretien que j'ai eu avec maître Ophile et dont je n'ai pas voulu parler ce matin.

Il marqua une pause pour souligner l'importance de ce qui allait suivre. Reynal ne broncha pas.

– Tout d'abord, reprit Gunnar, il y a eu un incident malheureux la nuit dernière, en Bretagne. Ophile me l'a rapporté à sa descente d'avion, juste avant la réunion. Il se trouve qu'il a été surpris pendant qu'il officiait. Un homme dont nous ne savons rien l'a vu pendant une cérémonie du sang de la lune. Ophile a pu s'en débarrasser, bien sûr, et cet homme ne nous posera plus aucun problème, mais je n'aime pas ça.

– Vous pouvez envoyer Saint-Germain là-bas afin d'enquêter.

– C'est fait, il est parti cet après-midi. Il perdait son temps à surveiller votre... protégée. J'ai pensé qu'il serait plus utile là-bas pour savoir qui était cet homme. Et vous-même devez être satisfait de ne plus le voir tourner autour de la fille Duguet ? ajouta-t-il avec un soupçon de sourire.

De fait Reynal était soulagé de savoir cet obsédé flingueur loin de Sarah.

– Et Peyrac ?

– Il reste ici jusqu'à ce qu'il mette la main sur la fille Colson. Il veut la mettre au vert pendant un certain temps. Elle rentre demain de voyage et il la convaincra bien de repartir aussitôt. Il vous rejoindra ensuite en Bretagne.

– Il *nous* rejoindra ?

– Je souhaiterais en effet que vous y alliez, dit Gunnar d'un ton doucereux qui jurait avec son physique et son regard.

Reynal comprit que son chef avait une raison bien précise de l'envoyer là-bas.

– Je n'ai pas voulu aller dans le sens de Saint-Germain ce matin, mais la situation est potentiellement dangereuse pour vous. Sarah Duguet vous connaît et si jamais la police venait à s'occuper d'elle vous seriez en première ligne.

– Et quand bien même ! Sarah a accouché dans ma clinique, rien de plus.

– Sauf que son bébé est mort et qu'une infirmière a brûlé vive.

Mais pourquoi la police s'intéresserait-elle à Sarah ?

– C'est le tombeau des Lauclay qui a été cambriolé. Sarah descend des Lauclay. Je suis certain que tout le village connaît cette histoire de bâtard.

– Je vois mal la police s'aventurer sur ce terrain.

– Moi aussi. Mais n'oubliez pas ce jeune homme, l'auteur du livre que Fréchou a dérobé à Vorreux. S'il y a quelqu'un susceptible de faire le lien, c'est bien lui.

– Cela me paraît peu probable.

– Espérons-le. Je préfère être prudent. Votre retraite en Bretagne me paraît moins contraignante que la suppression définitive de la piste Duguet, ajouta Gunnar en regardant Reynal d'un air entendu.

Ainsi il menaçait de tuer Sarah s'il n'obéissait pas ! Ce serait facile pour Gunnar, il n'avait qu'un mot à dire pour lâcher ses chiens, Peyrac ou Saint-Germain. Il devait tenir énormément à ce que Reynal aille en Bretagne. Mais pourquoi ?

– Et que ferai-je là-bas, à part me cacher ?

– J'aimerais que vous épauliez Saint-Germain, en gardant un œil sur lui. Son impétuosité peut parfois lui causer du tort.

Gunnar se leva et marcha jusqu'au bar près de son bureau. Il se servit un grand verre d'un liquide incolore dont il but une petite gorgée avec gourmandise. Il semblait chercher ses mots et n'offrit rien à Reynal.

– Et puis... et puis j'ai une autre tâche à vous confier. Voyez-vous, maître Ophile a maintenant tous les ingrédients pour fabriquer l'Élixir, il a procédé aux dernières cérémonies du sang de la lune. Bref, il n'a plus qu'à travailler dans son laboratoire, il peut terminer à tout moment.

On y était enfin ! Gunnar redoutait qu'Ophile ne terminât l'Élixir avant la date fixée et qu'il en boive le premier. Il avait été convenu tout au début de leur quête qu'ils le boiraient tous ensemble, lors d'une cérémonie où ils communieraient en quelque sorte. Mais maintenant que le but était proche, cette belle promesse risquait d'être oubliée. Gunnar soupçonnait déjà Ophile, et voilà que Reynal soupçonnait Gunnar de vouloir être le seul à boire. « Comme nous sommes avides », pensa le docteur.

Il réfléchit à la proposition de son chef. Cela faisait de lui un observateur privilégié, quelqu'un qui ne se ferait pas doubler. Il n'avait rien à perdre à accepter.

– Vous désirez que je suive de près l'avancement de son travail.

– C'est tout à fait ça ! s'exclama son chef d'un air satisfait. Et que vous me teniez au courant, bien entendu.

En approchant de la librairie j'entendis mon ventre gargouiller. Je jetai un coup d'œil à ma montre : bientôt treize heures. Pas étonnant que j'aie faim : j'étais debout depuis six heures du matin, un exploit que je n'avais pas réalisé depuis au moins dix ans. Ça remontait à mon service militaire.

Je n'avais dormi que trois heures en tout. Le temps d'appeler un médecin, de lui expliquer la situation en gommant les détails scabreux et Sarah avait repris connaissance. Elle semblait ne se souvenir de rien, pas même de nos ébats amoureux. J'en fus un peu vexé mais je me dis que cela valait peut-être mieux ainsi. Elle se rappelait mon arrivée et ensuite tout devenait flou.

Le médecin, un jeune sympathique qui était manifestement sous le charme de Sarah, déclara que ce n'était qu'une crise nerveuse, bien compréhensible après l'épreuve qu'elle venait de traverser. J'avais omis de lui signaler qu'elle avait voulu me castrer d'un coup de dents et qu'elle hurlait des mots incompréhensibles avec des yeux transformés en ampoules.

Moi-même j'en venais à douter de mes souvenirs et plus le médecin parlait, plus j'avais tendance à revoir les événements de la nuit sous un angle rationnel : une partie de jambes en l'air, avec une fille perturbée. Une belle partie avec une belle perturbée.

Le médecin lui fit une piqûre, la força à avaler des cachets et déclara qu'après douze heures de sommeil Sarah serait en pleine forme. Dans le couloir il ajouta tout de même à voix basse qu'elle avait tout intérêt à voir un psy...

Le temps de le raccompagner à la porte, Sarah dormait comme un ange. Je m'allongeai chastement à côté d'elle et réussis à dormir tant bien que mal, inquiet de la voir me sauter dessus, avec une paire de ciseaux cette fois-ci.

Vers six heures du matin je décidai que j'avais suffisamment risqué ma vie et je laissai un mot à Sarah lui disant que je l'appellerais dans la journée. Rentré chez moi je me douchai, me changeai, puis j'appelai Jean. Il était 6 h 30... Je fus déçu de ne pas le réveiller et lui rapportai mes investigations. La légende que Paul avait évoquée devant sa femme ne lui fournissait aucune piste sérieuse.

– Ça c'est ton domaine, pas le mien. Enfin, ça tourne toujours autour des Lauclay, ajouta-t-il pour me consoler.

En revanche, il avait promis de me donner les noms et adresses de Caroline et de Fil-de-fer. La première l'intéressait peu.

– Je ne vois pas en quoi le fait que la fille Duguet ait partouzé peut avoir un lien avec Fréchou.

– Comment comptes-tu faire pour le local EDF ?

– J'enverrai un policier qui me doit un service. Pour une fois que les flics vont aider les gendarmes. N'oublie pas que je n'ai aucune compétence territoriale à Paris.

J'avais imaginé une enquête à la Maigret, où ses hommes se relayent jour et nuit pour surveiller le suspect. Mais je me dis que du coup c'était moi l'Enquêteur, que j'étais celui qui allait résoudre seul l'affaire et cette idée me plut beaucoup.

– Et toi de ton côté, du nouveau ?

– On a fouillé le caveau de fond en comble. Rien

d'autre que les quatre cercueils. Nous vérifierons demain ce qu'il y a dedans. Je t'ai envoyé toutes les photos et un double du rapport. N'oublie pas de le déchirer après l'avoir lu. Au fait, ton ami Sollier a disparu.

– Depuis quand ?

– Hier soir. Il n'est pas rentré à son hôtel après en être parti vers vingt et une heures. C'est la direction qui nous a prévenus. J'avais demandé qu'on garde un œil sur lui.

Ah, cette sollicitude permanente des forces de l'ordre pour la presse !

– Il doit courir la gueuse, dis-je, à moitié convaincu.

Je savais qu'André était sensible aux jupons mais qu'il avait également une grande conscience professionnelle. « Pourvu qu'il ne soit pas sur une nouvelle piste ! » pensai-je aussitôt. Puis je me reprochai de trop prendre cette enquête comme une compétition entre nous deux.

À peine avais-je raccroché qu'on sonna à ma porte. Un motard impressionnant se tenait sur le seuil. Il me salua et, après avoir vérifié que j'étais bien moi, me tendit une lourde enveloppe remplie de coups de tampon. Les photos m'étaient servies à domicile. Je les parcourus attentivement, comparai la mystérieuse écriture avec des exemplaires d'alphabets anciens que j'avais dans ma bibliothèque. Rien ne ressemblait aux signes gravés sur les cercueils des Lauclay.

Je connaissais un spécialiste des écritures disparues et, comme Jean m'avait envoyé les photos en plusieurs exemplaires, je fis un paquet que j'accompagnai d'une lettre expliquant où j'avais trouvé ces inscriptions. Je demandai à mon estimé collègue de m'éclairer sur leur nature. Ma lettre se voulait ironique car celui à qui je l'adressais était un vieux camarade de faculté avec lequel j'avais souvent fait la foire dans ma jeunesse. Depuis il s'était marié et avait eu cinq enfants. Je n'avais jamais compris sa passion pour les têtes blondes ni celle pour les signes cabalistiques, mais nous nous appréciions beaucoup malgré nos différences. Si quelqu'un pouvait m'aider, c'était lui.

Je décidai de m'offrir un superbe petit déjeuner et m'installai à une terrasse près de la place Saint-Michel. Devant moi un jeune cadre dynamique et moderne téléphonait en trempant son croissant dans son café. Cela me fit penser que je devais appeler Sarah, mais il était encore trop tôt.

Je savais que dans le quartier il devait y avoir des librairies spécialisées dans l'occultisme. Les mésaventures de Sarah avaient un côté *Rosemary's Baby* qui s'accordait bien avec les pratiques pas très catholiques de Charles de Lauclay. Puisque l'histoire officielle ne pouvait rien m'apprendre de plus, autant essayer du côté paranormal.

J'avais un peu honte de cette démarche, moi, un universitaire cartésien qui n'avait jamais cru aux fantômes ni à la télépathie. Je me sentais comme un astrophysicien qui chercherait de nouvelles idées sur la théorie du Big Bang dans un traité d'astrologie. Mais je me dis qu'un bon enquêteur se doit de ne négliger aucune source. Surtout, je n'avais rien d'autre à faire jusqu'à midi.

J'arrivai donc affamé à ma troisième librairie. Dans les précédentes je n'avais rien découvert que je ne sache déjà.

La façade portait au fronton : *Librairie Legroin*, et en dessous : *Ésotérisme. Occultisme.* Je poussai la porte et entendis tinter une clochette. Le bruit fit surgir celui qui devait être M. Legroin : un petit homme aux cheveux roux, pâle comme un linge et maigre comme un clou. Impossible de lui donner un âge, il pouvait avoir entre trente et soixante-dix ans. Il clignait des yeux derrière des lunettes aux verres épais et se déplaçait en glissant à travers les piles de livres qui nous entouraient de toutes parts.

– Puis-je vous être utile ? demanda-t-il d'une voix feutrée qui ne donnait aucune indication sur son âge.

– Oui, je l'espère. Je m'intéresse aux pratiques

occultes au Moyen Âge, en Bretagne plus particulièrement. Je cherche tout ce qui se rapporte au satanisme, des choses comme ça... Je m'intéresse aux druides également !

Il me proposa une sélection de livres qui montrèrent qu'il avait tout à fait compris ma demande. Je mis de côté un pavé intitulé *Civilisations celtiques*, écrit par un collègue.

Voyant que j'étais à moitié satisfait, Legroin me demanda de sa voix feutrée si je cherchais quelque chose de plus précis. Je lui répondis que je m'intéressais plus particulièrement à la famille Lauclay.

– La famille dont on a violé le tombeau ?

– Comment savez-vous ça ? m'exclamai-je comme s'il venait de livrer le code de l'arme atomique au premier conseiller d'ambassade de la Russie.

– Eh bien, c'est dans le journal, dit-il d'un air tranquille. Je viens de le lire ce matin.

Il me tendit son journal où je pus découvrir l'article d'André. Il s'intitulait « Vol mystérieux dans un cimetière » et en sous-titre : « Le tombeau était-il maudit ? » André y racontait l'effraction du mausolée et la mort de Fréchou. Pas un mot sur les Duguet mais un beau résumé, enjolivé et dramatisé à la sauce journalistique, de l'histoire des Lauclay.

Je réglai mon achat et regagnai la sortie en me faufilant à travers les piles de livres. Une fois sur le trottoir, je m'aperçus que j'avais oublié de poser à Legroin la question qui me taraudait l'esprit depuis une demi-heure : mais quel âge avait-il ?

Je finissais mon steak tartare en essayant de ne pas faire tomber mes frites sur le livre ouvert devant moi. Enfin, un travail dans mes cordes : manger en lisant. C'est nettement moins fatigant que de ramper dans les caveaux ou de courir les librairies ésotériques. Le livre était passionnant d'une façon générale et m'apportait un renseignement curieux concernant mon affaire.

Le clan des Bar Lacl' d'où était issue la famille Lauclay était bien connu de mon confrère historien. J'appris qu'ils avaient été très puissants jusqu'au VIIIe siècle. Ils avaient régné en maîtres sur les tribus celtiques qui peuplaient la région et avaient laissé une trace de leur culte : une énorme roue de pierre située dans la forêt jouxtant le village. On pouvait encore la voir, écrivait l'auteur. De nombreuses hypothèses avaient été émises quant à sa signification sans qu'on puisse trouver le sens de ce monument si différent des menhirs habituels.

Les inévitables allumés pensaient qu'il s'agissait d'un hommage à des extraterrestres venus étudier notre planète il y a deux mille et quelques années.

Plus sérieusement, l'auteur y voyait un signe du culte solaire que prisaient tant les peuplades de l'époque. Toutefois, le trou central restait un mystère pour les historiens. J'appris qu'une seconde curiosité du pays était l'existence d'un puits communiquant avec la mer, situé en pleine forêt. Le boyau avait été visité en 1952 par des hommes-grenouilles et, partis de la forêt, ils étaient effectivement ressortis quelques heures plus tard au bord de la plage. Ce « trou du diable » semblait avoir particulièrement excité les druides qui y pratiquaient de nombreux sacrifices humains. Eh bien, j'avais là deux charmants buts de promenade à mon retour dans la région.

Je finissais mon café lorsque je m'aperçus qu'il était temps de téléphoner à Jean.

– La fille s'appelle Caroline Colson et habite rue des Acacias, au numéro 13. On n'a rien sur elle. Elle est traductrice et voyage beaucoup. La BMW appartient à un certain Pascal Saint-Germain, informaticien, qui habite 8, avenue du Général-de-Gaulle à Neuilly. Lui aussi voyage beaucoup, en Suède notamment. Rien au casier non plus.

– Et Reynal ?

– Un toubib irréprochable. Je crois que tu prends trop à cœur les affaires de cette fille. Elle est mignonne ?

– Trop nerveuse pour moi.

Je lui racontai brièvement la crise de la nuit dernière en omettant l'aspect sexuel. Inutile qu'il se foute trop de moi.

– Tu vois bien que c'est une allumée.

J'eus envie de lui demander les codes des immeubles de mes deux suspects.

– Allumée ou pas, le dénommé Saint-Germain tripotait quelque chose dans son couloir.

– À ce propos mon collègue t'attendra à dix-huit heures en bas de chez la fille Duguet.

– Il a le code ? ne pus-je m'empêcher de demander.

– Quel code ?... Ah oui, pour entrer. Bien sûr.

J'étais mortifié.

– Des nouvelles d'André ?

– Non. Je serai prévenu dès qu'il réapparaîtra.

Je décidai de rentrer chez moi afin d'étudier à nouveau les mystérieuses inscriptions gravées sur les cercueils. Un début de paranoïa me fit me retourner sur mes pas tous les dix mètres. Quelques passants furent surpris de me voir renouer mon lacet alors que je portais des mocassins. Personne ne me suivit, ni dans la rue, ni dans le métro où je m'amusai à descendre du train alors que les portes se refermaient. Je faillis y laisser un bout de mon blouson et attendis la rame suivante sur un quai désert.

Je ne me rendis pas tout de suite compte que quelqu'un était venu chez moi en mon absence. Le désordre habituel de mon bureau était familier, le chaos de vêtements dans ma chambre semblait le même. C'est l'absence d'un scintillement qui me mit la puce à l'oreille. Je possède une statuette chinoise en ivoire, cadeau d'une ex-petite amie très versée dans les arts orientaux. Elle l'avait placée sur un meuble bas près de la fenêtre et trouvait que le soleil jouait « magnifiquement » sur l'ivoire poli.

– Regarde ! On dirait que le vieux sage va parler.

La statue, un mandarin chauve à la longue barbe, ne m'avait jamais adressé la parole, mais le soleil lui donnait effectivement un air guilleret.

Elle était posée dans l'ombre du rideau. Je pensai tout d'abord que dans mon énervement de la veille au soir je l'avais déplacée moi-même. Mais s'il y avait bien un objet qui ne bougeait *jamais* dans mon bureau, c'était celui-là.

C'était du travail bien fait, il fallait se douter de quelque chose pour se rendre compte que quelqu'un était passé par là : des livres trop bien rangés ; des vêtements mal remis sur les cintres. Même le contenu de mon armoire à pharmacie avait reçu de la visite ! « Bon Dieu, les photos ! » m'écriai-je, en me précipitant dans mon bureau. Elles étaient encore dans leur tiroir, mais elles n'étaient plus dans le même ordre que le matin. J'ouvris ma porte palière mais ne pus déceler aucun signe d'effraction. Il faut dire que ma serrure n'était pas bien méchante. Qui pouvait s'intéresser à moi ainsi ? Je ne voyais que Fil-de-fer Saint-Germain.

Je me précipitai dans un placard où je rangeais quelques outils, mis un temps fou à retrouver mon plus gros tournevis et sortis sur le palier. Moi aussi j'avais un local d'entretien dans le couloir.

Je l'ouvris avec une facilité déconcertante et me trouvai nez à nez avec une multitude de câbles électriques qui serpentaient entre les blocs bleus des compteurs. J'aperçus une boîte noire, d'où sortait une antenne et qui n'était reliée à rien. Ça ressemblait à un magnétophone à cassette. Je rembobinai la bande et bientôt j'entendis le bruit de ma clé dans la serrure, puis de ma porte que j'ouvrais. Le magnétophone se déclenchait au bruit. Je pus reconstituer toutes mes allées et venues, en particulier pendant ma fouille de l'appartement. J'entendis mes jurons à propos des photos, ainsi que le bruit de la recherche du tournevis.

Il devait y avoir plusieurs micros dans l'appartement tant la qualité du son était bonne. Mon premier mouvement fut de les chercher, mais il me vint une meilleure idée. Je replaçai le mouchard dans son logement après avoir remis la bande à zéro. Puis je rentrai chez moi en ouvrant la porte avec la clé, passant de pièce en pièce en sifflotant.

J'aurais bien prévenu Jean que mon appartement était sur écoute, mais il fallait téléphoner de l'extérieur. Je débranchai mon répondeur et sortis. Une fois dans la rue j'hésitai entre appeler Jean ou traîner chez un de mes suspects. Je me souvins que mon commandant préféré ne serait pas à son bureau avant le soir. Je décidai d'aller chez Caroline.

J'étais impatient de connaître celle qui avait débauché Sarah.

6

La rue des Acacias est située dans un quartier tranquille de Paris, loin du bruit de la circulation et de la foule des passants. Le soleil inondait la rue et me faisait transpirer. J'avais ôté mon blouson et le portais sur l'épaule. La sueur collait ma chemise là où pesaient ma main et mon vêtement. Le numéro 13 était un pavillon minuscule, comme on en trouve encore quelques-uns dans Paris.

Je traversai la bande étroite envahie d'herbes folles qui tenait lieu de jardin, gravis les quelques marches du perron et sonnai à la porte. Au moins ici je n'aurais pas de problème de code.

J'avais préparé une histoire dont j'espérais qu'elle tenait debout. J'étais un ami de Sarah et comme j'ignorais où elle allait accoucher, je me permettais de passer chez elle pour avoir des nouvelles de la future maman. C'était tiré par les cheveux mais je n'avais rien trouvé de mieux. J'espérais la mettre en confiance et en savoir plus sur cette mini-orgie.

Les rideaux étaient tirés et masquaient l'intérieur de la maison. Je frappai fort avec le poing sur la porte, sonnai encore longuement et décidai de faire le tour. De l'autre côté il y avait un second bout de jardin, aussi envahi d'herbes folles que celui de la façade.

Je pus distinguer une cuisine vide et le début du couloir à travers une porte vitrée dépourvue de rideaux. Je tournai la poignée, la porte s'ouvrit. Sans réfléchir je rentrai dans la cuisine et refermai vivement derrière moi. Qu'est-ce que j'étais en train de faire ? « Une violation de domicile », me répondit la voix de ma conscience, tandis que j'enfilais mon blouson. Je n'étais pas policier, je n'avais aucun mandat, bref, j'étais le cambrioleur type. Mais l'occasion était trop belle d'en apprendre un peu plus.

Je fouillai rapidement le rez-de-chaussée, puis montai à l'étage. Dans la chambre une photo trônait sur la table de chevet. Une jeune femme blonde, style mannequin bronzé, un peu trop apprêtée pour mon goût. Je ne découvris rien dans cette pièce si ce n'est que Caroline prenait soin de son allure. Les placards regorgeaient de robes, tailleurs et pantalons. Elle possédait une vingtaine de paires de chaussures et plusieurs tiroirs de lingerie fort aguichante. Je me sentais légèrement coupable de fouiller ainsi dans l'intimité de cette jeune femme, aussi passai-je vite dans le bureau.

Je ne savais pas au juste quoi chercher et j'ouvris au hasard des tiroirs. Des factures, des quittances, des billets d'avion utilisés, tout un fatras de papiers que l'on pouvait s'attendre à trouver en cet endroit. Un agenda était posé sur le bureau. Sarah et le mystérieux Dr Reynal y figuraient. Je n'eus pas besoin de recopier leurs coordonnées, Jean me les avait déjà fournies.

Je cherchai à Saint-Germain, mais il n'y était pas. Quant aux autres noms, ils ne me disaient rien. Cette fille connaissait une foule de gens et, à moins de recopier son agenda, je ne voyais pas comment retrouver la trace des trois types de la partouze de Sarah. Et puis, en quoi les noms de ces hommes feraient-ils avancer l'enquête ? Je réfléchissais à tout ça, tranquillement assis derrière le bureau, lorsque j'entendis des bruits de conversation au rez-de-chaussée.

Je bondis de mon siège et jetai un œil dans la rue, sans me montrer. Un couple montait les marches de la maison. Je reconnus immédiatement la fille de la photo près du lit. Elle n'était pas très grande mais avait un corps élancé admirablement moulé dans un ensemble en jean ouvert sur un chemisier blanc. Elle portait des chaussures à talons compensés, au moins dix centimètres de semelle, ce qui lui donnait une démarche ondoyante. L'homme était quelconque, seulement habillé d'un polo noir et d'un pantalon de toile. Manifestement ces deux-là s'engueulaient car Caroline parlait en faisant de grands gestes avec sa clé à la main. Dans l'autre elle portait une grosse valise.

L'homme était calme, semblait économiser ses gestes et rester inébranlable. Je voulus me précipiter en bas, mais Caroline ouvrait déjà la porte. Fait comme un rat ! Je me postai en haut de l'escalier, espérant qu'ils ne monteraient pas tout de suite. « Je t'avais bien dit que c'était un mauvais plan », murmura la voix de ma conscience avec un ricanement satisfait.

– Je vous dis que je n'ai aucune intention de repartir en voyage ! criait Caroline d'un ton excédé. J'en reviens, de voyage !

Je l'entendis jeter bruyamment sa valise par terre et craignis qu'ils ne montent à l'étage. Mais Caroline devait avoir soif car les voix s'éloignèrent et l'eau coula dans la cuisine. Je commençai à descendre lentement l'escalier, prenant soin de poser mes pieds près du mur pour éviter de faire craquer les marches.

– J'ai bien voulu vous rendre service il y a un an, mais je ne veux pas que cette histoire me poursuive toute ma vie. D'ailleurs Sarah et moi nous entendons très bien !

– Vous la voyez encore ?

– Bien sûr. Pourquoi pas ?

– Mais il était convenu que vous ne la revoyiez jamais après la soirée ! Jamais ! hurla l'homme avec une brusque violence dans la voix.

– Je fais ce que j'ai envie de faire ! rétorqua Caroline, et elle se resservit un verre d'eau.

– Vous êtes amoureuse d'elle depuis que vous avez couché avec ! grinça l'homme. Je savais bien qu'on ne pouvait pas faire confiance à une gouine !

Le bruit qui suivit ne prêtait à aucun doute : c'était le claquement sonore d'une main sur un visage.

– Sortez de chez moi, espèce de connard ! hurla-t-elle.

J'entendis un verre se briser et une suite de coups sourds. Là non plus aucun doute à avoir, il s'agissait de charmants poings féminins s'abattant sur un méchant homme.

– Puisque je vous dis que vous devez partir, pour votre sécurité, plaida l'homme malgré la grêle de coups.

– Foutez le camp d'ici ! fut la seule réponse qu'il obtint.

Le bruit de lutte s'intensifia. Une table racla bruyamment le plancher, des objets tombaient en se fracassant sur le sol. Je n'entendais plus aucune voix et je commençais à m'inquiéter. Je descendis complètement l'escalier et ce que je découvris dans la cuisine me pétrifia sur place : l'homme était en train d'étrangler Caroline. Il l'avait renversée sur la table de la cuisine et serrait ses mains autour de son cou. Il assura sa prise et utilisa son poids pour serrer encore plus fort. Je vis les muscles saillir sous son polo. Les jambes de Caroline s'agitaient faiblement.

– Arrêtez ! criai-je en m'élançant vers eux.

Ce type avait des réflexes d'ordinateur. Il se retourna avec une rapidité stupéfiante et me cueillit d'un uppercut au menton qui m'envoya valdinguer contre un vaisselier. Je brisai la vitre du meuble avec mon crâne et répandis pas mal d'assiettes sur le sol. Je vis trente-six chandelles et je n'eus que le temps de lever la jambe vers mon agresseur qui se jetait déjà sur moi.

C'est un coup dont je suis très fier, le seul dont je me souvienne de mes années de karaté. Ça consiste à prendre appui sur une jambe, à faire un quart de tour et à shooter à l'horizontale avec l'autre jambe. La peur me fit brutalement souvenir de mes cours de jeunesse et j'eus l'intense satisfaction d'entendre ma chaussure percuter la joue de mon adversaire. J'en avais mal au pied.

Mais si ce type avait des réflexes de silicium, il avait également une charpente en acier. Un véritable androïde, ma parole ! Il parut à peine ébranlé par mon magnifique coup au but et revint aussitôt à la charge avec ses poings. Mon arcade sourcilière éclata. La douleur me mit en rage et je lui distribuai quelques coups qui le firent reculer. Mais je n'avais pas sa technique et bientôt je me retrouvai coincé entre lui et l'évier dont je sentais l'arête s'enfoncer dans mes reins.

Il agrippa mon cou entre ses deux mains et commença à serrer. J'avais l'impression qu'il me broyait le larynx, ce qui allait être le cas si je ne faisais rien pour arrêter ça. Déjà des petites mouches de lumière virevoltaient autour de moi et la pièce s'était mise à tanguer. Je relevai brutalement mon genou dans son entrejambe et je dus y mettre assez de force (j'y avais mis *toute* ma force) car le type hurla et me lâcha. Je profitai du répit pour avaler la plus grande goulée d'air de ma vie.

Il revint à la charge, je saisis une poêle posée sur la paillasse et l'abattis sur son visage. Quelque chose craqua, son nez sans doute puisqu'il commença à pisser le sang par les narines. Nous nous faisions face, haletants, couverts de sueur, une lueur de haine dans le regard. Il saignait du nez et moi du sourcil. Très bien, quinze partout. J'aperçus Caroline, réfugiée dans un coin de la cuisine, qui essayait de reprendre haleine.

D'un seul coup le type se baissa en relevant une jambe de son pantalon, découvrant un poignard collé à son mollet. Il se redressa avant que j'aie pu bouger et se tint devant moi, lame en avant, en position de combat. Je sentis un frisson de panique me courir le long de l'échine. C'était un professionnel, j'en étais convaincu en le voyant évoluer devant moi, se rapprochant imperceptiblement à chaque mouvement. Ce type voulait ma peau, *oui, ce connard voulait me tuer !* Je me sentis ridicule avec ma poêle à frire comme seule défense.

Il bondit vers moi, se fendant comme un escrimeur.

J'avais anticipé le coup et je réussis à dévier son bras avec ma poêle. Je smashai de toutes mes forces sur sa tête, mais il esquiva facilement. Le sang me coulait dans l'œil droit et dans le cou. J'étais borgne et loin d'avoir ses réflexes. Il attaqua de nouveau et sa lame déchira la manche de mon blouson, l'acier tranchant me laissant une longue estafilade sur l'avant-bras. Aucun espoir à attendre du côté de Caroline toujours prostrée. Elle semblait complètement dépassée par les événements. Et moi je risquais de l'être encore plus dans quelques instants.

Le combat nous avait amenés le long du mur où se trouvait la fenêtre donnant sur le jardin. J'avais la vitre à ma gauche, donc sur sa droite, et il était droitier. Je vis un espoir de m'en tirer. Il attaqua brutalement et je réussis un magnifique coup droit des deux mains avec ma poêle sur son poignet. J'accompagnai mon geste et sa main brisa la vitre. Je poussai de toutes mes forces avec l'arête de la poêle sur son poignet.

Je sentais le verre cisailler la peau et les tendons. Le type avait lâché le poignard et son bras était couvert de sang. Il hurla et voulut dégager sa main, mais je poussai encore un coup pour faire bonne mesure.

Je le frappai une première fois du plat de la poêle sur la tête, comme si je voulais enfoncer un pieu avec une masse. Cela fit un bruit sonore qui résonna dans la cuisine. J'y allai de bon cœur une deuxième fois, à deux mains, en poussant des « han » de bûcheron. J'allais frapper une troisième fois lorsqu'il se laissa brutalement tomber et roula sur le sol en direction de la porte. Emporté par mon élan je frappai dans le vide. Je réalisai la situation alors qu'il se relevait et sortait de la cuisine. Je le poursuivis dans la rue, la poêle à la main, mais il courait trop vite pour moi. Je revins dans la cuisine.

– Il est parti, rassurez-vous.

– Oui, répondit-elle d'une voix enrouée.

Au moins Caroline n'était pas une fille contrariante.

Je la regardai plus attentivement et me rendis compte qu'elle était choquée. Les yeux dans le vague, elle se massait machinalement le cou d'une main, l'autre bras serré contre sa poitrine. Elle gardait la bouche entrouverte et j'eus peur qu'elle ne se mette à baver.

– Je crois que nous avons besoin d'un verre, dis-je en reposant la poêle délicatement.

Elle acquiesça et se dirigea vers la sortie. La cuisine était un vrai chantier et nos pas faisaient craquer les débris de verre et de porcelaine.

Une fois dans le salon elle marcha comme un automate vers un meuble en acajou d'où elle sortit deux grands verres et une bouteille de whisky. Ses mains tremblaient tellement que je dus nous servir.

– Asseyez-vous, lui dis-je d'une voix calme. Et buvez.

J'avalai d'un trait mon verre. L'alcool explosa dans mon estomac et une chaleur douce irradia mon ventre. Je me resservis et remarquai que mes mains tremblaient aussi. Je la laissai boire à petites gorgées en silence. Elle finit son verre et me regarda vraiment pour la première fois.

– Je vous remercie, dit-elle en tendant son verre pour que je la resserve. Sans vous je crois bien... je crois bien qu'il allait me tuer.

– Je crois bien. Et tout ça à cause de cette histoire avec Sarah Duguet.

Elle tressaillit et me regarda en rougissant.

– Vous avez entendu ?

J'acquiesçai d'un signe de tête.

– Ce n'est pas ce que vous croyez. Notre amitié n'était pas sexuelle. C'est une envie qui m'a prise comme ça... Une expérience...

Elle releva la tête d'un air de défi.

– Cela vous choque que deux femmes puissent faire l'amour ?

– Pas particulièrement. Mais parlez-moi de cette soirée. Qu'est-ce qu'on vous avait demandé ?

– Vous êtes de la police ?

– En quelque sorte.

Caroline accusa le coup, baissa la tête et se mit à raconter. L'année dernière elle avait eu de grosses difficultés financières. Elle en avait parlé un jour à son gynécologue, l'inévitable Dr Reynal. Il lui avait dit qu'elle pouvait s'adresser à quelqu'un.

L'homme en question était l'étrangleur au poignard. Il lui avait demandé d'organiser une soirée avec une de ses amies pour trois copains célibataires de passage à Paris qui voulaient s'amuser. Elle lui avait rétorqué qu'elle n'était pas de ce genre-là, mais l'homme avait une voix si persuasive qu'elle promit de réfléchir.

Ses difficultés d'argent s'accrurent brusquement dans les semaines qui suivirent et lorsque l'homme la rappela elle accepta sa proposition. Il lui souffla l'idée de prendre Sarah avec elle comme deuxième fille. Elle objecta que Sarah ne serait probablement pas d'accord. L'homme éclata de rire et sortit une fiole de sa poche.

– Vous n'aurez qu'à verser ça dans son verre pendant le repas.

Elle accepta, surtout parce que l'homme lui avait dit que les garçons étaient la gentillesse même et qu'elles n'auraient rien à craindre d'eux. Et puis cela l'amusait de débaucher Sarah, elle avait envie d'elle... Et terriblement besoin d'argent.

Les détails mis au point, tout se passa comme prévu. Sarah but le liquide mélangé à son vin sans se douter de rien. Quand les garçons arrivèrent, la fête commença très vite.

Vers trois heures du matin elle entendit sonner à sa porte. Elle venait de faire l'amour avec Sarah. Elle avait enfin eu son expérience et n'avait plus qu'une seule envie : dormir. Un des garçons était au lit avec Sarah, les deux autres somnolaient sur la moquette du salon.

– Là, dit-elle en me montrant le sol entre nous. Je suis allée ouvrir et j'ai vu cet homme. Il m'a dit qu'il voulait voir Sarah. J'ai cru qu'il avait monté toute cette histoire pour coucher avec elle.

Caroline lui avait dit qu'il aurait dû avoir le courage de venir avec les trois autres. Il ne parut pas comprendre sur le coup, puis il avait éclaté de rire.

– Je suis si timide, avait-il répondu en montant d'autorité à l'étage.

Carolinc avait bien protesté que Sarah était avec quelqu'un, mais l'homme avait continué son ascension sans se retourner. Caroline croyait l'avoir vu ressortir quelques minutes plus tard.

– J'ai pensé qu'il avait fait vraiment très vite, ou que Sarah l'avait jeté.

Puis elle s'était endormie et, à son réveil, les trois hommes étaient partis. Sarah dormait toujours.

– Voilà, vous connaissez toute l'histoire, fit-elle en soupirant. Ce n'est pas très glorieux... Et je ne comprends pas pourquoi cet homme a voulu me tuer.

– Pour que vous ne racontiez pas cette histoire, justement !

Elle leva vers moi un regard interrogatif.

– Cet homme a fait quelque chose à Sarah. Il l'a mise enceinte.

Caroline me regarda d'un air stupéfait. Je poursuivis mon explication à voix haute, autant pour elle que pour moi.

– Sarah m'a dit que c'était ce soir-là, elle en est certaine, qu'elle s'est trouvée enceinte. Or elle prétend que les trois hommes avaient des préservatifs.

Caroline sursauta devant ma connaissance de détails aussi intimes.

– C'est vrai, balbutia-t-elle.

– Vous dites que l'homme est resté peu de temps dans la chambre avec Sarah. Il ne lui a probablement pas fait l'amour mais a dû procéder à une insémination artificielle. Avait-il un bagage avec lui ?

Caroline réfléchit en plissant les yeux, ce qui donna à son visage un air enfantin tout à fait charmant.

– Maintenant que vous m'y faites penser, oui, il tenait une sacoche à la main. Le genre de chose que porte un médecin. Je m'en étais même fait la réflexion en lui ouvrant.

Elle hésita, décontenancée par mon raisonnement.

– Mais dans quel but ?

– C'est ce qu'il me reste à découvrir, dis-je en lui faisant un grand sourire.

Elle me regarda bizarrement et je réalisai que je devais avoir une drôle d'allure avec mon blouson déchiré et mon front en sang. La plaie ne saignait plus, mais une pellicule rouge couvrait la moitié de mon visage et le haut de ma chemise.

– Je crois que j'ai besoin d'un brin de toilette.

– Bien sûr !

Elle se leva et ondoya devant moi sur ses chaussures à semelles compensées. La suivre dans l'escalier fut un véritable délice. Je me lavai et essayai tant bien que mal de me rendre présentable. Caroline se regardait dans la glace, mesurant l'étendue des dégâts. Pour moi ça allait à peu près, à part mes vêtements imprégnés de sang. Pour elle les traces de l'épisode étranglement étaient beaucoup plus dommageables : de grandes marques bleuâtres lui marbraient le cou. On voyait même les traces des doigts du tueur. Elle essaya de les cacher avec du fond de teint mais n'y parvint pas. De guerre lasse, elle s'entoura le cou d'un foulard jaune, ce qui la rendit mignonne comme tout.

– Ça va comme ça ? me demanda-t-elle avec coquetterie.

Manifestement son aventure avec Sarah ne l'avait pas détournée des hommes.

– Vous êtes la victime la plus ravissante que j'aie jamais vue.

Elle me sourit et commença à se brosser les cheveux.

– Que voulait votre agresseur, au fait ?

– Que je quitte Paris pour quelque temps, sans aucune explication. J'étais en danger d'après lui.

– Il a raison sur un point. Vous êtes en danger maintenant, c'est lui le danger.

Caroline me regarda dans la glace, la brosse levée au-dessus de sa tête.

– Mais que dois-je faire ? Prévenir la police ?

Manifestement l'idée ne la tentait guère. Il faut dire que raconter son orgie à un flic n'avait rien de réjouissant. De plus elle se retrouvait complice d'un obscur coup tordu et tout cela pouvait se retourner contre elle.

– J'ai une meilleure idée. Je vais vous mettre à l'abri, vous et Sarah. Vous n'avez plus de raison d'avoir peur.

Je lui envoyai un baiser du bout des lèvres, toujours par miroir interposé.

Le reste de cette journée fut une débauche d'activité. J'avais pris ma décision sur un coup de tête, mais plus j'expliquais mon projet à Caroline, plus je pensais que mon idée était bonne : nous allions partir tous les trois en Bretagne.

Je n'eus pas trop de mal à convaincre Caroline, terrifiée à l'idée de voir réapparaître son agresseur. Elle tiqua un peu lorsque j'abordai le métier de Jean, mais je l'assurai que c'était un de mes amis et qu'elle n'avait rien (ou presque) à se reprocher. Ce qui emporta sa décision fut la promesse de vacances imprévues avec Sarah.

– Je ne pourrai jamais lui avouer ce que j'ai fait ! me répliqua-t-elle.

– Il le faudra bien, tranchai-je. N'insistez pas sur la préparation de la soirée. Parlez-lui seulement de la visite de l'homme, comme si vous ne vous y attendiez pas. C'est d'ailleurs la vérité. Il faut que vous lui parliez, sinon elle ne viendra pas.

Je doutais en effet que, malgré nos ébats, Sarah accepte de venir si moi seul le lui demandais. Je réalisai soudain qu'elle aussi était peut-être en danger de mort. Je saisis le combiné et arrêtai mon geste aussitôt. Et les micros ? Mais il n'y avait pas moyen de faire autrement, et puis la surveillance n'était pas directe, le temps qu'ils récupèrent la cassette nous serions loin... si tout marchait comme prévu.

Sarah se souvenait quand même de moi et sembla ravie de m'entendre. Elle venait de se réveiller et avait trouvé mon petit mot. Je profitai de son état d'esprit pour lui dire que Caroline était rentrée de voyage et voulait lui parler.

– Je viens d'avoir une idée formidable, Caroline va t'expliquer.

J'étais en grande forme. Mon troisième whisky devait y être pour quelque chose.

Caroline, emportée par mon excitation, fut très convaincante. Tant mieux, car j'avais l'impression que la machine que j'avais mise en marche ne devait pas s'arrêter, sinon c'était l'échec.

Sarah eut quelques réticences, non pas tant à l'idée de partir de Paris que parce qu'elle était encore sonnée par les médicaments. Le médecin de nuit avait eu la main lourde.

Caroline insista habilement, et enfin Sarah donna son accord. J'appelai ensuite un taxi qui, miracle, arriva dix minutes plus tard. Nous nous engouffrâmes dans la voiture, Caroline, sa valise, son foulard et moi.

Je demandai au chauffeur de nous attendre et montai avec Caroline. Tandis qu'elle sonnait, je me précipitai vers le local EDF avec le tournevis que j'avais pris rue des Acacias. Comme si j'avais fait ça toute ma vie, j'ouvris le local et découvris le même appareil que chez moi, en forme de boîte de cigares avec sa ridicule petite antenne. Je le pris par l'antenne pour le jeter dans un sac plastique. Il y avait peut-être des empreintes dessus.

J'attendis les filles dans le taxi. Elles descendirent rapidement et je fus frappé par la maigreur de Sarah qui cachait ses yeux derrière d'énormes lunettes de soleil. Elle portait un pantalon et un chemisier, et elle avait l'air d'une anorexique à côté de Caroline qui était pourtant plutôt mince.

Nous nous embrassâmes, Sarah et moi, comme frère et sœur, et je compris qu'elle avait définitivement oublié notre intimité de la nuit. Je me demandais jusqu'à quel point son amnésie était réelle.

Nous passâmes chez moi. Je laissai les filles dans le taxi et je téléphonai à Orly pour vérifier qu'il y avait de la place dans l'avion du soir pour Quimper. Il y en avait ! Je pris trois réservations et laissai ensuite un message à Jean demandant qu'il vienne nous chercher.

Je changeai de vêtements car j'avais bien remarqué le regard méfiant du chauffeur de taxi posé sur moi. Muni d'un nouveau sac-poubelle je réitérai mon opération nettoyage des mouchards et nous pûmes enfin partir pour l'aéroport. Là, j'installai les deux filles à la buvette et j'allai m'occuper des billets.

– Vous devez avoir beaucoup de choses à vous dire...

J'espérais que Caroline avait compris le message. Sarah n'avait pas lâché trois mots depuis notre départ et, si son apathie servait mon projet jusqu'à présent, il fallait maintenant la mettre au courant du danger qu'elle courait.

Lorsque je revins au bar, billets en poche, bagages enregistrés et tout et tout, je les vis en grande conversation. Je m'installai assez loin d'elles pour les laisser parler tranquillement et pour boire trois Perrier à la suite, tellement ces dernières heures m'avaient déshydraté. Cela chassa le goût amer du whisky mais me donna une formidable envie de dormir. Je somnolai en sirotant mes bulles glacées tout en surveillant les filles du coin de l'œil.

Sarah n'avait pas enlevé ses grosses lunettes noires, mais aux mouvements de sa tête je compris qu'elle commençait à émerger et qu'elle se rendait compte qu'elle se trouvait dans une situation passablement embrouillée. J'espérais que les explications de Caroline donneraient un sens à ce qu'elle venait de vivre. Certes Sarah avait été manipulée, et dans ce qu'une femme a de plus intime, mais une fois passé l'horreur de la découverte, j'étais persuadé que cela l'aiderait à sortir de cette léthargie qui était la sienne depuis un an. Si elle n'était pas complètement folle...

Restait à savoir le pourquoi d'un tel complot. J'avais beau me creuser les méninges, je ne voyais pas du tout dans quel but Reynal et ses complices avaient monté tout ce cirque. Et qui était le père ? me demandai-je tout à coup. Il y avait sûrement une piste de ce côté-là mais, comme l'heure avançait, j'arrêtai mes réflexions et allai rejoindre mes deux gazelles, la blonde et la brune, l'épanouie et la maladive.

Elles m'accueillirent avec le sourire. Sarah semblait avoir bien digéré le récit de son amie. Elle ôta ses lunettes, et je reçus en pleine figure le reflet de ses yeux violets. Dieu ! qu'ils étaient beaux !

– Il paraît que nous te devons une fière chandelle, Caroline et moi.

Sa voix était rauque et douce. Je souris d'un air modeste en espérant ne pas avoir l'air trop niais.

– J'étais là au bon moment, c'est tout.

– Mais comment êtes-vous arrivé dans cette histoire ? intervint Caroline.

– C'est vrai ça, pourquoi es-tu venu chez moi hier ? renchérit la brune.

– Je vous raconterai ça dans l'avion, dis-je en les guidant vers le terminal.

C'est ce que je fis. Je racontai tout : le caveau, la mort mystérieuse de Fréchou, la lignée des Duguet et les légendes qui parlaient d'elle.

– Si je comprends bien, tu es en quelque sorte la dernière descendante des Lauclay, dit Caroline en souriant.

Mais Sarah ne répondit pas à son sourire.

– Tu sortais de chez ma mère lorsque tu es venu me voir ?

J'acquiesçai, un peu honteux sans trop savoir pourquoi.

– Et mon père, tu as vu mon père ?

La question me prit au dépourvu : Sarah me fixait d'un air avide. Comme je tardais à reprendre, elle insista.

– Alors, tu l'as vu ?

– Non. Je ne sais même pas où il est, la police non plus. C'est pour ça que je suis allé chez ta mère, puis chez toi.

Elle réfléchit, décida de me croire et baissa la tête. Elle remit ses lunettes, mais je vis qu'elle pleurait. Je me sentis très bête et le reste du voyage se fit dans le silence.

Sarah était « très attachée à son père », comme me l'avait dit Yolande. Elle avait dû imaginer que super-Xavier avait retrouvé la trace de Paul Duguet et que j'allais être celui par qui le happy end arrive.

Nous étions partis sous le soleil, nous arrivâmes sous le soleil. Jean avait reçu mon message et nous attendait au pied de l'avion. Je trouvai qu'il faisait une drôle de tête en nous regardant arriver.

– On a retrouvé ton ami Sollier, me dit-il d'une voix fatiguée.

Depuis deux jours, il épiait. Caché au milieu des arbres, il n'avait pas quitté la chapelle des yeux depuis que le jour s'était levé, comme toute la journée de la veille. Non loin de là, derrière la colline, se trouvait son campement. Il y avait d'abord installé des alarmes. Des fils, au ras du sol, attachés à de vieilles boîtes de conserve, empêcheraient quiconque de le surprendre. Son abri était malaisé d'accès et le seul chemin qui permettait de l'atteindre était maintenant bien protégé.

Ensuite, sur le sentier qui menait à la chapelle, il avait creusé un trou d'une cinquantaine de centimètres qu'il avait recouvert de branchages et de feuilles. Il lui avait fallu autant de temps pour arranger son camouflage que pour creuser le trou, ce qui n'était pas peu dire car la terre était dure et compacte à cet endroit. Mais il était fier de son ouvrage : le sentier semblait couler à travers la forêt sans solution de continuité.

En creusant il s'était imaginé en train de faire un piège pour les tigres, une vaste fosse dont le sol aurait été planté de pieux acérés dressés vers le ciel. Ce qu'il voulait obtenir était plus modeste : un simple répit face à son poursuivant. C'était bien loin des récits de chasse de son enfance, même si son ennemi était peut-être plus dangereux qu'un tigre.

Pourquoi agissait-il ainsi ? Il ne pouvait pas répondre

à toutes ces questions. Il n'était sûr que d'une seule chose : il devait être là, il devait être prêt à combattre.

Pendant qu'il travaillait, il n'avait pas cessé de surveiller la forêt autour de lui. Personne n'était venu rôder dans le coin. La chapelle était en fait une grosse bâtisse carrée. Une seule porte permettait d'y accéder. En hauteur, deux fenêtres longues et étroites donnaient à la façade l'air d'un visage triste. Tous les autres murs étaient fermés. Il n'y avait ni croix, ni cloche, ni autre symbole religieux. On aurait pu croire à une construction moderne, un transformateur ou une station d'épuration, si elle n'avait été construite en pierre de taille que recouvrait, sur deux côtés, un lierre vigoureux et plusieurs fois centenaire.

La bâtisse était construite au sommet d'une butte herbeuse qui descendait doucement jusqu'au « Trou du Diable » ou « Puits Profond », comme l'appelaient les gens du village. Ce dernier consistait en un large cercle s'ouvrant dans le sol, dont le bord était souligné par des pierres.

La veille, Paul avait vu sortir un homme, peu avant le coucher du soleil. Un vieillard, tout de noir vêtu, qui s'était promené un moment autour du puits. Il s'était assis sur une grande pierre et avait tranquillement regardé le jour mourir. Puis il était rentré, avait claqué la lourde porte derrière lui et n'avait pas reparu. Aucun chien ne traînait dans les environs. Après avoir vérifié que l'homme ne ressortait pas, Paul était allé se coucher.

Il avait encore rêvé, de son père cette fois-ci. Celui-ci marchait lentement sur le bord d'une plage. Sur le sable, des dizaines de menhirs formaient un labyrinthe dans lequel son père circulait en silence.

Aucun son dans ce rêve, pas même le bruit de l'océan. Puis son père avait tourné son visage vers lui et lui avait souri. Le cœur de Paul avait battu plus vite et il s'était senti extraordinairement heureux malgré le silence angoissant de la scène. Ensuite le rêve avait basculé. Il avait vu son père poursuivi par des chiens hurlants. Il courait vers la chapelle mais était rattrapé par la meute en arrivant devant la porte. Autant la scène précédente était muctte, autant celle-ci était plcine de bruit et de fureur. Paul entendait les aboiements rauques des bêtes, les pas de son père sur le sol pierreux, le souffle du vent dans les arbres.

Son père, renversé par les chiens qui mordaient dans sa chair en hurlant, avait réussi à se relever. Paul avait vu les horribles blessures qui couvraient son corps. Mais son visage n'était pas celui d'un homme qui va mourir et qui a peur. Il avait le masque dur d'un dieu vengeur. Dans un dernier sursaut il s'était libéré des chiens et s'était appuyé sur la porte.

– Paul ! Il faut détruire ce que fait cet homme ! hurla-t-il alors qu'un chien lui sautait à la gorge.

Paul avait vu la mâchoire se refermer sur son cou, il avait entendu le bruit de la chair déchirée tandis qu'un flot de sang éclaboussait le mur de la chapelle.

Il s'était réveillé en appelant son père. Il était couvert de sueur malgré la fraîcheur de la fin de la nuit. Après de rapides ablutions et un solide repas, il s'était posté en face de la porte de la chapelle et avait entamé son deuxième jour de surveillance. La sueur lui coulait dans les yeux car le soleil chauffait malgré l'ombre du feuillage. Il n'y avait pas un souffle de vent. Paul était prêt à attendre toute la journée. Il avait une patience infinie.

Vers midi la soif le fit quitter un court moment son poste de guet. Lorsqu'il revint, il vit que deux hommes bavardaient sur le seuil de la chapelle. Il se rapprocha en rampant, espérant entendre ce qu'ils se disaient. Il parvint à la lisière de la forêt et ne put aller plus loin, l'herbe n'étant plus assez haute pour le cacher. Par bonheur les deux hommes marchaient dans sa direction en continuant leur conversation. Le grand maigre avait l'air de vouloir convaincre l'homme âgé de quelque chose de pressant.

– Je ne dis pas que vous ne pouvez pas continuer à travailler ici ! Je vous demande simplement d'y passer le moins de temps possible. Après tout vous avez fini vos cérémonies de pleine lune, Ophile !

– C'est ici que je dois terminer ma tâche, rétorqua le vieillard.

Ophile, le maître des chiens, avait un visage sympathique et malicieux. Paul avait du mal à croire que cet homme à l'aspect avenant avait été capable de tant de froide cruauté. L'autre avait l'air plus inquiétant. Il portait le complot et la violence sur son visage en lame de couteau.

– Mais enfin la cachette que je vous propose est parfaitement équipée pour la préparation de l'Élixir ! Nous avons prévu cet endroit comme base de repli. C'est là que vous devez vous réfugier dès qu'il y a un danger. Nous l'avons conçu ainsi dès le début de l'opération !

Paul sentait que l'homme, très énervé par le refus du vieillard, n'osait pourtant pas le brusquer. Il devait avoir peur de lui. Sous son aspect fragile et débonnaire le vieil homme semblait redoutable.

– Nous ne sommes pas en danger. En tout cas pas un danger tel que je doive partir d'ici. Vous vous affolez pour rien.

L'homme maigre pinça les lèvres en accusant le coup sous l'insulte.

– Je n'ai pas l'habitude de m'affoler pour un rien ! Vous oubliez que Lefrançois commence à en savoir un peu trop long sur nous. Il est allé chez la fille, il a blessé Peyrac...

– C'est malin ! coupa l'homme aux cheveux blancs. Quelle idée aussi de jouer au cow-boy !

– Il a agi comme il devait le faire. Cette fille refusait de partir et c'était le maillon faible de notre dispositif. J'ai toujours dit qu'il aurait fallu la supprimer après la soirée.

– Comme vous vouliez supprimer Sarah Duguet ! lâcha Ophile d'une voix méprisante.

Paul sursauta en entendant le nom de sa fille. Vingt ans s'étaient écoulés depuis qu'il l'avait laissée avec sa mère. Un flot de souvenirs déferla dans son esprit, aussi clairs que s'il l'avait quittée la veille. Sarah mangeant une glace dans unc fête foraine, Sarah chez le médecin pour ses vaccins, Sarah riant, Sarah pleurant, Sarah mettant sa petite main dans la sienne quand il l'emmenait dans leurs longues promenades qu'elle aimait tant.

Il faillit se lever et se précipiter sur l'homme qui voulait tuer sa fille. Il se retint en espérant en savoir plus.

– Parlons-en de celle-là ! Si on m'avait écouté, elle n'aurait pas disparu dans la nature ! Elle doit s'être enfuie avec son amie Caroline, c'est peut-être même ce Lefrançois qui les surveille.

– C'est ce que nous pouvons espérer de mieux, dit Ophile d'un ton calme.

L'autre le regarda sans comprendre. Ophile poursuivit, comme un professeur expliquant lentement à un élève pas très doué :

– Ce jeune Lefrançois a certes quelques qualités. Il a surgi au mauvais moment et Peyrac, blessé, a dû fuir. Mais dans notre malheur nous avons de la chance si Sarah Duguet est avec lui, car il ne saura pas où la cacher, si ce n'est avec lui, c'est-à-dire ici même.

– Comment ça ?

Ophile soupira silencieusement. Décidément l'élève n'avait pas l'esprit rapide.

– Lefrançois n'est ni un flic ni un mercenaire. C'est un universitaire tombé par hasard dans cette histoire. Il ne voudra qu'une seule chose, une fois qu'il aura sauvé les deux femmes : se mettre à l'abri, c'est-à-dire revenir auprès de son ami commandant.

– Et vous trouvez rassurant que la fille Duguet parle à la police ?

– La fille Duguet ne sait rien. Il ne lui est arrivé qu'une aventure triste mais banale. En revanche vous pouvez être certain de l'avoir sous la main. Si elle n'est pas arrivée hier soir, elle sera là ce matin. Vérifiez ! C'est votre travail après tout. Je vous parie tout ce que vous voulez qu'elle est au village.

– Raison de plus pour ne pas rester là. Lefrançois peut très bien débarquer ici.

Ophile secoua la tête d'un air accablé.

– Nous sommes loin du village, loin du caveau des Lauclay. Je pense que personne n'a encore découvert les restes du journaliste. Et quand bien même, cette chapelle est assez loin de la table des incantations. Vous surestimez Lefrançois, il ne viendra jamais ici. Il n'a aucune raison de le faire.

Comme l'autre homme ne répondait pas, Ophile s'écarta de lui et se tourna vers la chapelle.

– Retournez à la villa, téléphonez à Gunnar et dites-lui que je continue à travailler ici.

– Plus tard, dit l'homme maigre d'un ton boudeur. Je vais vérifier les alentours pour voir si vous ne risquez rien.

Ophile haussa les épaules, voulut dire quelque chose mais se ravisa.

– Comme vous voudrez, maître Saint-Germain. Je dois ramasser des herbes dans la forêt. Je serai de retour dans deux heures.

Le vieillard s'enfonça sous les arbres en direction des menhirs.

Paul s'aplatit sur le sol car Saint-Germain fouillait la forêt des yeux. Il resta au moins dix minutes à scruter les bois, en tournant lentement autour de lui-même. Il regarda pendant quelques instants dans la direction de Paul qui se figea, croyant être découvert. Mais l'homme continua son tour d'horizon et Paul put silencieusement se fondre dans les taillis derrière lui.

Il hésitait sur la marche à suivre. Devait-il attendre que les deux hommes s'en aillent pour fouiller la chapelle ou allait-il sauter sur celui qui surveillait la forêt ?

Il choisit le premier terme de l'alternative, se souvenant que le vieillard, Ophile, avait dit que Sarah s'était enfuie. Si elle venait se réfugier au village, il pourrait la revoir. À cette idée il sentit ses pensées s'embrouiller et son cœur battre la chamade.

Saint-Germain s'était enfoncé dans les bois et Paul

l'avait perdu de vue. Ophile avait disparu. Vingt minutes plus tard, l'autre ne se montrait toujours pas. Paul pensa brusquement à son campement. Si Saint-Germain était aussi curieux et tenace qu'il en avait l'air, il devait avoir procédé à une fouille minutieuse des environs. Il décida de retourner vers son abri en se faisant le plus discret possible.

Il marcha doucement, s'arrêtant tous les dix pas pour écouter les bruits de la forêt, les yeux sans cesse en mouvement, prêt à surprendre le moindre signe de la présence de l'autre. Enfin il arriva au sentier qui menait à son abri. Il vérifia les alentours et, ne voyant personne, s'approcha du fil invisible tendu au ras du sol. Il était toujours en place. Paul se redressa, soulagé, et se dirigea vers l'anfractuosité du rocher où il avait caché ses affaires. Il se penchait pour vérifier que tout était bien en place lorsqu'une masse sombre lui tomba sur les épaules.

Le choc fut violent et envoya Paul rouler dans la poussière du chemin, le souffle coupé. Il sentit un choc sur son front et mille éclairs dansèrent devant ses yeux.

Il essaya de se relever, mais des mains agrippèrent les siennes et tentèrent de lui maintenir les bras au sol. Il rua comme un cheval sauvage, son pied droit rencontra une surface molle et il sentit l'étreinte se relâcher. Il en profita pour pivoter sur lui-même et eut le temps de reconnaître Saint-Germain, penché au-dessus de lui, qui cherchait de nouveau à l'immobiliser.

Ainsi il avait trouvé sa cachette ! Il avait remis l'alarme dans sa position initiale et s'était juché sur l'arbre surplombant l'abri. Paul sentit les mains de l'homme se refermer autour de son cou. Il leva les jambes, coinça le cou de son adversaire entre ses pieds et tira de toutes ses forces sur ses muscles pour faire pencher la tête de Saint-Germain vers l'arrière. Celui-ci résistait férocement, à moitié étouffé, et Paul sentit qu'il avait moins de force dans ses doigts. Il réussit à s'emparer du petit doigt de son adversaire et le tordit violemment. L'articulation craqua et Saint-Germain hurla. Paul parvint à dégager son torse, mais l'autre sortit sa tête de l'étau de ses pieds. Ils se relevèrent ensemble, suant et crachant la poussière qui leur piquait les yeux. Ils haletaient comme deux bêtes enragées, se défiant du regard et montrant les dents avec haine.

Saint-Germain lui faisait penser à un grand serpent prêt à se déplier et à s'enrouler autour de sa proie. Paul comprit tout de suite qu'il perdrait ce combat s'il devait durer trop longtemps. L'autre était plus jeune que lui et manifestement rompu aux arts martiaux.

Il shoota brusquement dans le tibia de Saint-Germain, et partit en courant en direction de la forêt, prenant rapidement une vingtaine de mètres d'avance. Pourvu que l'autre n'abandonne pas la poursuite, sinon tout serait à refaire ! Mais Saint-Germain l'avait attendu patiemment sur son arbre et semblait tenace. Il en eut bientôt la confirmation en entendant une longue foulée écraser les feuillages derrière lui.

Les grandes jambes de Saint-Germain le rattraperaient vite. Paul accéléra sa course et parvint en vue de son piège, situé après un coude du sentier. Il fournit un dernier effort, tourna dans le chemin et, une fois hors de vue, se précipita derrière un arbre qu'il avait repéré la veille et où il avait dissimulé une lourde branche morte.

Saint-Germain arriva en trombe quelques secondes plus tard, prit le virage à la corde et marcha en plein dans le trou. Paul était content de son idée de creuser le piège juste après un coude du chemin car ainsi, même si son poursuivant décidait de s'arrêter pour regarder autour de lui, il n'en aurait pas le temps avant de marcher sur le tapis de feuilles traîtresses.

Tout fonctionna comme il l'avait prévu. Saint-Germain s'enfonça jusqu'aux genoux, s'étala de tout son long et releva la tête juste au moment où Paul balançait sa branche tel un joueur de base-ball. Il n'avait jamais pratiqué ce sport américain, mais son gourdin frappa violemment Saint-Germain à la tempe et l'envoya rouler sur le côté.

– Qu'est-ce que vous voulez à Sarah Duguet ? hurla Paul tandis que l'autre, encore groggy, papillonnait des yeux, allongé sur le dos.

– Mais de qui parlez-vous ? articula Saint-Germain en tentant de se relever.

Paul le repoussa du pied et se campa devant lui.

– Ne me racontez pas de salades ! Je vous ai entendu quand vous parliez avec votre ami. Qu'est-ce que vous lui voulez ?

– Vous nous avez écoutés ?

Saint-Germain s'assit péniblement et Paul le laissa faire. Il avait sorti sa dague et tenait toujours son gourdin dans l'autre main.

– Oui, je vous ai écoutés depuis le début. Alors, qu'est-ce que Sarah vous a fait ? Pourquoi parliez-vous de la tuer ?

Saint-Germain fit un mouvement si rapide que Paul faillit se laisser surprendre. L'autre avait sorti un revolver lorsqu'il lança sa dague comme un poignard. Elle siffla en accrochant un rai de lumière qui traversait la frondaison et s'enfonça jusqu'à la garde dans la poitrine de Saint-Germain. Celui-ci lâcha son revolver et serra les mains autour de la dague dont le manche sortait à hauteur de sa poitrine. Il leva la tête vers Paul, eut un hoquet et un peu de sang lui coula des lèvres. Il respirait difficilement, chaque inspiration lui arrachant une grimace de douleur.

– Qui êtes-vous ? parvint-il à balbutier en crachant encore du sang.

– Je suis le père de Sarah.

Une intense stupéfaction se peignit sur le visage de Saint-Germain qui regarda Paul avec des yeux écarquillés. Puis il se mit à rire, serrant toujours la lame d'acier plantée dans son corps.

– Paul Duguet ! Paul Duguet... lâcha-t-il dans un dernier éclat de rire.

Il eut un hoquet violent, vomit une grosse quantité de sang et s'effondra la tête en avant.

Paul le redressa en le soulevant par les cheveux, tira d'un coup sec sur le manche de sa dague qui sortit du corps avec un bruit de succion à peine audible. Il essuya soigneusement sa lame sur les habits du mort et la rangea dans sa botte.

7

« André est mort. » Ce fut ma première pensée en ouvrant les yeux. J'avais dormi d'un sommeil de brute, plongé dans un tunnel sans rêve.

À l'aéroport Jean avait été laconique comme à son habitude. Il me raconta la déposition d'une vieille femme habitant dans la forêt, la découverte du corps, la cause « probable » de la mort : dévoré par des animaux sauvages. Le tout en quelques phrases brèves et concises. Des animaux sauvages en Bretagne ?

Je fus encore plus secoué lorsqu'il me montra les photos du corps. Une vraie boucherie. J'étais heureux que ce soit Jean qui l'ait identifié, je ne m'en serais pas senti capable. Les photos que je regardais dans la voiture étaient plus que suffisantes.

– Quelle mort horrible, murmura Sarah à côté de moi.

Nous étions trois à l'arrière et j'étais encadré par les deux jeunes femmes : une place de choix. Jean était à l'avant à côté du chauffeur.

– Et voilà peut-être ceux qui ont fait le travail, dit Jean en me tendant un autre jeu de photos.

Elles représentaient un homme, debout sur une sorte de pierre et entouré par une meute. Les clichés étaient très nets mais un peu sombres.

– Qu'est-ce que c'est ? Des loups ?

– Des chiens. Regarde bien, tu pourras en reconnaître plusieurs races. La pellicule était dans l'appareil de Sollier. On l'a retrouvé près de la table de pierre. Il photographiait la scène et l'homme a dû le surprendre.

– C'est sûr ?

– Le plus probable. Tu connais ce type ?

Nous regardâmes attentivement toutes les photos. Sur certaines l'homme n'était qu'une silhouette, sur d'autres, au contraire, on voyait bien son visage. Un homme âgé, encore vivace, avec un masque de pierre. Il ne semblait pas regarder les chiens qui hurlaient autour de lui, mais avait les yeux fixés sur l'infini. On aurait dit qu'il était en transe, impression qui était renforcée par l'éclairage de la lune.

Aucun de nous trois ne reconnut l'homme. J'avais espéré qu'une des deux filles l'ait rencontré, mais elles n'avaient jamais vu ce visage.

– On dirait un grand prêtre, dit Sarah.

– Grand prêtre ou gourou, j'aimerais bien lui parler, répondit Jean. C'est lui la dernière personne à avoir vu Sollier vivant. Les photos ont été prises la nuit dernière. La mort a eu lieu entre minuit et une heure du matin. La serveuse de l'hôtel a confirmé qu'André était parti dans la soirée, avec son appareil photo. Il lui avait dit qu'il comptait rentrer après minuit. Elle l'a attendu puis s'est endormie.

– Et où se trouve l'endroit de cette scène ? demandai-je en rendant les photos.

– En pleine forêt, à une vingtaine de kilomètres d'ici. Il y a une grosse table de granit, un des vestiges mégalithiques de la région.

– Elle est ronde et il y a un trou au milieu.

– Tu connais ?

Oui, je connaissais. C'était sans aucun doute la table de pierre dont j'avais lu la description dans mon livre le midi même. J'avais l'impression que ce repas remontait à une éternité. D'ailleurs, je mourais de faim.

Ainsi toute l'histoire se recentrait autour du lieu de vie du clan des Bar Lacl' et plus tard de la famille Lauclay. Mais que pouvaient-ils avoir, tous ces gens-là, pour intéresser à ce point Fil-de-fer et sa bande ?

Jean nous avait réservé des chambres au village et nous nous retrouvâmes dans la mienne pour faire le point. Je racontai mon après-midi chargé, Caroline et Sarah complétant mon récit.

La bagarre, le voyage, les histoires des uns et des autres m'avaient épuisé. Je bâillai sans retenue en me promettant que c'était bien la dernière fois que je me levais à six heures du matin.

Jean décida qu'un de ses hommes surveillerait en permanence les jeunes femmes. Juste à titre de précaution, car il ne les croyait pas vraiment en danger.

Sarah fut d'accord, Caroline sembla un peu plus réticente mais elle n'osa pas protester : elle craignait que Jean ne lui rappelle son ancienne complicité avec l'homme de la cuisine. Déjà à l'aéroport elle avait eu un mouvement de recul en le découvrant dans son uniforme de commandant. Je l'avais rassurée en lui prenant le bras.

Nous dînâmes rapidement, tout le monde était crevé. Je trouvais que les filles tenaient bien le coup après leurs malheurs. Je souhaitai une bonne nuit à mes courageuses petites bonnes femmes et, à peine couché, je fermai les yeux et tout devint noir.

J'eus l'impression de les rouvrir immédiatement. Dehors il faisait jour et André était mort. Un coup d'œil à ma montre me confirma que nous étions bien le matin, à 10 h 38 exactement. Je me rasai et pris une longue douche froide, mais je dus attendre mon café avant de pouvoir recommencer à penser normalement. Après avoir fumé trois cigarettes en cherchant en vain un plan d'action original pour cette journée, je décidai de suivre le conseil que Jean m'avait donné la veille.

– Ce serait bien que tu ailles traîner du côté du lieu du meurtre. Tu pourrais parler à Marie la folle.

– Marie la folle ?

– Mme Marie Le Braz, cent cinq ans aux prunes. La femme qui a découvert le corps de Sollier. Une sorte de sorcière qui vit dans la forêt. Pas très coopérative avec les forces de l'ordre. Je me demande même pourquoi elle est venue nous prévenir. Sans doute a-t-elle eu peur.

Une fois habillé, j'allai taper à la porte de Sarah et, comme personne ne répondait, je risquai un œil à l'intérieur. Le lit était défait, la chambre vide. Personne dans la salle de bains. J'eus un intense moment de panique mais je me dis que Sarah n'aurait pas quitté l'hôtel sans escorte. Ça, c'était plutôt dans la manière de Caroline. J'allai frapper chez cette dernière et j'eus la joie de découvrir le charmant tableau des deux jeunes femmes en déshabillé en train de prendre leur petit déjeuner. Je fus tenté de rester le plus longtemps possible avec elles, mais j'eus le courage héroïque de ne boire qu'une seule tasse de café et de m'éclipser en leur recommandant la prudence. J'avais un peu l'impression de gêner. Je les entendis rire dans la chambre tandis que je descendais l'escalier.

Je retrouvai ma voiture avec plaisir et partis voir Marie la folle. Il y avait un plan dans la veste d'André et Jean m'en avait donné une copie. Je garai ma voiture à côté de celle du journaliste. Cela me fit une sale impression. L'endroit où l'on avait trouvé le corps ne me retint pas longtemps : il n'y avait que de l'herbe écrasée et tachée de sang.

Le chemin des menhirs me changea les idées. J'avais lu la veille que cet endroit était presque aussi important pour les cultes préceltiques que Stonehenge ou Carnac. Des légendes parlaient d'un dieu qui s'incarnait une fois l'an et dévorait les êtres humains que lui offraient ses adorateurs. Certains jours ils préféraient les jeter vivants dans le Puits Profond. Les adeptes de ce dieu étaient du clan des Bar Lacl'.

Si j'avais bien compris ma lecture au steak tartare, ce clan était considéré comme hérétique par les autres druides. Leur dieu, cruel et sanguinaire, ne se contentait pas de séjourner dans les cieux et d'assurer la bonne marche du monde, mais voulait au contraire se mêler de l'histoire des hommes. La légende disait qu'il vivait dans son corps humain pendant sept jours et qu'alors il régnait en despote absolu, doué d'un pouvoir incommensurable qui lui permettait de vaincre tous les ennemis des Bar Lacl'.

Cela expliquait pourquoi cette hérésie avait résisté aux assauts des autres clans. Leur dieu revenait périodiquement et faisait régner sa loi. Les récits restaient flous sur la disparition du dieu. Il y avait de multiples versions. Certaines disaient qu'il s'était lassé de venir chez les humains et était reparti dans son monde. D'autres qu'il était mort après s'être uni à une mortelle. Toutes, évidemment, prédisaient son retour un jour ou l'autre.

En suivant le chemin des menhirs je me souvins d'avoir lu qu'ils auraient été jetés là par le dieu afin de mener ses fidèles à la table de pierre. La légende disait que, parfois, le dieu déplaçait les blocs de pierre pour égarer les voyageurs. Il devait être drôlement costaud car chacun d'eux pesait plusieurs tonnes. Sur l'un des menhirs j'aperçus une tache de sang, à peu près à hauteur du visage. Je grimaçai, me souvenant du rapport d'autopsie qui parlait d'un choc violent au visage contre une surface dure. J'imaginai mon ami courant dans la nuit, poursuivi par les chiens en folie et venant s'écraser la tête sur le menhir.

La table de granit n'était pas impressionnante sous le soleil de midi et je ne m'attardai pas dans le pré. J'avais vu assez de sang séché sur les pierres.

Marie la folle me reçut froidement. Dire qu'elle n'était pas « très coopérative » était un euphémisme. J'essayai de l'amadouer avec des paroles, de l'argent, des menaces même (après tout je représentais la loi !), tout ce que j'obtins d'elle fut « j'ai tout dit à vos collègues ».

Elle était pourtant loin d'être débile, cela fait toujours plaisir de rencontrer une centenaire qui a encore sa tête, mais justement elle avait une « tête de pioche », comme disait ma grand-mère, c'est-à-dire qu'elle était plus têtue qu'un âne.

Lassé de la questionner en vain et surtout fatigué de

me mettre sous le vent pour éviter son odeur, je décidai de la laisser, elle et ses poils aux jambes. Je lui posai une dernière question, pratique celle-ci, et que je croyais anodine.

– Vous pouvez m'indiquer le chemin du Puits Profond ?

Je n'aurais sans doute pas remarqué son trouble si elle avait eu moins de rides. Mais, si fugace qu'ait été sa grimace, la toile d'araignée qui lui couvrait le visage se déforma en amplifiant le mouvement de la peau.

– Je ne connais pas cet endroit !

– Allons, vous qui vivez dans la forêt, vous devez connaître. Peut-être que vous l'appelez différemment, Trou du Diable ? C'est un puits qui descend à plusieurs dizaines de mètres sous la terre. On dit qu'il communique avec l'océan.

– J'en ai vaguement entendu parler. C'est par là, dit-elle en levant un bras devant elle. Je ne sais pas où exactement.

J'étais bien avancé... Son bras désignait le rideau d'arbres derrière moi. « C'est dans la forêt, oui je le savais, merci madame ! »

Elle m'avait aidé sans le vouloir : quelque chose de louche se trouvait au Puits Profond. Je me réjouis de ma chance – j'avais eu l'idée d'aller là-bas tout simplement parce que mon livre y faisait allusion.

– Eh bien, je trouverai tout seul. Merci beaucoup pour votre aide, madame.

On m'a appris à être poli avec les vieilles dames, même sorcières, même centenaires et même lorsqu'elles se moquent complètement de vous.

Elle ne répondit pas à mon salut et je sentis son regard fixé sur moi jusqu'à ce que la forêt m'engloutisse.

Aucun dieu farceur n'avait déplacé les menhirs et je repris la route du village. Et comme il était midi passé, je m'arrêtai dans une crêperie pour reprendre des forces. Je fis alors une chose que je n'avais jamais faite, et que je ne referai sans doute jamais : je mangeai une crêpe à la choucroute. Oui, ça existe. Je ne sais pas si ce plat a été inventé dans le but de développer le tourisme européen, ou si tout bêtement un couple d'Alsaciens s'était installé en Bretagne, mais c'était mangeable. Ça avait le goût de crêpe *et* de choucroute. Il y avait une saucisse mais, heureusement, pas de pommes de terre. Je finis mon repas plus classiquement avec une « complète », jambon-œuf-fromage, et je dois avouer que j'étais bien calé à la fin. Une bouteille de cidre pour faire descendre tout ça et je sentis une douce somnolence s'emparer de moi.

Je commandai un double express et en profitai pour me faire indiquer le chemin du Puits Profond. Il fallait marcher à travers la forêt pour l'atteindre et il n'y avait pas de menhirs façon Petit Poucet pour me guider. Au bout d'une heure j'errais toujours entre les arbres, mort de chaud et surtout de soif. J'entendis le bruit d'un ruisseau que je finis par atteindre après m'être griffé cruellement sur des ronces. Je plongeai avidement la tête dans l'eau et avalai au moins un litre de liquide d'un seul coup.

Je m'aspergeais voluptueusement lorsqu'un homme déboucha de la forêt à deux mètres devant moi. Il était assez grand, vêtu comme un paysan, et avait peigné ses longs cheveux gris en catogan. Son visage avait quelque chose de familier.

Il fut très surpris en m'apercevant et parut contrarié. Il portait une pelle sur l'épaule et donnait l'impression qu'il venait de fournir un gros effort. Cet homme ne collait pas vraiment avec le paysage : il semblait à la fois avoir été là de tous temps et être arrivé d'une autre planète.

– Bonjour, fis-je. Il fait chaud, hein ?

L'homme me regarda en silence et je me demandai un instant s'il n'allait pas me sauter dessus. Il parut satisfait de son inspection car il posa sa pelle et s'accroupit au bord du ruisseau.

– C'est vrai.

Il but, se lava les mains et lui aussi s'aspergea le corps. Impossible de lui donner un âge. Entre quarante-cinq et soixante-cinq ans. Cela faisait une sacrée fourchette d'erreur... Ses manières n'étaient pas celles des gens de la terre. Je remarquai ses mains soignées et son visage intelligent, avec un air très doux qui contrastait avec sa dégaine. Un hippy ? Je ne croyais pas qu'il y en eût beaucoup dans les forêts bretonnes. Une sorte de marginal. Je désignai sa pelle.

– Vous cherchez un trésor ?

Il ne comprit pas tout de suite, puis son visage s'éclaira et il sourit.

– Non. Seulement des vieilles pierres.

Il haussa les épaules.

– Rien d'important.

Je vis une drôle de lueur dans son regard et de nouveau je crus qu'il allait me faire la peau.

– Peut-être pourriez-vous m'aider ? dis-je pour calmer le jeu.

Malgré son regard sympathique et ses airs non violents, j'étais persuadé que ce type pouvait être très dangereux s'il le voulait. Je fus soulagé en pensant au revolver caché sous ma chemise. C'était celui du tueur de la cuisine, que Jean m'avait autorisé à conserver. « Uniquement ici, tant que tu restes dans ma zone. »

– Je me suis perdu dans la forêt. Je cherche un endroit appelé le Puits Profond. Il y a une sorte de chapelle à côté.

– Et pourquoi allez-vous par là ?

Mais qu'est-ce que ça pouvait bien lui faire ?

– Pour visiter. Je suis historien, spécialisé dans les religions anciennes. Le Puits Profond est un lieu de culte très ancien.

Je me sentis ridicule et pédant à parler ainsi au milieu de la forêt.

– Je m'appelle Lefrançois, Xavier Lefrançois, dis-je en me relevant et en lui tendant la main.

Mon nom eut l'air de le stupéfier. Il ouvrit la bouche, puis la referma sans un mot. Il me regardait avec des yeux écarquillés sans même penser à me serrer la main. Je restai là, le bras tendu comme un imbécile. « Eh oui, c'est moi. Le grand, l'unique, l'incomparable Xavier Lefrançois. Alors, tu te décides à me dire bonjour ! »

– Salut, dit-il en me serrant enfin la main. Vous êtes ici depuis longtemps ?

– Je suis arrivé hier soir.

– Et vous voyagez seul ?

– Je suis avec des amies, elles sont restées au village, répondis-je, amusé par ses questions trop directes.

L'homme parut soulagé. Il était vraiment bizarre : tout d'abord il me regarde comme s'il allait me tuer, ensuite il réagit à mon nom par quelques secondes de catatonie et enfin il veut tout savoir de mon voyage.

– Alors, vous savez où se trouve le Puits Profond ?

– Bien sûr, c'est juste à côté, je vais vous y emmener.

Il ramassa sa pelle et s'enfonça sous les arbres. Nous ne marchâmes pas longtemps avant de déboucher en face de la chapelle. C'était une bâtisse carrée, perchée au sommet d'une butte, à l'architecture extérieure inexistante. Nous nous dirigeâmes vers un grand trou circulaire bordé de pierres.

– Voilà le Puits Profond, dit l'homme en désignant le cercle avec sa pelle.

Nous nous approchâmes prudemment. Il n'y avait aucune barrière de protection si ce n'est le chapelet symbolique de morceaux de granit. Malgré le soleil qui brillait haut dans le ciel sans nuage, on ne pouvait pas voir le fond du trou. Nous nous arrêtâmes, côte à côte, au bord du précipice, d'où montait un sourd grondement. Malgré moi je m'écartai légèrement du marginal.

– C'est impressionnant, dis-je en ramassant une pierre.

Il se contenta de hocher la tête. Il portait sa pelle sur l'épaule et ne semblait pas souffrir de la chaleur ni être épuisé. Ce qui n'était pas mon cas. Malgré la halte merveilleuse au bord du ruisseau je recommençais à avoir trop chaud. Le soleil nous tombait en plein sur la tête et je sentais que ma crêpe à la choucroute refusait obstinément de se laisser digérer. Pas un souffle de vent, ce qui était étonnant pour la région.

Je lançai ma pierre au milieu du Puits et commençai à compter mentalement. Je l'avais choisie assez grosse afin que le bruit qu'elle ferait en frappant la surface de l'eau me revienne. J'arrivai à cinquante sans avoir perçu le moindre écho. À côté de moi l'homme me regardait faire sans bouger. Je ne savais pas s'il s'intéressait à mes expériences de physicien amateur ou s'il pensait à tout autre chose. Son visage exprimait surtout une grande perplexité.

Je réessayai avec une autre pierre sans plus de résultat.

– Drôlement profond, fis-je avec un air entendu.

Il s'arracha à sa rêverie et daigna me répondre.

– Oui, c'est vrai qu'il communique avec la mer. On le sait depuis toujours au village.

– Vous êtes du village ?

– Ma famille. Moi j'habite loin d'ici.

– Et vous êtes venu retrouver vos racines.

Il me sourit brusquement et son visage devint infiniment sympathique.

– On peut le voir comme ça.

– Vous avez déjà visité la chapelle ? demandai-je en me retournant vers la maison couverte de lierre.

Il sembla abasourdi, comme si je lui avais demandé s'il avait visité l'enfer.

– Mais... non. Elle est fermée, je crois.

– Ça m'ennuierait d'avoir fait tout ce chemin pour me heurter à une porte fermée, dis-je d'une voix tranchante, et je me lançai d'un pas décidé à l'assaut de la colline.

– Hé, attendez !

Je me retournai prestement, la main tâtant mon revolver sous ma chemise. L'homme cherchait ses mots. Je sentis qu'il avait quelque chose à me dire mais n'arrivait pas à se décider.

– C'est peut-être dangereux...

Bon Dieu, s'il y avait un danger quelconque, qu'il me le dise ! Il commençait à m'énerver avec ses manières de vierge effarouchée.

– Je veux dire c'est peut-être interdit... La maison n'est peut-être plus très solide.

– Je verrai bien. Vous ne voulez pas venir avec moi ?

– Oh non !... J'ai à faire, dit-il en me montrant sa pelle.

Il me salua du bras et se dirigea vers la forêt. Je gravis la pente en suant comme un bœuf. D'un seul coup la chapelle, accroupie sur la colline, me parut menaçante.

J'arrivai devant une lourde porte en bois aux ferrures curieusement étincelantes. Je voyais mal le ministère de la Culture s'occuper de ce genre de bâtiment et me demandais qui pouvait prendre soin de la chapelle. Un regard derrière moi me confirma que l'homme à la pelle m'observait. Il s'était arrêté à la lisière des arbres et ne se cachait pas. Je haussai les épaules et posai ma main sur la grosse poignée en fer. La porte s'ouvrit silencieusement.

L'intérieur était éclairé par les deux hautes fenêtres et par une multitude de cierges au large diamètre, disposés tout au long des murs. La pièce était d'un seul tenant. En face de la porte, au fond de la salle, trônait un énorme autel, encore en granit. Ce n'était pas la croix habituelle qui le surmontait, mais une plaque de métal rectangulaire sur laquelle était gravé un texte en lettres d'or.

La pièce était peuplée de sculptures étranges. J'appelai pour voir s'il y avait quelqu'un. Pas de réponse. Celui qui avait allumé les cierges devait être parti.

Je m'avançai lentement à travers les rangées de sculptures. Je reconnus sans peine le bestiaire du caveau des Lauclay, en trois dimensions cette fois-ci. Démons aux cornes menaçantes, molosses aux crocs acérés, lions, loups et dragons divers se faisaient face. Je les imaginais se racontant leurs dernières atrocités comme des dîneurs mondains échangent les derniers potins à la mode.

Les murs étaient couverts de fresques montrant des scènes horribles d'êtres humains pourchassés par les monstres. Cela avait un côté presque comique dans l'outrance et la naïveté, mais je repensai au corps d'André et mon sourire se bloqua sur mes lèvres.

Près de l'autel les sculptures devenaient pseudo-humaines. C'étaient bien des corps d'hommes ou de femmes qui étaient représentés, avec en général des organes sexuels surdéveloppés. Les têtes n'étaient que masques grimaçants de bêtes sauvages aux regards féroces. La plupart ressemblaient à ces goules qui ornent les cathédrales.

En arrivant au fond de la pièce, je remarquai que les pieds de l'autel étaient faits de serpents entrelacés dont les têtes aux crocs réalistes montaient jusqu'à la table. Je m'adossai à la pierre. Charles avait fait les choses en grand ici. Les frises qui ornaient les cercueils faisaient penser à un jardin d'enfants à côté de cette « chapelle ». Je me demandais quelles cérémonies répugnantes avaient été célébrées dans ce lieu.

Je me retournai pour contempler le panneau qui surmontait l'autel. C'était bien une lourde plaque de métal, épaisse d'environ trois centimètres. Elle était bordée d'une frise dorée et le texte qui était gravé à l'intérieur du cadre était de la même écriture que celle des cercueils des Lauclay. Le même œil, énorme celui-là, servait de signature. Je montai sur l'autel sans aucun respect et enfonçai mon doigt dans la pupille. Rien ne se passa. Je vis que la pierre sous mes pieds était tachée de brun, comme la table ronde près de chez Marie la folle, et je me hâtai de redescendre.

J'avais la confirmation que Charles de Lauclay était un grand pervers complètement allumé qui avait des moyens de vivre sa folie, mais en soi ce n'était pas un scoop. La seule chose intrigante était la propreté du lieu. Que ce soit la porte, les sculptures, l'autel, tout semblait régulièrement entretenu.

J'appelai une fois encore, par acquit de conscience, et ma voix résonna parmi les monstres. Je me fis une peur bleue en imaginant que l'un d'eux allait se retourner et me répondre.

Il me vint alors l'idée que les chapelles possédaient en général une crypte. Je me mis en devoir d'explorer la salle, me promenant entre les monstres figés dans la pierre depuis cinq cents ans. La lumière dansante des cierges donnait parfois une impression de mouvement. Aucun démon ne me sauta dessus.

J'avais gardé l'autel pour la fin. Je contournai la lourde masse de pierre, accrochant au passage ma chemise aux crocs des serpents démoniaques. Le mur était nu, mais le dos du panneau s'ornait d'un œil d'or semblable par la taille à celui du cercueil de Charles. Imbécile ! Comment n'y avais-je pas songé plus tôt ?

Quasiment certain du résultat, j'appuyai au centre de l'œil et j'eus la satisfaction de voir coulisser un pan de mur derrière moi. Le même genre de mécanisme que dans le tombeau, sauf que cette fois l'ouverture était de la taille d'une porte et que j'aperçus un escalier en colimaçon qui s'enfonçait sous la terre. Au mur était accrochée une torche, que j'allumai à un cierge posé sur l'autel. Si la lumière des bougies donnait parfois une impression de vie aux monstres de pierre, celle de la flamme de la torche faisait bondir les parois vers moi ou au contraire les éloignait dans l'ombre selon les caprices de mes mouvements.

Ce fut au bout de plusieurs tours d'escalier que je me rendis compte que j'aurais dû compter les marches pour avoir une idée de la profondeur à laquelle je me trouvais. C'était trop tard et je poursuivis ma descente, essayant de compter le nombre de tours que j'opérais. Peine perdue. Dans la lumière mouvante de la torche que je portais comme un coureur des jeux Olympiques, toutes les marches se ressemblaient. Je serrais mon revolver dans l'autre main, me demandant un peu tard si je me souvenais de tout ce que m'avait dit Jean à propos de son fonctionnement. En gros c'était très simple à utiliser dès qu'on avait enlevé la sécurité. Oui, mais avais-je bien enlevé la sécurité ?

Je descendis pendant un temps qui me parut infiniment long, m'attendant à chaque instant à voir surgir devant moi Fil-de-fer ou un de ses copains, ou quelque chose de pire encore, mais je finis par déboucher sans encombre dans une vaste salle. Le plafond était supporté par de grandes colonnes qui s'incurvaient élégamment, formant une voûte de pierre loin au-dessus de ma tête. La pièce était éclairée par des bougies elle aussi, mais ici il n'y avait ni sculpture ni monstre endormi. Tout se concentrait sur un large plan de travail où s'entassaient cornues, flacons, échantillons de pierres, de poils et de plumes, ainsi que divers ouvrages. Je les feuilletai. Presque tous étaient écrits en latin, certains autres en vieux français ou en vieil allemand.

Tous parlaient de magie, de sorcellerie et de transmutation des métaux. Je n'étais pas un expert de ce genre d'ouvrages mais j'en avais vu suffisamment pour reconnaître la bibliothèque du parfait alchimiste.

J'allais sourire lorsque j'aperçus, à côté de vieux grimoires, des livres plus récents. C'étaient des travaux de biologie et de génétique, en français et en anglais. Il y avait également un certain nombre d'articles traitant les mêmes sujets et qui provenaient manifestement de l'imprimante d'un ordinateur. Les nouveaux alchimistes seraient branchés sur Internet ?

Je repensai à la mystérieuse grossesse de Sarah. Les « expériences » qui étaient faites ici avaient certainement un rapport avec elle. J'errai un moment dans le laboratoire mais, n'étant pas féru d'alchimie, je n'y compris pas grand-chose.

Au centre de la table de travail trônait un meuble en bois finement ouvragé. C'était une sorte de coffre avec une porte sur le devant. J'essayai de l'ouvrir, mais la serrure, qui semblait en or, était fermée. Je ne sais pourquoi j'en fus contrarié et je m'acharnai sur l'objet, cherchant une clé, un mécanisme secret, n'importe quoi me permettant de l'ouvrir. D'un seul coup cette boîte me paraissait contenir un trésor extraordinaire et je fus obnubilé par l'idée de le posséder. Au bout d'un certain temps, je me sentis envahi d'une étrange torpeur. Plus mes mains couraient sur le métal poli par les ans, plus elles devenaient froides et engourdies. Mes oreilles tintaient, la tête me tournait et je crus que j'allais m'évanouir.

Je reculai d'un mouvement brusque, arrachant presque de force mes mains du coffre. Je m'éloignai de deux pas et aussitôt le monde redevint normal. Plus de tête lourde, plus de bruits étranges résonnant à mes oreilles, je sentais à nouveau mes mains au bout de mes bras.

Je repris mon souffle. Le coffre semblait luire doucement d'un éclat menaçant depuis que je l'avais touché. Je respirai profondément et, une fois remis, je m'approchai de la table en prenant garde à ne plus toucher au coffre.

Mon bras heurta une pile de livres et, en les ramassant, je trouvai une liasse de vieux feuillets enveloppés dans un portefeuille en cuir. C'était écrit en vieux français et les feuilles, jaunies par le temps, craquaient sous mes doigts, tandis que je les rangeais. Je déchiffrai quelques lignes au hasard et sursautai. Ce n'était pas un traité d'alchimie mais un journal d'expériences. Je revins au début pour lire la première page : *Récit de mes expériences sur l'incarnation d'Azram, par Charles de Lauclay, duc et seigneur de Bretagne*.

J'avais sous les yeux un manuscrit de Charles ! Sans plus réfléchir je refermai l'étui de cuir et le glissai sous ma chemise, à côté de mon revolver. Je me dirigeai vers le fond de la salle afin de jeter un dernier coup d'œil. Les murs étaient luisants d'humidité et les grosses pierres noircies par les bougies brillaient doucement. Le reflet de ma torche accrocha un rectangle obscur tout au bout de la pièce. C'était l'entrée d'un tunnel qui s'enfonçait tout droit sous la terre.

Je regardai ma torche et, bien que n'y connaissant pas grand-chose en combustion moyenâgeuse, je décidai qu'elle m'éclairerait encore assez longtemps. Je m'engageai dans le tunnel après avoir ressorti mon arme.

Je marchai quelques minutes sur un sol pratiquement plat. À de rares moments il montait et j'avais dû regagner un à deux mètres depuis le laboratoire lorsque je débouchai à l'air libre.

Le tunnel se terminait par une lourde pierre qui masquait la sortie. Un voile de lumière parvenait à se glisser entre les roches. J'éteignis ma torche et l'accrochai à un support de fer enfoncé dans le mur. Tout était très bien organisé. C'est pourquoi je ne mis pas longtemps à trouver le moyen de sortir. La pierre pivotait tout bêtement sur un axe vertical, il suffisait de pousser. Le soleil m'éblouit.

Je me retrouvai perdu dans un gros buisson, mais de l'herbe foulée traçait une ébauche de sentier devant moi. Après quelques mètres de marche courbée je pus me relever au pied d'un grand arbre qui bordait une clairière. L'herbe haute, écrasée par endroits, montrait que des gens étaient venus ici récemment et avaient utilisé une voiture.

Les traces de pneus traversaient la clairière et empruntaient ensuite un chemin de terre qui menait à la route bitumée. Là, évidemment, elles disparaissaient.

J'avais marché tout au plus dix minutes dans le tunnel, même si cela m'avait paru beaucoup plus long. Une voiture parquée dans la clairière permettait à celui ou à ceux qui utilisaient le laboratoire de rejoindre rapidement la civilisation. Belle organisation. Restait la question principale : à quoi servait ce laboratoire secret, à quoi rimait ce cirque d'alchimiste généticien ?

Je refis rapidement le chemin en sens inverse, refermant le tunnel derrière moi. Le laboratoire était toujours vide. Je décidai de remonter l'escalier dans le noir, ce qui fut angoissant mais pas insurmontable. Dès que je devinais une faible lueur sur les marches, je montais le plus silencieusement possible, m'arrêtant toutes les trois marches pour tendre l'oreille. J'avais beau avoir ma ration de souterrain, je me méfiais encore plus des occupants du lieu. Il n'y avait cependant aucun bruit suspect et je gravis sans encombre les derniers degrés de l'escalier.

Je refermai le mécanisme (c'était simple, il suffisait d'appuyer une nouvelle fois sur l'œil) lorsque j'entendis s'ouvrir la porte de la chapelle. La salle m'était masquée par la plaque surplombant l'autel. Je serrai mon arme, pas vraiment ravi à l'idée de me retrouver face à Fil-de-fer, pas mécontent non plus – je n'aimais vraiment pas ce type-là.

Je m'avançai prudemment et risquai un œil. Un homme était planté au centre de la chapelle, semblant perdu dans ses pensées. Il contemplait sans la voir une statue de dragon, au dos carrossé d'épines, aux yeux globuleux et à la langue pendante. Le parfait animal de compagnie...

L'homme ne bougeait pas, plongé dans sa réflexion. Je restai, moi aussi, immobile, me demandant anxieusement comment j'allais gérer la suite. Enfin il haussa les épaules et se retourna. Je le reconnus immédiatement : c'était l'homme aux chiens des photos d'André. Il se dirigeait droit vers l'autel.

Je sortis de ma cachette et, levant le bras qui tenait le revolver, je criai d'une voix forte que j'espérais pas trop ridicule :

– Police !

L'homme ne sursauta même pas. Il me considéra quelques instants, puis un sourire ironique éclaira son visage.

– Je ne pense pas que vous soyez de la police, jeune homme, dit-il d'un air malicieux.

À le voir comme ça on l'aurait trouvé sympathique, ce vieillard. Mais je n'avais pas oublié les chiens.

– Non, en effet. Cela dit, j'ai un revolver et je vais vous conduire à la police. Elle a beaucoup de questions à vous poser.

Je me sentais froid comme un poisson et ma main

qui tenait l'arme ne tremblait pas. Je crois que les photos du corps d'André y étaient pour beaucoup. Je pris soudain conscience que ma première pensée de ce matin, après un sommeil de plomb très suspect, n'avait cessé de hanter ma journée. En fin de compte je faisais le clown depuis que j'étais réveillé pour me cacher cette vérité : André était mort. Il avait été dévoré vivant par les chiens que commandait ce vieillard ironique qui me défiait. Ma main se crispa sur l'arme et le vieil homme dut le voir car il cessa de sourire. Il se retourna et marcha vers la porte.

– Arrêtez-vous ! criai-je en sortant de derrière l'autel.

Il poursuivit sa route, sans même se retourner, d'un pas tranquille et alerte. J'étais en rage. La façon dont ce bonhomme me traitait me mettait hors de moi. Je levai mon revolver mais je me voyais mal lui tirer dans le dos. Je n'avais d'autre solution que de le rattraper. Cela ne devrait pas poser de problème de le maîtriser.

Je me précipitai vers lui et arrivai à sa hauteur tandis qu'il franchissait la porte. Je voulus le saisir par le bras mais, d'un mouvement étonnamment rapide, il m'esquiva et je trébuchai sur le seuil de la chapelle dans la lumière aveuglante du soleil. Bon Dieu, j'avais oublié combien il faisait chaud.

Je repris mon équilibre et me tournai vers lui. Il se tenait à quelques mètres de moi et me regardait toujours en souriant.

– Ça suffit comme ça, grondai-je en m'avançant vers lui.

Il ne bougea pas, son sourire exaspérant sur les lèvres. Nous n'étions qu'à deux mètres l'un de l'autre, mais j'eus soudain l'impression que la distance qui nous séparait devenait infinie. Le revolver pesa des tonnes dans ma main et j'eus la plus grande difficulté à maintenir le bras levé. Je fis un pas en avant qui me coûta un effort considérable. L'air semblait devenu liquide autour de moi, j'avais l'impression de marcher sous l'eau. Mes oreilles tintaient du même bruit que j'avais entendu en essayant de forcer le coffre dans le laboratoire.

– Arrêtez ! essayai-je de crier, mais ma voix me parvint lointaine et étouffée.

Le vieillard leva le bras et un éclair jaillit de sa paume tournée vers moi. Le revolver vola littéralement hors de ma main et une poussée violente sur la poitrine me jeta à terre.

Je me reçus fort mal et ressentis une vive douleur dans le dos. Brutalement le monde redevint normal : j'entendais les oiseaux chanter, le bruit du vent dans les arbres, et l'air s'était fluidifié. Je me relevai le plus vite que je pus. L'homme avait profité de ma chute pour retourner vers la chapelle. Avec une grâce et une agilité qui juraient avec son âge, il se faufila à l'intérieur et me claqua la porte au nez.

Je tambourinai sur le battant, agitai comme un forcené la poignée. Elle ne bougea pas d'un millimètre. J'eus beau appeler, crier, menacer, plus aucun bruit ne me parvint de la bâtisse. Ce salopard allait s'enfuir par le souterrain ! J'enrageai et frappai de nouveau sur la porte comme un gamin en colère. Mais celle-ci était solide, bien entretenue, autant essayer d'abattre un mur.

Je ramassai mon revolver et descendis la butte en direction de la forêt. Objectif : retrouver ma voiture au plus vite et prévenir la police. Le problème c'est qu'après tous mes détours dans la forêt je ne savais absolument pas où j'étais garé.

Comme j'arrivais en bas de la butte, mon marginal à la pelle sortit de dessous les arbres

– Vous avez vu le vieil homme ? demandai-je en m'approchant de lui.

– Oui, j'ai tout vu. Qu'est-ce qu'il vous a fait ?

– Ça, j'aimerais bien le savoir.

Ces tours de passe-passe m'avaient laissé sur le cul, au sens propre.

– Écoutez, il faut que je retrouve ma voiture. Pourriez-vous me dire comment on rejoint la route la plus proche ?

– Votre voiture, c'est une Honda blanche ? demanda l'homme aux cheveux gris.

– C'est ça, oui.

– Elle n'est pas loin d'ici. Je vais vous conduire.

C'était la providence qui m'envoyait ce vagabond ! Dix minutes plus tard j'ouvrais les portières de ma voiture. Tout seul il m'aurait fallu la fin de la journée...

– Écoutez, je vous serais très reconnaissant si vous pouviez retourner à la chapelle. Je vais prévenir la police et vous pourriez leur dire si quelqu'un est sorti ou entré ?

– Je vais voir, dit l'homme d'un ton peu convaincant.

J'avais bien noté qu'à la mention du mot « police » il avait tiqué. Son allure d'homme errant sous-entendait qu'il n'aimait pas particulièrement avoir affaire avec les représentants de la loi. Mais je n'avais pas le temps de le convaincre.

– S'il vous plaît, dis-je en m'installant au volant. Ils seront là bientôt, et merci de votre aide.

Je démarrai sur les chapeaux de roues et, roulant à tombeau ouvert, je réussis à rejoindre la gendarmerie en moins d'une demi-heure.

C'était Larnoux, le gendarme au chewing-gum, qui était de garde et cela faisait mon affaire. Il était intelligent et me connaissait. Je lui racontai les faits à toute vitesse et lui fis part de mes soupçons concernant cet homme et la mort d'André. Comme il pigeait vite et que je suis un as de la synthèse, tout cela ne prit que dix minutes. La chapelle étant un monument public, il avait toute autorité pour y pénétrer. Je lui demandai d'investir les lieux et de garder les deux issues. L'histoire du tunnel l'intéressa prodigieusement, sans doute à cause des récits de cape et d'épée de son enfance. Il partit avec deux collègues dans un concert de sirènes. Le vieil homme aurait certainement disparu, mais je ne voyais pas comment j'aurais pu faire plus vite.

Je rentrai à l'hôtel et toquai à la porte de Sarah. Elle

vint m'ouvrir et je compris tout de suite que quelque chose n'allait pas.

– Oh, mon Dieu ! me dit-elle d'un air terrifié.

J'adressai un regard interrogateur à Caroline allongée sur le lit.

– Je viens de croiser Reynal dans le village, lâcha-t-elle d'une voix morne.

8

– Vous êtes sûre ?

Je me laissai tomber sur le lit à côté d'elle.

Elle replia ses jambes pour me laisser de la place, dévoilant de superbes cuisses déjà bronzées.

– Certaine. Je suis allée faire un tour sur la plage. Oh, rassurez-vous, j'avais la permission de mon chaperon.

Elle désigna la porte du couloir où un gendarme assis sur une chaise se passionnait pour la lecture de *L'Équipe*.

– Il m'avait dit de rester toujours au milieu de la foule. J'ai bien obéi. Avec tous ces touristes ça ne posait pas de problème. Je suis restée une heure sur la plage. C'est en rentrant que je l'ai vu. Il montait dans une grosse voiture.

– Quelle marque ?

– Je ne sais pas... Ces voitures avec de grosses roues, comme les jeeps. On en voit de plus en plus.

– Un 4 × 4. Vous avez noté le numéro ?

Caroline me regarda, navrée.

– Non. J'avoue que j'ai été tellement surprise que je n'y ai pas pensé. Et puis j'ai eu peur, j'ai préféré me cacher. Je suis entrée dans un magasin de souvenirs et je l'ai regardé partir.

– Il ne vous a pas vue, au moins ?

– Je ne crois pas. Sinon il serait venu me parler, ou il se serait caché.

Alors comme ça le fameux Dr Reynal était en Bretagne. Je me demandais s'il était venu pour nous ou s'il avait rendez-vous avec le vieillard de la chapelle.

Je rassurai Sarah qui avait l'air complètement effondrée. Il émanait de cette fille un parfum de sensualité mystérieux et pervers. Des images de notre nuit flottèrent dans ma tête.

– Vous devriez sortir toutes les deux. Vous ne risquez rien du moment que vous êtes ensemble. Reynal a dû quitter le village et si, par hasard, il revenait, eh bien, engagez la conversation avec lui. Je vous parie qu'il sera plus gêné que vous.

Je jetai un regard en coin à Caroline qui comprit et se leva pour entraîner Sarah.

– Excellente idée ! Viens, nous allons retourner à cette boutique. J'ai vu deux ou trois choses marrantes.

Sarah se laissa faire plus qu'elle ne participa, mais je fus satisfait de la voir sortir. Le gendarme de faction, prévenu, déclara que cela ne posait aucun problème. Il descendrait avec elles et resterait dans les parages sans trop les coller.

– Si vous les voyez parler avec quelqu'un, essayez de retenir la personne en question.

Caroline lui décrivit Reynal et les trois vrais-faux touristes quittèrent l'hôtel.

Je rentrai dans ma chambre et me précipitai sous la douche. Le portefeuille de cuir qui contenait les écrits de Charles m'avait laissé une magnifique marque rouge sur la peau du ventre.

Une fois lavé, je me désaltérai au robinet du lavabo puis fumai une cigarette sans penser à rien. Enfin, je m'étendis nu sur mon lit et commençai la lecture.

Le 14 du deuxième mois de l'an mil quatre cent cinquante-cinq.

Ce matin à l'aube est né Johan, mon troisième enfant, le premier que j'ai conçu afin de réincarner le démon du nord.

Mon épouse, Geneviève, a failli mourir en mettant

bas. Les breuvages que je lui administre depuis plusieurs mois y sont certainement pour quelque chose. Cette faiblesse de ma femme me contrarie. Sans elle je me verrais obligé de chercher une autre génitrice et cela me serait fort difficile. Que d'efforts ai-je dû déjà déployer pour trouver une fille noble dont le sang convienne à mes projets !

Johan est un échec. Il est né avant terme et j'ai bien cru qu'il était mort lorsqu'il est sorti du ventre de Geneviève. Il ne bougeait pas, ne pleurait pas, et j'ai dû moi-même le fesser avec force avant qu'il ne daigne crier. C'est Annick Féru, une vieille femme qui m'est toute dévouée, qui a aidé à l'accouchement. Elle s'occupe de l'enfant, dans cette chapelle que je viens de faire bâtir pour y célébrer le Dieu vivant.

Mon laboratoire souterrain a coûté bien des efforts à mes gens. Beaucoup sont morts pendant sa construction et le percement du tunnel. J'ai fait jeter les autres dans le Trou du Diable, afin que le secret de mon refuge soit assuré. Tout cela a pris trop de temps. Mais maintenant je dispose d'un lieu adéquat pour mener à bien mon grand œuvre.

Johan est un enfant difforme. Il lui manque une jambe et ses doigts sont collés les uns aux autres comme les palmes d'un canard. La mère Féru doit le surveiller sans cesse depuis ce matin, et au soir de cette première journée de sa vie je me demande s'il survivra.

Le 23 du deuxième mois de l'an mil quatre cent cinquante-cinq.

L'enfant n'a pas quinze jours et il a déjà failli passer deux fois. Une fièvre subite s'est déclarée le troisième jour et il a fallu toute la puissance de mes remèdes et toutes les attentions de la Féru pour que le nouveau-né ne succombe pas. Curieux de voir combien la vieille femme s'est attachée à ce petit être difforme. Si j'ai de bonnes raisons de le considérer comme un trésor, je ne vois pas en quoi cet avorton peut inspirer de l'amour. La sensiblerie des femmes m'a toujours paru ridicule.

Geneviève se remet lentement de ses couches. Elle est triste et dolente depuis que je lui ai dit que Johan était mort. J'ai préféré mentir, ainsi je peux disposer de l'enfant en toute liberté. La sollicitude d'une mère n'aurait fait qu'entraver mes projets.

J'attends avec impatience que le nouveau-né soit assez fort pour pratiquer le rituel. Je scrute avidement le moindre signe révélant la présence du démon mais je n'ai devant moi que les vagissements d'une larve débile. Hier il a manqué mourir une seconde fois. Il a hurlé si fort que je l'ai entendu quand je remontais de mon laboratoire. Il est devenu bleu et a cessé de respirer. Je ne sais quelles pratiques la Féru a utilisées, mais au bout d'une demi-heure il respirait normalement.

Le 6 du septième mois de l'an mil quatre cent cinquante-cinq.

Johan aura bientôt cinq mois. Il se développe bien, si l'on oublie ses difformités. Trois fois déjà j'ai cru apercevoir la lueur d'un autre regard dans ses yeux, mais aucune autre manifestation de la présence n'est apparue. Je passe le plus clair de mon temps ici, partageant mes nuits et mes jours entre mes travaux et la surveillance de l'enfant.

Geneviève s'est remise et semble avoir oublié son malheur. La présence de Béatrice et de Joaquim y est pour beaucoup. Je me réjouis de la voir ainsi, car elle pourra éventuellement me resservir de génitrice. J'envisage de recommencer à lui donner les breuvages dont j'ai amélioré la composition ces derniers mois. Le traité que m'a fait parvenir mon homme en Hollande m'a en effet permis de composer des élixirs qui, j'en suis certain, me permettront d'atteindre mon but.

Que le temps me paraît long ! Je guette chaque jour un signe chez l'enfant, tremblant qu'il ne meure avant de pouvoir être le tabernacle vivant.

Le 23 du dixième mois de l'an mil quatre cent cinquante-cinq.

Le démon est apparu ! Je lui ai parlé ! Ce matin, alors que j'écrivais auprès de son lit, Johan a poussé un cri. Alarmé (je me souvenais de l'incident d'il y a huit mois), j'ai couru vers son berceau. Mais ce n'était pas un cri d'agonie, c'était la clameur de l'esprit qui se réveillait.

Johan avait ouvert les yeux et c'était le démon qui me regardait ! Je l'ai salué dans l'ancienne langue et il m'a répondu !

Azram... J'entonnai aussitôt le chant rituel que je connais par cœur et il fit les réponses dans les règles, exactement comme le dit la tradition de notre clan. Quel bonheur de voir que j'appartiens à la race élue des Bar Lacl', que mon sang charrie la présence du démon du nord !

Grâce à moi, bientôt, il sera de nouveau parmi les hommes et régnera sur eux !

Annick Féru nous a surpris pendant la cérémonie. Johan se tenait debout sur son unique jambe et étendait ses mains palmées au-dessus de ma tête. J'étais agenouillé devant son berceau d'où émanait une lueur bleue, signe de sa présence.

La bougresse a eu si peur qu'elle a hurlé et s'est évanouie. J'ai pu poursuivre le rituel presque jusqu'à la fin, mais d'un coup le démon s'en est allé et le corps de Johan est retombé lourdement sur sa couche. Impossible de le faire revenir.

J'ai soupçonné le cri intempestif de la servante d'avoir écarté la présence démoniaque. Aussi l'ai-je égorgée et jetée moi-même au fond du Trou du Diable. De toute façon elle en avait trop vu pour continuer à vivre.

Le 7 du premier mois de l'an mil quatre cent cinquante-six.

Johan est mort aujourd'hui. Azram n'était pas revenu depuis cette unique fois où nous avions com-

munié. Son corps s'affaiblissait de jour en jour malgré les soins que je lui prodiguais, aidé par une jeune fille que j'ai fait venir de Normandie pour remplacer la Féru.

J'ai bien cru qu'il ne passerait pas Noël, tant il était faible et refusait de s'alimenter. Mais son petit corps s'accrochait à la vie et depuis quelques jours son état semblait s'améliorer.

C'est la jeune servante, Françoise, qui l'a trouvé mort dans son lit cette après-midi. Elle cousait à côté du berceau et m'affirma qu'elle le surveillait constamment. Il est mort d'un coup, sans un cri, sans un geste. Elle ne s'en est aperçue que quelques instants plus tard en vérifiant s'il dormait. Je ne mets pas sa parole en doute. Cette pauvre fille sait que je l'ai arrachée à sa misérable condition et que je la ferais souffrir si elle venait à me désobéir. Elle a tant peur de moi que j'en fais ce que je veux. Disponible et obéissante, docile comme je les aime.

Je suis moins accablé par ce décès que je ne le craignais. La cause en est que l'esprit est venu une fois en Johan et que je suis donc sur le bon chemin. Après tout, je me dis que le corps de cet avorton était indigne de recevoir Azram. Je n'ai plus qu'à recommencer à féconder mon épouse. Quel dommage que je n'aie pas d'autres femelles dont la race pourrait servir mon projet !

Je posai un instant les feuillets sur mon lit et allumai une nouvelle cigarette. Charles rêvait de voir un esprit s'incarner dans un de ses descendants... J'en avais la tête qui tournait. Une chose est de savoir que le duc de Lauclay était un adepte des cultes sataniques, une autre est de lire le récit de ses expériences pratiquement au jour le jour.

Je ne savais trop que penser de la possession de Johan par ce fameux Azram. Charles avait peut-être pris ses désirs pour des réalités. Quel fond de vérité y avait-il dans cette histoire fantastique ? Fil-de-fer, Reynal et le vieillard y croyaient bien un peu.

Une autre chose devenait évidente à la lecture de ces pages : l'importance des origines des Lauclay. Je savais que la famille descendait du clan des Bar Lacl', mais je n'imaginais pas une telle continuité. La période allant de 200 ans avant Jésus-Christ à la première apparition du nom des Lauclay, soit en 587, était très mal connue. Les Romains, puis les Francs avaient gommé les traces préhistoriques.

Or, il s'avérait que la lignée des Bar Lacl' s'était prolongée dans le nom de Lauclay. C'était en fin de compte la même famille. J'imaginai que la branche des Bar Lacl' avait soigneusement préservé son patrimoine génétique par des mariages intraclaniques, pour aboutir à la famille ducale, une fois établie une nouvelle structure stable de la société.

Charles citait plusieurs noms de chefs, sorte de lignée primitive, dont il descendait. Un nom revenait avec insistance : Fallem. Je compris qu'il avait été le plus célèbre et le plus puissant des chefs du clan des Bar Lacl'. Il dirigeait la région lorsque son clan la dominait entièrement.

D'après Charles, c'est lui qui avait vu de nombreuses fois l'esprit lors de ses apparitions terrestres et c'est avec sa fille qu'Azram se serait accouplé afin de procréer. Cela correspondait au départ du démon et au début du déclin du clan.

Le journal de Charles était quelque peu abscons car il s'y parlait à lui-même, c'est-à-dire à quelqu'un qui connaissait toute l'histoire du clan des Bar Lacl'. C'est par recoupement et en interprétant certaines de ses allusions que je pus reconstituer l'histoire du clan et de Fallem. Charles s'excitait à nouveau quelques pages plus loin.

Le 8 du troisième mois de l'an mil quatre cent cinquante-sept.

Geneviève est enfin enceinte ! Il aura fallu plus d'un

an avant que cette misérable femelle consente à devenir grosse. Toutes les nuits je l'honore depuis plusieurs mois. Même Françoise n'a pas eu droit à mes visites dans sa couche depuis une éternité.

Mais depuis ce matin je puis enfin souffler. Le médecin de famille a été formel : Geneviève accouchera en novembre au plus tard. Finie la corvée d'ensemencement.

Je suis certain que cette fois sera la bonne. Geneviève boit sans s'en rendre compte toutes les potions que je lui prépare et moi-même je suis scrupuleusement les rituels de Fallem tels que je les ai transcrits de la langue ancienne. Avant la fin de l'année Azram sera parmi nous.

Le 13 du huitième mois de l'an mil quatre cent cinquante-sept.

Geneviève se relève d'un refroidissement attrapé au début de l'été. Je tremblais à l'idée qu'elle ne perde l'enfant ou, pis, qu'elle ne succombe elle-même. La pauvre n'en revenait pas de me voir si soucieux de sa santé.

Depuis trois jours tout danger est écarté. Afin de fêter ce rétablissement j'ai organisé une petite fête comme Gilles et moi les aimions tant. J'ai fait venir cinq garçons et cinq filles des villages avoisinants à la chapelle où j'avais organisé un festin. Je les ai fait boire et chanter. Ils ont été fort impressionnés par les statues. Après le repas ce fut l'orgie. Je goûtais les charmes des mâles et des femelles, entraînant Françoise avec moi. Elle fut difficile à convaincre au début, mais sous ma pression finit par se jeter dans la mêlée.

Une fois que toutes mes envies furent rassasiées, j'assistai à la fin de la fête en m'enivrant de mon meilleur vin. Je livrai Françoise aux cinq garçons sous mes yeux et la fis fouetter par les filles.

Ils s'endormirent alors un à un et je pus facilement les tuer sans qu'ils se défendent. Ah ! l'indicible bonheur de voir leurs yeux s'ouvrir brutalement dans leur sommeil tandis que mon poignard tranchait leur gorge ! Ils ouvraient la bouche sur un cri qui ne venait pas, stoppé net par ma lame acérée.

Je réveillai Françoise afin qu'elle m'aide à me débarrasser des corps. Nous les jetâmes tous dans le puits. Le rétablissement de ma chère épouse fut bien célébré !

Le 27 du onzième mois de l'an mil quatre cent cinquante-sept.

Des jumeaux ! Deux garçons, sans aucune difformité, nés à terme et en tout point semblables. Françoise s'occupe d'eux, toujours à la chapelle. Geneviève voulait s'y opposer, mais je l'ai convaincue que la fille serait une bonne nourrice et qu'elle devait se reposer et s'occuper de ses aînés.

Le 27 du onzième mois de l'an mil quatre cent cinquante-huit.

Ils ont un an aujourd'hui et je n'ai aperçu aucune manifestation du Dieu. Je les ai nommés Alexandre et Julius. Je trouve que ces noms de conquérants sont parfaits pour un futur maître du monde. Mais lequel des deux va-t-Il choisir ? Je me demande parfois si l'existence de deux corps n'est pas ce qui empêche son incarnation. Peut-être devrais-je en tuer un ?

Françoise veille bien sur eux. Geneviève s'est habituée à me voir vivre à la chapelle. Elle prend sans s'en rendre compte tous les breuvages d'oubli que je lui donne. Je crois bien qu'elle ne se souvient plus du tout des jumeaux. Parfois je perds patience mais je me dis qu'il est impossible que l'esprit ne vienne pas et que chaque jour qui passe augmente la force des enfants.

Le 17 du septième mois de l'an mil quatre cent cinquante-neuf.

Il est enfin venu ! Ce jour est un des plus beaux de ma vie. Ce matin les enfants jouaient dans le pré qui entoure le Trou du Diable. Françoise et moi les sur-

veillions, car maintenant ils marchent et courent comme des lutins. Alexandre commence à parler. J'allais descendre dans mon laboratoire lorsqu'il poussa un cri. Je m'arrêtai et me retournai.

Je reconnus immédiatement la lumière bleue qui l'entourait et le saluai comme il se doit. Il me répondit dans la langue ancienne puis désigna son frère de la main. Je ne bougeai pas et acquiesçai d'un geste de la tête. Croyant à un jeu, Julius trottina vers son frère. Il faut dire qu'élevés ensemble ils s'entendent à merveille.

Alexandre le saisit à la gorge et lui serra le cou d'une seule main, le regardant mourir avec calme. Je vis ses muscles se durcir sous la peau tandis que l'autre essayait de se libérer. Mais la poigne du démon ne le lâcha pas.

Je dus attraper Françoise qui voulait empêcher ce meurtre sacré, et la battre si fort pour qu'elle se calme que j'ai bien cru un moment que je l'avais tuée.

Julius se débattait de plus en plus faiblement et son visage devint violacé. Sa langue qui paraissait monstrueusement longue sortait de sa bouche et enfin il ne bougea plus. J'admirai la stature du démon qui transfigurait le corps d'Alexandre. Quel spectacle merveilleux ! Azram avait choisi.

Alexandre lâcha dédaigneusement le corps de son frère et marcha vers la chapelle. Je le suivis respectueusement. Arrivé devant la lourde pierre de l'autel, il éleva les bras. La plaque de métal où j'avais fait graver l'œil d'or, symbole du démon du nord, se mit à briller d'une lumière intense. Je vis des flèches de feu prendre naissance dans l'air et venir frapper le panneau. Bientôt des lettres apparurent sur le métal brûlant : c'était un texte en mon honneur. Je fus si bouleversé que je tombai à genoux et pleurai.

Je pouvais maintenant contempler toute la gloire de mon Dieu dans sa splendeur. Le démon m'avait donné ses tables de la Loi !

Enfin Alexandre se tourna vers moi, me donna sa bénédiction et s'écroula.

À l'heure où j'écris ces lignes, il dort encore. Françoise, que j'ai dû ranimer à force de coups, veille sur lui. La pauvre sotte, incapable de comprendre le miracle qui venait d'avoir lieu, voulait s'enfuir. Heureusement que je lui inspire une peur plus terrible que la mort. Je lui ai promis de la tuer si elle refusait de continuer à s'occuper de l'enfant.

Je ferai enterrer dès demain, en secret, Julius à côté de Johan, dans le caveau fantôme. Je n'en parlerai pas à Geneviève. Je suis certain qu'elle a oublié les jumeaux depuis longtemps.

Le 23 du neuvième mois de l'an mil quatre cent cinquante-neuf.

Les jours passent et l'enfant-démon continue de grandir. Alexandre est un petit garçon normal et déluré la plupart du temps. Depuis ce jour de juillet où il a tué son frère, Azram est revenu cinq fois.

Il m'a demandé de l'emmener dans mon laboratoire et là il a touché certains de mes flacons. J'ai vu plus tard que les liquides qu'ils contenaient avaient leur pouvoir décuplé : mes acides rongent le métal en bouillonnant, mon eau régale dissout l'or en un éclair...

À chacune de ses apparitions l'esprit a ainsi magnifié mon laboratoire simplement en étendant les mains sur les produits que j'utilise. C'est à chaque fois le même émerveillement pour moi que de voir cet enfant, dressé sur ses petites jambes, se nimber de la lueur bleue de sa divinité et déposer un peu de son pouvoir divin dans mon antre secret.

Il a ainsi jeté un maléfice de protection sur le coffre où je range mes grimoires les plus importants. En plus de la clé, il faut maintenant prononcer une formule magique pour pouvoir en ouvrir la porte. Et malheur à celui qui l'ignore et qui s'entête : la puissance d'Azram tombera sur lui et le rendra fou jusqu'à ce qu'il meure !

J'arrêtai brusquement ma lecture. J'avais vu ce coffre. C'était celui que j'avais essayé de forcer un peu plus tôt dans le laboratoire. Je fus très heureux d'un seul coup de ne pas avoir voulu l'ouvrir à tout prix.

Maintenant que je connaissais la légende du démon, la grossesse de Sarah prenait un nouveau sens : une tentative de faire revenir Azram. Cela avait échoué, puisque Sarah m'avait dit que son enfant était mort. Je me sentis soudain glacé : et si Reynal avait menti à Sarah ? Et si l'expérience n'avait pas échoué ? Alors ça voulait dire qu'en ce moment même un nourrisson était peut-être en train de s'entourer d'un halo bleuâtre et de massacrer les gens. Je voulus me précipiter vers la chambre de Sarah, mais je me souvins qu'elle était partie se promener... sur mon conseil.

Mon cerveau était en ébullition, j'eus du mal à me concentrer sur le reste de ma lecture. Il ne me restait que peu de feuillets et je compris vite pourquoi : le démon était encore mort rapidement. Il avait toutefois aidé une dernière fois le vieux Charles dans ses recherches occultes.

Le 13 du dernier mois de l'an mil quatre cent cinquante-neuf.

Hier Azram est revenu. Il semblait très agité. Il m'a ordonné de me munir d'une pelle, de couvrir chaudement son corps et de l'emmener dans la forêt. J'y suis allé seul, le portant dans mes bras. L'air était froid et le sol presque gelé. Nous avons marché longtemps dans la forêt dénudée, jusqu'à la table des sacrifices, là même où Fallem avait égorgé tant de victimes et où il avait béni l'union de sa fille avec l'esprit.

Arrivés à la table, Alexandre me dit de creuser à l'intérieur du trou central. Je l'installai sur le granit et commençai à creuser.

Ce ne fut pas un travail facile car la terre était presque gelée et l'étroitesse du trou rendait ma tâche malaisée. Tout le temps que dura mon labeur il ne me quitta pas des yeux et cela me faisait un effet étrange que de travailler ainsi sous le regard scrutateur de mon fils de deux ans. Le contraste est d'autant plus frappant qu'Alexandre, quand il n'est pas possédé, est un bambin charmant. Il a même réclamé son frère en pleurant car il n'a aucun souvenir de l'avoir tué et son compagnon de jeu lui manque cruellement.

Enfin le fer de ma pelle heurta une surface métallique. Je dégageai à grand-peine une boîte en fer que j'ouvris après en avoir demandé la permission au démon, et je pus contempler le trésor qu'il m'offrait. C'était toute l'histoire du clan des Bar Lacl', écrite de la main même de Fallem en écriture ancienne. Je débordais de remerciements auprès d'Azram, mais il m'arrêta d'un geste, eut un sourire de satisfaction et s'écroula sur la pierre.

C'est avec un enfant vagissant et frigorifié que je fis le chemin du retour. Sitôt revenu à la chapelle, je dis à Françoise de s'occuper d'Alexandre qui grelottait de fièvre et j'allai lire les précieuses pages qu'il m'avait fait découvrir. Quelle merveille ! Je les rangeai dans le coffre de mon laboratoire, là où je mets également ce manuscrit. Cette terrible histoire de la présence des Bar Lacl' au cours des siècles doit rester secrète.

Lorsque je remontai, Françoise me dit que l'enfant était au plus mal. C'était la fin, comme je le redoutais depuis un certain temps. J'ai en effet remarqué qu'après chaque incarnation du démon Alexandre était très fatigué, au point de mettre plusieurs jours pour se rétablir. Or, cette fois-ci, Azram l'avait possédé toute une après-midi.

Nous le veillâmes toute la nuit. Un peu avant l'aube il se réveilla et avant que Françoise ne puisse lui faire boire un peu d'eau il vomit sur elle une gerbe de petits vers blancs qui se tortillèrent dans son corsage et sur le sol avant de disparaître en fumée.

La pauvre fille hurla de terreur et, lassé de ses cris, je la tuai d'un rapide coup de poignard. De toute façon je n'avais plus besoin d'elle puisque Alexandre allait mourir. J'avais reconnu les Makorachs, ces déchets que le démon vomit quand il abandonne à tout jamais un corps mortel. Je pris Alexandre dans mes bras. Il me regarda avec des yeux résignés, comme s'il savait qu'il allait mourir. Pour la première et la dernière fois je souris à mon fils. Un tremblement de tout son corps précéda un nouveau jet de vers que je reçus sur mon visage et mon pourpoint. Puis Alexandre mourut.

J'ai jeté le corps de Françoise dans le Trou du Diable et demain j'enterrerai Alexandre à côté de ses frères.

La suite du texte présentait moins d'intérêt. Je le lus rapidement en fumant cigarette sur cigarette, la tête déjà plongée dans les implications de ce que je venais d'apprendre.

Charles avait de la suite dans les idées. Il convainquit Geneviève d'avoir un nouvel enfant. Il la traitait toujours comme du bétail, la façon dont il en parlait montrait bien qu'il ne la considérait pas plus qu'une des vaches que ses serfs faisaient paître sur ses terres. La seule chose qu'elle avait pour elle était une spécificité génétique qui me demeurait obscure. Il fouetta plusieurs soirs de suite, avec grand plaisir avouait-il, la pauvre Geneviève qui finit par se plier à ses désirs.

Mais la nature était plus forte que les rêves de Charles. Geneviève mourut en couches, donnant naissance à une fille qui ne vécut que trois jours.

Dépité, privé de sa reproductrice, Charles envisageait de féconder lui-même sa propre fille... Mais celle-ci venait de s'enfuir avec Ofsenn et Charles ne devait pas la voir pendant deux ans.

Un paragraphe retint mon attention. Il se situait tout à la fin et évoquait l'enfant de Béatrice. Charles tempêtait contre sa fille.

Le 7 du quatrième mois de l'an mil quatre cent soixante.

Pourquoi ne l'ai-je pas tuée ? Pourquoi me suis-je laissé influencer par mon fils Joaquim ? Quand je pense que Béatrice a eu un enfant avec un homme du Nord, justement un de ceux du clan des Karall, justement un de ceux avec qui l'union peut donner un enfant-tabernacle.

Je ne sais ni pourquoi ni comment cet homme est arrivé ici et a séduit ma fille. Mais je redoute le pire. Les Karall ont toujours combattu les Bar Lacl', bien qu'ils adorent le même esprit que nous. Justement parce qu'ils l'adorent... Quand je pense qu'ils ont la prétention d'être le peuple élu ! Ces singes sauvages venus du Nord !

J'enrage de ne pouvoir mettre la main sur cet enfant. J'ai envoyé des espions partout dans la région. Ils finiront bien par me le ramener. Béatrice m'a avoué sous le fouet qu'Ofsenn était reparti. Je la crois car je l'ai battue si fort qu'elle ne pouvait me mentir. Qu'elle aille au couvent si tel est le désir de son frère. Pour moi elle est morte et je ne veux plus jamais la revoir. Seul compte son enfant qui sera bientôt à moi !

Je connaissais la fin de l'histoire. Charles n'avait jamais retrouvé son petit-fils. Quelques années plus tard il condamnait la porte de la chapelle et cachait ses secrets.

J'entendis les filles parler dans le couloir et je m'arrachai à mon lit. Depuis une heure je tournais dans ma tête tous les éléments de l'affaire et ma théorie me paraissait cohérente. Si elle n'expliquait pas tout, elle avait le mérite de donner un sens aux événements des derniers jours. Il fallait que j'en parle le plus vite possible aux autres, à Sarah en particulier, mais avant je devais m'assurer d'une chose.

Je me levai promptement, me rendis compte que j'étais toujours nu et râlai en enfilant un pantalon et des sandales. Je courus à la chambre de Sarah. Des sifflets d'admiration ironique de Caroline accueillirent mon arrivée torse nu. J'eus le plaisir de voir rire Sarah.

– Sarah, je voudrais te poser une question pénible mais qui est très importante.

Elle leva vers moi son regard violet et me permit de continuer. J'avais la bouche un peu sèche tout à coup, pourtant il fallait que je sache.

– Voilà. As-tu vu le corps de Julien après son décès ?

Elle répondit calmement, preuve qu'elle n'était pas tout le temps hystérique.

– Oui. J'ai demandé à le voir. Reynal ne s'y est d'ailleurs pas opposé.

– Et tu es certaine que c'était lui ?

Cette fois elle me regarda l'air franchement surpris.

– Je m'excuse d'insister, c'est très important.

– Pourquoi ? On m'aurait montré un autre enfant pour me voler Julien ?

Elle avait tout compris. J'acquiesçai.

– Je suis certaine que c'était lui. On dit que tous les bébés se ressemblent, mais la mère reconnaît l'enfant qu'elle vient de mettre au monde, dit-elle d'une voix ferme.

Elle ajouta, en me regardant droit dans les yeux :

– Si tu veux tout savoir, moi aussi je voulais être certaine que c'était bien mon bébé qui était mort. Une idée folle, peut-être, mais j'ai vérifié qu'il avait bien une tache de naissance sur le haut du bras gauche... Je me suis sentie ridicule en faisant cela, en tout cas je peux t'assurer que Julien est bien mort.

Je poussai intérieurement un énorme « ouf » de soulagement. Au moins il n'y avait pas de bébé mangeur d'homme lâché dans Paris. Un bon point pour nous.

– Mais pourquoi lui posez-vous cette question ? intervint Caroline.

– Je vous expliquerai dès que Jean sera là.

– Eh bien, tu peux y aller ! dit une voix dans mon dos.

Jean se tenait sur le pas de la porte. Massif, fatigué et terriblement présent.

– Vous étiez fascinées par les discours de ce beau parleur ? demanda-t-il aux jeunes femmes.

– J'espère te fasciner également, lâchai-je, pincé.

– C'est vraiment une histoire comme dans les films, conclut Caroline lorsque j'eus fini.

Le bon air de la mer avait ouvert l'appétit de la traductrice : elle avait dévoré son repas, ne perdant pas une miette de ce que je racontais ni de ce qu'elle avait dans son assiette. Les autres aussi avaient bien mangé et moi, pauvre narrateur, j'avais à peine touché à mon homard.

Sarah semblait la plus affectée. L'idée d'être utilisée comme mère porteuse pour une expérience « satanique » a effectivement de quoi ébranler n'importe qui.

– Alors, ça veut dire que Julien, mon Julien a servi de... de réceptacle à cet esprit ?

– Devait servir, rectifiai-je entre deux bouchées. Manifestement l'expérience a échoué.

Les yeux de Sarah s'embuèrent. Elle baissa vivement la tête en silence. Quel imbécile je faisais ! Tout excité par mon histoire et pressé d'assouvir ma faim, je venais de me conduire comme un rustre. Je cherchais à rattraper mon manque de tact mais ne trouvais rien à dire. Caroline me sauva.

– Vous pensez que Julien était vraiment destiné à recevoir ce « démon du nord » ? demanda-t-elle.

– Je ne vois pas d'autre hypothèse. Le récit de Charles était dans le laboratoire, parmi les lectures favorites de celui qui y travaille. Tout ce qui est arrivé à Sarah n'a aucun sens, sauf si on se réfère à cette tentative complètement folle de Charles de Lauclay.

Je parlais la bouche pleine, ce qui n'est pas élégant, mais le homard thermidor froid est écœurant. Bon sang, qu'est-ce que Jean attendait pour donner son avis ? C'est en grande partie de lui que dépendait la suite des opérations. Mais M. le Sphinx posait calmement les yeux dans le vide. Quoique, en y regardant de plus près, je remarquai que son regard s'attardait fréquemment sur Sarah. Un jour qu'il était ivre, Jean m'avait dit que les brunes lui donnaient une « bite en acier ». J'espérais pour lui que c'était vrai.

– Quand je pense que le Dr Reynal est complice de

tout ça ! Et moi qui lui ai obéi comme une petite fille pendant un an...

Cette fois les yeux de Sarah exprimaient la haine la plus farouche. Je me souvenais de lui avoir déjà vu cette expression : la nuit où elle m'avait séduit et avait essayé de me tuer. Reynal devrait faire attention à ses bijoux de famille.

– Tu n'as rien à te reprocher, dit Caroline en prenant la main de Sarah. N'oublie pas ses talents d'hypnotiseur et tous ces autres pouvoirs dont vient de nous parler Xavier.

Tiens, j'étais devenu « Xavier ». Intéressant. Et au fait, elle est traductrice de quoi, cette belle enfant ?

– Justement, ces pouvoirs... daigna enfin lâcher sa majesté le commandant. J'avoue que ce que tu viens de raconter ressemble beaucoup à de la science-fiction.

Merci Jean ! C'est gentil d'avoir confiance dans les amis ! Je venais de terminer mon homard et j'avais fait le plein de calories. Je finis d'un trait mon verre de vin – un gros-plant bien râpeux qui rafraîchissait comme pas possible, et j'attaquai, d'une voix calme mais ferme :

– Je concède que ça a l'air abracadabrant. Mais d'abord tu peux vérifier dès ce soir le malaise qui vous saisit si on tripote de trop près le coffre du labo. Ensuite, je répète que ce vieillard avait bel et bien des pouvoirs pas ordinaires. Je *n'ai pas pu* m'approcher de lui et il m'a fait tomber sans me toucher. D'ailleurs j'ai un témoin, ajoutai-je en repensant au vagabond.

Jean ne se troubla pas – cela m'aurait étonné, je n'ai vu Jean se troubler que deux fois en dix ans. La première, lorsqu'il avait appris la mort de son père, nous étions à la fac à l'époque. La seconde, quand il m'avait raconté l'arrestation d'un couple accusé de mauvais traitements à enfant.

– Je me demande simplement d'où ils sortent ces pouvoirs.

– Je ne pourrais pas te dire comment ils font, mais s'ils ont des pouvoirs analogues à ceux de Charles ou de ses ancêtres préhistoriques, toute cette histoire n'est pas si impossible qu'elle en a l'air. De plus, ajoutai-je mine de rien, j'ai ma petite idée sur leur identité.

J'avais obtenu l'effet recherché. Les deux filles me regardaient, bouche bée, et même Jean avait l'air intéressé.

– Ce n'est qu'une théorie. C'est en lisant le manuscrit de Charles qu'elle m'est venue à l'esprit. Manifestement, il y a une continuité génétique dans cette histoire. D'abord Charles ne peut tenter ses expériences d'incarnation qu'avec Geneviève, la seule, dit-il, qu'il ait trouvée. Cela signifie bien que les gènes des Lauclay ne suffisent pas, contrairement à autrefois, puisque Fallem avait, paraît-il, réussi avec sa fille, peut-être en la fécondant lui-même.

J'ignorai les grimaces de dégoût des deux jeunes femmes et poursuivis ma démonstration.

– Le dernier passage du manuscrit va également dans ce sens. Charles est furieux, voire terrorisé, quand il apprend que sa fille Béatrice a eu un enfant avec ce mystérieux Ofsenn, l'homme venu du Nord. Il pense que cet enfant pourrait servir de... réceptacle, de tabernacle ! Tout cela m'a fait penser que les hommes qui ont fécondé Sarah (nouveau sursaut, de la brune uniquement) font partie de cette tribu ennemie du clan Bar Lacl', mais qui en a besoin pour que naisse un enfant capable de recevoir le dieu.

– Des descendants de ce clan rival ? Pourquoi pas ? acquiesça Jean. Comment s'appellent-ils déjà ?

– Les Karall.

– Eh bien, si ceux que tu as repérés descendent des Karall, ils se sont fait naturaliser depuis plusieurs générations. J'ai vérifié le pedigree de Reynal et Saint-Germain. De vieilles familles françaises, bien de chez nous depuis longtemps.

– Les descendants des Vikings sont aussi « bien de chez nous depuis longtemps » ! Je te parle de rivalités qui remontent à deux mille ans ou plus et tu me réponds immigration clandestine !

Je m'en voulus aussitôt de ma repartie. On aurait dit un gosse qui trépigne parce qu'on ne s'intéresse pas à son histoire.

– Je te concède que ceux que j'ai vus n'avaient pas vraiment l'air de Suédois. Mais qui sait, ils ont peut-être des ancêtres lapons !

Ils eurent la gentillesse de sourire et la conversation continua sur ce que nous allions faire le lendemain. Sarah et Caroline étaient partisanes d'embastiller Reynal séance tenante et de le torturer pour qu'il dénonce ses complices. Sarah se portait volontaire pour l'interrogatoire.

Jean leur expliqua doucement que ce n'était pas aussi simple que ça, qu'il n'avait aucune charge sérieuse contre Reynal, ce qui provoqua des hurlements scandalisés chez la gent féminine. Il arriva à les calmer en précisant aussitôt qu'il pouvait faire rechercher Reynal comme témoin et qu'il était en droit de l'interroger. Il ferait de même pour Saint-Germain. Dommage que Caroline n'ait jamais su le nom de celui qui l'avait attaquée chez elle.

– Il s'est présenté comme un ami de Reynal et m'a donné juste un prénom. C'est toujours lui qui m'a contactée.

– Et le quatrième, le vieillard sur les photos d'André ? questionnai-je à mon tour.

– Nous avons au moins son portrait, que je ferai diffuser dès demain. Mais je compte plus sur la souricière que j'ai fait installer à la chapelle.

Jean nous expliqua que Larnoux l'avait appelé par radio dès son arrivée. Ils avaient forcé la porte de la chapelle : elle était vide. Suivant mes indications ils avaient manœuvré le mécanisme derrière l'autel et avaient visité le laboratoire. Lui aussi était vide et tout semblait tel que je l'avais décrit au gendarme. Larnoux était finaud. Il envoya un de ses hommes dans le tunnel afin de s'assurer qu'il n'y avait personne et lui dit de rester sur la route. Il laissa l'autre dans le laboratoire et reprit la camionnette qui avait pu rouler jusqu'au Puits Profond, ou Trou du Diable selon les époques.

J'ignorais que les véhicules de la gendarmerie fussent capables de faire du tout-terrain et pour une fois je trouvai que mes impôts avaient été bien employés.

Il n'avait pas fallu beaucoup de temps à Larnoux pour retrouver son subordonné planté au bord de la route. Il connaissait la région et, d'après l'orientation approximative du tunnel, il avait cherché du bon côté.

Il était revenu juste avant que Jean ne nous rejoigne pour dîner. Averti que celui que nous cherchions risquait de ne faire qu'une bouchée d'un homme seul, il avait condamné de l'intérieur la porte de la chapelle et regroupé ses deux hommes dans le laboratoire. Ainsi ils n'avaient qu'à surveiller l'entrée du tunnel et ne risquaient pas de se faire surprendre. Ils avaient pour consigne de remonter jeter un coup d'œil dans la chapelle puis de sortir par le tunnel toutes les heures afin de faire le point. Le laboratoire était trop profondément enterré pour permettre les liaisons radio.

– Je les ai eus juste avant de venir ici. J'enverrai deux hommes pour les relayer à minuit. Dès demain nous pourrons perquisitionner le laboratoire, conclut Jean d'un air satisfait.

J'avoue que je fus content de voir qu'il avait pris mon histoire au sérieux. Je n'avais rien à dire, sauf peut-être que deux hommes, ça me paraissait un peu léger pour arrêter le vieillard, surtout s'il avait des complices dotés des mêmes pouvoirs que lui.

J'allais m'en ouvrir à Jean lorsque Larnoux fit irruption dans la pièce. Il était rouge d'avoir couru et transpirait sous son képi.

– Mon commandant, cela fait une demi-heure que j'appelle mais la chapelle ne répond plus, lâcha-t-il d'une seule traite.

9

La camionnette de gendarmerie fendait la nuit toute sirène hurlante. Larnoux conduisait, le pied au plancher. Jamais je n'aurais cru que ces engins puissent aller aussi vite. Je fixais anxieusement le tachymètre en espérant que Larnoux connaissait les routes du pays aussi bien qu'il le prétendait.

Jean était assis à l'avant et, chose rarissime chez lui, manifestait son anxiété en se rongeant les ongles. Nous étions cinq à l'arrière : les deux filles, deux gendarmes et moi-même. Jean avait voulu s'opposer à la venue des deux amies, mais Sarah avait protesté vigoureusement.

– Vous oubliez que je suis la première concernée ? C'est de mon corps que ces salauds se sont servis !

Un gentil sourire par là-dessus, avec une moue de supplication irrésistible, et le tour était joué. Jean était bien accroché. Au point de faire des entorses au règlement ? Eh oui, au point de faire des entorses au règlement.

Nous étions ballottés, assis sur de dures banquettes et à chaque virage nous nous tombions les uns sur les autres. Cela aurait pu être merveilleux si j'avais été entre les deux jeunes femmes, mais hélas la galanterie m'avait fait leur laisser une banquette tandis que je m'asseyais entre les deux gendarmes en face d'elles. À chaque virage j'avais donc, un coup à droite, un coup à gauche, un représentant de la maréchaussée qui me tombait sur les genoux.

Les rares voitures que nous croisions éclairaient fugitivement le visage des deux grâces en face de moi. Caroline avait l'air décidé de celle qui va régler ses comptes et, à voir son regard, je n'aurais pas aimé être son amant infidèle. La lumière des phares accusait les ombres de son visage, soulignant son air farouche.

Cette fille me plaisait de plus en plus. J'aimais ses grands yeux gris, sa bouche charnue et son sourire faussement innocent. J'avais déjà remarqué qu'elle avait un corps de mannequin, et d'habitude cela ne m'attire pas : leur regard bovin et les niaiseries qui sortent de leurs lèvres charmantes m'ont toujours consterné. Caroline, elle, avait un regard vif, et ce qu'elle disait était toujours pertinent.

Quant à Sarah, elle demeurait mystérieuse. Depuis cette fameuse nuit, son comportement avait été tout à fait normal, mais chaque fois que je la regardais je repensais en frissonnant à ses dents ouvertes sur ma virilité. Je la considérais maintenant comme une sœur avec qui j'aurais eu des bagarres dans l'enfance.

J'étais fier de mes amazones et la contemplation de leur visage me faisait oublier les deux pandores qui me faisaient du genou.

La camionnette freina brutalement. Les phares éclairaient le grand arbre qui masquait l'entrée du tunnel. Jean et Larnoux descendirent aussitôt. Nous fîmes de même par l'arrière.

– Je passe devant avec mes hommes, restez en retrait, dit-il aux jeunes femmes. Xavier vous couvrira.

Je vis qu'ils avaient tous sorti leur arme, pris mon revolver, récupéré en vitesse dans ma chambre avant de quitter l'hôtel, et l'armai d'un air que j'espérais professionnel. Pourvu que je ne blesse personne.

Jean s'engagea sous les taillis. J'hésitai un moment : devrais-je me mettre devant ou derrière les filles ? Plutôt que de peser longuement les avantages et les inconvénients de chaque terme de l'alternative, je plaçai Sarah devant moi et dis à Caroline de me suivre. Il y avait peu de chances de se faire surprendre par-derrière et je ne tenais pas à avoir deux personnes dans ma ligne de mire si je devais tirer.

Les filles obéirent sans broncher, et notre commando s'enfonça dans le tunnel. Ils marchaient vite à l'avant, courant presque, mais les filles suivaient sans problème. Nous avions chacun une grosse lampe torche dans la main, du même type que celle qui m'avait permis de fouiller le caveau des Lauclay. Avec toutes ces lumières on y voyait comme en plein jour. C'était nettement moins romantique qu'avec la torche.

Le chemin me parut beaucoup plus court que la première fois. Lorsque notre groupe atteignit le laboratoire, je compris que nous arrivions trop tard. Jean et Larnoux étaient penchés dans un coin de la pièce sur ce qui ressemblait à des corps. Les deux gendarmes, livides, exploraient l'endroit, l'arme levée vers le plafond, comme on voit à la télé.

Un rapide coup d'œil me permit de comprendre que le laboratoire avait été déménagé. Plus un livre ne couvrait la table. De nombreuses fioles dont je me rappelais les formes biscornues manquaient également. Le gros coffre « ensorcelé » trônait toujours en face de moi, mais sa porte bâillait largement. Je m'en approchai, méfiant, et glissai ma main à l'intérieur. Vide, évidemment. Je le palpai longuement, ouvris et refermai la porte (la clé avait été laissée sur la serrure) mais ne ressentis à aucun moment les signes de malaise de l'après-midi. Le coffre maléfique était en position « *OFF* ».

– Rien ici, commissaire, dit un des gendarmes. Nous montons ?

– Allons-y, répondit Jean. (Se tournant vers moi il ajouta :) Restez en bas. J'enverrai quelqu'un si tout est clair. Vois ce que tu peux sauver là-dedans, dit-il en désignant la pièce saccagée.

Il s'engagea dans l'escalier, suivi de ses trois hommes. Je fus un peu dépité d'être laissé dans le labo mais je me fis une raison : sans doute n'y avait-il personne là-haut. Les filles acquiescèrent machinalement, tout occupées à découvrir l'endroit.

Je me dirigeai vers les corps qu'avait examinés Jean. C'étaient bien deux gendarmes, en uniforme, allongés côte à côte, la tête collée au mur. Les morts que j'avais vus depuis le début de cette histoire, Fréchou et André, n'étaient pas beaux à voir. Ceux-là, au contraire, semblaient endormis.

– Ils sont morts ? me demanda à voix basse Sarah en s'agenouillant à côté de moi.

– Je crois bien, répondis-je en lui désignant une mince ligne rouge qui barrait leur uniforme au niveau du cœur.

– Comment ?

– Au couteau, sans doute. C'est ce que les voyous et les chirurgiens appellent une boutonnière.

Aucun des deux gendarmes n'avait saigné, et n'eût été cette marque rouge, on aurait vraiment pu croire qu'ils se reposaient. Les traits de leur visage étaient détendus, sans trace de peur ni de souffrance. Cela avait été du travail rapide.

Nous nous relevâmes ensemble et je dus soutenir Sarah lorsqu'elle fut debout.

– Merci, me souffla-t-elle. Quelle horreur !

J'essayai un sourire réconfortant et déclarai d'une voix vibrante :

– Nous les aurons ! Ne t'en fais pas.

Puis, gêné par ma sortie ridicule, je lui lâchai la main. Elle me sourit néanmoins, comme si elle avait compris mon intention plutôt que de s'attarder à ma formulation.

– C'est le coffre maléfique dont vous nous avez parlé ? demanda Caroline en jouant avec la porte ouverte.

– Oui. Mais je l'ai touché à l'instant et cela ne m'a fait aucun effet.

– Moi non plus, répondit-elle en passant son doigt sur le rebord du coffre. Il est très joli.

Je n'avais pas bien regardé les décorations dans l'après-midi. Ciselés dans le métal, on reconnaissait les habituels monstres qui ornaient les cercueils des Lauclay et dont il y avait des représentations grandeur nature au-dessus de nous. Ils formaient une frise qui courait sur les quatre côtés de la face avant.

Une odeur âcre et écœurante flottait dans le laboratoire. Je me rendis compte que le sol était jonché de débris de verre et que nous pataugions par endroits dans de larges flaques de liquides de nature indéterminée. Ce qu'ils n'avaient pas emporté, ils l'avaient détruit. Je doutais que les meilleurs chimistes de la police puissent découvrir quelque chose d'intéressant là-dedans. Et puis il n'y avait pas d'alchimiste dans la police...

Nous tournâmes quelque temps dans le laboratoire sans rien découvrir de nouveau.

– Bon, dit Caroline, je monte, moi.

– Attendez que Jean nous dise que c'est sans danger. Le temps qu'il fasse l'aller et retour est assez long.

– Mais j'étouffe ici !

Elle n'allait pas faire son numéro de petite fille capricieuse avec moi. Les pleurnichardes, j'ai horreur de ça.

– Attendez un moment, nous monterons tous les trois.

J'avais pris un ton de commandement et ne la regardai même pas, histoire d'affirmer mon autorité. Afin de me donner une contenance, et de justifier une petite attente, je passai machinalement ma torche sous la table. Je crus que mon sang se glaçait dans mes veines. Un boîtier noir de la taille d'une petite valise était posé contre le mur. Un voyant rouge était allumé dans le coin supérieur droit. Je me relevai d'un bond.

– Caroline ! L'escalier vite !

Elle me regarda sans comprendre et ne bougea pas.

– Foncez dans l'escalier, merde ! Ça va sauter ici !

Je pris Sarah dans mes bras, la soulevai de terre et la portai jusqu'au fond du labo. Je suis sûr que ses pieds ne touchèrent pas terre. Caroline s'était déjà engagée dans l'escalier et j'y précipitai Sarah en lui hurlant de grimper.

Nous eûmes le temps de gravir quelques marches

avant qu'un énorme grondement nous fracasse les tympans. Une vive lumière enflamma les marches et je vis mon ombre qui couvrait Sarah devant moi. Aussitôt une onde de choc me renversa, ainsi que la jeune femme, puis une vague de chaleur déferla sur nous. Mon menton heurta violemment le rebord d'une marche. Une chaussure de Sarah me bouchait l'horizon.

J'entendis des pierres s'écraser sur les marches que je venais de quitter. Heureusement nous avions eu le temps de faire presque un tour dans l'escalier et aucun projectile ne nous atteignit.

Sarah et moi essayions de nous remettre debout lorsque nous fûmes environnés par une épaisse fumée grasse. Je ne savais pas ce qu'il y avait dans la bombe, mais avec toutes les cochonneries répandues sur le sol je me doutais qu'il y avait de quoi faire un joli cocktail polluant.

Je me souvins que dans les incendies ce sont pratiquement toujours les vapeurs qui tuent, plus que le feu proprement dit. Je commençai à avoir du mal à respirer et mes yeux et ma gorge me brûlaient.

– Plus vite ! hurlai-je à Sarah, mais ma voix fut aussitôt étouffée par les pierres.

Je serrais toujours mon revolver dans une main et ma lampe dans l'autre. Je tâchai d'éclairer au mieux devant moi car Sarah avait perdu la sienne. Les marches hautes ne nous permettaient de voir qu'à deux pas devant nous. Nous tournions et tournions dans cet escalier pendant que je répétais comme un disque rayé : « Courage, Sarah, courage, surtout ne t'arrête pas », et enfin nous débouchâmes en haut.

Nous toussions si fort que la voûte de la chapelle en résonnait. Caroline nous avait précédés de peu et la fumée l'avait rattrapée, elle aussi.

– Ces salauds avaient laissé une bombe, dis-je à Jean entre deux hoquets.

La fumée noire et épaisse envahissait la salle. La porte de la chapelle ouverte sur la nuit faisait appel d'air et j'imaginais que le feu devait bien tirer dans le laboratoire, l'escalier faisant office de cheminée.

Jean s'approcha du derrière de l'autel et, voyant qu'il était illusoire de vouloir descendre, referma le mécanisme. La fumée nous aveugla encore quelques instants, mais la porte devait être assez étanche car bientôt l'air redevint respirable. Je vis les deux jeunes femmes reprendre leur souffle puis regarder autour d'elles, les yeux comme des soucoupes. Il faut dire que le spectacle était extraordinaire. La fumée ressemblait à un brouillard qui se dissipait. Celle qui était accumulée au plafond faisait un matelas nuageux inquiétant. Les statues apparaissaient et disparaissaient au gré des volutes qui s'échappaient peu à peu par la porte. On se serait cru dans un cauchemar.

Je les laissai à leur contemplation et attirai Jean à l'extérieur. Ce fut un délice que de respirer à nouveau de l'air pur. À la lumière de la lune encore pleine, j'apercevais en contrebas le disque noir du Puits Profond ainsi que la cime des arbres courbés par une légère brise.

– Il était moins une, dis-je en éteignant ma lampe et en rangeant mon revolver.

– Que s'est-il passé exactement ?

– Un coup de chance monstrueux. J'ai regardé par hasard sous la table et j'ai vu une sorte de valise, avec un voyant allumé. Ne me demande pas pourquoi j'ai pensé à une bombe, je ne le sais pas moi-même. Nous avions franchi cinq ou six marches lorsque ça a pété.

Je respirai avidement l'air de la nuit. Le visage de Jean, sous la lumière de la lune, était tendu. À ce moment il ressemblait à un ours agressif.

– Deux hommes poignardés, un attentat à la bombe... Cette histoire va de mal en pis.

Il réfléchit un moment, puis haussa les épaules. Je ne l'avais jamais vu aussi démonstratif.

– Bon, je vais voir ce qu'on peut faire à l'intérieur.

– J'arrive dans un moment. Laisse-moi le temps de souffler.

Jean rentra dans la chapelle et je descendis la butte en direction du Trou du Diable. J'avais envie de souffler, certes, mais j'avais surtout très envie de pisser. Le gros-plant et les émotions du départ m'avaient fait oublier ma vessie qui se rappelait douloureusement à mon bon souvenir.

C'est avec une intense satisfaction que j'urinai dans le Puits Profond. Je trouvai que ça avait un côté païen qui rendit ma miction encore plus agréable. J'eus beau tendre l'oreille, je n'entendis pas mon liquide se mêler à l'océan.

Soulagé, j'allumai une cigarette et constatai que mes mains tremblaient légèrement. Je revis nos derniers instants dans le laboratoire et ne pus m'empêcher d'imaginer ce qui nous serait arrivé si je n'avais pas regardé sous la table.

Ces charmantes réflexions me coupaient un peu les jambes. Je m'assis au bord du Puits, histoire de finir tranquillement ma cigarette et de reprendre mes esprits. Après tout, mieux valait se réjouir de s'en être sorti et regarder l'avenir. Ce n'était pas encore mon heure.

J'écrasais mon mégot lorsque je crus voir une ombre bouger dans les sous-bois. Je me redressai d'un bond, le revolver à la main.

– Qui est là ?

Silencieusement une silhouette sortit de l'obscurité de la forêt et se détacha sur le ciel étoilé. Je reconnus mon vagabond de l'après-midi à ses cheveux longs qui brillèrent sous les reflets de la lune.

– C'est moi, dit-il doucement.

Il regarda mon revolver braqué sur lui sans paraître avoir peur. Je le remis dans ma ceinture d'un geste qui commençait à devenir machinal.

– Que s'est-il passé ?

– Il y avait une pièce sous la chapelle. Quelqu'un y a mis une bombe.

– Des gens ont été tués ?

– Deux gendarmes, oui. Vous les avez sans doute vus en fin d'après-midi.

L'homme soupira.

– Je les ai vus, oui. Mais j'ai préféré ne pas leur parler.

– Et lorsque je suis parti, quelqu'un d'autre est venu ?

– Non, personne. J'ai attendu jusqu'à maintenant. Personne n'est entré ni sorti de la chapelle jusqu'à l'arrivée des gendarmes. Ils étaient trois. Je les ai vus explorer l'endroit, ils sont venus jusqu'ici et puis se sont enfermés dans la chapelle. Tout à l'heure des hommes sont sortis. Des gendarmes encore et un homme en civil, celui avec qui vous parliez.

Je hochai la tête. Ceux qui avaient déménagé le laboratoire et posé la bombe étaient donc bien venus par le tunnel et avaient réussi à surprendre les deux gendarmes.

J'allais poser une nouvelle question au vagabond lorsque j'entendis qu'on m'appelait. Caroline et Sarah descendaient de la butte. Revenant à mon interlocuteur, j'eus la surprise de le voir regarder les filles comme s'il était hypnotisé. Il ressemblait à un type qui vient de voir un fantôme.

– Ça va, mon vieux ? demandai-je devant le spectacle de sa tétanie.

Le son de ma voix eut le don de le faire revenir à la réalité. Les filles n'étaient plus qu'à une dizaine de mètres de nous. L'homme sembla avoir peur. Il me cria au revoir et disparut d'un bond dans la forêt.

– Hé, arrêtez, revenez ! criai-je vainement.

J'eus la tentation de le poursuivre, mais après tout je n'avais rien contre lui et il m'avait appris l'essentiel de ce que je voulais savoir.

– Avec qui parlais-tu ? demanda Sarah en arrivant près de moi.

– Le vagabond de cet après-midi. Celui qui m'a indiqué le chemin de la chapelle. Drôle de bonhomme. Je crois bien que vous lui avez fait peur.

– À moins que ce ne soient les forces de l'ordre, dit Caroline en regardant derrière elle.

C'était fort probable. Les hommes en uniforme qui sortaient de la chapelle étaient impressionnants, surtout à contre-jour. L'homme avait fui en reconnaissant son prédateur naturel.

Nous nous retrouvâmes autour du Puits. Jean prit les choses en main.

– Restez ici avec vos deux hommes, dit-il à Larnoux. Nous passerons par la forêt. Indiquez-moi seulement comment atteindre la route la plus proche.

Larnoux lui donna de rapides explications et nous nous enfonçâmes dans les bois. La voûte des arbres nous cacha la lune et nous rallumâmes nos lampes. Tout cela me rappelait une marche de nuit que j'avais faite adolescent, avant de me rendre compte que je n'étais pas du tout fait pour être boy-scout.

Jean marchait en tête, suivi des deux filles, et je fermais la marche. Je reconnus que mon ami avait le sens de l'orientation car il obliquait, à chaque carrefour du sentier, dans ce qui devait être la bonne direction puisque nous arrivâmes en un quart d'heure sur une route goudronnée.

Jean appela Larnoux avec sa radio, décrivit notre chemin et l'autre nous dit de prendre à gauche. Nous repartîmes d'un bon pas sous la lune complice. Je me postai à la hauteur de Sarah qui était devant moi, Caroline marchant à côté de Jean.

– Il y a une question que je voulais te poser. Pourquoi as-tu appelé ton enfant Julien ?

Sarah se tourna vers moi et me sourit.

– Oh, j'avoue que j'ai été prise de court. Mais Julien est un prénom qui me plaît et qu'on donnait souvent dans ma famille du côté paternel.

Elle s'arrêta de parler et je respectai son silence. Devant nous, Jean et Caroline bavardaient de je ne sais quoi à voix basse. C'est surtout la jeune femme qui s'exprimait, je voyais ses bras s'agiter pour soutenir son discours. Mon ami, toujours taciturne, acquiesçait d'un grognement de temps en temps. J'admirai la silhouette élancée de Caroline qui dansait sous la lune. Si la traduction ne marchait plus, elle pouvait sans problème se reconvertir en mannequin.

– Oui, c'est sans doute à cause de mon père que je l'ai appelé Julien, reprit Sarah.

– Il te manque beaucoup, n'est-ce pas ?

Elle baissa la tête et changea de sujet.

– Je ne t'ai pas remercié de m'avoir sauvé la vie. Sans toi je serais carbonisée à l'heure actuelle.

Ce fut mon tour de changer de sujet. Je lui dis que ma question venait du fait que le fils d'Ofsenn et de Béatrice s'appelait Julien et lui demandai si elle le savait. Bien sûr que non, puisque son père ne lui avait jamais parlé de ses origines.

Nous bavardâmes un moment des Lauclay et des Duguet, puis de sa vie à elle, et le temps passa très vite. Nous arrivâmes bientôt à la camionnette. Mon estime pour Jean s'en trouva augmentée. Dans la même situation, on m'aurait retrouvé au petit matin, épuisé, à vingt mètres de la chapelle.

Jean appela de nouveau Larnoux qui nous apprit que le feu était éteint et qu'ils avaient pu redescendre dans le laboratoire. Tout était détruit, bien entendu, et il ne pensait pas qu'ils puissent trouver quoi que ce soit d'intéressant. Les corps des deux gendarmes avaient été proprement incinérés.

Jean leur dit qu'il allait demander une ambulance et des renforts, ce qu'il fit aussitôt. Je m'étais assis avec les filles au bord de la clairière, sur une souche qui semblait faite pour ça, et je savourais une cigarette bien méritée après notre marche. Caroline avait trouvé une bouteille d'eau minérale dans la voiture et nous nous désaltérâmes tour à tour avec avidité.

– Voilà, dit Jean, vous pouvez rentrer. Je vais les attendre.

– La suite du programme ?

Jean haussa les épaules et prit un air désabusé.

– Je ne sais pas. J'ai fait diffuser la photo de l'homme aux chiens partout dans la région et aussi dans le reste de la France. J'ai même prévenu Interpol. Quant à Reynal, j'ai lancé un mandat de recherche, mais je n'ai aucune piste sérieuse, à part son adresse et la maternité.

Caroline leva son regard de vamp vers lui.

– Moi, je connais un moyen de retrouver le Dr Reynal, dit-elle avec son plus beau sourire d'ingénue.

Sarah ! Il court dans les bois, indifférent aux branches qui lui fouettent le visage, sautant par-dessus les souches et les rochers. Il fuit dans la nuit loin de sa fille.

Elle n'était qu'à quelques mètres de lui tout à l'heure. Heureusement qu'il l'a reconnue au premier coup d'œil ! Elle était telle qu'il se l'était imaginée, plus belle encore. Mais elle paraissait fatiguée, elle était très pâle sous la lune et ses traits étaient tirés. Sarah...

Paul court jusqu'à son campement et s'écroule sur le sol sableux. Il reste longtemps immobile, beaucoup plus de temps qu'il n'en faut pour reprendre son souffle. Enfin, il se lève et ramasse ses affaires. Il n'a plus rien à faire ici maintenant.

Il pense à l'homme qu'il a tué aujourd'hui. Il venait de l'enterrer lorsqu'il avait rencontré Lefrançois. Paul sourit et ses dents brillent dans la lumière de la lune. Il est heureux d'avoir tué cet homme.

D'un pas décidé il reprend le chemin du village. Sarah est là-bas, c'est au village qu'il pourra la protéger.

Il retrouve sans peine dans la nuit le sentier qui mène à la clairière aux menhirs. Lorsqu'il l'atteint, il hésite un instant. Ira-t-il voir Marie ? Il ne sait pas pourquoi il pense qu'elle pourra adoucir sa peine. Mais il se trouve stupide tout à coup, stupide et égoïste d'envisager de réveiller la vieille femme pour lui raconter ses malheurs.

Il lui semble que l'obscurité s'épanouit, pourtant aucun nuage ne masque la lune qui brille encore entre la cime des arbres. L'air devient plus épais et il doit faire un effort pour le faire entrer dans ses poumons.

Chaque pas aussi devient plus difficile. Son corps pèse des tonnes. Alarmé, il s'arrête et s'appuie sur un tronc pour reprendre des forces. Le sang tape à ses oreilles comme si l'on jouait du tam-tam quelque part dans la forêt.

Il sursaute et tend l'oreille. Il est certain d'un seul coup qu'une présence se déplace autour de lui. Aucun bruit suspect ne rompt le silence, mais Paul demeure persuadé qu'il n'est pas seul.

Les battements de son cœur semblent maintenant lui parvenir de l'extérieur. C'est bien le rythme d'un tambour qu'il perçoit, d'abord très faiblement, au point de se confondre avec le bruissement du vent, puis de plus en plus fort, comme si toute une troupe était en marche dans la nuit.

Sa faiblesse va en augmentant au point qu'il tombe à genoux en suffoquant. Son corps est brûlant, la fièvre le consume. Le sang bat follement à ses tempes. Il lui semble entendre des branches écrasées par le pas lourd d'animaux en marche. Il voit des corps luisants de sueur progressant lentement dans la forêt. Une lueur rôde sous les arbres..

D'un seul coup tout malaise disparaît. Paul a l'impression qu'on lui enlève le poids énorme qui pesait sur sa poitrine. Il se relève en vacillant et se sent envahi d'une force surhumaine. Tout son corps irradie une aura bleue, il a conscience de chacun de ses muscles. Il se sent plus grand, plus fort que n'importe quel mortel. Son ouïe détecte le moindre bruit de la forêt, sa vue perce l'obscurité sous les branches, il aperçoit sans peine les animaux qui se glissent furtivement dans les sous-bois.

Il est un dieu, un dieu vivant, et la forêt est son royaume. Ivre de sa puissance, il gonfle ses poumons et exhale un souffle chargé d'électricité. L'air devant sa bouche est chargé de mille étincelles qui éclatent dans la nuit. Il sourit en savourant son pouvoir et se remet en marche.

Il connaît cet endroit depuis des millénaires, la forêt lui parle, il se souvient de sa voix. Il marche entre les menhirs et se dirige vers la table de pierre. À quelques mètres de la lisière du pré il s'arrête près d'un bloc de granit et passe sensuellement sa main sur la surface. Il lui semble que la pierre gémit comme une femme sous sa caresse. Il sent sa force et sa voracité. Paul sourit à la voûte céleste. Il est si grand qu'il pourrait cueillir les étoiles.

Il caresse toujours la pierre et pense aux femmes qu'il a connues. Yolande, Betty et tant d'autres défilent dans son esprit, nues et lascives, livrant à son regard les recoins les plus intimes de leur corps, l'appelant désespérément afin qu'il vienne les combler. Son excitation est telle que son membre emprisonné dans son pantalon lui fait mal à force d'être comprimé. Paul se colle au bloc de pierre. Les images de luxure deviennent affolantes. Les femmes en rut lui chuchotent des promesses incroyables ou lui hurlent des obscénités.

Paul étreint maintenant la pierre dans ses bras et a l'impression de faire l'amour à la forêt. Le visage de Sarah sous la lune flotte devant ses yeux.

Sarah ! Il la voit nue, écrasée sous un homme, hurlant son plaisir. Il la voit prendre un sexe dans sa bouche et le savourer à en rendre fou son partenaire. Puis Sarah marche dans la forêt, les mains liées derrière le dos. Des hommes en habits de cuir l'encadrent et la fouettent de temps en temps pour la faire avancer. Elle trébuche et déchire sur les ronces la longue robe dont elle est vêtue. Les hommes la frappent pour qu'elle continue son chemin. Ils l'emmènent dans un endroit que Paul reconnaît. Le Trou du Diable. Une lueur bleue sort de l'orifice et un chant guttural s'en échappe, plus terrifiant que le grondement de l'océan.

Les hommes, qui portent des masques d'animaux, entraînent Sarah vers un arbre, lui déliant les mains pour mieux l'attacher, les bras en l'air, à une grande branche qui se tend au-dessus d'elle.

Un être à l'aspect effrayant s'approche de la jeune femme. Il est chaussé de grossières sandales de cuir lacées sur les mollets. Entièrement nu, à l'exception de son masque de taureau, il tend vers Sarah son sexe dressé qui darde d'une forêt de poils.

L'homme contemple un instant la prisonnière puis s'approche d'elle et d'un geste violent des deux mains arrache le haut de sa robe. Les seins de Sarah jaillissent à l'air libre. Paul est transporté par la vision de cette poitrine dénudée. Les tétons paraissent noirs sous la lumière de la lune.

Les mains de l'homme pétrissent la gorge de Sarah et Paul se frotte contre la pierre dressée vers le ciel. L'homme arrache le reste de la robe et Sarah apparaît entièrement nue. Paul gémit en se collant plus fort encore.

Les hommes qui entourent Sarah portent des armes dont les cliquetis métalliques se mêlent aux grognements de la horde. Chacun veut caresser cette belle femelle offerte, les guerriers se bousculent pour toucher son corps laiteux. Sarah regarde fixement ces visages farouches pleins de désir. Sur ses lèvres une ombre de sourire apparaît lorsque ses yeux se posent sur la lueur bleue qui sort du Puits du Diable.

Soudain l'homme nu à la tête de taureau écarte violemment les autres et tourne Sarah vers la forêt. Il la pousse violemment vers l'arbre et la plaque sur le tronc. Paul voit les seins magnifiques s'écraser contre l'écorce et cette image lui arrache un cri. L'homme taureau contemple sa croupe ainsi offerte et d'un seul coup de reins s'enfonce en elle.

Sarah gémit tandis qu'il s'active et Paul qui n'en peut plus explose enfin, inondant le granit de sa semence. Dans les spasmes du plaisir il entrevoit l'homme qui jouit à son tour et se détache ensuite de Sarah.

À genoux devant le menhir, Paul reprend ses esprits. Les senteurs de la forêt lui parviennent violemment. Il se relève, se rajuste, mais la scène continue à vivre dans son esprit.

L'homme taureau tranche le lien de Sarah et la conduit au bord du trou. Il la force à s'agenouiller devant le Puits béant, la tête au-dessus du vide, les mains toujours attachées dans le dos. Les guerriers ont entamé un chant rythmé par les tambours, des chiens rôdent autour d'eux, grondant et montrant leurs crocs.

La lumière bleue s'est élevée au-dessus de la tête de Sarah, baignant la scène d'un éclairage irréel. L'homme taureau brandit une large épée à deux mains en direction de la lune. Sarah tend le cou en avant, s'offrant au sacrifice.

– Non ! hurle Paul dans le silence de la forêt.

Il voit l'homme taureau bander ses muscles, l'épée va s'abattre et trancher la tête de sa fille.

– Non ! Non et non !

Paul frappe de toutes ses forces contre le menhir, à s'en arracher la peau, il tourne la tête de droite à gauche, hurlant son refus.

– Non !

L'image se brise au moment où l'épée retombe. Paul pousse un hurlement de douleur. Chaque cellule de son corps le fait atrocement souffrir, comme s'il brûlait vivant. Il a si mal qu'il pense qu'il va mourir. Il se précipite droit devant lui mais trébuche et s'effondre de tout son long sur la terre couverte de mousse. Il a l'impression que sa bouche s'ouvre malgré lui. Il continue de refuser l'image de Sarah décapitée qu'il sent rôder dans un coin de son esprit. Malgré la souffrance il s'accroche à son refus et soudain un long éclair bleu jaillit d'entre ses dents et disparaît sous les arbres.

Paul se relève en titubant. Tout est normal autour de lui. Un instant il croit qu'il a rêvé, mais la trace humide sur la pierre montre que sa jouissance a été réelle.

Désorienté, honteux, il ramasse son sac, se dirige d'un pas mal assuré vers la clairière et manque de se fracasser le nez sur un menhir. Jurant entre ses dents il regarde autour de lui afin de se repérer. Jamais il n'y a eu de menhir à cet endroit. Il retourne sur ses pas, revient à la clairière. Les menhirs sont là, à leur place habituelle. Il sonde les ténèbres autour de lui mais ne voit rien qui puisse l'inquiéter. Il se retourne et sent ses entrailles se serrer. La pierre, massive, lui barre le chemin. Son immobilité a quelque chose d'inquiétant et, pendant une seconde, Paul s'imagine qu'elle va s'abattre sur lui et l'écraser sur le sol.

Il recule d'un pas, serre la main sur la lanière de son sac et veut contourner le rocher. Il va se glisser dans l'espace libre entre un arbre et la pierre, lorsque celle-ci, sans bruit, vient se coller contre le tronc. Le mouvement est si rapide que Paul n'a rien vu. Inquiet, il tente de la contourner. La pierre se déplace plus vite que lui et l'empêche d'emprunter le sentier. Paul a l'impression qu'elle peut flotter à quelques millimètres du sol.

Il tente de réfléchir à cette situation démente, mais son esprit ne voit aucune explication. Il reprend la direction du centre de la clairière et a un sursaut. Les menhirs ont bougé ! Ils se sont rapprochés les uns des autres et Paul comprend dans un frisson d'horreur qu'ils sont en train de l'encercler.

Un contact glacé dans son dos lui arrache un cri de terreur. *La pierre le pousse !* Paul, sans même se retourner, fonce tout droit pour échapper à ce monstre silencieux. Il évite de justesse un rocher couvert de lichen qui surgit devant lui, feinte sur la droite et vient s'écraser sur un bloc qui a surgi de nulle part. La douleur est si violente qu'il croit bien s'évanouir. Il a rebondi sur la pierre et se retrouve allongé sur le dos, du sang plein la bouche.

Il se relève péniblement et essaie de calmer la panique qui monte en lui. Le plus terrifiant est le silence absolu qui règne maintenant dans la forêt. Ses ennemis ne poussent aucun cri de guerre, aucun des hurlements qui accompagnent les batailles.

Il s'élance entre deux pierres qui se rapprochent sur sa gauche, réussit à passer avant qu'elles ne viennent frapper l'une contre l'autre. Il se met à courir vers le pré où se trouve la table, c'est la seule direction où la présence des menhirs lui semble moins dense. Il parvient à en éviter un premier, puis un second. Mais il ne court pas assez vite car, après le dernier tournant du sentier, alors qu'il allait enfin sortir de sous les arbres, un véritable mur se dresse devant lui, barrant tout le chemin.

Sans hésiter Paul se jette dans les buissons, arrachant les branches et évitant les troncs massifs qui se cachent traîtreusement dans le noir. Il veut contourner l'alignement de menhirs et atteindre le pré. Là il pourra courir de toutes ses forces et il espère que les blocs monstrueux ne pourront pas le rattraper. Il entend derrière lui le bruit des branches arrachées par les pierres. Elles se fraient un chemin comme des bulldozers, fracassant tout ce qui se trouve sur leur route. Ce bruit vient briser l'atmosphère de léthargie qui imprégnait ce cauchemar. Paul, comme fouetté par le craquement des branches, redouble d'efforts et parvient à dépasser le mur.

Oubliant la douleur de ses mille écorchures, crachant le sang qui lui coule dans la gorge, il entame son dernier sprint à travers les buissons. C'est alors qu'il se rend compte que le chemin va lui être barré par trois énormes menhirs qu'il n'a pas vus arriver sur sa droite. Il a beau courir aussi vite que ses forces le lui permettent, il comprend qu'il n'arrivera jamais au pré et qu'il va s'écraser sur les pierres.

D'un bond il saute sur l'arbre qu'il allait contourner. Il parvient à saisir la branche la plus basse et opère un rétablissement. Jamais il ne se serait cru capable d'un tel exploit.

À califourchon sur la branche il rampe vers le tronc et, une fois arrivé, se met debout. Derrière lui il aperçoit un menhir s'avancer en écrasant tout sur son passage. Paul saisit la branche supérieure rapidement, pas assez cependant pour ne pas sentir celle sur laquelle il se tenait disparaître sous ses pieds, arrachée par le bloc de granit. Il parvient de justesse à accrocher ses mains et se hisse un peu plus haut, à temps pour éviter d'avoir les jambes fauchées par le sommet du menhir.

Ils ne peuvent pas s'élever ! Le soulagement que lui procure cette constatation ne dure pas car bientôt le tronc est secoué par de véritables coups de boutoir. Il distingue mal ce qui se passe au-dessous de lui mais comprend que les menhirs essaient d'abattre l'arbre ou de le faire tomber de la branche sur laquelle il est en équilibre.

Serrant le tronc contre son corps, Paul lève doucement les bras et attrape la branche opposée. Il respire un grand coup et se laisse aller tandis que le tronc tremble contre lui. Réussi ! Il se retrouve pendu par les mains sur une grosse branche qui s'emmêle à celles de l'arbre voisin. Or cet arbre est à la lisière du pré.

Sans se préoccuper des menhirs qui continuent à heurter l'arbre comme des masses, il avance, accroché par les mains, vers la branche de l'arbre voisin. Elle n'est qu'à trois mètres de lui, mais il fait le chemin centimètre par centimètre, les paumes bientôt en sang à force de frotter sur l'écorce. Chacun de ses mouvements doit être soigneusement calculé car l'arbre vibre sous ses mains, rendues glissantes par la sueur et le sang.

Enfin il atteint la branche voisine. Elle se penche vers lui comme si elle lui tendait un bras secourable. Paul se demande si elle supportera son poids. Il n'a pas le choix. Au moment où, dans un craquement sinistre, le gros arbre s'abat, Paul lâche prise et étend ses bras au maximum. Il attrape la branche, ses mains glissent sur l'écorce, le brûlant douloureusement. Il serre les doigts malgré la souffrance et enfin, alors qu'il voyait le sol se rapprocher dangereusement, il arrête sa glissade.

Son poids fait qu'il se balance à quatre ou cinq mètres de hauteur, frôlant le sommet des menhirs. Les pierres sont immobiles dans la pénombre silencieuse, alignées le long de l'arbre abattu dont les racines se découpent sous la lumière de la lune. Paul attend que le mouvement de balancier de la branche s'atténue puis, par de petits mouvements de reptation qui font souffrir tout son corps, il arrive à se rapprocher du tronc.

Il ne perd pas de temps à regarder en bas et, une fois qu'il a repris son souffle, il s'assoit sur la branche. Soudain, il sent à nouveau des chocs sourds faire vibrer l'arbre. Il recommence la manœuvre exécutée sur le premier arbre et se retrouve debout sur la branche opposée, celle qui s'étend vers le pré. Il voit l'herbe qui brille sous la lune. Il ignore si les menhirs vont être arrêtés par la lisière de la forêt. Mais c'est son seul espoir. Bientôt l'arbre s'abattra et les pierres n'auront qu'à se poser sur lui...

Paul se redresse, les pieds bien calés à la naissance de la branche. Sa main, qui glisse sur le tronc, rencontre une surface molle et tiède dans laquelle ses doigts s'enfoncent. Il crie en faisant un bond, manque de tomber et se rattrape en entourant l'arbre de ses deux bras. À quelques centimètres de ses yeux il aperçoit ce qui lui a fait si peur : un énorme champignon, gros comme une assiette, qui sort du tronc. La trace de ses doigts est visible dans la chair blanchâtre lacérée. Paul s'attend presque à voir du jus couler des blessures du parasite.

Il attend que son cœur batte un peu moins vite avant de s'élancer. La branche est praticable sur au moins trois mètres, ensuite d'autres ramures plus fines bloquent le passage. Il évalue la distance, se courbe pour éviter de se cogner aux autres branches et s'élance.

Il a bien compté le nombre de pas. Son accélération est maximale lorsqu'il pose la dernière fois le pied sur la branche, exactement où il l'a prévu. Les secousses de l'arbre ne l'ont pas déséquilibré, il décolle et s'enfonce à travers les feuilles.

La végétation ralentit son mouvement, amortit également sa chute. Paul décrit une parabole transformée en escalier par-dessus les menhirs qui entourent l'arbre. Il se reçoit à peu près bien, roule sur lui-même. À peine arrêté il se relève et fonce vers la tache claire du pré.

Il a l'impression de voler, tellement sa course lui paraît facile après son trajet à travers les broussailles.

Devant lui la masse grise de la table reflète le clair de lune. Un instant il imagine qu'elle est de mèche avec les rochers de la forêt et qu'elle va se soulever pour venir l'écraser. Mais la table ne bouge pas et, toujours courant, Paul la contourne, en prenant la direction de la maison de Marie la folle.

En arrivant à l'orée du sentier il se permet un regard en arrière, le temps d'apercevoir les rochers, alignés à la lisière de la forêt. Du sang lui coule dans les yeux et son front le brûle. Il se souvient s'être cogné la tête, mais sur le coup il n'a pas senti la douleur. Maintenant il souffre, son nez lui fait horriblement mal et ses mains écorchées envoient mille aiguilles de souffrance vers son cerveau.

Paul tambourine bientôt sur la porte de Marie. Le visage de la vieille femme s'encadre dans l'ouverture et la lune éclaire son masque de sorcière. Quand Paul veut parler, le sang qui coule de son nez menace de l'étouffer. Il crache violemment tout ce qui lui obstrue la gorge.

– Il y a quelque chose dans la forêt ! dit-il entre deux halètements. Les rochers ont voulu me tuer. Sarah...

Le monde se met à tourner autour de Paul, l'obscurité s'épaissit et il s'évanouit dans les bras de Marie la folle.

C'était une grande maison bourgeoise, en bord de mer, entourée d'un haut mur de pierres. Sans doute autrefois la maison d'un notable. Une grille en fer forgé laissait apercevoir un parc où des massifs d'hortensias géants jetaient des couleurs vives sur le vert du gazon. Mais dans la nuit, sous la lumière de la lune, ils ne présentaient qu'un camaïeu de gris, allant du blanc laiteux au noir le plus profond.

La plus proche habitation était à huit cents mètres. Trois petites maisons de vacances où des familles dormaient tranquillement. Une seule fenêtre de la maison était allumée au milieu de la nuit. À l'intérieur Reynal et Ophile étaient plongés dans leurs pensées.

– Récapitulons, soupira Reynal. Peyrac est mort, Saint-Germain a disparu et le laboratoire est découvert.

– J'admire votre concision, frère Reynal, répondit Ophile avec un demi-sourire.

Il se pencha vers la table basse qui les séparait et prit un verre de lait. Il en dégusta une petite gorgée et soupira d'aise.

– Je me demande comment ce Lefrançois a pu blesser Peyrac au point de le tuer.

Reynal sursauta. Ophile venait d'exprimer à voix haute une interrogation qui était aussi la sienne. Il s'était passé tellement de choses depuis le matin qu'il n'avait pas eu le temps d'y repenser calmement.

Gunnar les avait contactés la nuit précédente pour leur annoncer la nouvelle. D'après lui, il avait reçu un appel de Peyrac lui demandant de venir chez lui de toute urgence. Il était blessé et avait peur de mourir. Reynal avait bien compris que son chef était furieux. Il devenait paranoïaque dès qu'on lui téléphonait chez lui et il avait bien spécifié à ses troupes de ne le faire qu'en cas d'extrême nécessité. Il fallait croire que Peyrac était vraiment mal en point. Gunnar était allé chez lui et l'avait trouvé évanoui, dans une mare de sang. Il était mort une heure après.

Le médecin était choqué. Peyrac aurait été sauvé si on l'avait emmené à l'hôpital. Il n'était pas bien compliqué d'inventer une histoire d'accident.

La remarque d'Ophile amena à son esprit une hypothèse plus radicale : Gunnar avait peut-être assassiné Peyrac. « Certainement assassiné », pensa Reynal.

Il soupira en guise de réponse. Ophile le regarda par-dessus son verre de lait. Il avait l'air de bien s'amuser.

« Je soupçonne Gunnar d'avoir tué Peyrac, Gunnar soupçonne Ophile de vouloir garder l'Élixir pour lui et je joue l'espion de Gunnar. Et Ophile, quelle carte cache-t-il dans son jeu ? » pensa Reynal, épuisé et découragé.

– La disparition de Saint-Germain ne doit pas trop nous inquiéter, dit le vieillard comme s'il répondait aux questions du docteur.

Reynal revint brutalement à la conversation. Qu'est-ce qu'Ophile voulait dire par là ? Un moment le docteur se demanda si l'alchimiste n'avait pas tué Saint-Germain. Après tout il n'avait que sa parole. Il lui avait dit avoir quitté le maître espion à la chapelle, avoir cherché des herbes dans la forêt et qu'ensuite il ne l'avait plus revu. « Je deviens paranoïaque à mon tour », songea Reynal en se versant à boire.

– Saint-Germain nous a habitués à des disparitions soudaines, reprit Ophile. Lorsque je l'ai quitté, il voulait vérifier que l'endroit était sûr. J'avoue que je me suis un peu moqué de lui. Il a dû trouver quelque chose et il refera surface bientôt. C'est tout à fait dans ses manières.

– Il aurait dû déjà revenir ! Vous avez vu vous-même que la chapelle était découverte, que précisément ce n'était plus « un endroit sûr ».

Reynal repensa à sa surprise en voyant Ophile arriver dans cette maison alors qu'il devait travailler au laboratoire. La présence de Lefrançois à la chapelle les avait obligés à une expédition montée en catastrophe. Il fallait récupérer tout leur matériel avant le matin, sinon la police ferait main basse dessus.

Gunnar avait eu une bonne idée en l'envoyant ici. Seul, Ophile n'aurait pas eu assez de force pour tout transporter. Reynal se souvint avec déplaisir du départ dans la nuit. À l'entrée du tunnel ils avaient découvert le poste radio caché près de l'arbre. Les gendarmes étaient dans le laboratoire. Il avait suivi Ophile dans le tunnel. Complètement aveugle, il avait dû s'en remettre à l'alchimiste qui semblait voir dans le noir.

Arrivé au bout du tunnel, Ophile s'était avancé d'un pas naturel vers les deux hommes qui gardaient l'endroit. Ils avaient juste eu le temps de se lever avant qu'un éclair jaillisse de la main du vieillard.

Reynal les avait vus s'effondrer et, avant qu'ils aient

touché le sol, Ophile avait plongé par deux fois son poignard.

Le docteur regarda son interlocuteur boire son lait avec des mimiques de chat qui se régale. Le contraste entre l'apparence inoffensive du vieillard et sa froide cruauté ne cessait de le surprendre. « Va-t-il me tuer moi aussi, un jour ? Et boire son verre de lait ensuite ? »

Reynal s'ébroua et conclut leur longue journée :

– Je viens de téléphoner à Gunnar pour lui dire que nous avions récupéré tout le matériel. Il nous félicite et vous encourage à achever rapidement vos travaux. Il préviendra Vorreux et Clément de nos nouvelles dispositions.

– Maître Gunnar semble pressé de me voir achever ma tâche, lâcha Ophile avec ironie. Eh bien, je vais ranger ce que nous avons ramené. Je ne vous cache pas que ce changement me contrarie.

Il se leva et se dirigea vers le sous-sol. Une vaste pièce qui couvrait toute la surface de la maison, éclairée par des baies vitrées à hauteur du sol, c'est-à-dire à deux mètres au-dessus du plancher. C'était une pièce fonctionnelle, un vrai laboratoire moderne, bien mieux équipé que celui de la chapelle.

Reynal savait que le vieil alchimiste regrettait la tanière de Charles de Lauclay. Malgré son inconfort et sa rusticité, il adorait cet endroit. Il prétendait que l'atmosphère qui y régnait lui permettait de mieux travailler, d'avoir les idées plus claires. En réalité Reynal le soupçonnait de faire le cabot, d'affecter des allures d'alchimiste de légende afin de mieux snober les autres.

Reynal se retrouva seul dans la pièce. Il réfléchit encore et encore à leur situation. Avait-il bien protégé leur retraite ? Il pensa que oui. Ce refuge présentait toutes les garanties de discrétion. Gunnar l'avait loué il y a longtemps, sous un faux nom. Chacun avait appris l'adresse par cœur, il n'y avait pas le téléphone et aucun d'entre eux n'y était venu à l'exception de leur chef.

Il but pensivement son verre d'eau, puis décida de faire une entorse à ses habitudes et se versa une grande rasade d'alcool qu'il avala d'un trait. Il ne se sentit pas vraiment mieux. Il comprenait mal son état d'esprit, ce qui agaçait profondément l'homme si rationnel qu'il était. Il n'était pas anxieux, non. Il se sentait plutôt mélancolique, sans vraiment savoir pourquoi. Peut-être parce qu'ils allaient bientôt toucher au but.

Il décida d'aller faire quelques pas sur la grève déserte et sortit par une porte donnant directement sur la mer. Le sable brillait doucement sous la lune et les rochers qui parsemaient la plage étaient autant de taches noires sur un fond blanc. Comme pour leur faire pendants, des rouleaux d'écume apparaissaient et s'évanouissaient, fantômes blancs sur le noir de l'océan.

Le vent vif nettoya les pensées de Reynal. Après une demi-heure de solitude il se sentit bien et retourna vers la maison d'un pas que ralentissait à peine le sable. « Les jours qui viennent vont être intéressants », songea-t-il en poussant la porte basse creusée dans l'enceinte de la maison.

10

Caroline et Sarah couraient sur la plage. Leurs longues robes flottaient autour d'elles comme des ailes. Elles se poursuivaient en riant et en s'interpellant. Leurs pieds nus faisaient voler le sable sous le soleil brûlant. Sarah était magnifique, son corps souple était une invitation à l'amour. Elle me tendit les bras et je m'approchai d'elle. Au moment où j'allais enfin serrer mes doigts sur ses bras nus, alors que je sentais déjà le doux parfum de sa peau, elle disparut dans un éclair bleu.

J'entendis rire derrière moi et, en me retournant, je la vis qui tenait Caroline par la taille. Elles me regardaient toutes les deux en se moquant de moi. Je courus vers elles et, une nouvelle fois, mes mains se refermèrent sur le vide. Dépité, je clignai des yeux après l'éblouissement de l'éclair et leur criai que ce petit jeu ne m'amusait plus.

– Tant pis pour toi !

Je m'élançai vers Sarah, mais soudain le sol s'ouvrit sous mes pieds. Un précipice noir s'était creusé sur la plage et je tombai dedans accompagné par une pluie de sable que j'entendais glisser autour de moi. La sensation de chute était effrayante et j'eus l'impression de tomber très longtemps, de plus en plus vite. J'entendais Caroline, penchée sur l'abîme, qui m'appelait.

– Xavier !

Je ressentis une violente douleur à la taille. « Enfin, me dis-je, elle m'a attrapé par ma ceinture. » Cela me faisait mal. Elle devait avoir un bras immensément long pour avoir pu m'atteindre.

– Xavier, ça va ?

J'ouvris les yeux. *Ce qu'il vous faut savoir en cas d'incident de vol.* La brochure d'Air Inter était à vingt centimètres de mon visage, coincée dans la pochette du dossier du fauteuil devant moi.

– Vous faisiez un cauchemar ? Je vous ai entendu crier.

Comme je ne répondais pas, elle reprit en désignant le hublot à côté d'elle :

– Ça secoue drôlement depuis dix minutes.

Nous volions à travers un épais tapis de nuages gris, presque noirs. Des éclairs blancs illuminaient parfois le hublot, suivis de grondements rauques qui déchiraient mes tympans. L'avion était secoué comme un yo-yo. Voilà donc les éléments à partir desquels j'avais construit mon rêve. Quant à l'interpréter, je verrais ça plus tard.

– Il fait moche comme ça depuis longtemps ?

J'étais incapable de faire une phrase plus correcte. L'image de Sarah et Caroline se dérobant devant moi me poursuivait.

– Depuis Rennes environ. Nous arrivons dans cinq minutes. Vous avez dormi tout du long !

– Désolé, fis-je avec un pauvre sourire.

Elle était fraîche et pimpante, discrètement maquillée, en pleine forme. Ravissante à croquer, alors que je me faisais l'effet d'un chiffon sale abandonné dans une cuisine désaffectée. Je m'étais coupé en me rasant ce matin, ma blessure au front était devenue violette et me faisait mal, j'avais trente heures de sommeil en retard et ce putain d'avion me secouait comme un prunier.

L'idée de rentrer à Paris était de Jean. Il avait pris sur lui de réserver nos places et de nous réveiller à six heures du matin. Ça devenait une habitude.

J'avais râlé, bien sûr, mais Jean s'était montré

inflexible. Caroline avait pris la chose avec bonne humeur.

– Super ! On va enquêter à Paris. Comme Bonnie and Clyde.

Je n'avais pas voulu la vexer en lui faisant remarquer que Bonnie and Clyde étaient des gangsters et nous des « policiers ». Elle était trop mignonne pour que je gâche son enthousiasme. De toute façon je dormais debout. Je réussis néanmoins à monter dans la voiture puis dans l'avion et même à attacher ma ceinture.

– Vos aventures de ces derniers jours ont dû vous épuiser, minauda Caroline en me regardant avec des yeux admiratifs.

Je me sentis immédiatement en forme. Après tout, c'était vrai que j'avais sauvé la vie à Caroline l'avant-veille et à Sarah la veille. Je me renfrognai en pensant qu'aujourd'hui j'allais sans doute être obligé de sauver *ma* vie.

Caroline nous avait franchement surpris par sa sortie dans la camionnette des gendarmes. Elle nous avait expliqué la chose, un peu gênée au début.

– Lorsque j'ai rencontré Reynal, il m'a terriblement plu... Je l'ai un peu dragué pendant un certain temps, mais il n'a jamais répondu à mes avances.

À ce moment Caroline rougit légèrement et je me suis demandé quel genre de type pouvait être ce Reynal pour refuser une Caroline qui s'offrait. Un homo peut-être ? Peut-être.

– J'en devenais folle. J'ai dû ruser pour arriver à connaître son adresse personnelle, sa secrétaire m'avait vue venir et aucun membre de la maternité n'a voulu me la dire. Je crois que pratiquement personne ne la connaissait. Il était évidemment sur liste rouge...

Après un mois de recherches infructueuses elle l'avait suivi à la sortie de la maternité. Elle avait ainsi connu son adresse et, dans sa folie amoureuse, avait guetté tous les soirs devant la porte de son immeuble.

Elle devait être salement accrochée. C'est ainsi qu'elle remarqua qu'il allait très souvent dans une grande maison à Nogent-sur-Marne. Au début elle crut qu'il allait voir une maîtresse mais, après s'être renseignée auprès des voisins, elle avait appris que la maison appartenait à un homme qui y vivait seul, avec seulement deux domestiques, un certain Gunnar. Puis Caroline avait rencontré un autre homme avec lequel elle avait vécu une passion de quatre mois et avait cessé de poursuivre Reynal de ses assiduités.

– Je ne sais pas ce qui m'a pris de courir après lui comme ça. Je n'étais pas vraiment amoureuse, pas au sens habituel du terme. C'était... c'était comme une drogue... une folie. Cela s'est arrêté comme ça, tout d'un coup.

Après ces confidences nous étions rentrés nous coucher, sauf Jean qui avait surveillé l'évacuation de la chapelle et qui avait cogité, hélas pour mon sommeil. Je me souvenais vaguement des arguments qu'il m'avait sortis pendant que je me rasais, les yeux fermés.

– Tu es le seul qui puisse agir vite là-bas. Si je préviens ma hiérarchie et que j'alerte mes collègues de Paris, un, cela va prendre du temps, deux, je n'ai pas grand-chose à leur offrir et trois, nous ne serons plus les patrons de l'enquête.

Je soupçonnais le point trois d'être celui qui lui importait le plus. Je le connaissais depuis suffisamment de temps pour savoir qu'il n'aimait pas partager ses jouets.

– Et qu'est-ce qu'on va faire à Paris ? Se pointer chez ce Gunnar, la bouche en cœur, pour lui demander s'il veut ressusciter le démon du nord ?

– Tu aviseras, avait répondu Jean très calmement. Ou plutôt vous aviserez. Tu pars avec Caroline, je viens de la réveiller.

C'est à ce moment-là que je m'étais coupé.

L'avion descendait vite, en se balançant de droite à gauche d'une façon qui ne me plaisait pas du tout. À travers le hublot je voyais la pluie tomber à verse et j'espérais que le pilotage aux instruments fonctionnait correctement.

Caroline ne semblait pas s'en soucier. Toujours fraîche et débordante d'énergie.

– Vous avez une idée de la façon dont nous allons nous y prendre ?

– Quelques-unes, mentis-je effrontément.

Le choc des roues sur la piste me dispensa de répondre plus précisément.

Je décidai hardiment que nous devions prendre un petit déjeuner copieux à l'aéroport. Puis, tandis que nous finissions notre café, j'entrai dans le vif du sujet.

– Au fait, quelle langue traduisez-vous ?

– Sarah ne vous l'a pas dit ? Le japonais, et l'anglais évidemment.

Moi qui avais déjà du mal à comprendre comment des gens pouvaient parler japonais, je considérai avec un respect nouveau cette créature qui le *traduisait.* Je hochai la tête d'un air désabusé comme si je ne connaissais que des gens parlant le japonais.

– Vous allez avoir du mal à m'aider alors.

– Vous avez un texte à traduire ?

– Oui, mais ce n'est pas du japonais.

Je lui parlai des inscriptions découvertes sur le cercueil ainsi que de celles de la chapelle.

– Oui, je m'en souviens, mais je n'ai pas eu le temps de bien les regarder.

– Bon, eh bien, allons chez moi. Vous étudierez les photos, j'ai quelques trucs à organiser et ensuite nous passerons à l'action.

Arrivés chez moi, j'installai Caroline devant les photos et me livrai à quelques menues occupations. Tout d'abord je déchirai une enveloppe glissée sous ma porte, enveloppe sur laquelle il y avait juste mon nom.

Je vous ai attendu rue Jeanne-d'Arc jusqu'à 19 h. Contactez-moi dès que vous pourrez. Inspecteur H. Lapointe.

Merde ! Le collègue que Jean m'avait envoyé pour visiter le couloir de Sarah. J'appelai le numéro indiqué sur la carte et j'eus la chance de tomber directement sur l'inspecteur Lapointe. Au son de sa voix je le trouvais sympathique, d'autant plus qu'il ne me reprocha pas de lui avoir posé un lapin. Je lui dis ce que j'avais découvert dans le local EDF et lui demandai de prendre contact avec Jean. Ce dernier avait les deux mouchards avec lui et, s'il y avait du nouveau de ce côté, autant que ça passe par Lapointe qui me servirait d'« officier de liaison ». Nous prîmes rendez-vous pour dans une heure.

J'appelai ensuite mon collègue spécialiste des écritures anciennes, mais il était « en conférence », me dit la secrétaire de l'université.

Enfin j'appelai Jean pour lui confirmer notre arrivée et lui parler de Lapointe. Là-bas il avait beau temps, Sarah bronzait sous la surveillance de Larnoux, et Jean était débordé par les suites des événements de la chapelle.

– Alors, ça vous dit quelque chose ? demandai-je à Caroline en entrant dans ma chambre.

Elle était allongée sur mon lit et avait retiré ses chaussures. Ses pieds, aux ongles rouge vif, étaient ramenés sous elle et je pouvais voir ses ravissants orteils s'agiter près de ses fesses. À ma grande surprise « ça lui disait quelque chose ».

– J'ai déjà vu cet alphabet quelque part. Je crois que c'est dans un de mes cours sur les écritures anciennes...

Elle me regarda d'un air terriblement sérieux et professionnel. Une facette de sa personnalité dont je ne me serais pas douté. J'ai trop tendance à considérer les femmes uniquement sous l'angle de la différence des sexes.

– Il faudrait que je repasse chez moi pour fouiller dans mes cours. Je suis certaine que j'ai déjà vu un exemplaire de cette écriture. Il faut que j'y aille, dit-elle en se relevant.

J'hésitais à l'idée de la laisser retourner chez elle. A priori elle ne courait aucun danger. Mais le tueur de la cuisine était toujours dans la nature et savait-il, lui, que Caroline n'avait plus besoin qu'on la fasse taire ? Je lui fis part de mes craintes, mais elle éclata de rire.

– Ne vous inquiétez pas ! Il y a un gardien pour les pavillons de mon quartier. C'est un ancien judoka et je lui dirai qu'on a voulu me cambrioler. Je ne crains rien avec lui.

Vorreux tendit une main potelée vers la boîte de chocolats posée près de lui. Il n'interrompit pas sa lecture et laissa ses doigts choisir la gâterie au hasard. Il porta le chocolat à sa bouche en tournant la page de son livre avec son autre main. Il laissa fondre sur sa langue la douceur en continuant sa lecture.

Il était assis dans son fauteuil favori, dans sa bibliothèque. Un vieux fauteuil en cuir râpé dont la couleur, il ne savait pas pourquoi, lui rappelait son enfance. Un feu brûlait dans la cheminée, Vorreux ayant pris prétexte du mauvais temps pour l'allumer bien qu'on fût à la fin du printemps. Dehors la pluie tombait sans discontinuer depuis le matin, tambourinant doucement sur les fenêtres. L'atmosphère douillette de la pièce en était renforcée.

Le gros homme soupira et leva le nez de sa lecture. Il posa son livre sur ses genoux et pensa à prendre un autre chocolat. Il se retint, plus pour retarder le plaisir que par raison, et se leva afin de se servir un petit verre de liqueur de framboise.

Vorreux était un jouisseur impénitent dans le domaine de l'oralité. Il savoura une gorgée de framboise, léchant ses lèvres de sa petite langue charnue, et décida que l'avenir se présentait bien. Après toutes ces années d'efforts, après ces derniers jours pleins d'imprévus, le calme semblait enfin revenu. Gunnar avait la situation en main, lui-même était à l'abri des recherches de ce petit enquiquineur de Lefrançois. Il n'avait vraiment rien à craindre. Non, rien du tout.

– Surtout ne cherchez à contacter personne ! avait dit Gunnar au téléphone.

Gunnar et la sécurité ! Une obsession un peu ridicule. Enfin, si cela pouvait lui faire plaisir. Vorreux s'était toujours moqué du côté « militaire » de leur Ordre, de cette hiérarchie, de ces consignes, de cette discipline qui cadrait mal avec son tempérament. Il était un érudit, lui, un véritable savant !

Dans le groupe il n'y avait qu'Ophile et peut-être Reynal qui pouvaient se comparer à lui. Clément était son assistant, il tenait à ce mot qui montrait bien qui était le vrai chef. Quant aux trois autres, ce n'étaient que deux brutes et un chef de horde. Gunnar lui faisait un peu peur, c'est vrai, mais Vorreux avait toujours pensé que son intelligence était supérieure au pragmatisme rusé de son chef. Gunnar était un mal nécessaire. Quant à Saint-Germain et Peyrac, ce n'étaient que de vulgaires hommes de main et il s'offusquait qu'ils fussent mis sur un pied d'égalité avec lui.

Enfin, Peyrac était mort et tout cela serait bientôt fini. Une fois qu'il aurait bu l'Élixir il se faisait fort d'éliminer Saint-Germain, dont l'habileté serait sans aucun doute inférieure à la sienne. Mais peut-être ne serait-ce même pas nécessaire, Saint-Germain étant sans doute déjà mort.

Cette pensée le mit de bonne humeur et il se servit un second verre de liqueur. Il allait porter le minuscule verre à ses lèvres lorsqu'il entendit grincer sa porte d'entrée. Inquiet, il se mit lourdement en marche, mais la porte de la bibliothèque s'ouvrit avant qu'il ne l'atteigne.

– Ah, c'est vous ! Vous auriez pu sonner au moins, dit-il d'un ton outragé. Que se passe-t-il, il y a un problème ?

– Rien que nous ne puissions régler tout de suite, répondit son visiteur en lui enfonçant une lame entre les côtes.

Vorreux mourut avec un léger soupir de surprise. Le cœur s'arrêta net de battre et le bonhomme replet s'affaissa sans un bruit, son assassin retenant le corps pendant sa chute.

L'homme retira son couteau d'un coup sec, essuyant soigneusement la lame sur la veste de soie de Vorreux. La mort avait figé sur le visage du gros homme la stupéfaction qu'il avait éprouvée en sentant l'acier entrer dans son corps. Ses yeux ouverts contemplaient son meurtrier avec surprise et réprobation.

L'homme retourna dans l'entrée et en revint aussitôt, portant deux sacs qui semblaient très lourds. Il dissémina plusieurs boules noires dans tout l'appartement, choisissant avec soin les endroits où il y avait le plus de matières inflammables. Il déchira des rideaux, vida le linge des placards pour en faire des tas qu'il mit par-dessus les boules.

Il prit ensuite dans ses sacs deux jerrycans d'essence dont il arrosa toutes les pièces de l'appartement. Revenu dans la bibliothèque il aperçut les chocolats et commença à en manger, assis dans le fauteuil de Vorreux, face au mort qui le regardait toujours de ses yeux fâchés. Les bombes au phosphore s'allumèrent presque simultanément, transformant d'un coup l'appartement en brasier.

L'homme n'en avait pas mis dans la bibliothèque, ne voulant courir aucun risque, comptant sur les livres imbibés d'essence pour faire un bûcher funéraire à Vorreux. Il prit ses deux jerrycans, s'aperçut que l'un d'eux n'était pas complètement vide et aspergea le cadavre avec ce qui restait. Il s'offrit un dernier chocolat tandis que le feu faisait rage dans les pièces à côté. Bientôt les flammes vinrent lécher la porte et l'homme se dit que l'essence n'allait pas tarder à enflammer la pièce.

Il retourna dans l'entrée, posa sa dernière bombe avec un retard d'une minute et, au moment où la fumée commençait à le faire pleurer, il tira la porte sur lui. Du palier il était encore impossible d'entendre le grondement des flammes qui dévoraient Vorreux et son appartement si confortable.

Le visiteur descendit l'escalier d'un pas tranquille.

Il fut beaucoup plus silencieux en ouvrant la porte de Clément. Le fait que Vorreux l'ait entendu l'avait contrarié.

Du fond de l'appartement lui parvinrent des cris rauques et des obscénités chuchotées qui ne laissaient pas de place au doute. Il fut alors certain de ne pas avoir été entendu. Il s'avança de quelques pas et admira au passage la fonctionnalité et la propreté de la cuisine. On aurait dit une salle d'opération, tant les instruments rutilaient sous les néons. Clément avait toujours eu un goût obsessionnel pour la propreté.

Cela cadrait bien avec ses mœurs, pensa l'homme en sortant un revolver de sa poche. Il y vissa un silencieux qui doubla la longueur du canon et s'avança dans le couloir. Ses chaussures aux semelles de crêpe ne faisaient aucun bruit sur la moquette rouge vif impeccable. L'homme se demanda combien de fois par jour Clément passait l'aspirateur. On aurait dit que l'on marchait sur un lac de sang.

L'homme savait que, deux fois par semaine, avec une ponctualité maniaque, Clément recevait son amant.

« Eh bien, qu'il en profite », pensa le visiteur en souriant.

Il vérifia qu'il n'y avait personne dans le salon et poursuivit son chemin silencieux sur la moquette immaculée. Les bruits du coït se faisaient de plus en plus audibles, se mêlant aux encouragements de Clément à l'adresse de son partenaire.

Il savait, pour avoir lu les rapports de Saint-Germain, que les habitudes sexuelles du généticien étaient aussi rigides que son goût pour l'ordre et la propreté. Il commençait par des préliminaires dans le salon puis passait dans la chambre où son giton lui administrait une fellation, « le plus souvent sur le lit », précisait Saint-Germain. Enfin, il s'offrait à son amant.

L'homme poussa la porte de la chambre qui était entrouverte. Manifestement les deux hommes en étaient à la phase trois. Clément, debout, les bras appuyés sur une commode, recevait les hommages d'un bellâtre bien bâti. L'homme se souvint qu'il se prénommait Michel et qu'il avait vingt-deux ans. C'était un prostitué, mais Clément l'ignorait.

Michel était un éphèbe blond, tout en muscles, adepte

du culturisme. Il ne ménageait pas sa peine et Clément semblait ravi, l'encourageant par ses cris et ses mouvements. Ils étaient de côté par rapport à l'homme, Michel sentit sa présence le premier. Il n'eut que le temps de tourner la tête avant que le visiteur ne lui loge une balle entre les deux yeux. Le silencieux étouffa presque complètement la détonation.

L'éphèbe retomba la tête en avant sur son partenaire qui ne s'était encore rendu compte de rien. Son corps commença à glisser sur le dos de Clément qui tourna la tête en arrière.

– Pourquoi tu t'arrêtes ? cria-t-il tandis que Michel se détachait de lui avec un petit bruit de succion.

Le visiteur eut le temps de voir que l'éphèbe, bien que mort, gardait une certaine érection. Mais il reporta son attention sur Clément qui réalisa brutalement la situation en voyant le trou rouge sur le front de son partenaire.

– Vous ! balbutia-t-il, avant d'ouvrir la bouche pour se mettre à hurler.

Il n'en eut pas le temps. La balle s'engouffra dans sa bouche ouverte et ressortit par la nuque, lui arrachant la moitié du crâne. C'était un gros calibre, choisi expressément par le visiteur pour causer un maximum de dégâts. Le visage de Michel était intact, mais l'homme savait qu'en le retournant il découvrirait que le haut de la tête avait été emporté.

C'est d'ailleurs ce qu'il fit, après avoir dévissé le silencieux et l'avoir rangé, ainsi que son arme. Délaissant le corps de Clément qu'il poussa du pied, il s'accroupit près de Michel et sortit le couteau avec lequel il avait tué Vorreux.

Il ne regarda pas le magma de sang et de cervelle qui remplaçait la nuque de l'éphèbe et s'intéressa à son dos musclé. Consciencieusement, en lettres capitales, il traça dans la chair deux mots avec son couteau. Les épaules larges de Michel lui offraient toute la place nécessaire, le sang coulait des entailles, barbouillant les lettres.

Il se releva et contempla son œuvre. « *SALOPE* », avait-il écrit entre les omoplates, puis en dessous : « *TRAÎTRESSE* ».

Les deux mots étaient bien lisibles, en rouge sur le dos imberbe et cuivré. Ainsi la police croirait à une vengeance d'homosexuel. Il savait, toujours par Saint-Germain, que Michel avait des rapports orageux avec un grand Noir qui était plus au moins son souteneur.

L'homme repensa à chacun de ses gestes depuis qu'il était dans l'appartement. Il vérifia que toutes ses armes étaient avec lui. Ses gants de chirurgien empêchaient qu'il laisse des empreintes.

Il contempla sa mise en scène. Clément gisait sur le dos, un masque de frayeur posé sur son visage. Sa bouche grande ouverte donnait l'impression qu'il criait silencieusement. Mais ce que l'on voyait en premier était le dos tailladé de Michel. Le message était bien visible.

Satisfait, l'homme foula à nouveau la moquette rouge et sortit en laissant la porte légèrement entrouverte.

Inquiet, j'entamais mon troisième tour de la place de la Nation. J'avais donné rendez-vous à Caroline devant la sortie du RER et je ne la voyais pas. Or c'est moi qui étais en retard. Les encombrements parisiens, alliés au fait que je ne connaissais pas cette voiture, m'avaient retardé de presque une demi-heure.

N'y tenant plus, je me forçai un passage à travers les voitures qui arrivaient à toute vitesse de l'avenue du Trône et m'arrêtai au bord du trottoir. Je sautais du véhicule quand une contractuelle s'approcha de moi en courant.

– Vous n'avez pas le droit de stationner à cet endroit, me lâcha-t-elle d'un air triomphant.

Je faillis m'excuser et demander un délai de grâce – une minute s'il vous plaît, madame, le temps de vérifier que mon amie ne s'est pas fait égorger –, lorsque je me souvins de la voiture que j'utilisais. Avec un geste sec je rabattis le pare-soleil et là j'eus le plaisir de voir le visage de la contractuelle se fermer quand elle put lire le mot POLICE écrit dessus.

C'était la première fois que je connaissais cette sensation et je me demandai pourquoi j'avais choisi cette carrière universitaire de merde plutôt que le noble métier de défenseur de la loi. Je passai devant elle sans un mot, n'ayant pas le culot de lui demander de surveiller la voiture. J'étais trempé en arrivant en bas des marches du métro, mais cela n'avait aucune importance : Caroline était là. Sagement adossée au mur couvert de carreaux blancs, elle lisait un polycopié.

– Vous êtes trempé ! dit-elle en m'apercevant. Il ne pleut tout de même pas dans le métro.

– J'ai une voiture, je vous expliquerai.

Nous remontâmes les marches et courûmes vers la voiture. Nous eûmes beau faire vite, nous étions trempés tous les deux. Cela lui allait d'ailleurs fort bien, ces gouttelettes de pluie qui brillaient dans ses cheveux et coulaient dans son cou. Je lui expliquai les causes de mon retard sans lui parler de mon inquiétude.

– Ce n'est pas grave. Je vous ai attendu en m'instruisant. Regardez, ce sont bien les mêmes lettres.

Elle me tendit les feuilles qu'elle lisait dans le métro. C'était un poly des Langues O et je reconnus immédiatement les caractères. Si j'avais besoin d'une confirmation, Caroline avait glissé entre les pages les photos prises dans le caveau.

– Et alors, qu'est-ce que c'est ?

– Un mystère ! Personne n'a pu déchiffrer cette écriture, il n'en existe que de très rares exemplaires. Les spécialistes avec tous leurs ordinateurs s'y sont cassé les dents. Lisez plutôt.

Elle me montra les pages en question. Il y était dit que cet alphabet avait été découvert pour la première fois en 1955, sur la pierre d'un mausolée suédois datant d'environ mille ans avant Jésus-Christ. Suivaient tout un tas d'explications ardues pour un non-spécialiste qui aboutissaient à la conclusion très claire : personne n'y comprenait rien.

– Ça ne nous avance guère, dis-je à Caroline.

Elle s'était penchée vers moi pour suivre ma lecture et l'odeur de ses cheveux mouillés se mélangeait à son parfum. Nous étions coupés du monde par la buée qui couvrait toutes les vitres de la voiture. Ce fut un instant très agréable. Je me secouai et fis démarrer le moteur. Je m'en voulus de ma remarque précédente.

– Bravo pour avoir trouvé ça ! dis-je en me coulant prudemment dans la circulation.

J'avais mis le chauffage, mais le pare-brise restait couvert de buée que j'essuyai du revers de ma main.

– Comme vous dites, ça ne nous avance guère.

– Mais si ! Le fait qu'on ait trouvé un exemplaire de cette écriture en Suède confirme les écrits de Charles.

Je lui rappelai les remarques acerbes que faisait le duc de Lauclay sur le clan rival des Bar Lacl'. Il parlait de « gens du Nord », c'est-à-dire des actuels Suédois ou Norvégiens. Cela cadrait également avec les origines d'Ofsenn, l'amant de Béatrice de Lauclay.

– Comment Sarah va-t-elle se remettre de tout cela ? demanda Caroline, suivant le cours de mes pensées.

– Vous pouvez le savoir mieux que moi. Que vous a-t-elle dit ?

– Oh... Elle ne parle pas beaucoup... Elle n'a pas l'air de trop m'en vouloir.

– Elle ne vous a pas paru bizarre depuis hier ?

Caroline leva vers moi un regard surpris.

– Non. Pas du tout. Elle est un peu renfermée, ça se comprend.

Je n'insistai pas. Le visage grimaçant de Sarah flotta un instant devant mes yeux.

Je racontai à Caroline ma visite à l'inspecteur. Lapointe, Henri pour ses amis, s'était révélé un homme charmant et un collaborateur efficace. Il me dit avoir téléphoné à Jean le matin même : pas d'empreintes sur les mouchards, mais il espérait avoir bientôt une piste car ce genre de matériel était assez particulier. Saint-Germain n'avait pas reparu chez lui. La police continuait à surveiller l'appartement.

Enfin Lapointe était allé chez Caroline, « dites donc, ça a dû être une sacrée bagarre », et avait réussi à relever quelques empreintes sur les murs de la cuisine et sur les débris de la fenêtre. Ces empreintes étaient le plus souvent celles de Caroline, un peu les miennes... et celles de l'homme qui nous avait attaqués.

– Nous avons fait des recherches, ce type n'est pas dans nos fichiers.

Lapointe avait pu obtenir des renseignements plus précis sur Gunnar. J'avais été impressionné car Caroline nous avait donné son nom et son adresse dans la nuit et nous étions en fin de matinée. J'imaginais que je n'avais pas été le seul à être réveillé aux aurores par un Jean surexcité.

– C'est un homme riche et très influent. À toucher avec des pincettes. J'ai téléphoné à mes collègues de la brigade financière : rien à signaler. Ses affaires sont nickel. Il travaille surtout à l'étranger, transfert de fonds, multiples participations dans des groupes financiers. Bref, conclut-il, je ne connais rien dans ce genre de business, si ce n'est que ça rapporte gros.

– Et actuellement, qu'est-ce qu'il fait ?

– Il a disparu, comme votre ami le Dr Reynal.

Ce toubib était loin d'être mon ami, mais je gardai ma réflexion pour moi. Lapointe et ses hommes avaient drôlement bien travaillé. Bien et vite.

Il me dit alors, tandis que j'allais repartir, que Jean avait demandé qu'on me donne une voiture de service. Théoriquement il aurait dû être avec moi pour la conduire, mais il y avait un petit contretemps.

– Vous comprenez, expliqua Lapointe, ma fille fait sa communion le week-end prochain. Et c'est moi qui dois l'emmener toute la semaine à la préparation parce que ma femme est malade et...

Je le coupai dans ses explications et l'assurai que je prendrais soin de la voiture. Et si j'ignorais que la communion solennelle fût aussi bien préparée, cela faisait plutôt mon affaire : malgré sa bonne volonté je préférais que Lapointe me laisse *seul* faire *mon* enquête.

– Que faisons-nous ? demanda Caroline en voyant que je m'engageais dans le bois de Vincennes.

Manger d'abord, puis visiter la maison de votre ami Gunnar.

– Ce n'est pas mon ami !

Dont acte. Voilà que je me mettais à parler comme Lapointe. Je roulais un peu trop vite dans le bois et j'eus la tentation d'utiliser la sirène et le gyrophare amovible que Lapointe m'avait montrés. Ce qui me retint fut la peur du ridicule : il n'y avait pratiquement pas de circulation à cette heure-ci.

Nous faillîmes nous disputer sur le choix du lieu du déjeuner : Caroline était une fanatique du fast-food à l'américaine et je fus surpris d'une telle faute de goût chez quelqu'un qui paraissait normal, sans parler des risques d'intoxication. La discussion s'envenima. Elle était très belle lorsqu'elle défendait son bifteck. J'étais à deux doigts de céder, mais dans un dernier sursaut de dignité je proposai une pizzeria et elle accepta ce compromis.

Nous parlâmes de tout et de rien, en tout cas pas de ce qui nous amenait dans cette bourgade banlieusarde et, après avoir fait la paix sur nos goûts culinaires, nous passâmes un très agréable moment. Ce ne fut que lorsque l'on nous apporta l'addition que Caroline se souvint que nous étions des enquêteurs.

– Alors, vous avez un plan ? Comment va-t-on s'y prendre ?

– Le plus simplement du monde. Nous allons effectuer une petite perquisition.

– Une perquisition ? Je croyais qu'il fallait un mandat !

– Il en faut un. Disons que nous allons faire une petite visite.

– Mais s'il est là ? Et s'il n'est pas là, comment allons-nous entrer ?

– Faites-moi confiance.

Je la fis monter dans la voiture et ne dis rien d'autre

pour frimer un peu – je savais par Lapointe que Gunnar était parti, laissant la maison vide de tout occupant.

Pour entrer, j'avais mon arme secrète.

La propriété était située dans une rue calme de Nogent, non loin d'une clinique psychiatrique. Autant la rue principale était bruissante de monde, autant les rues avoisinantes étaient désertes ou presque, surtout lorsqu'on s'éloignait du centre-ville. Ce n'étaient que vieilles demeures, en général cernées de murs, plus ou moins décrépis selon les finances de leurs propriétaires.

La maison de Gunnar ne faisait pas exception. En regardant bien, on voyait qu'il avait les moyens de l'entretenir. Son haut mur, qui se fondait dans le paysage, n'avait pas une pierre descellée. Les arbres qui dépassaient du mur étaient bien taillés et, lorsque nous passâmes devant la grille exempte de rouille et munie d'une serrure ultramoderne, nous devinâmes un grand parc derrière le rideau d'arbres qui masquait la maison. Ça puait l'argent qui ne veut pas se montrer.

– Comment allons-nous entrer ? demanda Caroline en me montrant la serrure et la caméra vidéo fixée à l'angle du mur.

– J'ai tout ce qu'il faut, répondis-je d'un ton rassurant en sortant de ma poche une trousse de cuir beige que m'avait donnée Lapointe.

Il avait étudié la serrure et pensait que je devrais arriver à entrer sans problème.

Je garai la voiture à une centaine de mètres de la maison et nous marchâmes lentement vers la grille.

– Ayons l'air de deux amoureux, dis-je brusquement à Caroline en lui prenant la main.

Je ne savais pas du tout ce qui m'avait pris et je fus le premier surpris par mon geste. Je m'attendais à ce qu'elle dégage son bras avec une réplique glaciale, mais au contraire elle glissa ses doigts entre les miens et serra sa main dans la mienne.

– Le moment délicat... commençai-je, le moment délicat sera lorsque j'essaierai d'ouvrir la grille. Cela risque de prendre un peu de temps et nous serons en pleine rue.

Nous approchions de la grille et je trouvai brusquement que le trajet avait été beaucoup trop rapide.

– Eh bien, si quelqu'un arrive, nous nous embrasserons comme des amoureux.

Je n'osai pas la regarder pour voir si elle se moquait de moi. Je dus lâcher sa main pour ouvrir ma trousse de cambrioleur.

À l'intérieur, outre une multitude de clés glissées en plusieurs rangées sous des bandes d'étoffe, il y avait un boîtier ressemblant vaguement à une télécommande de télévision. Je sélectionnai un jeu de clés après avoir regardé la serrure qui se trouvait sous le cadran permettant de taper le code d'entrée.

Au bout de trois essais je parvins à ouvrir le boîtier. Très vite je repérai l'endroit où aboutissaient les fils de couleur dont m'avait parlé Lapointe. Je reliai les fils à leur point de soudure au boîtier avec de minuscules pinces crocodile et appuyai sur le bouton « *ON* ». Un petit écran s'alluma et des chiffres et des lettres s'affichèrent à toute vitesse, changeant sans cesse tandis que l'appareil émettait un faible bip-bip.

Je jetai un coup d'œil par-dessus mon épaule. Heureusement, la rue restait déserte. À côté de moi Caroline regardait, fascinée, les chiffres défiler sur l'écran.

La recherche me parut durer une heure, alors que cela ne prit que deux minutes (« trois maximum, ça dépend du code qu'il a choisi », m'avait précisé Lapointe). L'appareil émit enfin un bip continu et l'affichage se stabilisa : 85AB69.

La grille s'ouvrit avec un déclic assourdi et cossu. Je défis les fils électriques, refermai le boîtier et pris Caroline par le coude. Nous entrâmes d'un pas de propriétaire.

Je fermai la grille derrière nous, vérifiant qu'elle s'ouvrait de l'intérieur avec un simple bouton, et je ne me sentis tranquille qu'une fois derrière le rideau d'arbres.

– Il n'y avait personne dans la rue, me chuchota Caroline alors que nous arrivions dans le parc.

Celui-ci était plus grand encore qu'il ne le paraissait vu de l'extérieur. La pluie avait cessé et le chaud soleil du printemps faisait briller l'herbe parfaitement tondue. La maison, élégante et discrète, nous attendait en haut de l'allée. Il se dégageait de l'endroit une impression de sérénité qui m'aida à calmer les battements un peu trop rapides de mon cœur après mon « effraction ».

Tenant toujours le bras de Caroline, je m'engageai dans l'allée qui serpentait vers la maison. Je me sentis très calme et optimiste pendant quelques pas, puis je pensai aux chiens. Et si Gunnar avait des chiens ? Lapointe m'avait bien assuré que la maison était vide, mais il n'avait pas vérifié qu'il n'y avait pas de fauves en liberté. Outre que j'ai horreur des chiens en général, j'avais encore en mémoire les photos du corps d'André. Je tâtai machinalement la crosse de mon revolver.

– Quelque chose ne va pas ? demanda Caroline.

– Non, je vérifie juste que je n'ai rien oublié.

Le chemin jusqu'à la maison fut un véritable supplice, je bougeais sans cesse la tête, à l'affût du moindre mouvement dans les buissons, m'attendant à chaque instant à sentir des dizaines de kilos de muscles stupides me renverser et des crocs se refermer sur ma nuque. J'ai toujours eu beaucoup d'imagination et je regrettais fortement ce trait de caractère tandis que nous traversions le parc.

Mes craintes s'avérèrent sans fondement et il me fallut à peine cinq minutes pour forcer la serrure de la porte d'entrée. Pour Caroline cela semblait aller de soi et je fus vexé qu'elle n'admire pas ma performance.

Les deux heures qui suivirent ne furent guère passionnantes. Une fois passé l'excitation de nous trouver là en situation illicite, la visite fut plus une corvée qu'une partie de plaisir.

La maison comportait de nombreuses pièces dont nous nous aperçûmes que la majorité était inoccupée depuis longtemps. Nous les fouillâmes par acquit de conscience, sans rien trouver d'intéressant, puis nous passâmes dans les pièces que Gunnar utilisait vraiment, sa chambre, un bureau et une sorte de salle de réunions.

Caroline et moi-même décidâmes de visiter les pièces une à une en restant ensemble. Je ne sais pas si des flics professionnels auraient agi de la même façon, sans doute que non, mais je ne voulais pas laisser Caroline toute seule.

– Qu'est-ce qu'on cherche, au fait ? demanda l'ingénue.

– Tout et n'importe quoi. Une adresse, un numéro de téléphone, une lettre, une facture... Tout ce qui pourrait nous mettre sur sa piste ou sur celle des autres.

En fait de piste, au bout de deux heures de recherches minutieuses, nous n'avions rien trouvé. Gunnar était un homme riche, soigneux, ordonné et possédant une magnifique bibliothèque. Tous ses papiers, parfaitement rangés, ne nous apprirent rien d'autre que les numéros de ses comptes en banque et les différents courriers administratifs qu'il recevait. Caroline prenait sa tâche très au sérieux et plusieurs fois je la surpris à compulser des papiers que j'avais déjà lus.

– La confiance règne ?

– Ça ne coûte rien de regarder une deuxième fois, me répondit-elle avec sa si jolie moue.

Mais les vérifications carolinesques ne nous firent rien découvrir de plus. J'étais frappé par l'espèce de vide, de froideur, qui imprégnait cette maison. Nous ne trouvâmes en effet aucun bibelot, aucun souvenir, ni aucune photo permettant d'avoir un aperçu de la vie privée de Gunnar. Tout était lisse, propre et froid. Tout était fonctionnel et même le bureau, avec sa belle bibliothèque et ses fauteuils en cuir, semblait sans âme. Jusqu'à sa pharmacie qui était banale et pauvre en médicaments. Cet homme semblait ne pas avoir de passé et jouir d'une excellente santé.

Nous ne vîmes nulle part de statues ou de dessins analogues aux « décorations » de la chapelle ou à celles du caveau des Lauclay. Point de vue tableaux, Gunnar donnait plutôt dans l'abstrait.

– Allons, dis-je à Caroline. Il faut partir maintenant.

Nous traînions dans la maison depuis trop longtemps à mon goût.

– Attendez ! lança-t-elle.

Sans me laisser le temps de répondre, elle se mit à quatre pattes et commença à fourrager sous une commode.

– Vous avez perdu vos boucles d'oreilles ? demandai-je, assez troublé par le spectacle qu'elle m'offrait.

Elle ne répondait pas, se tortillait de plus belle. Elle se releva enfin et brandit triomphalement une feuille de papier pliée en quatre.

– Je l'avais aperçue tout à l'heure. Je me demandais si c'était un reflet du plancher ou un papier.

C'était bien le premier signe de désordre que nous observions chez Gunnar. Caroline déplia la feuille un peu comme Harpagon ouvrant sa cassette et eut une expression chagrine.

– Zut ! Encore un courrier commercial.

Elle me tendit la lettre et je pus lire que l'entreprise Lormeau, spécialisée dans l'entretien et la réparation des chaudières à fuel, était bien passée pour la vérification annuelle au début du mois de janvier. J'allais poser la feuille lorsque mon regard fut attiré par l'adresse de l'entreprise figurant en en-tête : 6 bis, rue Corentin – 29000 Quimper.

Bizarre que Gunnar fasse appel à une entreprise de Quimper pour s'occuper de sa chaudière à Nogent-sur-Marne ! Je pliai la feuille et la mis dans ma poche. La récolte était maigre, mais je ne voyais plus rien d'autre à visiter, nous avions fouillé partout, même à la cave, et, contrairement à mon habitude de ces derniers jours, je n'avais découvert aucun passage secret...

Lorsque nous sortîmes, le soleil tapait dur et l'orage du matin n'était plus qu'un lointain souvenir. Le parc était toujours aussi calme et incitait à la promenade.

– Et si nous faisions un tour avant d'y aller ? demanda Caroline comme si elle avait lu mes pensées.

Je mis de côté mes fantasmes de chiens déchaînés et nous fîmes le tour du parc sans rien remarquer de nouveau. Notre visite était un échec. Il nous fallait partir. Lapointe continuerait à surveiller la maison et nous préviendrait si Gunnar refaisait surface.

Je fis pivoter Caroline en la tenant par le bras et je sentis son corps souple accompagner mon mouvement. Je cherchais une façon amusante de lui en faire la remarque lorsque mon regard fut attiré par un mouvement près de la maison.

Un homme en sortait et se dirigeait vers nous.

11

Mon début de phrase mourut sur mes lèvres. Caroline suivit mon regard.

– Merde, murmura-t-elle.

Je n'aurais pas mieux résumé la situation. L'homme qui venait vers nous était grand, blond, massif, avec les cheveux coupés très court, presque rasés. Il dégageait une impression de force brute que rien ne pouvait arrêter.

Nous étions au milieu du parc, inutile de vouloir se cacher. Je sortis mon revolver. L'homme s'arrêta à quelques mètres devant nous. Je crus distinguer une expression de haine sur son visage, mais cela ne dura qu'une fraction de seconde. Il se remit en marche d'un pas assuré en me regardant droit dans les yeux.

– Puis-je savoir ce que vous faites chez moi ? demanda-t-il en s'immobilisant.

Sa voix était profonde, son ton mesuré, pas vraiment affable.

– Je suis venu vous chercher, Gunnar. La police a quelques questions à vous poser.

J'espérais que mon air d'autorité ainsi que le fait que je sache son nom allaient un peu le déstabiliser. Ma réplique ne sembla lui faire aucun effet, pas plus que le revolver qui pendait au bout de mon bras. J'avais trouvé ce compromis au dernier moment entre la prudence et la menace directe.

– Et vous êtes de la police, monsieur Lefrançois ?

Voilà que lui aussi me connaissait. Il accompagna sa question d'un sourire narquois qui jurait avec l'éclat glacial de ses yeux.

– Non, mais je vais vous y conduire.

– Avec votre revolver ? demanda-t-il en désignant mon arme.

– S'il le faut.

– Vraiment, monsieur Lefrançois, vous me tireriez dessus ?

– Je n'hésiterais pas à vous foutre une balle dans le genou, dis-je en levant l'arme.

Il dut comprendre à mon attitude que je ne plaisantais pas. Si je me sentais incapable de l'abattre de sang-froid, l'idée de lui détruire un genou me tentait beaucoup.

Je l'aurais fait s'il n'avait pas brutalement balancé sa main droite sur mon poignet avec une rapidité et une violence inattendues. Je le braquais avec mon arme et l'instant d'après mon revolver était dans les buissons. J'avais l'impression que ma main droite avait été arrachée.

Dans le même mouvement il frappa Caroline au cou et la pauvre s'effondra en poussant un couinement de souris écrasée. Je voulus me précipiter vers elle, mais Gunnar fonça sur moi tête baissée et vint heurter mon menton, m'envoyant au tapis.

Il n'avait pas besoin de pouvoirs psychiques pour me filer une raclée. Je maudis ma stupidité : Jean m'avait bien rappelé que lorsqu'on menace quelqu'un avec un revolver il faut toujours rester hors de sa portée. Je n'avais pas le temps de cultiver mes regrets, Gunnar étant en train de m'étrangler avec application. Il était plus fort que le tueur de Caroline et je ne pouvais pas lui faire le coup du genou dans les testicules car il m'avait plaqué au sol et m'écrasait de tout son poids.

Je tentais de l'étrangler à mon tour et je me rendis vite compte que c'était impossible. Mes doigts n'arrivaient pas à s'enfoncer dans les muscles de son cou. Gunnar avait une encolure de taureau.

Mes forces m'abandonnèrent très vite et je croyais entendre des cloches, à moins que ce ne soient les cartilages de mon larynx qui se brisaient sous la pression. Dans une tentative désespérée je lâchai son cou et tentai de lui griffer le visage, visant les yeux. Gunnar secoua la tête pour se dégager et son étreinte se relâcha. Je pus à nouveau respirer.

Cette bouffée d'oxygène m'éclaircit les idées et je compris que je n'en avais plus pour longtemps si je ne trouvais pas quelque chose immédiatement. Je ne sais pas pourquoi je repensai alors au caveau des Lauclay et à la façon dont j'avais découvert le caveau fantôme. Ce fut comme un flash où m'apparut l'œil d'or dans lequel il suffisait d'enfoncer le doigt pour faire bouger le monde. Sans réfléchir je lançai mon index dans l'œil gauche de mon assaillant.

Et le monde bougea. Gunnar poussa un formidable hurlement et se rejeta en arrière. J'avais senti mon doigt s'enfoncer dans une matière molle et visqueuse, après que mon ongle eut percé une membrane.

Je me relevai en essuyant fébrilement mon doigt sur ma chemise. Gunnar restait debout devant moi, la tête penchée. On aurait dit un boxeur sonné reprenant ses esprits. Il releva la tête et je pus mesurer les dégâts. Son œil gauche était sorti de l'orbite et pendouillait sur sa joue, retenu par le nerf optique. De la cavité suintait un mélange de sang et de liquide glaireux qui brillait sous le soleil. On aurait dit qu'un escargot venait de se balader sur sa joue.

Gunnar se jeta sur moi, les mains en avant, et je vis au dernier moment la lame du couteau qui filait vers mon ventre. D'un geste du bras je réussis à détourner l'assaut, mais je sentis une violente douleur à l'épaule gauche. D'un seul coup mon bras sembla perdre toute sa force.

Déséquilibré par mon esquive, Gunnar alla s'affaler dans l'herbe. Il fit un roulé-boulé de toute beauté et se releva, le couteau toujours à la main, l'œil toujours accroché sur sa joue. J'étais stupéfait par la volonté et la résistance de ce type.

Il reprit son souffle et je pouvais lire dans son œil unique sa volonté de me tuer au plus vite. Le contraste entre cet œil dur où je lisais ma mort et l'autre, sanguinolent, qui se balançait était saisissant. C'est un masque de cauchemar qui se précipita sur moi en soufflant comme une locomotive.

Je doutais que mon esquive précédente puisse me sauver une seconde fois. De plus mon bras mort me handicapait considérablement. D'un bref regard, j'aperçus Caroline qui se relevait.

– Vas-y ! Assomme-le ! hurlai-je en tournant la tête vers elle.

Ma ruse réussit. Gunnar marqua un léger temps d'arrêt, dont je profitai pour lui rendre la monnaie de sa pièce. Je shootai de toutes mes forces dans son poignet. Ce n'était sans doute pas un coup qu'un professeur de karaté aurait apprécié mais cela fut efficace. Le poignard s'éleva en l'air, jetant des éclairs dans le soleil, et alla se perdre à côté de mon revolver. J'espérais que Gunnar avait autant mal au poignet que moi tout à l'heure.

Il repartit à l'attaque comme un bulldozer, un peu moins vite cette fois-ci. Nous nous heurtâmes comme deux combattants de sumo. Gunnar tourna sur lui-même après le choc et j'allai fracasser la fenêtre du salon avec mon épaule blessée. Nous avions l'air de deux ours ivres. La douleur m'arracha un cri qui électrisa Caroline. Je vis la jeune femme se précipiter vers Gunnar en levant un bras qu'elle abattit sur la tête du colosse. Cela fit un bruit sourd qui m'apprit que Caroline avait trouvé un caillou. Gunnar s'effondra et une tache rouge s'élargit sur son front.

Je voulus la féliciter, mais je me rendis compte que j'avais un mal de chien à respirer et que, malgré le soleil, je crevais de froid. Le sang collait ma chemise sur mon bras et sur mon torse. « J'ai dû en perdre pas mal », pensai-je d'une façon détachée. D'un seul coup toute cette scène me parut ennuyeuse, et je n'avais plus qu'une seule envie : m'étendre sur le gazon et fermer les yeux.

– Prévenez la police, articulai-je difficilement. Je le surveille.

Je m'effondrai, à genoux d'abord, puis piquant du nez vers l'herbe. Quelqu'un me retenait par l'épaule. C'était l'épaule gauche, dommage, et je poussai un hurlement de douleur.

– Lève-toi, Xavier, lève-toi, nom de Dieu ! disait Caroline en continuant à me soutenir.

Je parvins péniblement à me remettre debout et m'affalai sur les épaules de Caroline. Je sentais l'odeur de ses cheveux mêlée à celle de son parfum, c'était bon, doux et reposant. J'avais envie de poser ma tête au creux de son épaule et de m'endormir.

– Marche, Xavier, marche !

Elle me traîna vers l'allée en ne cessant de répéter ses encouragements. Mes jambes la suivirent, commandées par je ne sais trop quoi, ma tête sans doute. Je voulus protester, il fallait surveiller Gunnar... Je n'arrivais plus à parler. Ma tête me semblait très lourde et le sol tanguait sous mes pieds.

– Pourquoi on part ? parvins-je à demander une fois dans la rue. J'avais presque gagné...

Je ne compris pas sa réponse et elle continua à me pousser et à me traîner vers la voiture. Les cent mètres qui nous séparaient d'elle me parurent aussi longs qu'un marathon.

Je ne compris pas pourquoi elle fouillait dans mes poches avant qu'elle n'en sorte les clés de la voiture. Elle m'ouvrit la portière et je m'affalai sur le siège. Elle se mit au volant et allait démarrer lorsque je parvins à poser ma main gauche, couverte de sang, sur son bras.

– Non !

Elle me jeta à peine un regard.

– Mais si, il faut trouver un médecin. Tu as perdu trop de sang. Tu risques de mourir.

Je fus très heureux de voir qu'elle s'affolait ainsi à

l'idée de me perdre et qu'elle me tutoyait. Lequel de nous deux avait commencé, au fait ? Je réunis mes dernières forces et criai :

– Non ! Pas voiture... Radio. Police. Ambulance.

Le monde s'obscurcit et le joli visage de Caroline s'estompa dans le grand tunnel noir où je plongeai tête en avant.

Assis au fond du café, presque caché des autres consommateurs, Paul entendait les conversations du bar sans vraiment les écouter. Devant lui sa tasse de café, vide, reposait près de la revue qu'il avait achetée pour se donner une contenance. Il pouvait, simplement en tournant la tête, voir les trois personnes qui discutaient au comptoir avec le patron. Derrière eux la place de l'Église grouillait de monde, à pied ou en voiture, dans cette chaude fin d'après-midi.

Son retour dans la civilisation le laissait décontenancé après les événements de la nuit dernière. Il avait beau retourner les faits dans sa tête, il ne comprenait pas ce qui lui était arrivé. Il n'avait qu'une seule certitude : le Mal rôdait dans les bois et son combat était justifié.

Il était arrivé à Quimper une heure plus tôt, par le car qui partait à quatorze heures du village des Lauclay. Noyé au milieu de ses semblables il parvenait peu à peu à oublier sa terreur de la veille et repensait à la façon dont Marie la folle l'avait soigné. Il revoyait son visage, éclairé par une chandelle posée à même le sol, tandis qu'elle lui passait un linge humide sur le front.

Il avait bu avidement le breuvage alcoolisé qui l'avait remis sur pied peu à peu, racontant en phrases au début incohérentes ses visions infernales, puis l'attaque par les menhirs... Il savait avoir dormi, s'être réveillé en sursaut, avoir appelé son père et sa fille, mais il ne se souvenait pas des cauchemars qui étaient venus le hanter. Enfin, peu avant l'aube, les soins de Marie avaient fini par le calmer et il s'était endormi d'un sommeil profond.

Le soleil était haut quand il s'était réveillé, surpris de se sentir en si grande forme. Marie était là, lui avait donné à manger, et il lui avait raconté, plus rationnellement cette fois, la façon dont il avait failli mourir la nuit dernière. Marie l'écoutait en silence, ne semblant nullement surprise par le déplacement irréel des pierres.

– Tu as échappé à un grand danger. Mon arrière-grand-mère m'avait dit qu'elle avait vu les pierres bouger et je l'ai toujours crue. L'homme aux chiens a réveillé le Mal en venant ici. C'est un Mal ancien, plus ancien que ma lignée.

Elle hocha la tête d'un air entendu et réfléchit longuement. Paul crut même qu'elle s'était endormie, quand elle déclara d'une voix sonore :

– Il faut arrêter le Mal !

Ensuite il était allé se laver longuement dans le ruisseau, laissant le soleil sécher son corps et ses vêtements. Quand il était revenu vers la maison, Marie préparait un brouet dans une grande marmite posée sur un feu de bois. Bien qu'elle ressemblât caricaturalement à une sorcière concoctant une infâme mixture, Paul sentit son appétit se réveiller, tant l'odeur qui flottait dans l'air lui titillait délicatement les narines.

– Il faut que tu prennes des forces avant de repartir, dit Marie sans se retourner.

Ils mangèrent en silence, buvant l'eau glacée tirée du ruisseau. Lorsqu'ils eurent fini, Marie tira une pipe de dessous sa robe et la bourra d'un mélange d'herbes qu'elle alla chercher dans un des pots près de son « lit ». Quelques instants plus tard de lourdes bouffées bleues s'élevaient au-dessus de sa tête, répandant une odeur sucrée et piquante à la fois. Paul se demanda quel mélange elle avait bien pu inventer, mais il ne posa aucune question et préféra lui parler de la journée de la veille, avant son départ de la chapelle.

Il ne lui cacha rien, ni le meurtre de Saint-Germain, ni l'existence de Sarah, ni le fait qu'il l'avait abandonnée vingt ans plus tôt. Vingt ans pendant lesquels il avait vécu une deuxième vie, rencontré une autre femme, essayé d'oublier qu'il était né loin des montagnes aux courbes douces. Il fut extrêmement soulagé de faire cette confession.

– Pourquoi l'as-tu abandonnée ?

Il hésita, puis il lui raconta la prophétie que les Duguet se transmettaient de père en fils et ne fut pas surpris de voir que Matthieu en avait déjà parlé en son temps.

– T'avait-il dit également ce qui devait se passer si un fils mourait alors qu'une fille aînée était vivante ?

Marie le regarda avec compassion. Elle tira une bouffée de son énorme pipe et répondit à sa question en répétant la prophétie :

– « Dans le cas où le premier fils meurt alors que son père est vivant et qu'il a une ou plusieurs sœurs plus âgées que lui, les filles devront mourir pour qu'un autre fils puisse naître. » Ton père m'avait raconté ça aussi. Il m'avait dit que cela ne s'était jamais produit depuis le début de la lignée de Julien.

– Non, jamais ! Et quand mon fils est mort, je savais que Sarah était condamnée si je restais avec elle et sa mère. Mon père m'avait bien dit que, quoi qu'on fasse, la mort prendrait la ou les sœurs avant que le père puisse avoir un autre fils. Le seul moyen de sauver Sarah était de quitter sa mère à tout jamais et de ne plus avoir d'enfant avec qui que ce soit.

– Alors c'est ce que tu as fait et tu t'es déchiré le cœur, conclut Marie en lâchant un nuage bleu.

Paul eut soudain les larmes aux yeux, il essaya de les refouler, mais la force de son chagrin trop longtemps repoussé lui fit perdre toute maîtrise de soi. Marie ne dit rien, se contentant de lui caresser les cheveux.

Une fois taries ses larmes, Paul alla se laver le visage et déclara à la vieille femme :

– Maintenant je peux la revoir ! J'ai fait le rêve, je n'ai plus besoin de fils. Sa vie est en danger et je donnerais la mienne pour la sauver !

Marie sourit devant cette déclaration enflammée.

– Lorsque tu t'emballes comme ça, on dirait ton père. La même fougue...

– Il faut que je parte, dit Paul qui aurait volontiers continué à parler de Matthieu.

Marie ne fit aucun commentaire, mais le retint encore un moment pour procéder à une curieuse cérémonie.

– Tends ta main vers moi, celle qui a la bague.

Paul s'exécuta, surpris et amusé par le ton solennel de la vieille femme. Marie enduisit le doigt et la bague d'une sorte de mélange poisseux, d'un vert profond et qui dégageait une forte odeur.

Elle entama une longue litanie dans une langue que Paul ne connaissait pas. Il était certain que ce n'était pas du breton, qu'il avait entendu dans son enfance. Plus elle psalmodiait, plus la bague devenait chaude autour de son doigt, si chaude même qu'il voulut retirer sa main, mais Marie la retint avec une force qu'il ne lui soupçonnait pas. Elle cessa enfin son long récitatif et la douleur, à la limite du supportable, disparut.

– Tiens le bras tendu devant toi.

Il obéit tandis qu'elle rentrait dans sa maison pour en ressortir quelques instants plus tard avec une boule de cuir noir. Elle tira sur un minuscule bouchon qu'elle mit soigneusement dans un repli de son vêtement, puis renversa la gourde. Un mince filet de liquide en sortit et vint laver le mélange boueux qui recouvrait son doigt. Cela ressemblait à de l'eau et dégageait une odeur délicieuse. « Une sorte d'eau parfumée », pensa Paul, hypnotisé par cette fragrance ainsi que par le pouvoir de ce liquide dont chaque goutte détachait sans effort la croûte de sa main. Pas une fois Marie ne frotta sa peau.

La vieille femme cria trois fois un mot très long, toujours dans cette langue étrange, lorsque toute la boue fut enlevée. Elle sortit ensuite un nouveau trésor de ses hardes, Paul ne put savoir quoi, et lui enferma le doigt entre ses deux mains. Il sentit un contact doux et chaud sur ses doigts. Cela ne dura que quelques secondes, mais il fut aussitôt envahi d'une allégresse comme il n'en avait jamais connu. Marie avait vivement retiré ses mains et, tel un prestidigitateur, elle avait enfoui l'objet dans les replis de ses vêtements.

La sensation de plaisir intense s'évanouit en un instant, comme lorsqu'on coupe un courant électrique. Il en éprouva un tel sentiment de frustration qu'il tendit impulsivement la main vers Marie. La vieille femme arrêta son geste.

– Regarde ! Maintenant tu pourras sentir le Mal quand tu le rencontreras, et tu pourras le combattre !

Paul avait regardé sa main. Le métal autrefois terne et rouillé de la bague était maintenant vif-argent.

Paul s'amusa des reflets qu'elle renvoyait, même dans la lumière parcimonieuse de la salle. Il se demanda si la bague le protégerait de nouvelles hallucinations.

Puis il revint à ce qui l'occupait à présent, dans ce café de Quimper : un moyen de locomotion. Il avait remarqué que beaucoup de motards fréquentaient le coin et avait repéré une magnifique Honda 650 garée non loin de là. Son propriétaire, un jeune au visage innocent, s'excitait depuis une heure sur les flippers et les jeux vidéo du bar en face de celui de Paul.

Il pouvait surveiller l'endroit à travers la vitre et il avait noté avec satisfaction que le jeune buvait bière sur bière entre chaque partie. Il échangeait parfois quelques mots avec d'autres, enchaînés comme lui aux machines. Avec un peu de chance, Paul se dit que ça ne devrait pas trop lui poser de problème.

Il attendit encore une demi-heure, le temps que le motard s'imbibe un peu plus, puis se leva souplement, raflant sa revue et laissant de quoi payer d'un seul mouvement. Il salua le patron du café et sortit naturellement du bistrot. Sur le seuil il s'arrêta un instant, comme pour s'habituer à la lumière, en fait pour jeter un dernier coup d'œil au propriétaire de la moto. Ce dernier secouait son flipper avec l'énergie du désespoir, les yeux rivés à la bille d'acier, et Paul jugea que c'était le bon moment.

Il marcha lentement vers la moto, le casque était sur

le siège, glissé dans l'antivol. Paul avait choisi cet engin pour ses performances mais aussi à cause de la négligence du propriétaire. D'un geste vif et pratiquement invisible il sectionna l'antivol avec la pince qu'il sortit de sa poche. Il s'assit sur la selle, mettant le casque sur sa tête. Un observateur extérieur aurait été persuadé de ne rien voir d'autre qu'un type qui partait avec sa moto.

C'était le moment le plus délicat. Il ne fallait surtout pas que le motard lève les yeux de sa boule et jette un coup d'œil sur son engin. Paul se força à ne pas se retourner et se mit à tripoter les fils du démarreur.

« Je reviens dès que je peux », pensa-t-il en faisant vrombir le moteur. Il ne s'attarda pas à regarder du côté des flippers et bondit dans la circulation. Deux secondes plus tard il brûlait un feu et remontait à toute allure les rives de l'Odet.

Direction : la mer.

Gunnar coupa le contact et se laissa aller en arrière sur le siège. Tout son corps se détendit après l'effort de la fuite. Il voulut fermer les yeux mais il n'avait plus qu'une seule paupière. Son œil arraché pendait toujours sur sa joue. Il ne voyait plus du tout de ce côté-là. Pendant la fin de son combat avec Lefrançois l'œil lui avait envoyé quelques images distordues que son cerveau n'arrivait pas à intégrer et très vite tout signal avait cessé d'arriver.

Il ne restait que la douleur.

À plusieurs reprises il avait failli s'arrêter tellement la souffrance était intense. Il avait l'impression qu'on lui enfonçait un fer rougi au fond de l'orbite. Conduire dans ces conditions avait été un supplice. De plus sa vision monoculaire l'empêchait de bien appréhender les distances. C'était un exploit d'être parvenu au garage sans s'évanouir ni avoir eu d'accident.

Il bénit sa prévoyance – la voiture garée en permanence dans l'impasse longeant son parc n'avait pas été une précaution inutile. Les vitres teintées l'avaient protégé des regards indiscrets. Il imaginait qu'avec son œil sur la joue il devait offrir un spectacle peu ragoûtant. Il regarda son visage dans le rétroviseur. Le sang ne coulait plus, l'œil ressemblait à un oignon séché. Il fut tenté de l'arracher mais recula devant la souffrance et le risque mortel. Plusieurs fois durant le trajet cette envie revint, rien que pour faire cesser cette brûlure qui l'empêchait de penser.

Il sortit péniblement de la voiture et se dirigea vers la porte de l'ascenseur. Il était chez lui, vraiment chez lui dans cet immeuble anonyme proche de Paris dont tous les autres ignoraient l'existence. Heureusement qu'il était solide ! Sans sa constitution d'athlète, il se serait évanoui depuis longtemps. Il sentait qu'il arrivait au bout du rouleau. Il fallait qu'il se repose, et d'abord qu'il se soigne.

Il savait comment. Il avait pris sa décision. Il alla directement dans sa chambre et ouvrit le coffre qui se trouvait caché derrière une tenture.

Il considéra en silence le flacon.

C'était un cylindre en aluminium, un genre de Thermos au couvercle vissé. Une semaine plus tôt il avait fait une escapade à la chapelle, s'était introduit dans le laboratoire en profitant d'une absence d'Ophile et avait dérobé une partie du futur Élixir. Gunnar savait que le breuvage n'était pas tout à fait au point, mais cela avait été plus fort que lui : il *devait* en posséder en cas de besoin.

Il saisit le flacon, dévissa le bouchon et s'assit dans un fauteuil. Il avait dit les rituels. Ça allait marcher, se dit-il en portant le flacon à ses lèvres. Ça *devait* marcher.

Il but d'un trait le contenu du flacon et un nuage de feu explosa dans son estomac.

Il se leva d'un bond, faisant tomber le flacon et le couvercle qui roulèrent à ses pieds. Tout son corps le brûlait, chaque cellule en feu semblait vouloir exploser et disparaître dans l'infini. Il eut le sentiment de se dilater au point d'occuper la pièce, la maison, la ville, le monde entier.

Gunnar tituba vers la salle de bains avec l'impression de se mouvoir sous l'eau. Il se sentait dans le même temps étrangement fort. Invincible. Le sang battait à ses tempes et la tête lui tournait, mais ses idées étaient claires, son ouïe, son odorat et sa vue, bien que réduite à un œil, étaient décuplés.

Il respira profondément à plusieurs reprises pour chasser l'étouffement qu'il sentait venir et se regarda dans la glace. Son œil intact brillait, son visage semblait plus large, plus fort. À chaque inspiration il se sentait plus sûr de lui.

Il prit une paire de ciseaux et, d'un geste calme, saisit l'œil qui pendait sur sa joue. Il approcha son visage du miroir et avec la tranquillité de celui qui se coupe un ongle il trancha le nerf optique au ras de sa joue. Il n'éprouva aucune douleur et jeta négligemment son œil mort dans les toilettes.

L'impression de brûlure avait totalement disparu, laissant place à un bien-être merveilleux qui lui mettait un sourire aux lèvres. Gunnar était plus heureux qu'il ne l'avait jamais été. Il se lava le visage et les mains, se confectionna un pansement qu'il fit tenir avec un bandeau. Son bonheur et sa puissance lui faisaient tourner la tête. Il allait conquérir le monde. *J'ai réussi. Je suis un dieu !*

Lorsqu'il revint dans la chambre, il lui sembla que quelqu'un s'était introduit dans la maison. Ses sens nouvellement développés lui criaient qu'il n'était plus seul. Il n'en fut pas inquiet tant il se sentait fort. Malheur à celui qui osait le déranger !

Il passa dans le salon, une petite pièce qui lui servait de bureau, mais ne vit personne. Soudain l'air s'épaissit autour de lui. Il eut du mal à respirer. Il entendait des tambours résonner dans le lointain et ne savait pas s'il était victime d'une hallucination ou si ce n'était que le sang battant à ses tympans.

Il fit deux pas vers la porte, entouré de cris et de chants qu'il ne connaissait pas, puis s'écroula, évanoui, au pied du bureau.

Un nuage bleu se condensa peu à peu dans la pièce au-dessus de sa tête. Les murs renvoyèrent l'éclat d'une lumière violette qui brilla très fort un court instant avant de disparaître, aspirée par la forme étendue.

J'ouvris les yeux et je ne reconnus pas l'endroit où je me trouvais. La pièce avait pourtant un air de déjà-vu. Mes paupières étaient si lourdes qu'elles se refermèrent toutes seules. J'avais le même sentiment qu'après une nuit de beuverie, quand on se réveille dans une tenue bizarre, dans un endroit inattendu, et qu'on ne se souvient absolument pas comment on en est arrivé là.

Je réalisai que j'étais au lit en pyjama, chose inhabituelle. De plus je sentais un bandage me serrer l'épaule gauche. J'essayai de bouger mon bras, j'y parvins, mais la douleur me fit pousser un cri. Alors tout me revint en mémoire. La maison avec le parc, l'arrivée de Gunnar, l'œil qui se balance sur sa joue et le coup de couteau...

– Tu es réveillé ?

J'ouvris à nouveau les yeux et vis Caroline qui entrait dans la pièce avec un plateau. Je reconnus enfin l'endroit.

– Eh bien, on pourra dire que j'ai fait l'impossible pour me glisser dans ton lit !

– Tu as retrouvé la forme, on dirait. Je préfère te voir comme ça.

Elle déposa son plateau et me versa une grande tasse d'un liquide brûlant. Ça ressemblait à la tisane que ma mère se préparait chaque soir. Je n'aimais pas trop ça et j'aurais préféré un whisky ou, à la rigueur, un café mais je supposai que la Faculté avait dû lui donner des ordres.

– Alors raconte, dis-je en mettant quatre sucres dans le bol.

Elle raconta, et quand elle eut fini son récit mon attirance pour elle en sortit renforcée. Cette fille avait du sang-froid et de la jugeote. Elle avait compris tout de suite mes trois derniers mots et avait appelé la police avec la radio de la voiture. Un quart d'heure après, on m'embarquait dans une ambulance, direction les urgences. Caroline voulait m'accompagner, mais Lapointe, qui était arrivé pratiquement avec les secours, lui demanda de rester.

– J'étais folle d'inquiétude. Tu perdais tellement de sang que j'ai cru que tu allais te vider. Il y en avait partout.

Je lui pris la main, la serrai, et ce simple geste m'épuisa. Le fait est que je n'étais pas très flambant. Je repris une gorgée de sucre à la tisane.

– Vous avez attrapé Gunnar ?

– Non. Il s'est sauvé. Il y avait une porte au fond du parc. La police l'a trouvée ouverte. Des voisins ont dit qu'ils avaient entendu une voiture démarrer en faisant beaucoup de bruit. Ils s'en souvenaient parce que c'est une impasse.

– Il est bêtement sorti par la porte ?

Elle fit oui de la tête, l'air navré. Nous qui avions cherché un passage secret...

– Mon Dieu, comme j'ai eu peur ! Tout ce sang... et puis cet œil... Vous vous êtes battus comme des fauves.

Je vidai mon bol qu'elle remplit aussitôt.

– Il faut que tu boives beaucoup, m'ont dit les docteurs.

– Où j'en suis, au fait ?

Je l'avais échappé belle d'après les toubibs : le couteau n'avait tranché que du muscle et une veine – ce qui expliquait la perte de sang. Il n'aurait pas fallu beaucoup plus de temps pour qu'effectivement « je me vide ». Mais, une fois transfusé, les chirurgiens n'avaient plus eu d'inquiétude : ni nerfs ni tendons sectionnés. Ils n'avaient eu qu'à recoudre. Dix-huit points de suture qui me laisseraient une belle estafilade en souvenir.

– Et ils ont dit qu'il n'y avait rien à faire pour ton arcade sourcilière.

Je finis mon second bol de tisane et me laissai aller en arrière sur l'oreiller.

– Quelle heure est-il ?

– Minuit et demi, dit-elle en me remplissant une troisième fois le bol.

Je l'ignorai, espérant qu'elle oublierait. Mais elle mit elle-même le sucre et le remua. Puis elle me présenta une poignée de cachets.

– C'est gentil de m'avoir ramené chez toi. Tu aurais pu me laisser à l'hôpital, dis-je en déglutissant mes pilules.

– Il n'en était pas question ! Ici tu pourras récupérer plus vite. Je m'occuperai de toi, j'ai pensé que ce serait mieux : tu n'as pas une tête à aimer l'hôpital.

– C'est vrai, marmonnai-je en bâillant, puis je fermai les yeux.

J'eus alors l'impression, c'était peut-être un rêve, que Caroline se penchait sur moi et m'embrassait sur le front. Je m'endormis comme un bébé.

J'ouvris les yeux quelques heures plus tard. Un filet de lumière grise provenant de la fenêtre me permit de distinguer une chevelure répandue sur l'oreiller à côté du mien.

Je pris Caroline dans mes bras où elle se blottit. Je la tins un long moment comme on tient un enfant qui dort. Elle leva enfin la tête vers moi et nous nous embrassâmes doucement. Son corps, chaud et soyeux, n'était protégé que par une nuisette qui ne me posa pas de problème particulier. J'explorai sans hâte les courbes de son corps avec les lèvres et les mains.

Je pensai brièvement à Sarah, mais le souvenir de sa mâchoire écartée chassa tout remords. Et puis elle-même ne se rappelait rien. Nous fîmes l'amour sans un mot, tandis que le jour se levait au-dehors. La douleur de mon épaule ajouta du plaisir à notre étreinte silencieuse. Elle s'endormit dans mes bras avec une moue de satisfaction que j'avais appris à reconnaître depuis deux jours.

Comment dit-on « la vie est belle » en japonais ?

Nous nous réveillâmes ensemble, tirés du sommeil par la sonnerie du téléphone. Pendant que Caroline allait répondre, je me dirigeai péniblement vers la salle de bains. Tout mon corps était douloureux, particulièrement mon épaule.

Je fis jouer mes muscles et mes articulations devant le miroir, et je pus vérifier que tout fonctionnait bien, même si ça faisait mal. La tête que j'apercevais dans la glace était bien la mienne, malgré une arcade sourcilière qui me semblait avoir doublé de volume.

Je découvris un nécessaire de rasage dans l'armoire de la salle de bains. Je me demandai qui l'avait oublié là mais préférai ne rien savoir. Je réussis à me raser et à me laver malgré le pansement qui me barrait la poitrine et c'est un homme neuf et affamé qui descendit au rez-de-chaussée.

Je trouvai Caroline dans la cuisine, l'embrassai dans le cou et la félicitai pour son rangement : il n'y avait plus de traces du combat, si ce n'est un carton scotché sur la fenêtre à la place du carreau.

– C'était Lapointe au téléphone. Il appelait pour avoir de tes nouvelles.

– Et tu as dit que tu t'occupais bien de moi ?

Elle rit en continuant à disposer un petit déjeuner copieux sur la table.

– Oui, je lui ai dit que je te préparais d'excellentes tisanes !

Plus sérieusement elle me raconta que Lapointe avait lancé une « enquête de voisinage » et qu'il avait lâché les experts du laboratoire sur la propriété... jusqu'à présent sans aucun résultat concret. Ce Gunnar était la discrétion même.

– Et Jean au fait, tu l'as mis au courant ?

– Je l'ai fait quand on t'a ramené de l'hôpital. Je lui ai dit que tu l'appellerais ce matin.

Nous finîmes de manger et j'allumai ma première cigarette de la journée. La meilleure. J'aurais bien refait un câlin à Caroline, mais je sentis qu'elle avait la tête ailleurs.

J'appelai Jean et lui donnai de nos nouvelles. Caroline avait déjà tout expliqué, mais il voulut que je recommence. C'est comme ça que j'en vins à me souvenir de la lettre trouvée par Caroline sous le bureau de Gunnar. Je lui fis comprendre par signes de me ramener ma veste et elle revint aussitôt avec un torchon rouge. En voyant l'étendue des dégâts j'eus soudain encore plus mal à l'épaule. Le haut de la manche était fendu en deux avec une précision chirurgicale et le vêtement, autrefois bleu, avait pris une sale teinte rouille.

Je fouillai dans les poches en expliquant à Jean de quoi il s'agissait. Le tissu, imprégné de sang séché, craquait sous mes doigts comme du papier. La lettre elle-même était tachée, mais je pus la lire à Jean et surtout lui donner les coordonnées de l'entreprise Lormeau.

– C'est peut-être un coup d'épée dans l'eau, mais ça me paraît trop gros pour être une simple coïncidence. C'est un peu comme si Gunnar avait emporté des documents et que celui-ci soit tombé. Tout était si bien rangé chez lui que ça devenait déprimant.

Jean me promit de contacter l'entreprise immédiatement. Quant aux avis de recherche contre Gunnar et Reynal, il n'en attendait pas grand-chose. Ces gens-là étaient trop bien organisés.

Lorsque j'eus raccroché, nous décidâmes d'aller tous les deux chez moi.

Je trouvai un message de mon collègue linguiste sur mon répondeur. Il me demandait de le rappeler « au plus tôt, c'est vraiment fantastique, mon vieux ». En composant le numéro je me rendis compte que je ne prenais aucune précaution, mais je haussai les épaules mentalement : je n'imaginais pas que Fil-de-fer soit revenu poser un mouchard sur mon palier.

Mon ami répondit à la première sonnerie et, une fois que je me fus présenté, commença à déverser un flot de paroles que je ne pus endiguer pendant au moins un quart d'heure.

Il ressortait de sa logorrhée enthousiaste que j'avais découvert quelque chose de fabuleux, d'inespéré pour la science, « une découverte aussi importante que la Pierre de Rosette », bref, qu'il allait devenir aussi célèbre que Champollion grâce à moi. J'avais branché le haut-parleur afin que Caroline puisse suivre les explications. Après tout elle en savait plus que moi dans ce domaine-là.

La traduction linguistico-française de Caroline m'apprit que j'avais trouvé les exemplaires de cette écriture les plus longs à ce jour. Leur longueur ainsi que le contexte dans lequel ils avaient été écrits (à savoir gravés sur des couvercles de cercueils dont on connaissait les occupants) avaient permis la traduction de ces trois textes. Il avait quand même fallu pas mal de matière grise et dix-huit heures de calcul d'ordinateur pour réaliser l'exploit. Je bouillais d'excitation et parvins à interrompre le professeur en folie au moment où il reprenait son souffle.

– Alors, tu as pu les traduire ?

– Évidemment, répondit-il d'un air pincé. C'est ce que je te dis depuis le début.

Je ravalai mon énervement et lui demandai poliment s'il pouvait me dire quoi.

– Oh, rien de particulier ! Sur le cercueil de l'adulte, Charles de Lauclay je crois, il y a une sorte de panégyrique du personnage, comme quoi il est le plus puissant des chefs de la région, qu'il connaît des secrets immémoriaux et que personne jamais n'égalera sa sagesse. Un truc un peu exalté mais sans plus. La seule chose bizarre est à la fin.

J'entendis un bruit de papier froissé, puis sa voix reprit :

– Voilà ! C'est la dernière phrase, je cite : *Mais le duc Charles n'est pas mort aux hommes. Il reviendra régner sur eux uni au corps d'Azram, car jamais personne ne meurt lorsque le démon l'a pris.* Curieux, non ? Encore du lyrisme catholique.

– Tu appelles ça un discours *catholique* ?

– Bon, tu sais, moi, je suis spécialisé dans les écritures anciennes, bien avant Jésus-Christ. Ça me paraissait à peu près correspondre au langage moyenâgeux...

Ah, les ravages de la spécialisation à outrance ! Je laissai tomber et continuai avec ce qui m'intéressait.

– Et sur les cercueils des enfants ?

– Un texte très court. Leur nom, leur date de naissance et de mort, et puis le même genre de phrase, en un peu plus bizarre.

Nouveau bruit de feuilles que l'on tourne.

– *Cet enfant n'est pas mort, Azram l'a pris. Il reviendra bientôt régner.* C'est la même phrase sur deux des quatre cercueils. Sur les deux autres il y a : *Bienheureux les compagnons du démon*, et rien d'autre.

Tout cela prenait un sens une fois qu'on avait lu le manuscrit de Charles. Ainsi les incarnations d'Azram se retrouvaient mêlées au fil du temps. C'était à la fois le démon et les différents êtres humains en lesquels il s'était incarné. Une véritable monstruosité... Et comment Charles était-il dans la liste ? *Le démon l'a pris* devait renvoyer à une cérémonie secrète, à une communion abjecte qu'il avait dû avoir avec l'entité quand ce dernier était incarné dans Alexandre.

– Et cette écriture au fait, quand est-elle apparue ?

– La trace la plus ancienne que l'on connaisse, le seul exemplaire avant les tiens, remonte à 200 ou 300 ans avant Jésus-Christ. On a trouvé une inscription sur un fragment de rocher en Suède.

– Qui dit quoi ?

– Eh bien, pas grand-chose ! Ça parle encore de celui dont on ne doit pas prononcer le nom et qui revient tous les ans régner sur son peuple. Cette découverte va bouleverser nos connaissances sur les civilisations du coin. C'est fantastique ! Grâce à toi la linguistique va faire un bond en avant.

Je lui promis un autre texte (celui de la chapelle), ce qui le remplit d'enthousiasme. Sa joie faisait plaisir à entendre. J'espérais que sa traduction me donnerait une piste sérieuse car pour l'instant je n'avais rien de nouveau, juste la confirmation de ce que je savais déjà. Il m'assura qu'il faxerait la traduction dès qu'il l'aurait – je lui donnai le numéro de Jean.

– Au fait, qui est Azram ? demanda-t-il enfin.

– Chut, il ne faut pas prononcer son nom, répondis-je en raccrochant.

Je me tournai vers Caroline. Je lui avais montré le manuscrit de Charles et nous échangeâmes nos points de vue.

Nous étions arrivés à la même conclusion : les gens qui gravitaient autour de Sarah cherchaient, d'une manière ou d'une autre, à faire se réincarner le fameux Azram. Ils devaient s'y prendre à peu près comme le vieux Charles, le laboratoire sous la chapelle en faisait foi.

Manifestement, ils avaient besoin de gènes particuliers pour obtenir cette incarnation. De la même façon que Charles avait eu besoin de sa femme, la bande à Reynal avait eu besoin de Sarah, qu'ils avaient de la même façon traitée comme du bétail qu'on insémine.

Et puis il y avait cette histoire d'élixir que je ne comprenais pas. Pourquoi Charles n'en parlait-il jamais ? Qu'avait-on fait exactement à Sarah ?

Nous descendîmes dans un petit restaurant de quartier où j'avais mes habitudes et notre déjeuner nous fit oublier tous ces mystères. Nous étions tout simplement deux amoureux en train de se découvrir et nous bavardâmes longtemps après la fin du repas. Le fait d'avoir frôlé la mort ensemble – car je ne doutais pas un seul instant des intentions de Gunnar s'il avait eu le dessus – avait certainement précipité la suite de notre relation. Mais plus je parlais avec elle, plus je me rendais compte que notre histoire ne se serait certainement pas arrêtée à une simple relation.

Cette fille n'avait pas eu une vie facile et sa façade décontractée cachait les combats qu'elle avait dû mener pour s'offrir sa situation actuelle. Je fus stupéfait d'apprendre qu'elle était orpheline depuis l'âge de deux ans.

– Je n'ai qu'une seule image de mes parents. Je suis

dans les bras de mon père et je regarde ma mère qui rit aux éclats. Papa rit également et moi, sans comprendre, je me mets à rire pour être encore plus avec eux.

Elle baissa la tête et ses cheveux cachèrent son visage. Quelques secondes plus tard ses cheveux en cascade laissèrent filtrer un regard à la fois moqueur et triste.

– Je ne sais même pas si c'est un véritable souvenir, ou quelque chose que j'ai imaginé. Enfin... c'est tout ce qui me reste d'eux.

Elle me raconta ensuite son enfance chez ses grands-parents, puis le pensionnat où elle resta jusqu'à sa majorité.

– Lorsque j'ai eu dix-huit ans et que je me suis retrouvée libre, je n'avais qu'une seule envie : partir loin, le plus loin possible.

– Et tu es partie au Japon ?

– Exactement ! Ce fut une histoire de fou. Le pensionnat avait reçu une offre de bourse pour étudier à Tokyo. La seule condition était d'apprendre la langue et de vivre trois ans là-bas. Les sœurs pensaient qu'aucune des filles n'accepterait. Tu aurais vu leur tête quand j'ai sauté sur l'occasion.

– Et tu es restée trois ans là-bas ?

– Cinq en tout. L'histoire et la culture japonaises m'ont littéralement passionnée. Et puis je voulais devenir une véritable traductrice.

Nous décidâmes d'aller au cinéma pour tuer la fin d'après-midi. Les Lauclay et leur sombre démon étaient très loin de mon esprit. Pour la première fois depuis le début de cette histoire je décompressais et c'était vraiment très agréable avec Caroline.

C'était un navet américain où une jeune fille horriblement snob et stupide jouait pendant tout le film avec son ordinateur. Elle rendait fous son père et ses petits amis. Je ne vis pas grand-chose des exploits navrants de la petite peste car je passai mon temps à embrasser Caroline. À peine le mot « fin » apparut-il sur l'écran que nous nous précipitâmes chez elle afin de poursuivre nos ébats en toute liberté. Ce fut encore plus extraordinaire que la nuit précédente : nous étions moins fatigués et nous n'avions que ça à faire.

Je finis par m'endormir dans ses bras, avec juste un léger élancement dans l'épaule qui me berçait plus qu'il ne me gênait. La sonnerie du téléphone me réveilla deux heures plus tard. Caroline n'était plus dans le lit et, si elle était toujours dans la maison, elle ne répondait pas. Je finis par décrocher et j'émis un « allô » ensommeillé.

– Tu dormais ? demanda Jean.

– Euh... je récupérais de ma blessure. Caroline n'est pas là. Tu as reçu le fax de la traduction ?

Je dormais encore à moitié et, franchement, Jean me les brisait menu.

– Sarah a disparu depuis ce matin.

12

Sarah se réveilla et, pour la première fois depuis longtemps, elle n'eut pas envie de pleurer. Elle jeta un œil sur son réveil, il était presque onze heures. Elle se sentait si bien au chaud dans son lit qu'elle décida de s'accorder encore un moment de repos et referma les yeux.

Elle avait eu le temps de voir que la journée était belle et elle se fit une joie par avance d'en profiter avec Caroline. Au fait, était-elle réveillée ? Après les événements de la nuit, elle avait dû dormir aussi longtemps qu'elle. Sarah avait hâte de partager avec son amie son enthousiasme retrouvé.

Elle se leva et rencontra le reflet de son corps nu dans la glace de l'armoire au pied du lit.

« Je suis fichtrement trop maigre », pensa-t-elle en se détaillant.

Elle approcha son visage du miroir et eut la satisfaction de voir des traits reposés. Voilà qu'elle redevenait séduisante, idée qui la ravit. Elle enfila un peignoir et alla frapper à la porte de Caroline. Un gendarme, assis sur une chaise en bois, se leva et esquissa un salut sommaire.

– Elle est partie ce matin.

– Partie ?

– Oui, avec M. Lefrançois. Le commandant est venu les réveiller tôt ce matin pour l'avion de Paris.

Sarah le remercia et retourna dans sa chambre. Ils

l'avaient abandonnée ! Elle essaya de chasser cette façon stupide de voir les choses. Elle comprenait l'utilité de ce voyage après ce que Caroline leur avait raconté la veille. Elle avait néanmoins un vague sentiment de trahison.

Pourtant Xavier n'était qu'un ami pour elle. Il était accouru lorsqu'elle avait paniqué, hier soir il lui avait sauvé la vie, mais il n'était pas question de sentiment amoureux entre eux. Il y avait eu cette étreinte sauvage la nuit où elle avait fait cette horrible crise dont elle se souvenait à peine. Un moment fou saturé de sexualité, rien de plus.

Elle déjeuna et se lava rapidement. Elle avait décidé de ne pas s'ennuyer seule à l'hôtel, de visiter le village et de se baigner. Son corps reprenait des forces lentement, et elle se sentait déjà beaucoup mieux dans sa tête. Finie cette impression de brouillard devant les yeux, finie cette étrange histoire d'enfant qui lui semblait, de plus en plus, être arrivée à une autre. Tout se passait comme si la crise nerveuse qu'elle avait faite en rentrant chez elle avait nettoyé son esprit. Bizarrement elle se sentait en pleine forme malgré le fait qu'elle avait failli mourir dans le laboratoire. Cette histoire l'excitait maintenant : elle ne la subissait plus et surtout elle n'était plus seule.

Après un tour dans le village, elle poussa sa promenade jusqu'aux ruines du château, totalement inintéressantes, puis alla au cimetière. Elle savait qu'elle désobéissait aux recommandations du gendarme en allant si loin, mais elle avait trop obéi depuis un an. Son esprit rebelle revenait avec son entrain, ce qui lui fit plaisir.

Elle se promena à travers les tombes, sous le soleil de midi, et finit par trouver celles qu'elle cherchait, celles où reposaient ses arrière-grands-parents. Elle avait quelques vagues souvenirs de ses grands-parents paternels et savait qu'ils étaient enterrés au Père-Lachaise. Yolande l'avait traînée une fois ou deux sur les tombes, mais, ni la mère ni la fille n'étant portées sur le culte du souvenir, elles avaient cessé depuis longtemps d'y aller.

Mais là, devant les tombes de la lignée des Duguet, Sarah sentit sa gorge se serrer et ses yeux se remplir de larmes. Elle erra ensuite dans les allées, retrouvant de loin en loin les traces de ses aïeuls depuis de nombreuses générations. Il y avait même une tombe qui n'était plus qu'une dalle fendue, enfoncée dans le sol et à moitié recouverte de mousse, dans laquelle reposait un couple Du Gué qui était mort juste avant la Révolution.

Elle ne trouva pas celle qu'elle redoutait de découvrir : la tombe de Paul Duguet. Son père était donc vivant ! Sa tombe serait *forcément* ici, elle ignorait comment elle le savait, c'était une évidence.

Heureuse comme si elle avait parlé à son père à l'instant, elle releva la tête et surprit une silhouette qui se cachait précipitamment dans un bosquet à une centaine de mètres du mur du cimetière.

Elle avait cru voir un éclair, le reflet du soleil sur quelque chose de brillant. Elle eut soudain terriblement froid malgré la chaleur et remarqua qu'elle était absolument seule. Elle reprit courage en apercevant, à l'entrée du cimetière, un homme agenouillé qui travaillait près d'une tombe fraîchement creusée.

Sarah se dirigea vers l'allée principale sans oser regarder à nouveau vers le bosquet. Son cœur battait à tout rompre dans sa poitrine, elle crut qu'il allait faire éclater ses côtes et s'échapper de son corps.

Une fois dans l'allée, elle marcha lentement, en contrôlant sa respiration, vers l'homme qui creusait la terre. Elle pensa soudain que celui-ci était peut-être de mèche avec Reynal et les autres. À cette idée ses jambes s'arrêtèrent malgré elle et elle dut s'appuyer sur une croix pour ne pas tomber. « Non, ce n'est pas possible, il ne peut pas être avec eux ! » pensa-t-elle en refoulant un sanglot.

Elle reprit sa marche d'un pas décidé, regardant droit devant elle. La porte du cimetière se rapprochait lentement, dix mètres, huit mètres, cinq mètres, plus que trois pas.

– Chaude journée, hein, mademoiselle ?

Sarah faillit hurler et se reprit au dernier moment. Son cœur lui faisait mal à force de battre si fort. Elle regarda l'homme qui venait de lui parler. Son visage rouge était luisant de sueur. Il lui sourit.

– En effet, répondit Sarah, et elle fut surprise d'entendre que sa voix était normale.

Elle fit un petit signe de tête au gardien et sortit du cimetière. Personne ne lui sautant dessus, elle reprit confiance au bout de quelques mètres. Ses jambes tremblaient sous elle, mais elle parvint à conserver une allure naturelle. Une famille de vacanciers s'avançait sur la route en direction du village. Il y avait le père, la mère et trois enfants qui ne cessaient de courir de droite à gauche en poussant des exclamations perçantes, relayées par les appels de la mère. Sarah les aurait embrassés.

Elle leur laissa une dizaine de mètres d'avance et marcha derrière eux jusqu'au village. Elle se retourna deux ou trois fois vers le bosquet et ne vit rien de suspect. *Tu as les nerfs qui lâchent, ma vieille.* Elle se rendit alors compte qu'elle n'avait même pas vu le caveau des Lauclay, celui par lequel tout avait commencé, celui qui conservait son ancêtre sulfureux.

« Je n'ai qu'à retourner le voir », pensa-t-elle machinalement.

Elle éclata de rire si fort à cette idée qu'elle s'attira des regards intrigués de la smala qui marchait devant elle. Elle reprit sa marche et arriva de bonne humeur au village. Une moto la frôla et disparut dans un grondement, tandis qu'elle se dirigeait vers la plage. Bien que l'eau fût un peu fraîche, elle nagea longtemps, oubliant ses frayeurs. Après s'être séchée au soleil, elle décida de poursuivre son escapade en s'offrant un immense plateau de fruits de mer. Elle avait toujours adoré ça et sa montre lui indiquait qu'il était quinze heures passées de quelques minutes, donc que l'hôtel avait fini son service de midi. Elle s'assit à la terrasse d'un restaurant près de la plage et commanda un Campari pour tromper l'attente. Elle eut le désagrément d'être ennuyée deux fois par des play-boys de plage mais, à la réflexion, cela lui fit plaisir.

Ces incidents lui firent penser à Xavier et elle éprouva un bref sentiment de jalousie, aussi intense que surprenant, de le savoir à Paris avec Caroline. Elle y réfléchit un moment et s'aperçut qu'elle était doublement jalouse : de Caroline *et* de Xavier. Pourtant, elle ne se sentait amoureuse ni de l'une ni de l'autre. Cela avait été avec chacun des épisodes purement sexuels, du moins c'est l'impression qu'elle en avait superficiellement : avec Caroline une expérience qui l'avait plus amusée que satisfaite. Avec Xavier un dérèglement de tous les sens qui l'avait laissée mal à l'aise.

Pourtant, il y avait autre chose. Caroline était devenue une amie. Sarah se souvenait de tous les moments qu'elles avaient passés après cette nuit de « débauche », le plaisir de deux jeunes femmes à être ensemble, à rire des mêmes choses, à échanger leurs impressions sur les gens qu'elles croisaient.

Quant à Xavier, malgré l'épisode de cette nuit où une partie cachée d'elle-même s'était déchaînée, il l'avait prise sous sa protection et ne semblait pas lui tenir rigueur de ces instants de folie.

Sarah avait toujours redouté de devenir folle. Cette angoisse remontait à sa petite enfance, précisément au moment où son père était parti. Pour faire une chose pareille, il fallait qu'il soit fou, qu'une malédiction pèse sur eux tous, et Sarah ne pouvait y échapper. Cette idée lui avait fait faire des cauchemars pendant plusieurs années. Ses terreurs de petite fille avaient fini par disparaître mais, bien cachées dans un recoin de son esprit, elles ne demandaient qu'à revenir la hanter.

Tu es idiote. Profite donc de la vie, du soleil et de tes amis. On dirait que tu es jalouse de papa et maman. L'idée la fit éclater de rire et chassa ses pensées morbides.

Le mouvement d'une voiture haute sur pattes attira son regard. Le conducteur roulait au pas, cherchant manifestement une place sur le bord de mer déjà complètement transformé en parking. Il avait déniché un espace tout juste suffisant pour son véhicule entre un mur et les poubelles du restaurant. Elle suivait sa manœuvre par désœuvrement mais aussi parce qu'elle se souvenait de la description faite par Caroline de la voiture de Reynal. « Un 4 × 4 », avait précisé Xavier, et c'était un 4 × 4 qui se garait.

Et c'était Reynal qui en sortait.

La tasse de café qu'elle portait à ses lèvres s'immobilisa à quelques centimètres de son visage. Son regard devint fixe et même son souffle parut disparaître. Cet instantané photographique dura trois ou quatre secondes, le temps pour Reynal de fermer sa voiture et de chausser ses lunettes de soleil.

Sarah reposa sa tasse en la faisant claquer contre la soucoupe et plongea le nez vers la table. Reynal passa à trois mètres d'elle sans reconnaître cette touriste parmi d'autres. Il se dirigea vers le centre du village d'un pas de promeneur.

La jeune femme ne sut tout d'abord quoi faire. Sa paralysie physique avait fait place à une inhibition de la pensée qui la clouait à sa chaise, regardant défiler dans sa tête toutes les actions qu'elle pouvait entreprendre sans parvenir à en choisir une.

Enfin elle se ressaisit et se leva brutalement, courant presque vers la caisse où elle exigea son addition immédiatement. Elle se rendit compte, au moment de payer, qu'elle n'avait plus son sac. Sa panique ne dura qu'un instant : elle l'avait laissé sur sa chaise. Elle revint vers sa table, rafla son sac d'un geste nerveux et paya à toute vitesse un garçon surpris par l'importance du pourboire. Il n'avait pas fini de compter ses gains que Sarah était sous le soleil, marchant à pas rapides vers Reynal qui disparaissait dans la foule.

Elle le rattrapa sans peine et le suivit pendant près

d'une demi-heure. Il était visible que Reynal flânait sans but précis. Il regardait souvent autour de lui, comme s'il cherchait quelqu'un. Sarah put le filer sans se faire remarquer, s'asseyant parfois sur un banc ou se cachant derrière une revue.

Enfin Reynal se dirigea vers la plage. Sarah comprit qu'il allait reprendre sa voiture. Elle le vit démarrer et s'engager sur la route de bord de mer mais ne put rien faire. *Le numéro d'immatriculation !* Reynal était déjà trop loin pour que Sarah puisse lire la plaque minéralogique. Elle tapa du pied comme une gamine, furieuse de ne pas s'être montrée plus maligne que Caroline.

La rage au cœur, elle avisa une bicyclette posée près du muret délimitant la plage. Sans réfléchir, Sarah, qui n'avait jamais volé de sa vie, enfourcha la bicyclette et pédala de toutes ses forces. Il y eut peut-être une certaine agitation parmi les baigneurs, mais elle ne se retourna pas et accéléra, le cœur battant à l'idée d'être poursuivie.

Au bout d'un kilomètre elle ralentit et s'autorisa à regarder derrière elle. Aucune bande de vélocipédistes enragés ne la pourchassait. Elle décida de continuer, même si la voiture de Reynal était hors de vue. Son geste de le suivre à vélo n'avait pas été réfléchi et elle le trouvait ridicule maintenant. Mais elle s'en voulait toujours d'avoir oublié de noter l'immatriculation et espérait qu'un ralentissement lui permettrait de le faire.

La route était déserte et Sarah pédalait machinalement. Elle ne voulait pas rentrer au village trop tôt après son vol. Elle arriva à un embranchement qui indiquait la prochaine ville côtière à douze kilomètres. L'autre route s'enfonçait en serpentant à l'intérieur des terres. Sarah choisit la ville sans trop savoir pourquoi.

Les douze kilomètres furent plus difficiles qu'elle ne s'y attendait. Son retour de couches lui coupait les jambes. Cela lui rappela Julien et elle trouva la force de repartir. Elle parvint au centre-ville épuisée mais fière d'elle et s'accorda un grand verre de limonade sur la place de la mairie. Jamais une boisson ne lui parut à ce point délicieuse. Elle laissa à son corps le temps de se remettre de son effort puis se demanda ce qu'elle allait faire. Elle décida de rouler dans la ville en espérant voir le docteur.

La chance se fit attendre mais se manifesta enfin. Alors que Sarah songeait à rentrer au village, elle aperçut le 4 × 4 garé sur la place du marché. Elle se souvenait d'être déjà passée une fois à cet endroit, mais à ce moment des camions qui déchargeaient des légumes l'avaient empêchée de reconnaître la voiture.

Elle déposa son vélo près d'une grosse moto dont elle remarqua qu'elle n'avait pas d'antivol. Décidément les gens paraissaient bien confiants dans le pays. Elle n'eut pas à attendre bien longtemps avant de voir Reynal sortir d'un café. Auparavant elle avait soigneusement noté le numéro de sa voiture.

Il ne jeta pas un seul regard autour de lui et repartit d'un pas vif vers le 4 × 4. Sarah ne réfléchit pas. Elle s'approcha en courant. Reynal, assis au volant, faisait démarrer le moteur.

– Bonjour docteur ! dit-elle en surgissant à côté de lui.

Il sursauta si fort qu'il faillit se cogner le crâne au toit de la voiture. Il tourna la tête vers elle, mais il l'avait déjà reconnue au son de sa voix. Une seconde lui suffit pour remplacer son expression d'égarement par un sourire amical.

– Sarah ! Vous êtes ici ! Quelle coïncidence ! Vous prenez quelques jours de repos ?

Il avait cette voix caressante et métallique qui l'avait si longtemps fait obéir.

– Vous savez très bien que ce n'est pas une coïncidence ! J'ai à vous parler, docteur. Je veux savoir ce que vous m'avez fait.

– Je ne vous ai rien fait d'autre que d'être votre médecin, répondit Reynal sans marquer le moindre signe de nervosité.

– C'est faux ! Vous le savez très bien ! Je veux

savoir ce que vous avez manigancé avec votre ami, celui qui est venu voir Caroline.

Reynal soupira et continua de lui sourire aimablement.

– Montez dans la voiture. Ce n'est pas la peine que toute la plage entende notre conversation, proposa-t-il.

Sarah était debout dans la rue, postée devant la vitre baissée. Derrière elle les voitures la frôlaient et déjà deux fois on l'avait klaxonnée. Elle hésita, flairant un piège, mais se dit que Reynal ne pouvait rien lui faire en pleine ville, au milieu de tous ces gens.

Elle contourna la voiture et monta à côté du docteur qui lui ouvrait la portière de l'intérieur.

– Si nous roulions tranquillement ? demanda Reynal.

Il s'engagea dans la circulation sans attendre sa réponse. Il paraissait détendu et conduisait nonchalamment, son bras gauche posé à l'extérieur. Avec ses lunettes de soleil et sa tenue d'été il ressemblait à un touriste inoffensif.

– Je veux savoir ce que vous m'avez fait ! répéta Sarah d'un ton buté.

Maintenant qu'elle avait accosté Reynal, son désir de savoir l'emportait sur sa peur. Elle était révoltée en pensant à ce que cet homme et ses complices avaient manigancé avec son propre corps.

– Qui est le père de Julien ?

– Un Suédois dont le nom ne vous dirait rien. Un pêcheur, dans une île perdue dont moi-même j'ignore le nom.

– Et comment avez-vous fait tout ça ?

– Oh, ce fut long... dit Reynal en soupirant. Le plus difficile fut de trouver un sujet qui convienne, un homme dont nous soyons sûrs qu'il descendait d'un vieux clan druidique, le clan des Karall. Je pense que ce mot n'évoque rien pour vous, n'est-ce pas ? dit-il en tournant la tête vers elle, le temps d'un bref sourire.

Sarah ne répondit pas. Elle était abasourdie par la facilité avec laquelle Reynal répondait à ses questions.

Ils roulaient maintenant en pleine campagne, elle ne faisait absolument pas attention à la route.

– Et ensuite ?

– Une fois que nous l'avons trouvé, cela n'a posé aucun problème d'obtenir un peu de son sperme. Et ensuite nous avons organisé la soirée.

Sarah restait muette devant l'aplomb de Reynal. Il ne tergiversait pas, il ne riait pas. Non, au contraire, il lui expliquait tout avec bonhomie et amabilité. Ses propres pensées allaient trop vite dans sa tête pour qu'elle puisse les rassembler.

– Mais pourquoi tout ça ? Et comment est mort Julien ? C'est vous qui l'avez tué ! cria-t-elle au masque impassible de Reynal.

Elle sentait qu'elle devenait hystérique et eut peur de ne plus se contrôler. Elle avait envie de hurler, de taper sur le visage de Reynal, de lui enfoncer ses ongles dans les yeux et de se mettre à pleurer. Elle respira profondément en fermant les yeux. Lorsqu'elle les rouvrit, le docteur dit doucement :

– Nous n'avons pas tué Julien. Cela n'a jamais été dans nos intentions. Je suis absolument désolé de ce qui est arrivé.

Il avait un tel accent de sincérité que Sarah le crut. Mais cette sincérité l'inquiéta tout à coup. Où l'emmenait-il ? Elle réalisa qu'ils longeaient la mer depuis un moment et que le docteur conduisait vite.

– Où allons-nous ?

– Là où j'habite. Je vous offre ma chambre, c'est le seul endroit où vous serez en sécurité, ajouta-t-il avec un petit sourire.

– Je veux retourner au village ! Vous n'avez pas le droit de m'emmener de force !

Le docteur ne répondit pas et enfonça l'accélérateur. Ils roulaient trop vite pour que Sarah puisse espérer sauter de la voiture. Elle pensa un moment s'attaquer à lui, mais là aussi le risque d'accident était trop grand. Ils continuèrent ainsi pendant près d'une demi-heure, sans plus se parler. Enfin Reynal s'arrêta devant une belle propriété cernée d'un haut mur de pierre. La maison se détachait sur le ciel, en bordure de l'océan. Il n'y avait que trois autres demeures dans les environs. Tout était désert autour d'eux. Reynal appuya sur un bouton du tableau de bord et la grille métallique qui défendait l'entrée commença à s'ouvrir silencieusement.

– Je m'en vais, annonça-t-elle d'un air bravache en essayant d'ouvrir la portière.

– Ne vous fatiguez pas, les portières sont bloquées, dit Reynal d'un ton las.

– Je veux sortir !

– Je crois que c'est impossible, dit-il en se penchant vers elle.

Sarah sentit ses mains se refermer sur sa gorge et ses pouces chercher les carotides. Elle essaya de se débattre, mais Reynal ne bougea pas d'un millimètre sous ses coups de poing. Bientôt le monde s'obscurcit, Sarah coula dans un torrent noir et cessa de s'agiter.

Reynal jeta un rapide coup d'œil autour de lui. Il n'y avait absolument personne aux alentours, à l'exception d'une moto encore au loin qui se rapprochait dans son rétroviseur.

Il embraya et passa la grille qui se referma automatiquement derrière lui.

– Voilà, j'ai nos places pour ce soir. J'aurais dû prendre un abonnement annuel, rien qu'avec mes trajets Quimper-Paris il serait déjà amorti.

Je reposai le téléphone d'un geste lent. Ma pauvre blague n'avait pas arraché le moindre sourire à Caroline. Assise sur son canapé, recroquevillée plutôt, elle était si profondément enfoncée dans son inquiétude que le monde extérieur semblait lui parvenir à travers un épais brouillard que je n'arrivais pas à percer.

Je lui entourai les épaules de mon bras valide.

– Ne t'inquiète pas trop. Elle est peut-être simplement partie faire une longue promenade.

– De six heures !

– Oui, c'est possible. Jean s'est affolé un peu trop tôt, à mon avis. Après tout elle est sortie juste avant midi. D'après ce que les policiers ont pu reconstituer, elle est allée au cimetière puis a déjeuné au bord de la plage. Après ce qui lui est arrivé, elle a eu envie de s'octroyer une journée de repos.

Mes paroles ne rassuraient manifestement pas Caroline. Même à mes propres oreilles elles paraissaient un tantinet trop optimistes.

– Il faut que je passe chez moi. Je te reprends au retour ?

Caroline acquiesça mollement. J'hésitai à lui demander de venir avec moi, mais je sentais qu'elle avait envie d'être seule. De plus il fallait que quelqu'un reste auprès du téléphone, au cas où...

Dehors le soleil inondait Paris et l'on voyait que l'été s'installait définitivement. Mon épaule me faisait toujours un peu mal, mais j'arrivais sans problème à utiliser mon bras. Je pris un taxi et fus chez moi en un temps record. Heureusement, car le chauffeur était si bavard que j'étais sur le point de l'assommer en arrivant au pied de mon immeuble. Il m'avait bassiné pendant tout le trajet avec le Tour de France qui ne commençait pourtant que dans quinze jours.

Jean m'avait semblé très inquiet au téléphone, ce qui n'était pas dans ses manières. J'avais du mal à décider si Sarah était vraiment en danger ou si Jean perdait les pédales. Je penchais naturellement pour la première hypothèse : le calme légendaire de mon ami ne se fissurait pratiquement jamais – donc l'heure était grave.

Mais j'avais remarqué combien Jean paraissait troublé par la présence de la jeune Duguet. Alors, un Jean amoureux qui s'affole pour rien ? Pourquoi pas. Je le souhaitais sans trop y croire en attendant l'ascenseur.

J'avais voulu venir chez moi surtout pour pouvoir réfléchir tranquillement. Attitude égoïste, mais indispensable. Je tournai en rond pendant une demi-heure, rangeant deux ou trois affaires, mettant un peu de musique, préparant un petit sac pour mon retour en Bretagne, puis je m'allongeai sur le canapé, la cigarette au bec, et restai là à ne rien faire. Mes pensées dérivèrent sur mon début d'histoire avec Caroline. Quand je pense que je l'avais crue un moment homosexuelle ! Le souvenir de nos étreintes me remonta le moral et je me demandai comment notre histoire allait se poursuivre. J'espérais surtout qu'elle se poursuive vraiment.

Le téléphone sonna. Je me précipitai vers le combiné en poussant un cri : j'avais oublié la douleur à mon épaule.

– Xavier ! Eh bien, tu n'es jamais chez toi ! Tu pourrais brancher ton répondeur au moins. C'est sensationnel, écoute ça !

Je mis un certain temps avant de reconnaître mon ami linguiste.

– Tu as la traduction du texte de la chapelle ?

– Exact ! Ça n'a pas pris plus d'une heure avec mon algorithme de traduction !

– Toutes mes félicitations. Alors, qu'est-ce que ça raconte ?

J'étais heureux de cet appel qui m'empêchait de penser à Sarah. Je pris un stylo et notai les phrases qu'il me dictait au téléphone.

« Pour Azram, fils du dieu Taureau, maître des profondeurs.

En ce lieu deux fois visité par le maître des profondeurs, Azram le Grand, moi, Charles de Lauclay, duc de la Lande, j'ai édifié ce temple.

Descendant du grand Fallem qui a rencontré l'Esprit, adorateur du démon qui visite les hommes, je lui jure obéissance et soumission.

J'ai partagé son pouvoir, par deux fois j'ai permis qu'il vienne chez les humains et un jour je vivrai dans sa puissance.

J'ai juré de ne jamais voler son sang et je refuse de dérober son pouvoir. Que mon corps et mon esprit soient détruits à tout jamais par le feu du démon si je venais à me parjurer.

Gloire à Azram, le démon des profondeurs. »

– C'est tout ? demandai-je en finissant d'écrire.

– C'est déjà pas mal. Tu ne te rends pas compte que ce texte est le plus long que l'on connaisse dans cette langue. Si un duc du XVᵉ siècle la connaissait, cela veut dire qu'il y a quelque part d'autres traces. Je vais écrire un article qui fera du bruit avec ça. Au fait, tu n'as pas trouvé d'autres exemplaires ?

– Non, je te l'aurais dit.

– Pense à moi si tu en as. Et merci encore !

Je relus la traduction. Elle concordait avec ce que je savais jusqu'à présent. La référence au dieu Taureau me surprit un peu car je savais que ce culte remontait aux hommes préhistoriques. Ainsi Azram était son « fils » et je pris conscience que j'avais affaire à une des divinités les plus anciennes de l'humanité. Qu'Azram fût venu deux fois dans la chapelle devait faire allusion à Johan et Alexandre.

Les seules lignes que je ne comprenais pas étaient à la fin du texte. « Voler le sang » d'Azram pour lui « dérober son pouvoir », voilà qui paraissait un beau programme ! J'étais surpris de voir que le démon puisse avoir une faille.

Je glandai encore une demi-heure chez moi, finissant de préparer quelques affaires en fumant cigarette sur cigarette. J'en grillai une dernière sur mon balcon, regardant les toits de Paris chauffés par le soleil. Une brume poussiéreuse enveloppait la ville. En bas, les embouteillages dégageaient de l'oxyde de carbone sans aucune retenue. Je jetai mon mégot par la fenêtre et me décidai enfin à partir.

En entrant chez Caroline, je la trouvai à la sortie de son bain. Elle m'invita à entrer d'une voix claire qui contrastait avec son ton morne du début d'après-midi. J'avais eu raison de la laisser seule.

Debout devant une glace couverte de buée, enveloppée d'un peignoir, les cheveux pris dans une serviette savamment torsadée sur la tête, elle avait essuyé le centre du miroir et se maquillait, penchée en avant au-dessus du lavabo. Je voyais son visage dans le rond de la glace, entouré de buée. C'était joli et romantique, un peu comique également car elle en était à l'étalage de crème hydratante.

– Jean a rappelé. Quelqu'un a vu Sarah partir à vélo du restaurant.

– À vélo ? Tu es sûre ?

– Sûre et certaine. C'est le propriétaire du vélo qui l'a reconnue sur une photo.

– Il lui a prêté son vélo ? demandai-je en l'enlaçant par-derrière.

Mes mains se glissaient dans l'échancrure du peignoir tandis que Caroline se massait le visage.

– Non, elle le lui a volé.

Mes mains s'arrêtèrent. L'endroit où elles s'étaient égarées occupait toute mon attention.

– Sarah a volé un vélo ?

– Oui. Jean pense qu'elle a voulu suivre quelqu'un. Reynal sans doute... ou un autre. Arrête ! Tu me chatouilles.

Ce n'était pas vraiment des chatouilles que je lui faisais, mais si elle voulait appeler ça comme ça... C'est curieux, d'habitude les ambiances de sauna ne me poussent pas aux galipettes, mais cette fois-ci je fis une exception. Ensuite nous prîmes un bain ensemble et il fallut que madame se repomponne. On a failli rater l'avion.

Il était moins une.

Sarah ouvrit les yeux et voulut crier. Un faible couinement sortit de sa gorge sans parvenir à franchir ses lèvres collées par un sparadrap. Paniquée, elle aspira violemment par le nez en refermant les yeux. Il ne lui fallut que quelques secondes pour retrouver son calme. Lorsqu'elle ouvrit à nouveau les yeux, ils découvrirent le haut d'une bibliothèque. Des livres disparates étaient posés au hasard sur la dernière étagère. Son regard descendit, détaillant les étagères inférieures, celles-ci toutes pleines de livres sagement rangés.

Sa situation manquait de confort. Allongée sur un divan, sa position était douloureuse car ses mains liées dans son dos lui entraient dans les reins. Ses pieds étaient également attachés, toujours par un large sparadrap, comme elle put le voir en penchant la tête. Le genre de bande collante marron dont on se sert pour fermer les cartons. Elle sentait la colle lui irriter la peau des joues. Aucun espoir de se libérer.

Ses yeux se remplirent de larmes et elle faillit se laisser aller à pleurer. Mais le souvenir de la façon dont elle se retrouvait ici changea sa tristesse en fureur. Reynal ! C'était ce sale toubib qui l'avait conduite ici !

Sarah se força à se calmer et détailla la pièce dans laquelle elle se trouvait. Outre le divan, il n'y avait qu'un petit bureau spartiate à côté d'elle, placé devant une chaise en bois. Les murs étaient blancs, dépourvus de toutes gravures, et la bibliothèque avait un air étriqué et austère. Pas de papiers sur le bureau, pas de téléphone, pas de pendule non plus. Et, bien sûr, pas de fenêtre.

Sarah se tortilla un moment sans parvenir à faire bouger les liens qui lui collaient à la peau. Elle prit son mal en patience et ferma les yeux sur cette pièce qui évoquait la cellule d'un moine.

Elle attendit longtemps, lui sembla-t-il. L'absence de montre ne lui permettait pas de savoir si cela faisait une demi-heure ou deux heures qu'elle était là quand la porte de la pièce s'ouvrit sans un bruit. Reynal entra. Il referma vivement la porte derrière lui et s'approcha d'elle.

– Je vois que vous êtes réveillée, Sarah, dit-il avec un sourire chaleureux.

Il s'approcha du divan et la regarda en continuant à sourire. Manifestement il trouvait à son goût cette belle femme ligotée devant lui.

– Comme le dit l'expression : « Si vos yeux pouvaient tuer, je serais mort en entrant dans cette pièce ! » Mais vos yeux se contentent d'être merveilleux. Vous êtes très belle, Sarah.

La jeune femme resta interdite sous son bâillon : il la draguait !

Elle remarqua qu'il n'y avait pas que le discours de Reynal qui avait changé. Son allure également s'était modifiée. Elle n'y avait pas fait attention au bord de la mer car sa tenue allait avec le paysage : pantalon de toile léger, polo blanc et lunettes de soleil. Maintenant qu'elle le voyait dans un bureau, elle était frappée par le changement : oublié le docteur compassé, à la fois rassurant et inquiétant. Sarah avait devant elle l'homme et non plus le personnage. Même ses gestes étaient plus souples, plus décontractés. Un début de bronzage accentuait ce changement de physique. Reynal cessa de la contempler, comme à regret, et se redressa en mettant les mains dans ses poches. Encore une posture du nouveau Reynal.

– Vous me posez un sérieux problème, Sarah.

Sa voix était sérieuse, tranchant avec son allure nonchalante. La jeune femme fixa sur lui ses yeux violets.

– Un très sérieux problème. Vous savez... je ne suis pas seul dans cette histoire. Et je ne suis pas seul dans cette maison. Mes « amis » ne verraient pas d'un bon œil que je vous aie ramenée ici.

Il se détourna et marcha vers le mur, mais la pièce était si petite qu'il dut s'arrêter au bout de deux pas. Il fit demi-tour et s'approcha de Sarah.

– Ils pourraient vouloir vous faire disparaître. Vous comprenez ce que je veux dire ? demanda-t-il en relevant la tête brusquement.

Sarah fixa Reynal sans bouger. Oh oui, elle comprenait. Elle sentit son ventre se contracter et son cœur se mit à battre beaucoup plus vite.

Reynal reprit son va-et-vient entre les deux murs, trois pas dans un sens, trois pas dans l'autre. Il semblait réfléchir tout en rebondissant d'un mur à l'autre. Puis il prit sa décision. Il s'arrêta devant le divan et s'agenouilla. Son visage était à quelques centimètres de celui de la jeune femme. Elle sentit l'odeur de son après-rasage, pas désagréable, un peu trop sucrée peut-être. Un vague effluve d'océan flottait par-dessus.

– Je vais enlever votre bâillon, Sarah. Si vous cherchez à fuir ou si vous criez, vous alerterez ceux qui sont avec moi dans cette maison. Alors je ne réponds plus de rien... Il ne faut pas qu'ils sachent que vous êtes ici. La maison est vaste, cette pièce donne dans ma chambre. Si vous ne faites pas de bruit, vous pouvez rester ici sans qu'ils s'en aperçoivent jusqu'à... jusqu'à ce que cette affaire soit terminée. Vous m'avez bien compris ?

Il avait parlé d'une voix calme et puissante. Sarah le regardait dans les yeux. Elle voulut parler, mais le bâillon l'en empêcha.

– Vous me promettez de ne pas crier, de ne pas chercher à vous enfuir ? interrogea Reynal.

Sarah hocha la tête, deux fois, en signe d'acquiescement. Reynal la regarda encore un bref instant, puis il tendit la main et, d'un geste sec étrangement tendre, il arracha l'adhésif. Il y eut un petit bruit, une légère impression de brûlure, et Sarah put ouvrir la bouche.

– J'ai soif...

Reynal disparut dans la pièce voisine et revint presque aussitôt avec un verre et une bouteille d'eau minérale. Ce fut un délice. En sentant l'eau fraîche couler dans sa gorge Sarah se rendit compte à quel point elle était déshydratée. Sa poursuite à vélo, la filature de Reynal, la tension dans la voiture, le soleil... Elle but avidement et finit le verre.

– Encore...

Reynal lui servit un autre verre qu'il lui fit boire également. Elle se sentit ridicule, les mains attachées dans le dos, assise sur ce divan, buvant au verre que Reynal penchait délicatement pour elle. Un bébé ou une grande malade...

– Vous pouvez me détacher les mains ? demanda-t-elle, une fois désaltérée.

Reynal reposa le verre et, sans hésiter, commença à enlever le scotch qui lui liait les poignets. Il eut plus de mal qu'avec le bâillon car il y avait plusieurs tours d'adhésif. Sarah se laissait faire, elle sentait le souffle du docteur sur sa nuque, son odeur tout près d'elle. Enfin ses bras furent libérés et elle se frotta les poignets pour rétablir la circulation.

– Je suis heureux que vous compreniez la situation, dit Reynal en se redressant.

Il froissa le ruban adhésif, en fit une boule avec celui qui la bâillonnait et lança le tout dans la corbeille sous le bureau. « Un vrai champion de basket », pensa Sarah.

– Mais justement, je ne comprends rien.

– Je reviendrai vous expliquer tout à l'heure. Je vous apporterai à manger. Pour l'instant souvenez-vous : aucun bruit.

Sarah vit la porte se refermer. Elle entendit une clé tourner dans la serrure.

Elle soupira et entreprit de libérer ses chevilles.

Reynal mit la clé dans sa poche et tendit l'oreille. Il entendit Sarah, de l'autre côté de la porte, qui s'affairait sur ses liens.

Très bien. Il ne pensait pas qu'elle lui pose de problème pour l'instant. Cette fille était intelligente et savait que la meilleure chose pour elle était de se tenir tranquille.

Il s'approcha de la fenêtre donnant sur la plage et contempla l'océan qui roulait doucement sous le soleil. Il resta là un long moment, buvant lui aussi de l'eau glacée. Il en avait des litres en provision dans le petit réfrigérateur de sa chambre. Puis il s'étendit sur son lit et songea à ce qu'il avait fait et à ce qu'il devait faire.

L'irruption de Sarah devant sa voiture l'avait totalement pris de court. Il avait eu le réflexe de la faire monter et avait compris très vite qu'elle s'était jetée dans la gueule du loup : elle n'avait dit à personne qu'elle l'avait vu au village et s'était précipitée à sa rencontre sur un coup de tête.

Il avait envisagé de la tuer et de faire disparaître le corps. Cela ne posait pas de problème insurmontable : Ophile possédait dans son laboratoire de quoi dissoudre un monceau de corps humains. Mais, sans trop savoir pourquoi, cette idée lui répugna. Il avait mis cette réaction de dégoût sur le fait qu'il était médecin et que Sarah avait été sa patiente. Maintenant qu'il y réfléchissait, il devait s'avouer que la raison était plus profonde. Il avait épargné Sarah tout simplement parce qu'il n'était pas un tueur.

Tranquillement allongé sur son lit, Reynal savourait cette découverte sur lui-même qui le ravissait. Il savait enfin ce qui le distinguait des autres membres du groupe. Il l'avait toujours vaguement perçu, mais sans parvenir à l'exprimer correctement.

Il était incapable de tuer, que ce soit froidement comme Saint-Germain ou Peyrac, lâchement comme Vorreux ou vicieusement comme Clément. Il savait qu'Ophile, derrière son regard de vieillard inoffensif, cachait une cruauté et une détermination qui ne le feraient pas hésiter une seconde à supprimer quiconque se mettrait en travers de ses projets. C'était un miracle qu'il n'ait pas détruit Lefrançois à la chapelle.

Quant à Gunnar, c'était le plus dangereux de tous. Souvent Reynal avait comparé son chef à ces officiers nazis qui dirigeaient les camps de concentration. Froid, méthodique, dénué de scrupule, le colosse avait la férocité du piranha et l'appétit du tigre. Reynal s'en méfiait depuis longtemps, et les récentes demandes de Gunnar à Ophile, pour préparer l'Élixir au plus vite, augmentaient ses inquiétudes.

Non, il n'était pas comme eux. Et lorsqu'il boirait l'Élixir, il ne déchaînerait pas une violence égoïste et rageuse sur un monde qui ne serait là que pour être asservi à ses désirs. Reynal aimait le monde, il n'avait pas envie de le conquérir mais de le connaître, d'épuiser « le champ des possibles » dont parle Pindare.

« Seraient-ce ses yeux ? » se demanda-t-il ironiquement en réalisant où ses réflexions l'avaient amené. Le regard violet de Sarah flottait encore dans sa tête, il la revoyait, ligotée sur le divan, dardant sur lui ces yeux immenses aux reflets farouches.

Non, il n'était pas amoureux, c'était plus subtil que ça. Il se demanda comment il réagirait si les autres venaient à découvrir qu'elle était dans la maison. Nul doute que tous voteraient sa mort. Et lui, que ferait-il ? La défendrait-il, au péril de sa vie, ou se plierait-il à la décision du groupe ?

– Le mieux est qu'ils ne s'en aperçoivent pas, dit-il à voix haute en se redressant d'un coup de reins.

Il regarda sa montre. Bientôt vingt heures. Il fallait qu'il donne à manger à Sarah et mange lui-même. Il se doutait qu'elle lui poserait plein de questions et était prêt à lui répondre... en partie au moins. Que ferait-il d'elle lorsqu'il aurait bu l'Élixir ? Sans doute ce qu'il lui avait dit : il la relâcherait.

Il déverrouilla la porte de sa chambre et la referma à clé une fois dans le couloir. Il savait qu'on n'était jamais trop prudent avec les chers « frères ». Il descendit au rez-de-chaussée et visita toutes les pièces, vérifiant qu'il n'y avait personne. Il inspecta le jardin et la plage depuis les fenêtres. Tout était tranquille et désert.

Il se dirigea ensuite vers la cuisine mais se souvint qu'il avait promis à Ophile de passer le voir. Un étroit escalier de béton qui s'ouvrait dans la buanderie conduisait à la lourde porte d'acier du laboratoire. Il composa le code d'accès sur le boîtier, un code à dix chiffres et lettres qu'il avait eu un mal fou à retenir, et entendit avec soulagement le cliquetis de la serrure.

Ophile était au fond de la pièce, penché sur ses fioles.

– Qu'est-ce que c'est encore ?

Le vieillard avait parlé d'un ton mauvais, sans même se retourner ni lever le nez de ses éprouvettes. Reynal marqua le pas. Il n'avait jamais entendu une telle colère dans la voix de l'alchimiste.

– C'est moi, maître Ophile. Je voulais vous proposer de manger.

Ophile se retourna et parut surpris.

– Oh, maître Reynal, je croyais que c'était encore Gunnar qui venait me déranger.

Reynal sentit une sueur glacée lui descendre le long de la colonne vertébrale. Il lui sembla que son cœur cessait de battre.

– Gunnar est ici ?

Il espéra que sa surprise légitime avait caché son trouble.

– Il m'a quitté voici dix minutes, reprit Ophile d'une voix un peu plus aimable. Nous avons eu une discussion orageuse. Après ce qui lui est arrivé, il a exigé que je prépare l'Élixir au plus vite.

Reynal était désemparé.

– Où est-il ? Que lui est-il arrivé ?

Ophile leva vers lui un regard surpris. Il daigna enfin abandonner ses préparations. Il soupira comme si le monde entier s'acharnait à lui faire perdre son temps.

– Vous ne l'avez pas vu ? Il est remonté dans sa chambre pour se reposer. Il est arrivé de Paris en voiture voici une petite heure. Hier, il est tombé sur notre enquiquineur habituel.

– Lefrançois ?

– Exactement. Il l'attendait dans le parc, m'a-t-il dit, avec l'amie de Sarah. Ils se sont battus et ça s'est mal terminé.

– Lefrançois est mort ?

Ophile eut un petit rire sec de vieillard.

– Pas du tout. C'est notre chef qui a dû battre en retraite, avec un œil crevé !

Reynal aurait juré que l'alchimiste lui racontait l'histoire avec délectation.

– C'est grave ?

– Bah, répondit Ophile en haussant les épaules, il est borgne mais il survivra. Je crois surtout que cette histoire l'a profondément vexé.

Il eut de nouveau son petit ricanement sec.

– Il a raison, je dois l'avouer, sur le fait que tout cela nous force à accélérer l'allure.

Quand pensez-vous être prêt ?

– Dans une heure ou deux. Avec toutes les réserves dont j'ai déjà parlé.

Les choses allaient trop vite d'un seul coup. Gunnar blessé, revenu dans la maison alors qu'il ramenait Sarah ; Lefrançois à leurs trousses et l'Élixir prêt ce soir. Reynal avait du mal à digérer cette avalanche d'informations.

– Quand Gunnar compte-t-il boire l'Élixir ?

– C'est évidemment toute la question, répondit Ophile pensivement.

Reynal le regarda, surpris. C'était la première fois qu'il voyait l'alchimiste préoccupé par autre chose que sa magie.

– Nous devons prévenir les autres... commença Reynal.

– Justement non ! trancha le vieil homme.

Il s'agita et marcha de long en large à travers le laboratoire. Jamais Reynal ne l'avait vu si contrarié, presque affolé.

– Vous vous souvenez de notre conversation d'hier, Reynal ?

Le docteur acquiesça d'un signe de tête.

– Eh bien, je suis de plus en plus inquiet à propos de Gunnar, reprit Ophile en continuant de s'agiter. Lorsqu'il est arrivé tout à l'heure, il avait l'air d'un fou. Je veux bien que son combat et la perte d'un œil l'aient secoué mais j'ai aussi senti quelque chose...

– Oui ?

– Reynal, vous savez qu'Azram rôde ?

Le docteur fut décontenancé par ce coq-à-l'âne.

– Bien entendu. Je l'ai vu quand il possédait Julien. J'ai dit le rituel. Qu'est-ce que cela a à voir avec Gunnar ?

– Azram est très puissant. Julien était un support de choix, mais cela reste quand même un exploit de s'incarner à une telle distance de la mer.

– Vous pensez qu'il pourrait s'incarner dans quelqu'un d'autre ? C'est impossible. Gunnar n'a pas les gènes nécessaires. Dans Sarah peut-être, et encore, j'en doute.

– Gunnar veut tellement avoir le pouvoir d'Azram, répliqua doucement Ophile.

Reynal le regarda, incrédule.

– C'est impossible. Pensez à tout le mal que nous nous sommes donné pour faire naître Julien. Si le simple désir de l'incarnation suffisait à la réaliser...

– Justement, ce n'est pas l'incarnation que nous désirons, mais l'Élixir. Julien a réveillé Azram, il s'avère être beaucoup plus puissant que nous ne le pensions. Et Gunnar désire tellement son pouvoir.

Le vieillard s'était arrêté de marcher et contemplait ses fioles en prononçant ces derniers mots. Il releva la tête.

– Je ne peux rien dire de précis sur l'état de Gunnar. Il m'a semblé étrangement agité, c'est tout. C'est peut-être moi qui suis fatigué. Mais je n'aime pas ce qu'il m'a dit.

Reynal lui jeta un regard interrogatif.

– Lorsque je lui ai parlé de prévenir les autres puisque l'Élixir est presque prêt à servir, il a éclaté de rire et m'a dit de ne pas me préoccuper de ça, que nous étions déjà trois et que cela était suffisant. Je n'ai pas aimé ça, ni la voix qu'il a eue en le disant.

Reynal repensa à la mort suspecte de Peyrac. Il voyait le trouble d'Ophile et, s'il ne croyait pas qu'Azram puisse s'incarner en Gunnar, il était de plus en plus convaincu que leur chef ne jouait pas franc jeu.

– Que faisons-nous ?

D'instinct il s'en remettait au vieil homme. Si Gunnar voulait les tromper, autant avoir l'alchimiste avec lui.

– Pour l'instant rien. Je prépare l'Élixir, vous allez manger et Gunnar dort. Je viendrai vous chercher dès que j'aurai terminé. Il y a une petite précaution que nous devons prendre.

Il n'en dit pas plus et retourna vers la paillasse. Reynal ne voulut pas le questionner plus avant. Il avait des choses à faire. Il pensa à Sarah. Devant lui Ophile versait goutte à goutte un liquide sur une plaque de métal. Chaque goutte grésillait et rongeait la plaque. L'alchimiste dessinait un motif compliqué et semblait en pleine concentration. Ses lèvres remuaient doucement en une prière rituelle que Reynal ne connaissait pas. Il referma la porte et remonta à l'air libre.

Une fois au rez-de-chaussée il vérifia à nouveau toutes les pièces et les abords de la maison. Il repensa en frissonnant au moment où il était sorti de la voiture, portant Sarah dans ses bras. Il n'y avait pas moyen de faire autrement. Il était terriblement visible et peu discret depuis le garage jusqu'à sa chambre. Si Gunnar avait regardé par la fenêtre...

Il avait pensé dîner avec Sarah, mais le moment du réveil de Gunnar étant aléatoire il préféra manger seul. Il se fit une omelette aux champignons, accompagnée d'une salade. Lorsqu'il eut fini, il prépara une seconde omelette, remplit le saladier et fit un pot de café.

Son repas lui avait permis de retrouver son calme. Le bruit des vagues avait eu un effet reposant, et c'est d'un pas tranquille qu'il sortit de la cuisine. Il pouvait croiser n'importe qui sans paraître suspect : il avait décidé de dîner seul dans son intimité. « Pourvu que Gunnar dorme encore longtemps », pensa-t-il en montant les marches.

13

Sarah lisait, allongée sur le divan. Elle leva la tête à l'arrivée de Reynal et eut un regard intéressé vers le plateau. Il nota qu'elle s'était débarrassée de ses derniers liens et avait enlevé ses chaussures. Il posa le plateau sur le bureau.

– C'est simple mais copieux, dit-il en le désignant.

Outre ce qu'il avait préparé, il avait ajouté un morceau de fromage, des fruits et une bouteille d'eau fraîche prise dans la réserve de sa chambre.

Sarah referma son livre et se redressa.

– Que lisiez-vous ? Ah, le livre de votre ami Lefrançois ! Vous avez d'excellentes lectures, c'est un ouvrage très documenté et bien écrit.

– C'est intéressant, oui, répondit Sarah en s'installant sur la chaise derrière le bureau.

Elle avait frôlé Reynal, écartant au maximum son corps de celui du docteur, mais la pièce était si petite qu'elle avait senti son haleine la caresser pendant le court instant où avait eu lieu leur étrange chassé-croisé.

Reynal se laissa aller sur le divan et sortit un paquet de cigarettes.

– Bon appétit, j'espère que vous apprécierez mes talents de cuisinier. J'ai mis des herbes dans l'omelette.

Sarah ne savait que répondre. L'homme qui l'avait envoûtée pendant un an, qui l'avait pratiquement forcée à avoir un enfant, qui venait de la kidnapper était assis devant elle et s'inquiétait de son appétit... Pour un peu il allait lui dire de manger vite, « tant que c'est chaud », comme lui répétait sa grand-mère !

Elle leva vers lui un regard interloqué lorsqu'il alluma sa cigarette.

– Mais vous fumez !

– Oui. Cela vous dérange peut-être pendant votre repas ?

– Non, pas du tout... balbutia-t-elle en rougissant. C'est que... c'est que je ne le savais pas.

Elle rougissait de plus en plus et piqua du nez vers son assiette pour que cela ne se voie pas. Avec cette proximité, c'était perdu d'avance.

– Il y a tant de choses que vous ne savez pas, dit Reynal en soufflant sa fumée vers le mur.

Il se leva et se servit une tasse de café. Sarah goûta l'omelette. Délicieuse. Comme tout à l'heure elle mourait de soif, maintenant elle se rendait compte qu'elle avait un appétit d'ogre.

Elle chercha comment questionner Reynal qui se taisait en la regardant manger. Cela lui occupa l'esprit et elle dévora son plat en silence. Autant ne pas lui montrer à quel point elle était curieuse.

Comme elle attaquait sa salade et que le docteur restait muet, elle se décida.

– Le livre de Xavier est passionnant, mais pas autant que vos histoires celtiques, je suppose ?

– Je me demandais combien de temps vous pourriez jouer les blasées ! répondit Reynal en riant.

Sarah continua à manger placidement.

– Vous devez être pressé de pouvoir faire s'incarner Azram, lâcha-t-elle négligemment.

Reynal tiqua. Manifestement il ne s'attendait pas à ce qu'elle connaisse le nom du démon.

– Je vois que vous en savez long. C'est votre ami Xavier qui vous a appris ça, j'imagine. Comment l'a-t-il découvert ?

– Il a trouvé un manuscrit de Charles de Lauclay dans le laboratoire de la chapelle. Il nous l'a lu, ainsi qu'à la gendarmerie !

Elle avait espéré le déstabiliser, ne serait-ce qu'un tout petit peu, mais Reynal se contenta de répondre :

– Voilà qui les changera de la misère de leurs rapports habituels... Ainsi vous pensez que nous voulons faire venir Azram ?

Il levait vers elle un regard amusé. Puis ses yeux se perdirent dans la contemplation de la porte à côté d'elle et il y eut un long moment de silence.

– Le problème, c'est que le démon Azram n'existe pas.

Il avait dit cela d'un ton las, vaguement mélancolique. Il y eut de nouveau un long silence que Sarah rompit enfin.

– Et les expériences de Charles ? Et ma maternité ?

Elle suffoquait sous la surprise et oubliait de manger sa salade.

– Je vais vous expliquer, dit Reynal en allumant une nouvelle cigarette.

Comme la fumée stagnait dans la pièce trop petite, il alla dans sa chambre, fermée à clé, et ouvrit la fenêtre. Le vent soufflait sur la plage amenant des senteurs iodées jusque dans la cellule enfumée.

Il revint s'asseoir face à elle et commença son récit d'une voix basse mais très distincte. Il aurait fait un excellent conteur, pensa-t-elle.

– Il y a un peu plus de trois mille ans, les êtres humains ont rencontré des esprits. La rencontre a pu se faire bien avant, en d'autres endroits de la terre... J'en doute car je sais que ces esprits ne vivent que dans des niches écologiques très particulières. Enfin peu importe !

« Cette rencontre a eu lieu ici, en Bretagne, ainsi que beaucoup plus au nord, dans l'extrême pointe de la Suède actuelle. La raison en est simple, ces esprits viennent de la mer, ils vivent près des côtes rocheuses. Je ne sais pas très bien pourquoi ces deux endroits semblent être les seuls qui leur conviennent pour subsister.

« On ignore, et on ignorera sans doute toujours, comment pour la première fois un esprit a pu s'emparer d'un corps humain. Cela a dû se faire par accident, à la suite d'un imbroglio quelconque dans la vie de l'esprit. A-t-il eu peur ? Voulait-il conquérir la terre ferme ? On ne le saura jamais.

« Toujours est-il que les hommes s'apercevaient que parfois, très rarement, l'un d'eux se transformait radicalement, s'exprimant dans un langage étrange et inconnu, se découvrant une force surhumaine, des dons qu'il ne possédait pas auparavant.

« Il s'agissait de tribus préhistoriques. À l'époque la majorité d'entre elles croyait au dieu Taureau, des fresques retrouvées récemment dans le sud de la France en témoignent.

« Tout naturellement les hommes pensèrent que l'esprit qui s'incarnait était un enfant du dieu Taureau. Ils ne se rendirent pas compte qu'il n'y avait pas un seul démon mais qu'à chaque incarnation, ou possession si vous préférez, c'était un membre différent de la communauté des Azram qui occupait l'esprit de l'être humain.

« Cette cohabitation entre les Azram et les humains dura à peu près trois siècles. Deux clans celtiques, les Karall en Suède et les Bar Lacl' en Bretagne, se montrèrent plus particulièrement aptes à se faire posséder par les Azram. Au fil du temps ce ne fut plus que dans les membres de ces deux clans que les esprits se manifestèrent. Choix de la part des démons ? Une sorte de sélection naturelle ? Lutte d'influence de la part de ces deux clans qui voulaient garder le monopole des incarnations ? Sans doute un mélange de tout ça.

« Une sorte de sous-religion s'établit alors. Tout un rituel fut instauré, certainement sous l'influence des démons, qui permit l'incarnation plus facilement et plus durablement. Il faut savoir que la première rencontre, accidentelle, ne permit qu'un contact de quelques heures.

« Les Azram apprirent leur langue aux hommes et leur donnèrent cette écriture que vous avez vue au-dessus de l'autel, dans la chapelle. Ce fut un pas décisif dans les relations entre les Azram et les humains. Outre la codification des rites qui facilitait aux Azram la possession, cela permit aux deux clans détenteurs de ce pouvoir d'écrire leur histoire. Cela est unique chez ces peuples de tradition orale. Une histoire qui devait demeurer secrète car les Azram ne tenaient pas à trop se faire connaître du reste des hommes. Ils avaient vite compris combien cette espèce pouvait être cruelle et dangereuse pour eux, même si à l'époque ils étaient les plus forts. Quant aux humains ils voulaient garder jalousement leur relation avec les Azram qu'ils imaginaient sous la forme d'un dieu unique qui les avait choisis.

« Il y eut de nombreux combats meurtriers entre les deux clans pour avoir le monopole de la relation avec les Azram. Jamais aucun des deux ne l'emporta. Il faut sans doute y voir la conséquence de l'éloignement géographique.

« Et puis un jour les Azram disparurent complètement. Cela se fit d'une façon soudaine. Les membres des deux tribus eurent beau dire et redire les rituels, sacrifier leurs ennemis humains et parfois même leurs propres enfants, rien n'y fit, plus aucun être humain ne fut l'hôte des démons. Le phénomène se produisit il y a vingt-sept siècles et dura quatre cents ans. Ce qui est curieux, c'est que cette disparition eut lieu au même moment en Suède et en Bretagne.

« Sur les raisons de cette disparition, nous n'avons aucun élément. Nous en sommes réduits aux conjectures. Ils réapparurent il y a deux mille trois cents ans et reprirent contact avec les humains. Mais ce n'étaient plus les mêmes Azram qu'autrefois, nombreux et curieux, protecteurs des humains. La catastrophe qui les avait chassés n'avait épargné que quelques-uns d'entre eux, très âgés et très puissants. Nous ne connaissons pas la durée de vie exacte d'un Azram, elle est au moins égale à cinq siècles et je soupçonne qu'ils peuvent vivre un millénaire. Lorsqu'ils reprirent contact avec les humains, ce furent les plus vieux d'entre eux, ceux qui s'étaient déjà incarnés, qui occupèrent un corps humain.

Quelque chose avait changé dans leur mentalité. Autrefois ils régnaient sur les clans, certes, mais ne voulaient pas de sacrifices humains. Ils guidaient et protégeaient les deux tribus, aidant leur conquête, mais ne leur faisaient pas exterminer leurs ennemis. Il semblerait même que les Azram première période aient été un facteur de civilisation, aussi bien d'un point de vue matériel que sur le plan moral.

« Au contraire, ceux qui reprirent contact avec les humains se montrèrent cruels, agressifs et assoiffés de pouvoir. La religion, déjà primitive, devint barbare. Les deux clans se firent haïr de toutes les autres tribus celtiques. Ils tuaient, pillaient, violaient sans vergogne et triomphaient à chaque fois car ils étaient protégés par les Azram. Ce qui empêcha l'établissement de leur suprématie sur toutes les autres tribus fut la raréfaction des incarnations.

Reynal marqua une pause. Il se leva pour se servir un verre d'eau qu'il avala lentement, puis remplit sa tasse de café et revint s'asseoir. Sarah remarqua qu'il ne prenait pas de sucre et elle se demanda pourquoi elle notait ce détail insignifiant. Elle avait fini de manger et pelait machinalement un fruit. Elle mordit dedans, attendant patiemment que Reynal reprenne son incroyable récit. Comme il fumait une nouvelle cigarette, les yeux dans le vague, elle le relança.

– Les Azram ont disparu ?

– Pas complètement. La cause inconnue qui les avait presque tous tués et transformé leur état d'esprit avait également lésé leur fécondité. La race des Azram s'éteignait peu à peu. Ils eurent de plus en plus de mal à s'incarner et bientôt ils ne le firent qu'épisodiquement, pour des périodes n'excédant pas quelques jours.

« Environ un siècle avant Jésus-Christ, le chef des Bar Lacl', un certain Fallem, décida d'envoyer une expédition en Suède. Il en prit la tête et ils voyagèrent longtemps avant de retrouver les descendants des Karall qui s'étaient dispersés. Ce qui l'avait décidé à entreprendre cette expédition n'était pas de faire la guerre comme autrefois, mais au contraire de chercher des alliés. Cela faisait en effet plus de vingt ans qu'aucun Azram ne s'était incarné et il voulait savoir s'il en était de même dans le pays du Nord.

« Après un long et difficile voyage ils parvinrent enfin dans les îles suédoises. Fallem se rendit alors compte que les peuples du Nord étaient encore plus démunis que le sien. Cela faisait plus d'un siècle qu'aucun démon ne s'était manifesté et cette désertion, ajoutée à des guerres intestines particulièrement féroces, avait pratiquement fait disparaître le culte rendu aux esprits. Alors que les Bar Lacl' avaient soigneusement conservé leurs souvenirs pendant leur longue absence, les Suédois les avaient pratiquement oubliés. Très peu d'entre eux savaient encore parler la langue ancienne apprise par leur dieu. Pour eux ce n'était qu'un lointain souvenir, une splendeur passée qui s'apparentait plus à un mythe fondateur qu'à une vérité historique.

« Fallem et son groupe écumèrent les îles à la recherche d'un Azram. Des nuits durant il dit le rituel, il sacrifia d'innombrables bêtes puis de nombreuses vierges en vain. Il allait s'avouer vaincu lorsque la chance lui sourit. Un Azram le posséda, un vieux démon qui s'avéra être le seul à avoir survécu de tous les esprits du Nord. Il resta trois ans en Fallem, lui permettant de retourner en Bretagne avec la maigre troupe qui lui restait malgré les dangers du voyage.

« Une fois revenu, il confia à Fallem, qui la transcrivit en langue ancienne, l'histoire de son peuple. Chassés par le changement de climat, les Azram du Nord avaient erré dans les profondeurs des océans, essayant de se fixer sur les côtes qu'ils rencontraient, mais ils ne purent jamais trouver d'endroits vivables pour eux. Ils croisèrent plusieurs fois la horde de Bretagne, tout aussi désemparée que la leur durant les quatre siècles de leur exode.

« À ce moment il restait très peu d'Azram, les deux colonies, ou ce qui en restait, voyageaient de concert. La majorité d'entre eux décida d'essayer à nouveau de se fixer sur les côtes de Bretagne, tandis qu'une poignée retourna dans le Nord. Cet Azram était le dernier d'entre eux. Il quitta le corps de Fallem peu après son retour en Bretagne et ne réapparut jamais. Toutefois le retour de leur chef, qui plus est possédé par leur dieu, redonna confiance aux Bar Lacl' qui connurent une longue période de prospérité.

« Fallem essaya encore de nombreuses fois d'invoquer un Azram mais ne parvint plus jamais à être possédé. Il réussit toutefois une dernière incarnation avec sa propre fille. Il restait donc des Azram sur les côtes bretonnes. Ce fut le moment de gloire de sa vie, l'apogée de son clan. Ensuite les Azram ne vinrent plus, les Romains débarquèrent et les tribus celtes furent assimilées. Le souvenir de ce culte disparut peu à peu, remplacé par le panthéon romain, enfin ce fut la christianisation de la Gaule...

Reynal se tut et s'étira. Le bruit de l'océan sembla d'un seul coup assourdissant à Sarah, bien qu'il ne lui parvienne qu'après avoir traversé la chambre et franchi la porte de la petite pièce. Elle fumait elle aussi, le pot de café était vide et cette histoire lui paraissait complètement folle.

Pourtant, elle croyait Reynal. Elle sentait qu'il lui avait parlé avec une grande sincérité, et puis elle ne voyait pas son intérêt à inventer pour elle une fable aussi farfelue. Dans quel but ? Non, il était sincère et elle croyait à l'existence des Azram. Il restait cependant des questions

– Et Charles de Lauclay savait tout cela ?

– Partiellement. Il avait retrouvé certains écrits de Fallem et de ses prédécesseurs. N'oubliez pas que les Lauclay, donc vous-même, descendent des Bar Lacl'. Beaucoup de documents écrits en langue ancienne, datant de la première période Azram, ont été perdus mais certains ont traversé les âges. Les chefs Bar Lacl' se les transmettaient religieusement. Charles de Lauclay en a hérité de quelques-uns. Il parlait la langue ancienne. Pour lui Azram était un dieu unique, une sorte de démon païen. Le côté adorateur de Satan qui était un trait de sa personnalité ne pouvait envisager l'esprit qu'ainsi. Même lorsqu'il est parvenu à ses deux incarnations avec ses enfants et qu'il a retrouvé le récit du voyage de Fallem, il a continué à croire à ses théories mystico-sataniques. Il était à moitié fou, vous savez ?

– Et vous-mêmes, n'essayez-vous pas de faire la même chose ? D'obtenir une incarnation d'un Azram ?

Reynal lui sourit gentiment.

– Pas vraiment, bien que cela nous fascine. Nous ne sommes ni les membres d'une secte, ni les descendants d'une tribu préhistorique. C'est en tant que scientifiques que nous avons abordé ce problème, enfin certains d'entre nous...

– Et alors ?

– Alors nous nous sommes demandé pourquoi les Azram ne pouvaient s'incarner que chez certains humains. La réponse fut longue à trouver, mais nous y sommes parvenus. C'est un gène, ou plutôt une suite de gènes qui permet l'incarnation. Rares sont ceux qui les possèdent. Vous en faites partie, Sarah.

– C'est pour ça que vous m'avez forcée à avoir un enfant ? Azram s'est incarné dans Julien ?

Reynal fut peiné par la phrase de Sarah. Il la regarda non plus comme le docteur distant et sûr de lui qu'il avait été, mais comme un homme ému par son chagrin.

– Un Azram s'est effectivement incarné dans Julien. Ce n'est pas ce que nous cherchions, ajouta-t-il d'une voix basse. C'est arrivé quelques instants après qu'on l'enlève de votre chambre.

Sarah revit les troubles de Julien, entendit ses hurlements, se souvint de son désarroi et de sa panique cette nuit-là. Ses yeux s'emplirent de larmes qu'elle laissa couler sur ses joues.

– Je suis vraiment désolé, Sarah, dit Reynal en se levant et en lui touchant la main.

– C'est ça qui l'a tué, n'est-ce pas ?

– Oui.

Reynal baissa les yeux et revint s'asseoir sur le divan,

alluma une cigarette et laissa Sarah surmonter sa douleur.

– Mais que vouliez-vous faire avec Julien ?

– Ce n'est pas Julien qui nous intéressait. S'il avait pu vivre, j'en aurais été heureux. Je vous jure que j'ai tout fait pour sauver votre enfant.

Lui aussi repensait à cette fameuse nuit.

– C'est votre placenta qui avait de l'importance.

Sarah le regarda sans comprendre. Reynal prit une profonde inspiration et lui expliqua rapidement, comme s'il était pressé d'en finir :

– Nous ne cherchons pas à incarner Azram. Nous ne voulons pas être l'hôte d'un parasite, même si cela nous confère des pouvoirs supérieurs. Nous voulons la force des Azram. Et c'est possible grâce à certaines manipulations, sur certaines substances, dont votre placenta...

– Pour vous je ne suis donc qu'une machine à préparer de la viande ! Un produit de laboratoire !

– Non, Sarah. J'ai voulu que Julien naisse, j'ai tout fait pour qu'il vive. Nous n'avons jamais voulu vous faire du mal.

– Nous ? Qui c'est ce « nous » dont vous parlez depuis le début.

– Ceux qui veulent « voler le sang d'Azram », pour reprendre l'expression de Charles de Lauclay. C'est une trop longue histoire...

– Alors vous voulez préparer votre produit miracle ? Comment ça se présente ? Des piqûres, une perfusion, des médicaments ? Un repas totémique ?

Reynal sourit devant la fureur de Sarah.

– Une simple boisson, répondit-il calmement.

– Et vous serez nombreux à la boire ?

Le docteur allait répondre mais hésita. Il réfléchit intensément, comme si une évidence venait de le frapper.

– Je serai le seul à boire l'Élixir, ou bien je périrai... Il n'y a pas moyen de faire autrement, répondit-il enfin.

Sarah allait lui demander ce qu'il voulait dire en parlant ainsi lorsque des coups discrets furent frappés à la porte de sa chambre. La jeune femme sursauta et renversa le plateau.

Reynal se leva d'un bond, ferma la porte de la cellule et ouvrit celle de sa chambre.

– Venez. J'ai terminé l'Élixir, dit Ophile dans un souffle.

Paul se félicitait d'avoir volé cette moto. C'était le moyen idéal pour suivre sans se faire repérer. Il avait eu chaud sous son casque mais avait pu contempler sa fille. Il l'avait suivie, au cimetière, sur la plage, sur la route. La dépassant parfois quand il était certain qu'elle ne pouvait suivre aucun autre trajet. Il l'avait vue filer cet homme dans sa grosse voiture, puis l'aborder.

Paul avait failli intervenir lorsque Sarah avait semblé s'expliquer d'une façon véhémente avec lui, mais elle était ensuite montée si vite dans la voiture qu'il n'avait plus eu d'autre choix que de les suivre. Il avait vu le couple s'engager dans la propriété, les lourdes grilles se refermer, et avait décidé d'attendre. Il ne pensait pas que Sarah fût en danger dans l'immédiat.

Le mur de clôture était facile à escalader. Après avoir caché sa moto dans les buissons, Paul s'était introduit dans la propriété et, caché derrière les fourrés qui parsemaient le jardin, il avait observé la maison. Toutes les fenêtres du rez-de-chaussée étaient closes par d'épais rideaux ou par des volets. À un moment un visage s'encadra dans l'interstice du voilage. Il crut reconnaître l'homme qui avait amené Sarah, un reflet de la vitre l'empêcha d'en être certain. Il hésitait à attaquer, ne sachant à combien d'ennemis il avait affaire.

Au premier étage presque toutes les fenêtres étaient couvertes par les volets. Quant au sous-sol, dont il distinguait les verrières au ras du sol, il y avait sans doute quelqu'un qui s'y trouvait car de la lumière filtrait derrière des stores intérieurs. Mais, après avoir rampé avec la plus grande précaution jusqu'au mur de la maison, il ne put rien apercevoir.

Paul décida de ressortir de la propriété et d'aller voir

la façade donnant sur la mer. Là il eut plus de chance car il repéra une porte ouvrant directement sur la plage et décida d'établir son poste de surveillance dans la dune. La grève était déserte en cette fin de journée malgré le soleil qui tapait encore fort. Sans doute parce que cette partie du littoral était véritablement au bout du monde.

Paul s'était installé confortablement, s'attendant à une longue attente. Il avait pris une couverture, de quoi boire et manger. De l'endroit où il se trouvait il pouvait surveiller la façade maritime de la maison ainsi que le petit chemin qui menait du portail à la route côtière.

Il sentait la bague que lui avait donnée Marie la folle picoter son doigt. La sensation durait depuis son arrivée. L'anneau brillait sauvagement, dans le soleil couchant, mais bien que moins fort qu'après que Marie l'eut... béni, il ne trouvait pas d'autre mot. *Le Mal.* Paul repensa à la fenêtre éclairée et faillit courir vers la maison. Sarah était peut-être en danger. Il se raisonna, aidé par le clapotis des vagues. À cette heure la mer, étale, était d'un calme quasi surnaturel. Le bruit l'apaisa et il reprit sa surveillance.

La cuisine s'éclaira et il vit l'homme avec lequel était montée Sarah. Il se préparait un repas qu'il prit seul, face à la mer. Il avait l'air de réfléchir profondément tout en mangeant. Puis il débarrassa la table et s'activa à nouveau près des fourneaux. La lumière s'éteignit dans la cuisine pour se rallumer à l'étage. Quelques minutes plus tard l'homme ouvrit la fenêtre. Paul put voir un petit nuage de fumée vite dissipée par la brise marine.

L'homme retourna à l'intérieur et pendant une demi-heure il ne se passa rien. Paul en profita pour manger à son tour et se dégourdir les jambes. Il avait repris son poste depuis dix minutes environ quand il vit une ombre traverser la chambre et entendit des voix, puis un bruit de porte qu'on referme.

La nuit promettait d'être longue.

L'alchimiste était épuisé. Il regardait Reynal d'un œil las où perçait une lueur d'inquiétude.

– Vite, poursuivit-il à voix basse. Suivez-moi.

Ils redescendirent au laboratoire où Ophile montra au docteur deux flacons de cristal remplis d'un liquide incolore. Des bouchons de métal les fermaient hermétiquement.

« Il aurait pu mieux les protéger, pensa machinalement Reynal. Ophile et son goût pour le décorum. »

– Voilà, fit l'alchimiste simplement.

Reynal contempla les flacons en silence. La scène lui paraissait irréelle. Il avait du mal à réaliser qu'il y avait devant lui le résultat de plusieurs années de recherche, de travail, de secrets et de meurtres. « On dirait de l'eau », pensa-t-il, et l'espace d'un instant il imagina que l'alchimiste se moquait de lui.

– Ce n'est pas très impressionnant, n'est-ce pas ? dit Ophile comme s'il avait lu ses pensées.

Reynal grogna.

– Pourquoi avez-vous préparé deux flacons ?

– Parce que je n'ai qu'une confiance limitée en Gunnar.

Ophile fit une pause puis saisit un des flacons.

– Je ne vous propose pas de le trahir, mais je pense que nous devons prendre nos précautions, dit-il en tendant l'Élixir à Reynal. Mettez ceci à l'abri. Si jamais il survenait un impondérable, nous aurions toujours cette ressource.

Reynal saisit le flacon. Il s'aperçut qu'Ophile et lui-même le tenaient comme une femme tient un bébé et cela le fit sourire.

– Où souhaitez-vous que je le mette ? demanda-t-il nerveusement.

Maintenant qu'il entrait dans le jeu d'Ophile, il avait peur que Gunnar ne se réveille. *Cela serait vraiment un « impondérable »*.

– Où vous voulez. Cachez-le près du garage par exemple. Je vais enfermer l'autre dans le coffre de ma chambre. Demain matin nous verrons comment les choses évoluent. C'est peut-être une précaution inutile.

Le ton d'Ophile montrait bien qu'il ne croyait pas lui-même à ce qu'il disait. Reynal acquiesça et remonta au rez-de-chaussée. Il sortit de la maison et marcha vite vers le garage, distant d'une vingtaine de mètres.

Là il chercha une cachette sûre et suffisamment proche. Aucune des voitures ne lui sembla convenir. Par ailleurs, il n'y avait aucun endroit susceptible d'abriter le flacon. Seul un établi avec quelques outils meublait le garage. Reynal ne voulait pas y poser un flacon aussi fragile.

Il tourna en rond puis se souvint d'une porte dans le fond du garage qui donnait sur la dune. Ophile n'avait pas dit « dans » le garage, mais « près » du garage. Il se décida d'un seul coup, ouvrit la porte dont la clé était sur la serrure et sortit sur la lande.

Il avait pris soin d'éteindre la lumière avant d'ouvrir la porte et c'est avec la clarté des étoiles qu'il se repéra. Le bruit du ressac couvrit celui de la porte. Reynal choisit un buisson facilement reconnaissable à son tronc qui se divisait en deux, formant un V dressé vers le ciel. Il creusa un trou sous les branches les plus basses qui couvraient le sol et enfouit le flacon, ne laissant dépasser que le bouchon qu'il recouvrit de brindilles.

Creuser le sable meuble n'avait posé aucune difficulté. En se redressant, Reynal eut la tentation de faire cavalier seul. Il lui suffisait de se baisser, d'arracher le bouchon, et le pouvoir serait à lui...

Il resta quelques secondes immobile, hésita à franchir le pas, mais un reste de fidélité aux autres, surtout à Ophile, le fit retourner au garage. Là, il alluma une cigarette et fit le point. Depuis douze heures les événements se précipitaient : Gunnar blessé ; Sarah prisonnière ; Ophile qui soupçonnait leur chef de trahison et lui confiait l'Élixir.

Sa situation n'était pas si mauvaise que ça, décida-t-il. Le fait d'avoir l'Élixir lui permettrait de tirer son épingle du jeu quoi qu'il arrive. Rasséréné, il écrasa son mégot et se dirigea vers la porte. Il n'eut pas le temps de l'atteindre. Le battant s'ouvrit violemment et une forme massive s'encadra dans le chambranle.

– Alors, Reynal, on prend l'air ?

Cette voix, mon Dieu ! Gunnar s'avança sous la lumière. Le colosse avait l'air tendu et son œil unique brillait d'un regard fiévreux. Le masque dur, auréolé d'une froide méchanceté, il s'approcha du docteur qui recula d'un pas malgré lui.

– Eh bien, je vous ai posé une question ! ajouta-t-il d'une voix caverneuse.

Son haleine empestait et Reynal dut faire un effort pour ne pas reculer à nouveau. « Ophile avait raison, pensa-t-il. Quelque chose ne va pas. Que lui est-il arrivé ? »

– J'ai cru entendre du bruit et je suis venu à tout hasard, expliqua-t-il d'une voix assurée.

Gunnar grimaça en le regardant en silence. Le docteur finit par comprendre que son chef lui souriait.

– Il n'y a personne, ajouta-t-il. Nous pouvons retourner nous coucher.

L'autre n'avait pas bougé. Il le contemplait comme s'il n'avait pas parlé, comme s'il n'existait pas. La tension devenait insupportable.

– Rentrons, dit Reynal en faisant un pas en avant.

Gunnar bondit sur lui avant qu'il ait pu faire le moindre geste.

– Espèce de petit avorton ! Qu'est-ce que tu me caches ?

Il avait saisi Reynal par le cou et le poussait devant lui. Son bras tendu était terminé par une main d'acier qui lui immobilisait la tête. Il recula pas à pas et sentit l'arête de l'établi s'enfoncer dans ses reins.

– Que faisais-tu, hein ? demanda Gunnar en lui soufflant dans le nez.

L'odeur était atroce. Reynal paniquait. Il tendit le bras gauche derrière lui et saisit le manche d'un gros tournevis.

– Qu'est-ce que tu caches derrière ton dos ?

La main de Gunnar lâcha la tête et vint se refermer sur les doigts du docteur. Le colosse tira son bras, regarda l'arme improvisée et lui broya la main. Le tournevis tomba en faisant un bruit assourdissant sur le sol de ciment.

Le visage de Gunnar était à quelques centimètres. Son œil brillait de méchanceté.

– Je vois tout. Je sais tout. Ça ne sert à rien de vouloir me cacher quelque chose.

Reynal ne répondit pas. Sa main gauche était plaquée contre le rebord de l'établi. Il sentait le coin de l'étau lui écraser la main. Gunnar immobilisait complètement son poignet. Il envisagea de frapper avec son bras libre, mais il se rendit compte qu'il n'avait aucune chance face à ce bloc de haine qui l'écrasait de tout son poids.

– Tu crois que je ne vois rien, hein ? Regarde, avorton, regarde, poursuivit Gunnar d'une voix dans laquelle perçait la folie.

Il leva lentement son bras gauche et porta la main à son bandeau. Il l'arracha d'un coup sec et Reynal faillit s'évanouir.

Gunnar éclata de rire. Brutalement il releva la main du docteur, l'inséra entre les mâchoires de l'étau et serra la vis. Reynal, tétanisé par le spectacle dévoilé par le bandeau, ne réagit qu'une fois sa main emprisonnée. Il ne pouvait détacher son regard de l'œil monstrueux, à quelques centimètres de son visage.

– Je te l'avais bien dit, claironna-t-il. Je peux tout voir. On ne peut rien me cacher.

Soudain Gunnar tourna la tête, comme s'il entendait quelque chose. Reynal tendit l'oreille mais il ne distingua rien d'autre que le bruit de leur respiration. Même le chant de l'océan et du vent ne parvenait pas à l'intérieur du garage.

– Tu m'as trahi ! éructa le colosse. Je reviendrai te faire payer ça.

Reynal n'eut pas le temps de lui répondre. Le colosse recula et tendit la main vers l'étau. Une lumière bleue auréola le métal et le poignet de Reynal. Il ressentit une douleur d'une telle violence qu'il hurla à pleins poumons. Il regarda, horrifié, le métal qui fondait et coulait sur sa peau. Quelques gouttes s'écrasèrent sur le sol en grésillant et se solidifièrent aussitôt. « Je vais mourir », pensa-t-il en tombant en avant tandis que le monstre sortait du garage.

Un nouvel éclair de douleur lui transperça la tête lorsque ses genoux heurtèrent le ciment et son bras l'empêcha de tomber plus avant. Levant les yeux vers l'établi, il poussa une exclamation horrifiée.

Sa main disparaissait dans le métal et il ne pouvait l'en détacher.

Je regardai ma montre dans la lueur naissante du jour. 5 h 40. Nous roulions dans la nuit, phares allumés, mais sur notre côté gauche le ciel s'éclaircissait peu à peu. J'allumai ma centième cigarette et entrouvris la fenêtre. L'air froid chassa la fumée, apportant une odeur de campagne et d'océan. Caroline tourna la tête vers moi et me sourit. Je lui pris la main sans un mot : je n'arrivais pas à trouver la moindre phrase d'encouragement qui ne soit pas totalement stupide.

Et puis nous avions trop parlé toute la nuit. De l'absence de Sarah, du dieu Azram, de Reynal et même de nous deux. Trop parlé, trop fumé et pas du tout dormi. Le voyage en avion avait été mon seul repos – à peine une heure de vague somnolence tandis que Caroline lisait la traduction sans rien trouver qui puisse nous aider.

Larnoux nous avait conduits à une vitesse folle au bureau de Jean transformé en fourmilière. De tous côtés ça courait, criait, téléphonait, faxait. On se serait cru à la Bourse dix minutes avant la clôture. Jean s'était enfermé avec nous dans son bureau et dans ce calme précaire nous lui avions raconté, chacun notre tour, notre équipée chez Gunnar.

Jean voulait tout savoir, tout vérifier. Il avait l'air épuisé et je me demandais comment il tenait le coup. Je compris en le voyant boire café sur café et fumer ses cigarettes à la chaîne. Il était anxieux également, mais ne le montrait pas. Son calme sans faille tranchait avec notre excitation. Il n'oubliait rien de ce que nous disions, reprenant sans hâte les points obscurs, gérant avec efficacité les demandes de ses subordonnés et les coups de téléphone qui venaient sans cesse troubler notre réunion.

Il avait les yeux rouges comme s'il n'avait pas dormi depuis deux jours et je réalisai d'un seul coup qu'il n'avait effectivement pas dormi depuis deux jours. Le seul signe de sa fatigue était un clignement de la paupière droite qui avait lieu par rafales, toutes les dix minutes environ. Il avait parfois une intonation un peu plus rauque dans la voix, surtout quand il parlait de Sarah, mais à part ça c'était un roc de calme inébranlable.

Il nous raconta ensuite la disparition de Sarah, le maigre résultat de ses recherches, et nous convînmes que notre seule piste était l'adresse de l'entreprise Lormeau que Caroline avait dénichée.

– J'ai envoyé un inspecteur à cette boîte. C'était fermé, vu l'heure. Alors je l'ai chargé de trouver le patron, de le réveiller et de le conduire dare-dare à son bureau pour qu'il nous dise de quelle maison il s'agit.

– Et qu'est-ce qu'on fera ?

Jean eut un sourire carnassier.

– On fonce. J'ai tous les papiers : mandat de perquisition, mandat d'amener et hommes supplémentaires.

Il tapait sur un tas de documents empilés sur son bureau en disant cela. Son expression devint froide et il nous déclara que nous pouvions aller nous coucher.

Quoi ! J'avais risqué ma peau, je m'étais démené comme un beau diable depuis une semaine, j'avais fait avancer l'enquête en prenant des coups et ce commandant de mes deux me renvoyait comme un larbin ! J'en étouffais de rage ! Ça un ami ! Et qui était venu me chercher, hein ?

J'avais crié si fort que deux gendarmes firent irruption dans le bureau et regardèrent Jean d'un air interrogateur. Ça sentait la bavure. Jean les renvoya d'un geste puis essaya de me calmer.

– Ce n'est pas ce que je voulais dire. Mais nous n'aurons pas le renseignement avant une heure ou deux au maximum. En attendant, toi et Caroline, la meilleure chose que vous ayez à faire est de vous reposer.

– C'est ça ! Et tu partiras tout seul en disant que tu n'as pas voulu nous réveiller !

– Jean a raison, dit Caroline en posant sa main sur mon bras. Il sait bien que tu veux finir cette enquête avec lui comme il sait que je ne supporterais pas d'être laissée de côté quand il ira chercher Sarah. N'est-ce pas ?

– Je ne sais pas à quelle heure j'aurai l'information. Attendez à l'hôtel et tâchez de vous reposer. Je te *jure* que je vous appelle, ajouta-t-il en me regardant.

Nous échangeâmes un regard style « paix des braves » et je pris Caroline par la main pour sortir du bureau. Nous n'allâmes pas à l'hôtel tout de suite, Caroline voulant se promener un peu. Après l'atmosphère enfumée et stressante du commissariat, l'air calme de la nuit était un véritable baume. Nous marchâmes un long moment sur le sable. L'air était frais, quelques nuages obscurcissaient parfois la lune qui n'était plus tout à fait pleine.

À peine étions-nous revenus à l'hôtel que le téléphone sonna.

– J'ai l'adresse. Je passe vous prendre tout de suite.

Nous ne l'attendîmes pas plus de deux minutes. Il était à l'avant, dans une voiture que conduisait Larnoux. Derrière venait la camionnette que je connaissais déjà, et que j'espérais bourrée de représentants des forces de l'ordre.

– Montez, c'est à quelques kilomètres d'ici. On en a pour une demi-heure au plus.

Nous partîmes rapidement, sans sirène ni gyrophare cette fois. Je m'aperçus d'un seul coup qu'il n'y avait que deux jours que, notre équipage étant à peu près le même, nous foncions vers la chapelle. Deux jours et deux nuits... Sarah était avec nous à ce moment-là. Et moi j'avais fait l'aller et retour à Paris entre-temps. Je me sentis soudain terriblement épuisé. À côté de moi Caroline avait fermé les yeux.

Nous n'échangeâmes aucun mot pendant le voyage. Notre arrivée sur le bord de mer coïncida avec l'aube. Il n'y avait pas de brume et Jean nous désigna une maison dont la silhouette se détachait clairement sur l'océan.

J'examinai l'endroit. La maison était cernée d'un haut mur, un peu comme à Nogent. Gunnar aimait protéger son intimité. Une façade donnait directement sur la mer. Je le fis remarquer à Jean qui me dit qu'il allait d'abord poster des hommes sur la plage avant de sonner.

– Parce qu'on va sonner ? m'écriai-je, légèrement paniqué tout à coup.

J'avais imaginé une entrée en force du genre Rambo ou GIGN. Mais sonner à la porte... Il me vint une formidable envie d'éclater de rire malgré ma panique.

– Je suis obligé de procéder ainsi. C'est la loi.

Nous nous étions arrêtés devant la grille qui s'ouvrait je ne sais comment. Il y avait un interphone, avec juste un bouton. Les occupants devaient avoir une télécommande pour entrer chez eux.

Jean plaça trois hommes sur la plage, en garda trois autres avec nous. Au total nous étions donc dix, dont une femme et un blessé. Jean sonna dès que ses hommes furent en place et nous attendîmes, groupés devant la grille. Nos haleines flottèrent un court instant devant nous, emportées ensuite par le vent du large. Ça sentait l'iode et le varech.

Comme on ne répondait pas, Jean sonna une deuxième fois, puis une troisième. Personne ne parla pendant tout ce temps. Chacun tapait discrètement du pied pour se réchauffer.

– Il n'y a peut-être personne, dis-je à mi-voix.

– On va le savoir. Ouvrez cette porte, ordonna Jean à un des gendarmes qui portait une sacoche.

L'homme s'approcha, posa son fardeau par terre et

en sortit une panoplie beaucoup plus impressionnante que celle que m'avait donnée Lapointe. Deux minutes plus tard, nous pouvions faire coulisser la grille. Jean laissa deux gendarmes à l'entrée et nous nous dirigeâmes vers la maison.

Paul avait entendu les voitures bien avant qu'elles n'apparaissent sur la route du bord de mer. Aussitôt il avait relevé la tête, sortant sans transition de sa somnolence. Il regarda sa montre : six heures.

Lorsque les voitures débouchèrent sur la route de la côte, il reconnut immédiatement la camionnette des gendarmes dont la silhouette sombre courait sur le fond gris des arbres. Sans réfléchir il se leva et courut vers la maison. Il voulait être aux premières loges. Si la police venait ici, Sarah courait peut-être un danger.

Si les premiers mètres furent franchis sans problème sur le sol ferme de la dune, la fin du parcours fut plus pénible. Le sable le ralentissait, il le sentait s'infiltrer dans ses chaussures et tordre ses chevilles. Il accéléra dans les derniers mètres, conscient du bruit de sa respiration, audible entre deux rafales de vent. Il s'adossa au mur, se forçant à respirer la bouche grande ouverte afin de rester silencieux. Les pierres du mur lui rentraient dans le dos à chaque inspiration.

Quand il eut retrouvé un pouls normal, il se redressa et escalada le mur en quelques secondes. Ces pierres qui lui faisaient mal quelques instants auparavant lui offraient maintenant des points d'appui rendant l'ascension presque trop facile. Une fois en haut il risqua un œil. Les fenêtres restaient sombres, personne ne semblait avoir bougé dans la maison. Paul ne pouvait plus voir la grille d'où il se trouvait, mais il avait enregistré que les voitures s'étaient arrêtées, que des portières avaient claqué et que là-bas on entendait des bribes de voix.

Il sauta du mur, se recevant sur une herbe épaisse qui amortit sa chute. Le jardin n'était pas du tout entretenu, ce qui lui offrait un magnifique camouflage. Il longea le mur de la maison, le frôlant de l'épaule gauche. Il se courba pour passer sous une fenêtre masquée par des volets. Il avançait prudemment, n'entendant toujours aucun bruit venant de l'intérieur. Seul le vent chantait dans les massifs d'hortensias.

Soudain il trébucha sur une marche de pierre qu'il n'avait pas vue car la lumière naissante ne parvenait pas encore jusqu'ici. Au même moment il eut l'impression que le mur se dérobait contre lui et son épaule alla heurter une porte en bois. Il ne l'avait pas vue la veille car elle était masquée par le mur d'enceinte. Il profita de l'abri pour tendre à nouveau l'oreille. Il avait eu l'impression que le choc de son épaule contre la porte avait fait un vacarme épouvantable, mais rien ne semblait vivre à l'intérieur.

Poursuivant son chemin, il parvint à l'angle de la maison et put voir le parc, la grille derrière laquelle étaient stationnées les voitures de la police et un groupe d'une dizaine de personnes qui se concertaient. Trois silhouettes disparurent derrière le mur et se dirigèrent vers la plage. Il entendit une sonnerie assourdie retentir dans la maison et ne put s'empêcher de sursauter.

La sonnerie reprit, une fois, deux fois, longuement, et Paul fut certain d'avoir perçu le bruit d'une cavalcade. Une brusque chute de vent lui permit de reconnaître les voix de deux hommes. Les policiers s'affairaient maintenant autour de la grille. Au bout d'un instant elle coulissa et ils s'avancèrent dans le parc. Ils allaient entrer. Il décida qu'il lui fallait en faire autant.

Paul fit les trois pas le séparant de la porte qui lui avait fait si peur. Une porte en bois, pas trop solide lui sembla-t-il. Il tourna doucement la poignée et essaya d'ouvrir. Fermée à clé. Dans le jour naissant il vit que la serrure était vieille et rouillée. C'était sans doute la porte d'une remise ou d'un vestibule. Pourvu que cela communique avec le reste de la maison ! Il entendait les pas des policiers sur les graviers de l'allée. Prenant son élan, il donna un violent coup de pied au niveau de la serrure. La porte s'ouvrit d'un coup et claqua sur le mur.

Il s'apprêtait à entrer quand une sonnerie d'alarme lui déchira les tympans. Les abords de la maison furent brutalement tirés des ténèbres. Levant la tête, il aperçut une rangée de spots qui couraient le long du mur, sous les fenêtres du premier étage, et qui transformaient le jardin en une scène de théâtre. Aveuglé, avec son ombre gigantesque allongée derrière lui, Paul n'hésita qu'un bref instant.

D'un bond il franchit le seuil et se retrouva dans une pièce qu'éclairait la lumière du jardin. C'était un vestibule encombré d'outils et d'une multitude de pots de fleurs. Il avisa une porte en face de lui, donnant dans la maison même. Il referma le battant, ne laissant entrer qu'un mince filet de lumière, puis se dirigea à tâtons vers la porte du fond. Il posa sa main sur la poignée et appuya tout doucement.

Ophile descendit l'escalier en tenant l'Élixir serré contre lui. Il avait entendu les voitures avant qu'elles ne s'arrêtent et, puisqu'il reposait tout habillé sur son lit, il ne lui avait fallu qu'un instant pour sortir.

Gunnar arriva au même moment, venant du salon aux fenêtres fermées. Il portait son bandeau et respirait bruyamment par la bouche, comme s'il venait de courir. Le visage du colosse luisait de sueur, une veine battait follement au-dessus de son œil manquant et il y avait une telle violence dans son attitude qu'Ophile eut un mouvement de recul.

Gunnar regarda l'alchimiste comme s'il allait bondir sur lui.

– L'Élixir est prêt ? aboya-t-il.

Ophile acquiesça d'un signe de tête en levant le flacon.

– Sortons par la plage, ordonna Gunnar en avançant vers lui.

– Et Reynal ?

Gunnar eut une grimace effrayante.

– Reynal reste ici, dit-il d'une voix basse en arrachant le flacon des mains d'Ophile.

L'alchimiste allait protester lorsque l'alarme retentit.

– Quelqu'un est entré ! gronda Gunnar. Reynal nous a trahis. Faites sauter le laboratoire.

Ophile disparut dans l'escalier menant au sous-sol. Gunnar entendit la porte s'ouvrir, puis un bruit de flacons renversés. Il y eut un grand *vlouf* tandis que le vieillard remontait l'escalier. Pendant ces quelques secondes l'alarme continuait à leur vriller les tympans.

– Inutile que la police mette son nez là-dedans, dit Gunnar en se dirigeant vers l'arrière de la maison.

Ophile ne sut que répondre devant les propos et l'attitude de son chef. Il pensa à Reynal et se demanda où il était. Il haussa les épaules. L'Élixir d'abord. Il suivait Gunnar lorsque celui-ci s'arrêta net et leva la tête.

Ils virent au même moment la silhouette maigre de Sarah qui s'apprêtait à descendre l'escalier. « Mais comment l'a-t-il entendue ? » se demanda Ophile dont les oreilles bourdonnaient. Le vacarme de l'alarme se mêlait au ronflement du brasier. L'air s'était chargé d'une fumée grasse que vomissait la porte du laboratoire.

– Tuez-la ! hurla Ophile.

Gunnar ne bougea pas. Il semblait fasciné par l'apparition, comme s'il la reconnaissait.

– C'est la fille Duguet, tuez-la ! répéta le vieillard en secouant le bras de Gunnar.

À cet instant la porte en face d'eux heurta le mur en s'ouvrant brutalement et une sorte de diable aux cheveux gris jaillit dans le couloir en hurlant.

Ophile tourna la main vers lui, doigts écartés, et un éclair blanc partit de son bras, auréolant Paul d'un halo aveuglant. Ses cheveux semblèrent briller tels des fils électriques, sa crinière se dressa derrière sa tête.

Il poussa un cri et leva la main à son tour. L'anneau à son doigt brillait d'un feu éblouissant, aspirant la lumière qu'Ophile avait projetée. Paul tituba un instant sur place puis reprit sa course vers les deux hommes, sa dague brandie devant lui.

Ophile envoya un nouvel éclair qui claqua dans le vacarme du feu qui gagnait maintenant le fond du couloir. Comme auparavant Paul s'illumina et cria mais il ne ralentit pas sa course pour autant. Sa dague était pointée sur le cœur d'Ophile.

Elle allait transpercer le vieillard lorsque Gunnar dévia le coup, envoyant Paul buter contre l'alchimiste. Gunnar essaya de saisir Paul, ce dernier lui envoya un coup de pied au visage qu'il ne put voir venir à cause de son œil manquant. Ophile tenta de se relever et Paul abattit sa dague. Il y eut encore un éclair et la lame se brisa. Paul jeta son arme désormais inutile et se précipita sur l'alchimiste.

À ce moment éclata une rafale d'arme automatique. La porte d'entrée vola en éclats et des hommes en tenue de combat firent irruption dans la maison.

Nous n'étions plus qu'à quelques mètres de l'entrée lorsqu'une sirène se déclencha, déchirant le silence du petit matin. Au même instant tous les abords de la maison furent illuminés et notre groupe se trouva figé en pleine lumière. Cela donnait l'impression d'un flash géant qui nous aurait surpris en pleine course. Les hommes de Jean, tous en treillis, formaient une masse menaçante.

– Ce n'est qu'une alarme ! cria Jean. C'est nous qui avons dû la déclencher.

Il reprit sa course et nous le suivîmes au petit trot. La porte était évidemment fermée et paraissait solide. Jean ne perdit pas son temps à sonner cette fois-ci. Il ordonna au gendarme près de lui de faire sauter la serrure.

Je regardais avec curiosité comment il allait s'y prendre lorsque je m'aperçus que tous les gendarmes portaient un PM en bandoulière, à l'exception de Larnoux et de Jean, qui avaient sorti leur revolver.

Le gendarme regarda la serrure, recula d'un mètre et

lâcha une rafale. Le tout en moins de cinq secondes. Le bois disparaissait autour de la serrure sous l'impact des balles. Des copeaux gros comme des gravillons rebondissaient sur la porte et sur les murs.

Le gendarme leva la jambe et frappa la porte au niveau de la serrure. Le battant claqua contre le mur et Jean s'engouffra dans la maison, l'arme au poing.

Le spectacle qui s'offrait à nous ressemblait à une mêlée de rugby dans un vacarme de concert de rock. La sirène hurlait, le ronflement d'un incendie au sous-sol faisait les basses. La fumée épaisse et noire brûlait les yeux et le nez, nous empêchant de voir exactement ce qui se passait.

Je distinguai trois hommes. Deux luttaient en se roulant par terre. Le troisième se relevait en s'appuyant sur le mur. Il avait le visage en sang et je ne le reconnus pas tout de suite. Il tourna la tête vers nous et je vis son bandeau, puis un nuage de fumée nous cacha la scène.

Nous criâmes tous ensemble, mais Jean eut le dernier mot car il tira un coup de revolver en l'air. Il en fallait plus pour émouvoir les deux combattants. On aurait dit des chats enragés en pleine bagarre.

Les gendarmes s'avancèrent à l'aveuglette dans le nuage de fumée qui obscurcissait toute la pièce mais ils ne purent faire que quelques pas. Un éclair d'une intensité incroyable transperça le rideau de fumée et un coup de tonnerre assourdissant nous écrasa les tympans. Tout le monde bascula cul par-dessus tête, moi avec les autres, recevant au passage le canon d'un PM sur le crâne. Un courant d'air dissipa la fumée et je vis que nous étions tous sur le sol. Gunnar rampait vers la porte du fond.

Deux hommes se tenaient encore debout. Je les connaissais tous les deux. L'un était le vieillard de la chapelle, celui qui m'avait mis K.-O. avec ses tours de magie. C'était lui le responsable du torrent d'énergie qui venait de nous renverser. L'autre était mon vagabond, celui qui m'avait indiqué mon chemin quand j'étais perdu au bord du ruisseau.

Les deux hommes se battaient férocement, la haine brillait dans leurs yeux, je comprenais à leur souffle saccadé leur désir de tuer l'autre.

Le plus surprenant était leur apparence. Ils étaient entourés d'un halo de lumière et l'air vibrait autour d'eux avec un vrombissement évoquant le bruit d'un hélicoptère. Les cheveux blancs du vieillard et la tignasse grise de son assaillant étaient devenus des casques d'argent.

Le vagabond serrait le cou du vieillard et il était évident que celui-ci s'asphyxiait peu à peu. Le bras qui enserrait son cou était couvert d'une lumière bleue qui lui faisait comme un gant. Je remarquai que la source de la lumière semblait provenir d'une bague qui brillait comme un soleil à son doigt. « Alors le vagabond est aussi un magicien », pensai-je en me remettant debout.

Jean et ses hommes se relevaient eux aussi. Caroline n'avait rien et elle regardait la scène, tout aussi fascinée que moi, en me serrant le bras. Je vis Gunnar se relever d'un bond, tenant quelque chose dans ses mains.

– Il s'échappe ! hurlai-je en me jetant en avant.

Jean l'avait vu lui aussi, mais Gunnar se glissa entre le mur et les deux combattants et fila vers la porte. Jean ne pouvait pas tirer sans blesser le vieillard ou le vagabond. Gunnar ouvrit la porte et disparut en courant vers la plage.

– Mes hommes vont l'arrêter ! cria Jean à mon attention.

Manifestement il était fasciné par le duel. Le vieillard tentait de s'échapper des bras du vagabond. Seulement il ne le pouvait pas ! Je ne sais quel pouvoir était à l'œuvre : la tentative de fuite se déroulait au ralenti ! L'air s'était chargé d'ozone, une lumière bleue dansait autour des cheveux blancs, mais l'autre tenait bon. Je vis le corps du vieillard devenir de plus en plus transparent sans perdre pour autant de sa consistance. La main du vagabond se refermait sur un cou bel et bien réel mais presque invisible. Le corps du vieillard redevint normal, puis commença à disparaître à nouveau, lentement, comme une image de cinéma qui pâlit peu à peu.

Les deux hommes titubaient sur place, se défiant du regard en silence. Nous étions tous si fascinés que personne n'osa intervenir. Je crus que le vieillard allait réussir à s'enfuir, une lueur de triomphe commençait à briller dans ses yeux, mais son adversaire poussa un cri et serra plus fort le cou de sa victime.

La panique remplit tout à coup le visage du vieil homme dont le corps redevint opaque. Il eut un geste vif vers son habit et d'un mouvement si rapide que je n'y vis que du feu, il plongea un poignard dans le torse du vagabond. Celui-ci hurla en se tordant et attira le vieillard contre lui. Il y eut un craquement répugnant et les deux corps tombèrent ensemble à nos pieds, enlacés.

Jean se précipita et retourna le vagabond. Le manche du couteau dépassait de son vêtement, au centre d'une tache de sang qui allait en s'élargissant. D'un seul coup l'alarme cessa et le bruit de l'incendie nous parut presque silencieux.

– Appelez une ambulance ! ordonna Jean. Sortons les corps d'ici !

En un clin d'œil ses hommes enlevèrent les deux corps. « Les deux cadavres ? » me demandai-je un instant. Non, je vis que l'homme aux longs cheveux gris respirait encore.

– Sarah !

C'est Jean qui venait de crier, regardant vers le haut de l'escalier. Je levai la tête et vis Sarah qui descendait quatre à quatre. Elle se jeta dans les bras de Jean.

– Reynal m'a kidnappée ! J'étais prisonnière...

– Où est-il ? cria Jean.

Nous eûmes un même mouvement pour nous diriger vers l'escalier, mais brusquement les marches s'embrasèrent sous nos yeux. L'incendie s'attaquait à toute la maison. Un souffle brûlant nous fit reculer.

– Il est parti il y a un moment, nous indiqua Sarah.

Jean l'entraîna vers la sortie. Larnoux, Caroline et moi-même le suivîmes. Au moment de sortir, je me retournai vers l'intérieur et je vis le haut de l'escalier s'effondrer dans un grondement de fin du monde.

Gunnar sortit comme un diable de la maison. Il s'arrêta au bout de quelques mètres dès qu'il fut dans l'ombre du mur. Là il arracha son bandeau, déboucha le flacon et but le liquide incolore.

– Halte ! Police ! lança une voix dans le noir.

Gunnar finit de boire et jeta le flacon dans le sable.

– Levez les bras et avancez dans la lumière, ordonna le policier qui braquait le PM vers lui.

Gunnar vit qu'ils étaient deux à le menacer. Il pensa que le troisième surveillait l'autre côté de la maison. Il avança pesamment vers les deux hommes.

– Arrêtez-vous ou je tire, dit le policier en levant le canon de son arme.

Gunnar n'était plus qu'à deux mètres d'eux. L'instant d'après il saisissait le canon du PM et l'arrachait des mains du gendarme. Il le jeta derrière lui sans regarder, enserra la tête de l'homme dans ses mains. L'autre hurla brièvement, puis son crâne se brisa. Les os avaient cédé sous la pression des doigts de Gunnar qui s'enfoncèrent, faisant ressortir le cerveau sous forme de bouillie grise et sanglante par le nez et les yeux.

Le second gendarme hurla de peur et vida son chargeur sur les deux corps enlacés. Le cadavre protégea Gunnar qui ne reçut que quelques balles. Son corps tressauta sous les impacts mais il ne tomba pas. Lorsque le chargeur fut vidé, le jeune gendarme fixa stupidement la forme qui marchait vers lui.

Ses yeux s'écarquillèrent d'horreur lorsqu'il aperçut l'œil monstrueux qui le regardait. Sa bouche s'ouvrit pour hurler quand la main de Gunnar s'abattit sur lui. Le colosse lui arracha la tête avec une facilité déconcertante. Un double geyser de sang jaillit des carotides et aspergea les alentours tandis que le corps décapité faisait un pas puis s'effondrait sur le sable.

Gunnar éclata de rire en brandissant la tête aux yeux morts. Il aperçut le troisième homme qui courait vers lui. Le colosse lui lança la tête de son collègue qui vint rouler à ses pieds. Il profita de la surprise pour s'élancer vers la mer. Lorsque le gendarme releva les yeux, il vit la silhouette de Gunnar disparaître dans les vagues.

Une douleur intolérable broyait sa main gauche emprisonnée dans l'étau. Toute sa paume, jusqu'au poignet, disparaissait dans le métal fondu. Les doigts sortaient de la masse, noirs et morts. La chaleur avait diminué puisque le métal était redevenu solide, mais Reynal ne pouvait le sentir. Sa main morte irradiait seulement une douleur insupportable. Sa rage contre Gunnar l'empêcha de s'évanouir. Ophile avait raison, leur chef était devenu fou. Et cet œil, mon Dieu, cet œil ! Il essaya de bouger sa main, mais le moindre mouvement lui arrachait un cri de douleur. Il allait mourir seul dans ce garage isolé, collé à cet établi, comme une mouche engluée dans une toile d'araignée...

Reynal se reprit, essaya d'oublier ou plutôt d'apprivoiser sa souffrance. Il avait l'impression que sa main brûlait, sans jamais se consumer, sans jamais s'arrêter. Il calma la panique qui était montée en lui et observa sa situation.

Devant lui les voitures. Inaccessibles. Dans son dos l'établi. Il regarda l'étau. Il était fixé à la table de bois par d'énormes vis rouillées, ce qui excluait l'idée de l'enlever afin de libérer son bras. Il regarda autour de lui une nouvelle fois, à la recherche d'une idée. Les voitures, deux pneus, l'établi avec son étau, un marteau, des tournevis, une scie à métaux...

Une scie ! Reynal frissonna de dégoût. C'était la seule solution... Si seulement il y avait eu un tranchoir. Mais c'était juste un établi, pas une table de boucher.

La scie était posée au milieu de l'établi, légèrement sur la gauche. Reynal voyait le petit papillon rouge, qui servait à tendre la lame, briller sous la lumière de l'ampoule. *Allez, viens me chercher. Je suis tout près. Viens me prendre, viens te trancher la main...*

Il étendit son corps au maximum, tirant sur son bras emprisonné, et ne put s'empêcher de hurler tant la douleur était atroce. Il sentait ses os pris dans le métal qui refusaient de bouger et venaient écraser les nerfs. Sa main droite s'approcha à dix centimètres de la scie. Il eut beau s'étirer, puiser dans ses dernières réserves de forces, la scie restait inaccessible. Le papillon semblait se moquer de lui. *Tu ne m'auras pas, tu mourras comme ça...*

Brutalement Reynal en eut marre de tous ces objets qui n'étaient pas à la bonne place, ce mur trop proche, cette scie trop loin. Il faillit pleurer de rage et de déception. Il reprit ses esprits en respirant profondément puis, se tenant sur la jambe gauche, il lança l'autre sur l'établi.

Son pied fit un bruit sourd en tombant sur la lourde planche de bois, faisant rebondir les outils. En équilibre sur une jambe, il tendit l'autre au maximum et parvint à poser le pied sur la scie. Ce n'était pas le moment de faire un faux mouvement.

Soudain il entendit le crépitement d'une arme automatique. Il ne bougea plus, espérant que personne ne viendrait ici tout de suite.

Lentement, précautionneusement, il ramena sa jambe vers lui en faisant glisser la scie. Sa main le faisait atrocement souffrir, la sueur lui coulait dans les yeux et son cœur battait la chamade. Sur le bois autour de l'étau une tache de sang s'élargissait, coulant de ses doigts emprisonnés. Il savait qu'il se vidait de son sang peu à peu et qu'il ne pourrait plus tenir très longtemps avant de s'évanouir.

Il parvint à ramener la scie suffisamment près et, avec un mouvement qui lui arracha un nouveau cri de douleur, il reposa sa jambe par terre. Le bas de son pantalon accrocha le papillon et la scie fut emportée. Elle tomba sur le sol en ciment avec un joyeux bruit métallique. Reynal se baissa aussitôt et crut défaillir de joie en sentant sa main se refermer sur la lame. Pendant une fraction de seconde il avait cru qu'elle était à tout jamais hors de portée.

– Allons, dit-il à haute voix, le plus dur reste à faire...

Il se vit tel qu'il était, accroché à l'établi, couvert de sang et de sueur, les cheveux emmêlés, les yeux fous, et ne put s'empêcher de sourire.

– Le bon docteur Reynal s'amuse ! cria-t-il à l'adresse du mur. Et maintenant, le clou de mon numéro ! Le docteur se tranche la main ! Autochirurgie ! Unique au monde ! Il n'y aura qu'une seule représentation !

Il se mit à rire comme un dément et posa la lame sur son poignet. Le contact froid et piquant lui fit reprendre ses esprits.

– Allons-y. Tâchons de faire vite, de trouver l'espace entre les os.

Ses cours d'anatomie reparurent dans son esprit. Radius, cubitus, carpe et métacarpe. Il aspira à fond et fit glisser la scie sur sa chair.

La lame fendit la peau et les muscles comme du beurre et le sang se mit à couler sur son bras. La douleur n'avait pas été aussi forte qu'il le redoutait. Il fit un nouveau mouvement et cette fois il hurla. C'était comme s'il avait plongé son bras dans un puits de feu. Il avait dû sectionner un nerf. Mille points lumineux explosaient devant ses yeux et il eut l'impression qu'une main lui broyait le cœur. Le cœur. Et s'il s'arrêtait ? pensa-t-il.

Le médecin en lui connaissait les risques, et ce même médecin lui disait que c'était le seul moyen de s'en sortir. Ne pas s'évanouir surtout ! Ne pas s'évanouir !

Il prit une profonde inspiration et se mit à scier de toutes ses forces. Son bras droit fonctionnait comme un piston, à chaque mouvement une onde de douleur lui transperçait le corps. Reynal hurlait de plus en plus fort au rythme de la scie, affermissant sa prise car le sang rendait l'instrument glissant.

Lorsque les dents s'attaquèrent à l'os, il hurla plus fort mais ne ralentit pas ses mouvements. La scie frotta enfin le métal dans un crissement horrible et Reynal s'arrêta. Il vit qu'un simple lambeau de peau le retenait. Il le trancha d'un coup sec et lâcha la scie.

Il regarda sa main coupée qui offrait aux regards l'os, les nerfs et les artères sectionnées. Il vomit un long jet de bile entre ses jambes. L'établi était écarlate, éclaboussé par le sang qui jaillissait de son bras mutilé. Vite il se fit un garrot avec un chiffon, le serra du mieux qu'il put et s'affala par terre.

Il lui fallut de longues minutes avant de pouvoir se relever. Il se traîna jusqu'à la voiture et tomba sur le siège. Fébrilement il chercha dans la boîte à gants la flasque de whisky qui devait s'y trouver. Pourquoi était-elle là ? Lui qui ne buvait presque jamais ! Il remercia le hasard et but une longue lampée. L'alcool le fit frissonner mais réchauffa son corps.

Il attendit encore un moment pour que les risques d'évanouissement disparaissent, s'octroya une seconde gorgée puis jeta la bouteille sur le sol où elle se brisa. Il venait de penser qu'il avait autre chose à boire. Une chose qui le remettrait d'aplomb bien mieux que l'alcool.

Il se releva et tituba vers la porte donnant sur la dune. À chaque battement de son cœur une douleur brûlante lui broyait le poignet. Il fouilla fébrilement ses poches à la recherche de la clé, ouvrit la porte et sortit dans la nuit. Il s'effondra au pied de l'arbuste au double tronc. De sa main valide il fouilla le sable et parvint en s'arrachant les ongles à extraire le flacon de sa cachette. Il y voyait mal dans l'obscurité, d'autant plus que la sueur lui coulait dans les yeux. Ne pas s'évanouir !

Enfin il porta le flacon à ses lèvres. Des hurlements et des rafales d'armes à feu lui parvinrent de la plage tandis qu'il buvait. Il ne s'en occupa pas, tout absorbé par la vie qui coulait dans sa gorge. Bientôt ses forces revinrent. La douleur disparut de son bras mutilé. Il était plein d'une énergie inépuisable. Il se releva d'un bond et c'est d'un pas alerte qu'il partit vers la lande.

Il laissait derrière lui un sillage bleuâtre qui s'estompait dans le jour naissant.

Sarah venait vers moi. Elle n'avait pas l'air d'avoir trop souffert de son enlèvement. Elle était toujours aussi belle dans la lumière du soleil levant. Les yeux cernés certes, mais il y avait dans sa démarche une force et une assurance retrouvées qui montraient qu'elle allait beaucoup mieux. Elle avait même un coup de soleil sur le nez.

– Tu peux te vanter de m'avoir fait peur ! Comment as-tu été enlevée ?

Elle sourit d'un air confus comme une gamine prise en faute.

– Eh bien, c'est un peu à cause de moi... J'ai aperçu le Dr Reynal et...

– Xavier, tu peux venir un moment ? cria Jean depuis les voitures.

Je m'excusai et me rapprochai du groupe de gendarmes. Je vis que le corps du vieil homme était entièrement recouvert d'une bâche d'aspect militaire. Il était donc bien mort, ce magicien qui m'avait si promptement terrassé à la chapelle. J'éprouvais un sentiment mitigé en contemplant la toile gonflée par le corps. Quelques cheveux blancs dépassaient, étalés sur l'herbe. Ils étaient redevenus normaux, des cheveux blancs de vieillard mort.

– Le cou cassé net, dit Jean à côté de moi. Je suppose que c'est l'homme que tu as vu à la chapelle, l'homme aux chiens ?

Ses derniers mots me frappèrent. André venait d'être vengé. Les photographies du corps du journaliste flottèrent un instant devant mes yeux. L'homme qui avait lâché la meute sur lui venait d'avoir le cou brisé. Je n'éprouvais plus aucune pitié en regardant la bâche, mais un vague dégoût.

– Et le vagabond ?

Jean me regarda avec étonnement.

– Ce type est le vagabond qui m'avait montré le chemin de la chapelle. Je t'en avais parlé.

Nous nous approchâmes des gendarmes accroupis près du blessé. Il avait les yeux fermés et un masque à oxygène lui fermait la bouche. Une perfusion lui entrait dans le bras.

– C'est rudimentaire, chuchota Jean. Nous attendons l'ambulance.

– Il s'en tirera ?

Jean haussa les épaules.

– Difficile à dire... Je ne crois pas. Il a une sale blessure au poumon.

Soudain l'homme ouvrit les yeux. Je fus frappé par l'expression de jeunesse de son visage. Il avait un regard doux. Difficile de croire que c'était le même homme qui venait de se battre comme un gladiateur. Ses cheveux éparpillés sur le sol autour de sa tête lui faisaient une auréole. Saint Michel avait terrassé le dragon.

Il essaya de parler, mais le masque l'en empêcha. D'un mouvement agacé il tourna la tête de droite à gauche puis arracha le masque de son bras libre.

Un gendarme voulut le lui remettre, il repoussa son bras. Je voyais le manche du couteau qui se soulevait au rythme de sa respiration. Comment faisait-il pour être encore vivant ?

– Sarah ! appela-t-il faiblement.

– Elle va bien, répondis-je spontanément. Elle va très bien. Elle est sauvée.

Je ne sais pas pourquoi je répondis si vite mais j'eus une bonne idée car je vis son visage s'éclairer.

– J'y suis arrivé... J'ai réussi à la protéger... murmura-t-il.

Et d'un seul coup je compris. J'aurais dû le savoir depuis longtemps, non ?

– Vous êtes Paul Duguet ?

Il acquiesça d'un mouvement des paupières.

– J'appelle Sarah ?

Nouveau battement des paupières. En me relevant, je croisai le regard de Jean. Il mit sa main sur mon bras. Je restai près de Paul tandis qu'il faisait les quelques pas vers les deux jeunes femmes qui bavardaient à l'écart. Sarah devait raconter son enlèvement. Jean s'approcha d'elle, murmura quelques mots et je vis la jeune femme sursauter, regarder dans notre direction, puis bondir vers moi.

Je me relevai et m'écartai pour laisser la place à la fusée qui tomba à genoux devant le blessé.

– Papa ! dit-elle avec une telle ferveur que j'en fus ému.

– Ma fille... articula Paul péniblement en lui caressant les cheveux.

Sa main emprisonna la chevelure de Sarah, son regard sembla regarder très loin.

– Je n'ai pas cessé de penser à toi... Il faut... il faut prévenir Betty...

Il eut une profonde inspiration, un mince filet de sang coula entre ses lèvres, et ses yeux fixés sur Sarah devinrent aveugles.

Sa main retomba mollement. Son visage avait un air de paix sereine. Sarah éclata en sanglots en s'écroulant sur son corps. Jean se pencha vers elle et je m'écartai du groupe. J'entendis dans le lointain l'ambulance qui arrivait.

14

– Aïe !

– Je vous fais mal ?

– Pas vraiment, ça chatouille, répondis-je à l'infirmière qui s'activait sur mon épaule.

En fait, elle me faisait sacrément mal en retirant mes fils un à un. Cette salope d'infirmière avait dû être formée par le Dr Mengele.

Combien avais-je eu de points de suture déjà ? Caroline me l'avait dit, mais je ne m'en souvenais absolument pas. Il n'y a que dans les films que les infirmières sont jolies et nues sous leur blouse. La mienne était une matrone mafflue, préménopausée, aussi large que haute, avec beaucoup plus qu'une ombre de moustache. Elle portait un tee-shirt immaculé dont les manches dépassaient sous la blouse. Elle maniait ses ciseaux avec dextérité et cruauté. La castratrice type.

Ce fut enfin terminé. Je me levai de la chaise en plastique qui me collait aux fesses et marchai vers le miroir accroché sur ma droite. Une longue estafilade me traversait l'épaule gauche, descendant vers les côtes. Si Gunnar avait eu le temps d'enfoncer son poignard, il m'aurait immanquablement transpercé le cœur.

– Dix-huit points de suture, ce n'est pas grand-chose. J'ai vu mieux, persifla l'infirmière.

– Je tâcherai de faire mieux la prochaine fois, répondis-je d'un ton glacial.

Je quittai enfin la petite pièce surchauffée. Dehors le

soleil brillait on ne peut plus fort, c'était comme ça depuis six jours, depuis que Paul était mort.

Et maintenant, qu'est-ce que j'allais faire ? Je me posais cette question tous les jours, dès que j'avais un moment de libre. Depuis l'assaut de la maison, il ne s'était rien passé. Rien de rien, et cette constatation me déplaisait au plus haut point.

Cette journée avait sans doute été la plus longue de ma vie. Après les événements du « repaire des hommes en noir », comme disait Caroline, il y avait eu les pompiers, l'ambulance, l'enquête... et les explications de Sarah. Tout cela s'était achevé vers trois heures du matin.

Sarah était seule à pouvoir témoigner sur ce qui s'était passé, car nous nous étions retrouvés avec deux cadavres et deux disparus. Les pompiers, arrivés peu après l'ambulance, avaient éteint l'incendie presque immédiatement. Les forces de l'ordre avaient fouillé la maison et le garage. C'est là que l'on avait fait une macabre découverte : un morceau de main pris dans le métal fondu d'un étau. Rien n'avait permis à la police de comprendre la chose. L'explication admise était qu'on avait là les traces d'une expérience ratée de l'alchimiste qu'avait tué Paul Duguet. Outre ce reste horrible il y avait deux flics tués, et de quelle façon, et un troisième tellement secoué qu'il était encore en observation à l'hôpital. C'est lui qui nous avait raconté la fuite de Gunnar, après qu'il eut démembré ses deux collègues.

Quant à Reynal, il avait bel et bien disparu. Jean pensait que la main dans le mur lui appartenait. Le docteur aurait-il été victime de l'alchimiste ? Cela restait un mystère. Jean considérait que l'enquête était terminée. Pour lui Gunnar s'était noyé et Reynal ne représentait pas un danger.

– De toute façon nous n'avons aucune preuve contre lui. On finira peut-être par le retrouver, et alors ?

La matinée avait été occupée à examiner la maison et à remplir différentes tâches dont Jean était le principal responsable. Caroline et moi-même n'avions plus grand-chose à faire dans la poursuite de l'enquête et tous nos efforts consistèrent à soutenir Sarah.

Retrouver son père juste pour le voir mourir dans ses bras l'avait profondément choquée et nous craignions qu'après la mort de Julien ce nouveau malheur ne la terrasse complètement. C'est pourquoi, avec Caroline, nous l'avions emmenée avec nous dès que l'ambulance avait emporté le corps de Paul.

Caroline était très inquiète pour son amie et c'est surtout elle qui redoutait une réaction catastrophique chez Sarah. Moi j'étais certain que ces retrouvailles n'accableraient pas la jeune femme mais au contraire la fortifieraient. Lorsque je donnai mon point de vue à Caroline, seuls dans notre chambre d'hôtel, elle me regarda les yeux grands ouverts, comme si je lui avais dit que le pape était musulman.

– Voyons, ma grande, fais preuve d'un peu de psychologie : Sarah vivait depuis presque vingt ans avec l'image d'un père qui l'avait abandonnée. Elle se demandait ce qu'elle avait bien pu faire pour qu'il la laisse comme ça. Et voilà qu'il surgit et la sauve des méchants. Même s'il est mort, pour elle c'est un père merveilleux qui n'a jamais cessé de l'aimer.

Caroline ne parut pas convaincue, mais la suite des événements me donna raison. N'ayant pas le triomphe particulièrement modeste, je lui fis remarquer combien Sarah paraissait plus sereine depuis ce jour. La jeune femme avait repris des couleurs et était devenue carrément craquante. Jean en était fou, Caroline un peu jalouse.

Le récit de Sarah nous avait abasourdis. Ainsi ce que j'avais imaginé était très proche de la vérité et j'en étais le premier surpris. Je m'étais contenté de mettre mes idées bout à bout en fonction de ce que je découvrais, et la vérité allait encore plus loin que tout ce que j'avais pu inventer.

J'avais envisagé une secte, une bande de fêlés qui auraient lu le manuscrit de Charles et se seraient jetés dans une aventure mystico-new age, j'avais même eu le soupçon d'un trafic de drogue, à cause du laboratoire, mais j'avoue que je n'avais pas imaginé une seule seconde que les Azram existaient.

Penser que ces créatures vivaient au fond des mers depuis des millénaires sans que personne à notre époque l'ait soupçonné me laissait rêveur sur les capacités de la science à tout découvrir et à tout expliquer. Des hommes préhistoriques les avaient rencontrées et s'étaient alliés avec eux ; Charles de Lauclay, seigneur moyenâgeux, avait perçu leur existence à travers le filtre de ses superstitions. Et nous, au XXe siècle, nous n'avions rien compris.

Comme Caroline, je n'avais pas mis en doute le récit de Sarah. Cela paraissait fantastique, et c'était pourtant la vérité. Reynal ne lui avait pas menti, j'en étais convaincu. Ses explications donnaient un sens à toute cette histoire de violence et de mort mieux que mes élucubrations ou les faux-semblants de Jean.

Ce dernier jouait la carte « rapport de gendarmerie » avec un tel sens de la bureaucratie que j'avais plusieurs fois été tenté de le gifler. Vingt fois il fit répéter son histoire à Sarah. Il l'avait interrogée à la manière d'un flic et souvent j'avais pensé que c'était une chance que ce soit elle qui lui raconte tout ça. Venant de quelqu'un d'autre, il l'aurait carrément passé à tabac en étant persuadé qu'on se foutait de lui.

Pourtant il avait assisté comme moi au combat de Paul et du vieillard. Il avait vu cette énergie bleue envahir leurs bras, il avait vu également (il me l'avait avoué avec beaucoup de réticence) le corps du vieillard devenir transparent pendant quelques secondes.

Mais il avait mis une chape de plomb sur tout cela. Pour lui il n'y avait qu'une banale association de criminels. L'affaire était bouclée. Cette attitude m'exaspérait, mais je devais reconnaître que ce n'était pas moi qui devais écrire le rapport officiel d'enquête. Une façon de protéger notre amitié.

Il avait donc questionné Sarah encore et encore.

– Ces gens, comment ont-ils formé leur groupe ?

– Ça, je ne sais pas. Reynal n'a pas parlé d'eux. Il m'a surtout raconté l'histoire des Azram. Il avait l'air préoccupé également.

– Il craignait notre arrivée ?

– Non, pas ça... Il semblait surtout inquiet du comportement de ses acolytes, de Gunnar plus précisément.

Gunnar ! C'était l'échec de notre expédition. Si je n'étais pas tranquille depuis six jours, c'est que je revoyais sa silhouette disparaître, tenant quelque chose à la main... Je savais maintenant ce que c'était : un flacon que l'on avait retrouvé sur la plage. Vide.

Gunnar avait réussi à « voler le sang d'Azram », pour reprendre la prose fleurie du vieux Charles. Contrairement à Jean, j'étais certain qu'il n'était pas mort.

Et c'est bien ça qui me tracassait.

L'église était pleine à craquer, il y avait même quelques laissés-pour-compte qui s'agglutinaient devant le porche. Caroline et moi étions au premier rang. Jean, à mes côtés, était accompagné de Larnoux que je voyais pour la première fois en civil. Il avait l'air toujours aussi sympathique et malin. Plus même qu'avec son képi.

À la gauche de Caroline se tenait la belle Yolande, arrivée la veille de Paris. Sarah avait tardé à lui téléphoner : les éternelles rivalités mère fille. Puis venaient Sarah et Élisabeth Carrioux, la « Betty » que Paul Duguet avait mentionnée avant de mourir.

Sarah n'avait eu de cesse de savoir qui était cette femme qui avait vécu plus de vingt ans avec son père. Betty était une femme qui portait bien ses soixante ans, au visage doux et placide et au corps bien charpenté de paysanne. Son chagrin faisait peine à voir. C'était, des trois femmes, celle qui connaissait le mieux Paul.

La retrouver s'avéra très facile dès que la police eut enquêté auprès de Marie Le Braz, celle que Jean avait appelée Marie la folle. Je me souvenais l'avoir vue brièvement après la mort d'André. Je me souvenais également qu'elle n'avait pas été vraiment aimable avec moi.

Marie donna aux gendarmes un sac d'affaires que Paul Duguet avait laissé chez elle. Dedans une carte d'identité, vieille de dix huit ans, donnait pour adresse une maison dans un hameau en Auvergne.

Les gendarmes avaient dit à Jean que Marie avait pleuré en apprenant la mort de Paul. Ils n'auraient pas cru la chose possible. Cette vieille femme se révéla très proche de Paul, elle avait connu son père et Sarah avait passé plusieurs après-midi avec elle, dans sa maison près des menhirs. C'est par elle que nous avions appris que Paul avait fait le rêve prophétique dont il avait parlé du bout des lèvres à Yolande un soir d'ivresse. Marie la folle n'était pas là et j'en fus déçu : elle seule pouvait m'aider.

Tout le village était présent ou représenté. Ce n'est pas tous les jours qu'on enterre un duc, fût-il d'une lignée bâtarde. Je reconnus le gardien du cimetière ainsi que différents commerçants que nous avions rencontrés ces jours derniers. Paul Duguet avait un bel enterrement.

Nous eûmes droit à une messe un peu longue, le curé du village, jeune et intellectuel, s'étant cru obligé de refaire l'historique de la famille Lauclay et de nommer dans le détail la saga des Duguet. Je compris qu'il préférait s'étendre sur eux, bons catholiques et bons citoyens, que sur Charles qui n'avait pas vraiment été un parangon de vertu chrétienne...

Paul nous avait sauvé la vie à tous. Sans son intervention je crois qu'Ophile nous aurait balayés de la main, au sens propre du terme. Bien sûr les gendarmes auraient tiré, mais je n'étais pas certain que le vieil homme pût être abattu par des balles, même de pistolet-mitrailleur.

Le temps s'était mis à l'unisson de notre tristesse car il pleuvait depuis midi. Un crachin persistant que le vent plaquait sur nos joues et qui imprégnait insidieusement nos vêtements. Cela avait eu pour effet de faire se rhabiller les touristes et de les envoyer visiter les coins « pittoresques » de la région. Tant mieux, car j'aurais été navré de suivre le cercueil de Paul au milieu d'une foule de badauds en maillots de bain.

Le chemin jusqu'au cimetière me parut quand même un peu long sous la pluie. Caroline me tenait le bras et je réalisai que c'était la première fois que j'étais accompagné par une femme à une cérémonie sociale. Décidément notre histoire prenait une bonne tournure et c'était la seule chose qui me remontait le moral.

Lorsque nous arrivâmes au cimetière, la pluie nous accorda un répit. Le prêtre, sans doute épuisé par son cours d'histoire, fut sobre cette fois. Chacun de nous jeta une poignée de terre sur le cercueil. Je me signai comme tout le monde.

Sarah, entourée de Yolande et de Betty, regarda défiler tout le village venu leur présenter ses condoléances. Je remarquai qu'elles supportaient bien l'épreuve toutes les trois, unies pour le moment dans leur chagrin commun. Je me demandais combien de temps le cocktail des trois femmes allait mettre avant d'exploser.

Je repérai enfin Marie la folle dressée à côté du tombeau des Lauclay. Paul était enterré dans une nouvelle rangée du cimetière, assez loin de ses grands-parents et assez loin également de l'imposant mausolée. La fine silhouette de la vieille femme restait droite malgré la pluie qui recommençait à tomber.

– Je dois parler à Marie, chuchotai-je à Caroline.

J'allai au bout du cimetière et attendis que la foule ait fini de s'écouler. Il ne resta plus qu'un petit groupe autour de Sarah. Marie ne bougeait toujours pas, droite sous la pluie.

Enfin la tombe ouverte sembla complètement abandonnée. Il n'y avait plus que Marie et moi dans le cimetière. J'étais dissimulé par un groupe de tombes aux croix énormes. Si elle ne m'avait pas suivi des yeux lorsque j'avais quitté Caroline, elle devait se croire seule. Je m'en voulais un peu d'espionner une vieille femme, mais je calmai mes remords en me disant que mes intentions étaient bonnes. Je désirais juste lui parler en tête à tête.

Marie se détacha du caveau des Lanclay et marcha vers la tombe de Paul. Je notai combien sa démarche était assurée, même si elle évoquait quelqu'un accablé de chagrin. Elle était plus que centenaire, Jean me l'avait affirmé, mais elle paraissait à peine plus vieille que Betty.

Elle s'arrêta devant la tombe ouverte et resta immobile. En me rapprochant sans bruit je l'entendis marmonner dans une langue que je reconnus être du breton. Afin de ne pas la gêner, j'attendis qu'elle ait fini de se recueillir. Cela me faisait un drôle d'effet de me retrouver dans ce cimetière. Je me souvenais de la découverte du caveau fantôme, de mon interrogatoire de ce pauvre gardien, Gustave quelque chose, qui m'avait raconté le premier l'histoire des Duguet. Dire que tout cela ne remontait pas à plus de quinze jours.

Enfin Marie releva la tête. Elle sortit quelque chose de ses habits. Je remarquai qu'elle était vêtue d'une robe noire et qu'elle avait des chaussures aux pieds. Elle agita le quelque chose devant elle, prononça trois ou quatre mots, toujours en breton, à voix haute cette fois, et le jeta dans la fosse devant elle. Elle se signa et se dirigea vers la sortie.

– Vous l'aimiez beaucoup, n'est-ce pas ?

J'avais parlé fort, pour être sûr qu'elle m'entende. Si j'avais voulu la surprendre, j'en étais pour mes frais. Elle ne tressaillit même pas, tourna la tête vers moi. Je sursautai, moi, devant son visage ridé et ses yeux noirs. Pendant une fraction de seconde je crus qu'elle me jetait un sort et que j'étais transformé en statue pour l'éternité. Je me raclai la gorge et m'avançai vers elle. Je contournai la tombe, apercevant au passage une sorte de bracelet sur la terre qui recouvrait partiellement le couvercle du cercueil. Mon coup d'œil n'avait pas échappé à Marie.

– C'est une offrande. Vous ne pourriez pas comprendre...

Elle m'adressait la parole, c'était une nouveauté encourageante.

– Ce n'est pas de l'offrande dont je voudrais vous parler, madame, mais de Paul. Peut-être vous souvenez-vous de moi ? Xavier Lefrançois. Je suis venu vous voir chez vous.

– L'ami de Sarah ? Je me souviens.

Je souris gentiment à cette femme qui n'avait pas l'air de me porter dans son cœur mais que je trouvais fort sympathique.

– J'ai connu Paul également. Il m'a aidé, il m'a même peut-être sauvé la vie. C'est de lui que je voudrais vous parler.

– Je dois rentrer chez moi.

– Je peux vous accompagner, si cela ne vous dérange pas ? Ma voiture est juste là.

Elle hésita un moment pendant lequel ses yeux noirs me jaugèrent.

– Allons-y.

Je la suivis dans l'allée étroite. Elle marchait sans se retourner, certaine que je la suivais. Une fois dans l'allée principale je me portai à sa hauteur et la devançai pour lui ouvrir la portière.

Nous roulâmes pendant un bon quart d'heure sans un mot. Il faut dire que je cherchais les miens. Marie, elle, ne demandait rien.

– J'étais là quand Paul est mort. J'ai vu le vieil homme lui enfoncer son poignard dans le corps...

– Paul a tué cet homme. C'était un mauvais homme.

– Oui, mais ce que je voudrais savoir, c'est comment Paul a réussi à le tuer. L'homme était très puissant, il aurait sans doute pu tous nous tuer. Ou au moins nous échapper. Mais il n'a pas pu s'échapper devant Paul. Il n'a pas pu s'en débarrasser malgré son pouvoir. J'étais là, j'ai vu comment il essayait.

Je lui décrivis la scène, les éclairs qui sortaient de la main d'Ophile, la résistance de Paul, ses cheveux argentés, son avant-bras cuirassé de lumière et surtout l'éclat de sa bague. Je surpris une lueur d'intérêt dans ses yeux sombres qu'elle tournait de plus en plus souvent vers moi.

– Je suis certain que le pouvoir de Paul venait de cette bague. C'est vous qui la lui avez donnée, n'est-ce pas ?

Elle ne répondit pas, se contentant de fixer la route d'un air absent. J'attendis en vain pendant quelques minutes. Nous roulions maintenant dans la forêt, la pluie tombait dru.

– Pourquoi ne voulez-vous pas me répondre ?

– Pourquoi voulez-vous savoir tout ça ?

Je racontai tout à Marie. Azram, l'Élixir, le flacon vide retrouvé sur la plage.

– Vous comprenez, cette histoire n'est pas finie. Gunnar rôde et le Mal va certainement revenir.

Voilà que je me mettais à parler comme elle ! Marie avait paru très intéressée par mon histoire, en particulier lorsqu'il avait été question des Azram vivant dans les profondeurs océanes. Je me taisais, attendant un signe, une aide quelconque. J'étais certain que cette vieille femme pouvait m'aider.

– Qu'attendez-vous de moi ?

– Un moyen de retrouver Gunnar. Une arme pour me battre contre lui.

Marie la folle émit un drôle de bruit avec sa gorge, une sorte de cliquetis de crécelle rouillée, et je crus un instant qu'elle était malade avant de comprendre qu'elle riait.

– Vous êtes trop jeune et je ne vous connais pas assez pour avoir quelque chose qui vous protège comme Paul. Quoique... Vous aimez cette jeune fille avec qui vous êtes tout le temps ?

Je sursautai devant cette question et faillis la rembarrer. J'avais besoin d'une fée qui bénisse mon armure, pas d'une marieuse.

– Je l'aime bien, oui.

Je m'aperçus en répondant que j'aimais Caroline plus que « bien », mais cela ne regardait pas Marie et je ne voyais pas le lien avec Gunnar. Elle émit une nouvelle fois le signal sonore qui lui servait de rire.

– Peu importe ! Vous êtes sûr que ce Gunnar est possédé par un Azram ?

– Possédé, je ne sais pas. Avec ce qu'il a bu, cela revient au même.

Nous étions arrêtés dans la clairière et la pluie tombait de plus en plus fort. La buée couvrait les vitres de la voiture, j'avais l'impression d'être dans un aquarium. Je distinguais mal les menhirs, pourtant distants de quelques mètres.

– Allons au Puits Profond, dit-elle brutalement.

Elle descendit de la voiture et partit d'un bon pas, comme si elle était pressée d'en finir. Elle semblait bien connaître la forêt, et j'eus de la peine à la suivre. Lorsque nous débouchâmes près de la chapelle, elle avait une dizaine de mètres d'avance sur moi, mais elle fit halte en bas du monticule sur lequel se dressait l'édifice. Je fus surpris qu'elle décide de m'attendre, puis je compris qu'elle ne voulait pas entrer toute seule dans la chapelle. Le Parisien essoufflé prenait enfin sa revanche.

Nous montâmes côte à côte et elle me laissa entrer le premier. Nous étions trempés et ce fut avec plaisir que je me mis à l'abri. Un jour sale entrait par les hautes fenêtres et les bougies étaient toutes éteintes. Les formes cauchemardesques des statues se détachaient mal dans cette lumière grise. J'allumai la lampe que j'avais prise dans ma voiture et balayai la salle avec mon pinceau lumineux. Les statues eurent l'air de bouger.

Marie la folle restait immobile. Elle observait la salle, ses yeux durs examinant chaque statue, fouillant les recoins obscurs, s'attardant enfin sur l'autel et la plaque qui le surmontait. Sur son visage, la peur laissa peu à peu la place à la détermination.

– Pourriez-vous éclairer l'autel ?

J'obtempérai et j'eus la surprise de la voir s'approcher du fond de la chapelle, les yeux fixés sur le texte qui brillait faiblement dans l'éclairage de ma lampe.

– Vous y comprenez quelque chose ?

– Ma grand-mère m'a appris la langue ancienne. C'était il y a si longtemps. Ma mère n'avait pas voulu apprendre...

Je ne pus m'empêcher de rire. Surprise, Marie se tourna vers moi.

– Excusez-moi, j'ai eu un mal fou à déchiffrer ce texte. Je croyais que personne ne parlait cette langue. J'ai un ami spécialiste... avec ses ordinateurs, il y est arrivé... et vous, depuis le début.

Je me remis à rire. Décidément cette vieille femme me plaisait de plus en plus.

– C'est encore un acte de foi impie de Charles pour un dieu Azram, lâcha-t-elle d'un air dégoûté. C'est un mauvais dieu, un démon surgi de l'enfer. Il ne faut pas nous en mêler.

– Mais j'y suis obligé ! Comme je vous l'ai dit, Gunnar a volé le sang d'Azram, répondis-je en éclairant la fin du texte pour souligner mon propos.

Cela me faisait un drôle d'effet de discuter avec quelqu'un qui parlait la langue ancienne couramment.

Marie me regarda comme si j'étais devenu fou, puis haussa les épaules. Je me demandai quel bruit ça ferait si elle se mettait à rire sous cette voûte qui faisait résonner nos voix.

– Que cet homme ait bu son liquide ou non ne change rien. Azram est revenu de toute façon.

Je crus un instant que c'était elle qui était devenue folle. Mais elle avait prononcé ces mots le plus calmement du monde. Elle m'éclaira en me racontant la nuit d'horreur de Paul. Elle me dit qu'il avait tué Saint-Germain, et qu'après l'avoir enterré il avait failli être possédé dans la forêt. Je connaissais le meurtre par l'enquête mais ignorais cette attaque des menhirs.

– Paul était très courageux.

Je n'en doutais pas. Il avait lutté de toutes ses forces, me dit-elle, et avait réussi à chasser le démon. Pour se venger celui-ci avait essayé de le tuer avec les menhirs. Les légendes que j'avais lues étaient donc vraies. Tout cela renforçait ma détermination à retrouver Gunnar. Ce monstre ne pouvait pas être laissé en liberté. Ma haine à son égard était à la mesure de ma peur.

– Il y a une chose que je ne comprends pas, dis-je d'une voix étranglée. Qu'un Azram s'incarne dans Julien, l'enfant de Sarah, c'est logique, il a été conçu dans ce but, même si ce n'était pas l'objectif de la bande à Gunnar. Mais Paul...

– Vous oubliez qu'il a le sang des Lauclay, le sang maudit des Bar Lacl'. Une fois l'Azram attiré par l'enfant, il aura repris goût au commerce des hommes. Paul et Sarah sont des supports de choix.

Sarah ! Je revis en un éclair la nuit où la jeune femme s'était offerte. Sa sensualité extraordinaire, son invite si pressante, sa tentative de mutilation. Je réalisai brusquement que j'avais couché avec un démon.

Marie perçut mon trouble et voulut me rassurer.

– Il y a peu de chances que l'Azram s'en prenne à Sarah maintenant. Vous dites que cet homme veut pardessus tout son pouvoir. La puissance du désir est une invitation pour l'Azram. Si de plus il a avalé le breuvage du magicien, il doit être possédé maintenant. Et l'Azram ne le lâchera plus.

Marie s'éloigna et dévisagea les statues une à une. J'allais lui demander ce qu'elle faisait lorsqu'elle revint vers moi.

– Donnez-moi une cigarette, s'il vous plaît.

Cette femme avait le don de me surprendre. Je lui tendis mon paquet et lui allumai sa cigarette.

– Alors ?

– Il y a un moyen d'appeler le Mal, dit-elle en me soufflant sa fumée au visage.

J'attendis qu'elle poursuive, mais elle restait sans mot dire, tirant bouffée sur bouffée. Bientôt la lumière de ma lampe se perdit dans un épais nuage qui nous empêchait presque de nous voir.

À quoi jouait-elle ? À la pythie d'Armorique qui

allait me dire l'avenir dans les herbes qui brûlent ? J'avais respecté son manège, j'avais respecté son silence, je n'étais pas prêt à respecter son mutisme.

Je lui repris la lampe et me dirigeai vers la porte. L'air frais chassa le sentiment d'oppression qui ne m'avait pas quitté depuis que j'étais à l'intérieur. Je m'en rendis compte lorsqu'il disparut. La pluie venait de cesser et de lourdes gouttes tombaient par instants du rebord surplombant la porte. J'entendis Marie arriver derrière moi. Je me retournai au moment où son visage ridé sortait de l'ombre. Ses yeux étaient plus noirs que jamais.

– On peut faire venir le Mal, mais c'est très dangereux.

– Expliquez-moi ça.

Je terminai mon verre de Campari jusqu'à la dernière goutte et croquai le glaçon à moitié fondu. Caroline, elle, faisait durer le plaisir en sirotant son whisky à petites gorgées gourmandes. Autour de nous la vie du port battait son plein. Les bateaux rentraient de la pêche les uns derrière les autres. Le soleil, encore loin de se coucher, était absolument seul dans un ciel tout bleu et nous chauffait agréablement le visage. J'avais enlevé Caroline une demi-heure plus tôt, à notre hôtel où elle s'ennuyait un peu au milieu des trois femmes endeuillées.

– Ça te dirait de voir un vrai port de pêche ?

Caroline ne connaissait pas la Bretagne et, au plaisir que j'éprouvais à être son guide, je compris une fois de plus combien je tenais à elle.

J'aperçus enfin le bateau que j'attendais à l'entrée du chenal, un chalutier bleu qui s'appelait le *Marie-Odile*. Je savais que c'était le prénom de la fille aînée du patron.

Deux marins sautèrent sur le quai, attachant le bateau, puis le déchargement commença. Hervé Guillou, le patron, mettait la main à la pâte. Très vite un empilement de casiers se dressa sur le quai.

– Je reviens tout de suite, dis-je à Caroline qui fermait les yeux, le visage penché en arrière pour profiter des rayons du soleil couchant.

À côté du bateau quelques kilos de poissons étaient déjà posés sur un lit de glace, mais le gros de la pêche était constitué de langoustines. Guillou s'activait, rouge de sueur, à transporter les casiers.

– Monsieur Lefrançois ! Alors, vous êtes en vacances dans le coin ?

Hervé Guillou m'aimait bien, et c'était réciproque. Je l'avais connu il y a quelques années et j'étais sorti deux ou trois fois en mer avec lui. Il y eut les retrouvailles, l'inévitable bière de l'amitié, et je pus enfin lui poser les questions qui m'avaient amené à le voir.

Il parut surpris, mais j'étais un ami et ma réputation d'universitaire farfelu joua en ma faveur. Il accepta de descendre avec moi à l'intérieur de son bateau, la vente de sa prise n'ayant lieu que dans une petite heure. Il ne lui fallut pas beaucoup de temps pour m'expliquer tout ce que je voulais savoir. Lorsque je remontai sur le quai, j'étais devenu un spécialiste en fusée de détresse.

Je rejoignis Caroline qui s'était voté un autre whisky, le choc en retour de l'enterrement je suppose, et nous regagnâmes doucement le village. Guillou m'avait donné un énorme homard que je posai négligemment sur les genoux de Caroline. Elle hurla encore plus fort que je ne l'avais pensé.

– N'aie pas peur, tu vois bien que ses pinces sont attachées !

Je l'abandonnai devant la porte de l'hôtel, le homard dans les bras. On aurait dit qu'elle portait un bébé. J'ai de drôles de comparaisons parfois.

Mes achats prirent plus de temps que prévu et lorsque je revins je retrouvai Caroline toute seule sur notre lit. Elle était également toute nue car elle sortait de son bain.

– Mme Duguet a invité Sarah et Betty dans une crêperie. Jean en profite pour travailler.

– Nous voilà abandonnés, dis-je en me jetant sur le lit.

Voyant où je voulais en venir, elle s'empressa de me parler du homard qui nous attendait et du chef de cuisine qui avait promis de nous le préparer. Le dîner fut gai, Caroline s'avérant être une fille curieuse de tout, avec un esprit acéré et un humour caustique.

Elle avait un talent particulier auquel j'étais très sensible : elle me rendait spirituel. Lorsque j'étais avec elle, j'avais tout le temps envie d'être heureux, de rire, de la faire rire surtout. Nous ne vîmes pas l'heure passer et, lorsque nous terminâmes notre repas, nous étions les seuls dans la salle du restaurant. Caroline bâilla en s'étirant.

– Quelle journée ! On monte se coucher ?

– Je te rejoindrai plus tard. J'ai encore quelque chose à faire.

– Mais tu vas te décider à me dire ce que tu complotes depuis aujourd'hui ?

C'est le moment que je redoutais. Jusqu'à présent Caroline s'était montrée discrète. Elle ne m'avait pas interrogé sur mon entrevue avec Marie, elle avait accepté sans discuter ma visite à Guillou et m'avait laissé faire mes achats sans se montrer curieuse. Mais il ne fallait pas trop lui en demander.

– J'ai envie de faire un tour...

Même moi je ne me serais pas cru.

– Chic ! Une balade d'amoureux sur la plage. Pourquoi pas ?

Elle se levait et prenait déjà son sac.

– Écoute, Caro, ce n'est pas une balade d'amoureux que je vais faire. J'ai certaines choses à vérifier, j'en aurai pour une partie de la nuit. Tu ferais mieux d'aller dormir.

– Parce que tu dois faire tes « vérifications » *seul* ?

– C'est ça, répondis-je gauchement. Je te jure qu'il est préférable que je sois seul.

Caroline me fixa sans rien dire. Est-ce que cela allait être notre première vraie engueulade ? Elle semblait se poser la question puis haussa les épaules et se dirigea vers l'escalier sans même me dire bonsoir. Elle aurait pu au moins m'embrasser.

Essoufflé, je me laissai tomber sur l'herbe et contemplai l'amoncellement de bidons et de caisses que j'avais disposés en un cercle grossier autour du Trou du Diable. « Amoncellement » était peut-être un peu fort : je n'avais pas pu mettre plus de choses que n'en contenait ma voiture.

Cela faisait quand même un joli volume. J'avais fait quatre voyages depuis la clairière, portant à chaque fois une trentaine de kilos, et j'avais les bras en compote. Tâchant de reprendre mon souffle, je regardais Marie s'affairer autour de l'ouverture béante.

Elle tournait à trois mètres du trou, traçant un cercle avec une poudre de perlimpinpin apportée par ses soins. J'eus l'outrecuidance de lui demander si elle croyait que cela allait marcher et elle me jeta un regard si méprisant que je n'osais plus rien dire.

J'avais donc disposé mes achats autour de ce cercle, prenant garde à ne pas marcher sur le travail de Marie. Je pensais qu'au premier coup de vent toute la poudre allait s'envoler et qu'en fait de cercle magique il ne resterait qu'un peu de poussière. J'avais tort, évidemment, car je me rendis compte, après mes quatre voyages, que la poudre était toujours là, qu'elle avait même durci et formait une croûte enfermant le Trou du Diable.

Je ne savais pas du tout ce que faisait Marie. Je la distinguais mal dans la lueur de la lune finissante (elle m'avait demandé de ne pas allumer ma lampe) et je préférais m'occuper de moi. De toute façon j'étais obligé de lui faire confiance.

On entendait par moments le bruit d'un raclement caverneux sortir du Puits. « Le grondement du diable », avait dit Marie en officiant. J'avais peur qu'avec ce jeu de lumière elle ne tombe dans le trou, mais je remarquai qu'elle restait toujours à bonne distance de l'orifice.

Une fois remis de ma fatigue je recommençai à jouer les déménageurs en allant chercher une grosse pierre à la lisière de la forêt. J'en avais aperçu trois ou quatre pendant mes trajets, sans doute des bébés menhirs, dont une qui convenait parfaitement à mon désir du moment : un fauteuil.

Cette foutue pierre était trois fois plus lourde que le plus lourd de mes bidons. Je m'affalai sur mon siège de granit, un peu dur mais qu'on aurait dit taillé sur mesure. Je l'avais posé au pied de la petite colline supportant la chapelle. J'étais donc installé au mieux pour passer la nuit.

Je me relevai alors que Marie achevait un dernier tour. Elle s'essuyait les mains sur la robe déglinguée qui avait vite remplacé les habits de deuil.

– Vous êtes sûre que ça marchera ? demandai-je en désignant le cercle.

J'eus droit à un nouveau regard méprisant, cette fois assorti d'un encouragement.

– Azram va vouloir sortir. Il est obligé de passer par ici, répondit-elle en désignant le Trou du Diable. Mon sort le retiendra un moment. Après, ce sera à vous de jouer. Vous allez rester ici toute la nuit ?

– Oui.

– Très bien. Moi je vais dormir. Il ne se passera rien avant demain. De toute façon je ne vous serais d'aucune utilité. Vous êtes fou, mon garçon. Bonne nuit.

Elle s'éloigna de son pas de femme des bois et disparut très vite de mon champ de vision.

J'allumai une cigarette et fis quelques pas. Je tenais à la main le pistolet lance-fusées dont Guillou m'avait appris le fonctionnement. J'avais une réserve de fusées près de mon sac qui me servait d'accoudoir, posé à côté de mon « fauteuil ». J'avais pris également « mon » revolver mais je ne lui faisais pas entièrement confiance : les flics sur la plage avaient des armes automatiques et cela ne les avait pas empêchés de se faire écrabouiller.

Soudain je me sentis ridicule. Jamais je ne parviendrais à arrêter Gunnar avec mon lance-roquettes de pacotille. Une seconde je fus tenté de tout laisser tomber, d'abandonner mon matériel et d'aller me coucher avec Caroline. Ce qui m'en dissuada fut le souvenir de Sarah, les yeux fous, qui voulait me mordre.

Le calme de la forêt devenait angoissant. Je fis quelques pas, pas tant pour me réchauffer que pour chasser mes idées noires. Le silence continuait d'envelopper la forêt. Pas de grondement, pas de branches brisées par le poitrail de fauves en chasse. Je retournai m'asseoir et décidai qu'il était temps que j'arrête de me faire peur tout seul.

– Lorsqu'un Azram possède un humain, il est pratiquement indestructible, m'avait dit Marie. C'est pourquoi, dans les temps anciens, chaque membre de la tribu dont le sang permettait la possession voulait plus que tout attirer un Azram en lui. Gunnar n'est pas mort, vous pouvez en être sûr. C'est pour ça que j'ai accepté de vous aider.

Enfin quelqu'un qui ne me prenait pas pour un fou ! Même Sarah et Caroline, qui ne mettaient pas en doute l'existence des Azram, me regardaient d'un air gêné lorsque je prétendais que Gunnar avait pu s'échapper. Pour elles l'histoire était terminée. Elles préféraient croire que Gunnar et Reynal avaient fini par mourir. Elles ne voulaient plus y penser. Je les comprenais mais du coup je me retrouvais bien seul. Je regardais Marie avec gratitude.

– Merci de me croire. Pourquoi êtes-vous certaine qu'il est vivant ?

Marie ferma les yeux un court moment et prit une profonde inspiration. Elle releva ses paupières et ses yeux étaient durs.

– L'homme en qui s'incarne un Azram devient pratiquement invincible. Les histoires anciennes que m'ont racontées ma mère et ma grand-mère sont formelles sur ce point.

« Je vous parlais de l'attrait du pouvoir. Imaginez :

plus rien ne vous résiste. C'est l'Azram qui commande votre corps, mais il est avide des sensations de ce corps. Son désir de s'incarner vient du fait que la chair lui offre tout ce qu'il ne peut pas connaître à l'état d'esprit. C'est une fête pour lui d'avoir des sens humains. L'homme qu'il possède lui soumet ses caprices les plus pervers, ses fantaisies les plus monstrueuses, et l'Azram se fait une joie de les réaliser. Il a soif de toutes ces perversions.

– Et qui est l'esclave de l'autre ?

– Chacun est l'esclave de l'autre, répondit-elle avec une sagesse que je n'aurais pas soupçonnée la première fois où je l'avais vue.

Puis Marie se mura dans une profonde méditation. Je respectai son silence un long moment, moi-même plongé dans mes réflexions. Ce qu'elle venait de me dire était pire que tout ce que j'avais pu imaginer.

– Gunnar a disparu depuis six jours. Rien n'indique qu'il a réapparu et qu'il a assouvi ses envies.

– Que connaissez-vous des secrets de cet homme ? répliqua-t-elle d'un ton cinglant. Que savez-vous des horreurs que l'on peut commettre en toute impunité ?

Je préférais ne pas répondre et revenir à mes questions.

– Et comment tout cela se terminait-il ?

– Mal. L'homme possédé finissait toujours par mourir. Les récits anciens concordent sur ce point également : jamais un Azram n'a pu rester plus de deux siècles dans le même corps.

– Deux cents ans !

– Rares sont ceux qui ont tenu plus longtemps. En général la possession ne dure que douze fois douze ans.

– Alors vous pensez que Gunnar a plus d'un siècle devant lui pour... s'amuser.

– J'en suis certaine. Sauf si vous le détruisez.

Je frissonnai, pas seulement à cause de la brise froide qui courait depuis un moment sur la lande. Je me relevai, bus une rasade de café et fis quelques pas autour de mon « piège ».

Marie m'avait expliqué qu'il arrivait parfois qu'un possédé, rendu fou par l'Azram ou bien trop haineux de ses propres frères, s'en prenne aux membres de son clan. C'est pourquoi les sorciers, ceux-là mêmes qui sélectionnaient les lignées dont les gènes favorisaient la possession, avaient mis au point un rituel pour se débarrasser du démon.

D'après Marie, ils parvenaient à l'attirer et à l'immobiliser dans un cercle tracé autour du Puits Profond. Là ils récitaient leurs incantations, utilisaient des charmes qui expulsaient l'Azram hors du corps humain. Ce dernier s'enflammait et le démon retournait à son milieu d'origine.

Il y avait toutefois un problème : Marie connaissait le rituel pour attirer et immobiliser Gunnar un moment, mais elle ignorait comment chasser l'esprit du corps du colosse. J'avais décidé de tenter le coup tout de même. Puisqu'il était question de feu dans la tradition, je détruirais le corps par le feu.

J'avais disposé des bidons d'essence entourés de linges et d'herbes apportés par Marie. J'avais ajouté des bouteilles de dissolvant et de lessive afin d'obtenir un pouvoir détonant maximum. Une vieille recette de cocktail Molotov que m'avait donnée un copain gauchisant. Un piège-à-Gunnar...

Après, je le crame. Dès que Gunnar sera pris au piège, je balance une fusée et tout s'enflamme. C'est un plan simple, ça doit marcher.

Je m'endormis sur cette pensée et plongeai dans un sommeil agité. Un violent coup de pied dans les côtes me réveilla en sursaut. Je crus un instant être toujours dans mes cauchemars. J'ouvris les yeux et je fus aveuglé par l'éclat brûlant d'une lampe braquée sur mon visage. Je pus juste distinguer le canon d'un revolver.

– Debout, mon gars, et lève doucement les mains au-dessus de ta tête, dit une voix que je ne reconnus pas tout de suite.

15

Je me levai péniblement, aveuglé par la lumière en plein visage. Je fermai les yeux. Une fois debout, je baissai la tête et étouffai un cri de douleur : j'avais dormi plusieurs heures sur ce caillou et mes articulations protestaient contre ces mouvements imposés.

– Levez les bras ! répéta la voix.

Ça y est, je l'avais reconnue.

– Larnoux, arrêtez ces conneries, s'il vous plaît !

– C'est toi qui devrais arrêter de déconner, Xavier.

Je sursautai. La voix de Jean avait résonné dans mon dos, basse et distincte.

– Mais à quoi vous jouez, enfin ! Qu'est-ce qui se passe ?

– Il se passe que tu transportes de grosses quantités d'essence sans autorisation. Il se passe que tu as des explosifs fabriqués illégalement. Il se passe que je peux t'arrêter pour tout ça et te garder au frais quarante-huit heures sans problème.

– Je peux baisser les bras ? Ce sera plus pratique pour me passer les menottes.

Mon ton sarcastique ne sembla pas l'émouvoir. Un violent coup de vent me fit frissonner. L'aube ne devait pas être loin – j'apercevais une bande de ciel plus claire du côté des terres. Le vent soufflait de la mer, de la partie la plus noire de la nuit finissante. Il était glacial et chargé d'humidité.

Comme Jean ne répondait pas, je baissai les bras et

me frictionnai le torse. Puis je sortis mes cigarettes et en allumai une.

– Comment êtes-vous arrivés ici ? demandai-je après avoir aspiré une longue bouffée.

– Tu n'es pas difficile à suivre, répondit Jean.

– Vous me suiviez !

– Je te fais surveiller depuis que nous avons donné l'assaut à la maison. Simple précaution de routine.

J'étais abasourdi : Jean me traitait comme un vulgaire trafiquant de drogue. J'étais également mortifié : je n'avais absolument rien remarqué.

– Si on s'asseyait et qu'on se dise tout. J'ai du café.

Nous nous assîmes près de mon caillou et je cherchai mon sac des yeux. Les lampes des gendarmes éclairaient notre cercle suffisamment pour que je constate qu'il avait disparu.

– C'est ton sac que tu cherches ? demanda Jean en me le tendant.

– Tu as fouillé dedans ?

– Oui. Et j'ai récupéré ça.

Il me montrait le revolver qu'il m'avait confié autrefois, du temps où il avait confiance en moi.

– Je dénonce mon fournisseur sans hésiter si ça raccourcit ma peine.

Jean ne répondit pas. Larnoux s'activait en silence et nous proposa à chacun une tasse de café chaud et surtout meilleur que le mien. Le vent soufflait sans discontinuer et nous glaçait les os malgré nos positions assises. Le Puits Profond hurlait à intervalles réguliers. On aurait dit un dragon s'éclaircissant la voix.

Je buvais mon café à petites gorgées, bien décidé à ne pas parler le premier. Le silence, seulement troublé par le bruit du vent sur la lande, dura de longues minutes.

– Comment comptes-tu t'y prendre exactement pour piéger Gunnar ? demanda Jean tout à trac.

Il avait profité d'une accalmie entre deux rafales. Je le regardai, interloqué.

– Tu m'as toujours dit que pour toi il était mort !

L'aube timide qui s'annonçait me permettait à peine de distinguer ses traits. Je fus pourtant certain qu'il souriait.

– L'officier de gendarmerie a en effet toutes les raisons de croire que Gunnar est mort noyé. La mer était froide et agitée ; avec toutes nos recherches sur la côte nous étions certains qu'il n'avait pas pu se sauver. Il est donc logique de conclure qu'il est mort en mer. C'est ce que j'ai écrit dans mon rapport. *Et je l'ai signé.* Tu ne voulais tout de même pas que je foute ma carrière en l'air ? ajouta-t-il.

– Mais...

– Mais j'ai toujours pensé que ce que Reynal avait raconté à Sarah était vrai.

Il m'énervait. D'un seul coup me revinrent en mémoire toutes les fois où il m'avait devancé à la fac, toutes les fois où il avait été plus rapide que moi. Je me sentis très fatigué.

– Alors pourquoi ne m'as-tu rien dit ? Ça t'amusait de jouer les gendarmes bornés et de me laisser me débrouiller tout seul ?

– Pas vraiment. Si je t'ai fait surveiller, c'est d'abord pour te protéger et ensuite parce que je savais que tu avais une chance d'arriver à quelque chose là où moi j'étais bloqué.

– Et pourquoi ne m'as-tu rien dit ?

– Pour que tu restes nature, mon grand.

Il m'avait bien baisé.

Mais moi je tenais une solution.

Depuis quelques minutes le vent était complètement tombé. J'enregistrai le fait mécaniquement, sachant que c'était la règle dans ce pays en cette saison : l'aube était là. On y voyait clair. Bientôt les mouettes allaient hurler.

– J'ai parlé à Caroline et à Marie. Ton plan n'est peut-être pas aussi débile qu'il en a l'air.

– Caroline ! Où est-elle ?

– Chez Marie, avec un de mes hommes. *Cool*, mon grand, nous avons la situation bien en main.

Je digérais la nouvelle lentement. On n'est jamais trahi que par les siens. Caroline avait tout raconté à ce connard et ce connard allait tout faire rater.

– C'est Caroline qui est venue me voir. Elle est plus observatrice que toi : elle s'est rendu compte que vous étiez suivis. Elle m'en a parlé hier matin, quand tu étais chez le toubib. Je me suis expliqué. Elle t'aime beaucoup et surtout elle ne veut pas qu'il t'arrive le moindre mal.

« Quand elle t'a vu partir ce soir, après tes mystérieux achats, elle s'est précipitée sur le téléphone. Le plus difficile a été de convaincre Marie de parler. Au début, elle soutenait qu'elle ne t'avait jamais vu ! Tu vois que j'ai eu raison de te laisser faire – jamais elle n'aurait accepté de me dire le centième de ce qu'elle t'a raconté, encore moins de m'aider avec ses rituels.

– Comment es-tu arrivé à la faire parler ?

– Caroline. Marie semble l'avoir à la bonne, sans doute parce qu'elle aime bien les amoureux !

J'ignorai sa dernière phrase et haussai les épaules.

– Alors, tu es décidé à m'aider ?

– Absolument. Si j'ai bien compris ton plan, l'Azram qui possède Gunnar sera attiré par Marie dans ce Puits et tu comptes le faire brûler ?

– Oui. C'est pour ça que j'ai entassé des « explosifs illégaux ».

– Et comment comptais-tu allumer la mèche ?

– Avec... avec mon pistolet lance-fusées, celui que tu viens de me confisquer.

Jean éclata de rire.

– Ce n'était pas si mal pensé, après tout. Mais nous avons des moyens plus sérieux.

Il sortit de sa poche un boîtier plat que je distinguais très bien maintenant. Le premier rayon de soleil était imminent.

– Une télécommande. Elle agira sur les détonateurs

que Larnoux a mis dans tes explosifs. Il a rajouté un peu de Semtex pour faire bonne mesure.

– Du Semtex ?

– Du plastic. Cela va faire un beau barouf. Nous sommes d'ailleurs un peu trop près.

Nous nous levâmes et Jean nous emmena vers la lisière de la forêt. Les menhirs étaient bien visibles dans la lumière de l'aube et paraissaient moins inquiétants que de nuit.

– Marie vous a raconté ce qui était arrivé à Paul avec ces foutues pierres ? demandai-je en frappant le granit du plat de la main.

– Oui, mais...

– Écoutez !

Larnoux avait crié. Je perçus une sorte de bruissement, doux mais insistant. Cela ne pouvait pas être le bruit du vent.

Le bruit se fit plus fort, une sorte de crépitement avec en arrière-fond un sifflement très aigu, à la limite du supportable. Une brume bleue apparut au-dessus du Trou du Diable. Elle dansa un moment devant nous puis se resserra jusqu'à former un anneau d'un bleu éclatant qui avait les dimensions du cercle de Marie. L'anneau flottait à environ un mètre du sol. Le bruit devenait de plus en plus fort, à tel point que mes oreilles devenaient douloureuses.

Au centre du cercle apparut une ombre, de la fumée colorée dont peu à peu les contours se précisèrent : un homme se débattait dans un piège invisible.

– Putain, ça marche ! dit une voix.

Je me rendis compte que c'est moi qui venais de parler tandis que Gunnar se matérialisait devant nous.

Gunnar n'était pour l'instant qu'une sorte de fantôme aux contours flous. Tout son corps apparaissait puis s'évanouissait selon des pulsations chaotiques.

Le bruit cessa soudainement, me laissant un bourdonnement dans les oreilles. Gunnar se tenait au bord du trou, en chair et en os, bien solide, bien vivant, bien présent.

Il semblait désorienté et regardait autour de lui avec stupéfaction. Il était entièrement nu et plus musclé que je ne l'avais imaginé. Je voyais les muscles et les tendons courir sous sa peau. Son visage était couvert de sueur et son crâne rasé luisait dans le soleil naissant.

Mon Dieu, son œil ! L'orbite vide me regardait. Dans le trou béant sous l'arcade sourcilière une espèce de ver de terre se tortillait. Ce pédoncule monstrueux nous *voyait.* Gunnar avait de nouveau deux yeux, mais le second était d'un genre très particulier. Il posa son « regard » sur moi et son visage s'étira d'une façon obscène.

– Lefrançois ! C'est encore un de tes tours.

Il leva son bras droit et un éclair aveuglant sortit de sa paume ouverte. Je ne sais quel sixième sens m'avait fait me jeter de côté dès qu'il avait ébauché son geste. L'énergie bleue frappa Larnoux de plein fouet et renversa Jean. Un souffle glacé passa devant mon visage. Je roulai sur le sol jusqu'à ce que le menhir me protège.

Gunnar riait comme l'ogre qui va dévorer les enfants. Je tirai Jean à l'abri en accrochant la ceinture de son uniforme. Il respirait encore. Je voulus récupérer Larnoux de la même façon mais je poussai un hurlement lorsque je vis que je ne ramenais qu'un demi-corps ensanglanté. Le rayon l'avait touché en pleine poitrine, coupant le corps en deux. J'eus un hoquet de dégoût devant ce torse explosé qui me laissait dans les mains une paire de jambes émergeant d'un magma de chair déchiquetée. Les viscères arrachés dégoulinaient en longs filaments, le blanc et le rouge tranchant sur le vert de l'herbe. La tête, toujours raccordée aux bras, était posée à quelques pas. Je refusai de la regarder plus longtemps.

– Si tu te caches, Lefrançois, j'attraperai ta putain ! hurla Gunnar.

Il se tourna et me désigna les silhouettes qui tremblotaient à la périphérie de mon champ visuel. Caroline ! Elle était de l'autre côté de la clairière, près de Marie. L'ombre d'un homme en tenue de combat les devançait d'un pas. *Que fout ce connard ! Il ne peut pas les faire reculer ?*

Je me penchai sur le corps de Jean. Mon ami respirait toujours difficilement, mais je ne vis aucune blessure apparente. Je fouillai sa veste et pris le boîtier de mise à feu. Je poussai un cri de rage : la télécommande était inutilisable. Le boîtier en plastique avait fondu, faisant disparaître les boutons dans un magma solidifié. Je jetai cette saloperie inutile dans l'herbe, arrachai le revolver de la ceinture de Jean et sortis de derrière le menhir.

– Tu es mon prisonnier, pauvre borgne !

– Tu perds la tête, petite larve ! Tu ne peux rien contre moi.

Sa voix résonnait comme s'il parlait du fond d'une caverne, les traits de son visage se tordirent. Une odeur de fauve flottait dans l'air, comme dans une ménagerie. Le bruit du tambour résonnait au fond de la forêt. Je secouai la tête pour retrouver mes esprits. Ma première balle le rata de peu. J'ajustai mon tir : les cinq autres balles se logèrent dans sa poitrine, à peu près au niveau du sternum. Je vis le barillet tourner au fur et à mesure que j'appuyais sur la queue de détente. Lorsque le chien claqua dans le vide, Gunnar était toujours debout. Il me regardait sans rien dire, le visage crispé par la douleur.

Très lentement il massa l'endroit de sa blessure. Tandis que sa main malaxait sa poitrine, je voyais les traits de son visage se détendre. La douleur disparaissait et bientôt il me sourit.

– Mon pauvre Lefrançois, tu croyais pouvoir m'arrêter avec ton jouet, dit-il de sa voix caverneuse.

Il ouvrit la main et me la présenta, paume ouverte. Les cinq balles brillaient sous le soleil. La chose malveillante et ancienne le possédait et le protégeait. J'étais tellement stupéfait que je restai tétanisé un court moment. Gunnar en profita pour bondir vers nous, mais le charme de Marie était puissant. Il se heurta à une barrière invisible, incapable de franchir le cercle tracé par la vieille femme.

– Jean, réveille-toi ! criai-je, tandis qu'une odeur immonde envahissait mes narines.

Je m'étais avancé trop loin en tirant, oublieux du danger. Gunnar me saisit par le cou et me souleva du sol d'un seul bras. Je sentis ma nuque craquer, je voyais son visage à quelques centimètres du mien et j'avais si peur que je crus que j'allais pisser dans mon pantalon.

– C'est fini, mon bébé, dit le colosse en me soufflant une haleine pestilentielle en plein visage.

Je sentais l'air me manquer, mes oreilles bourdonnaient et les traits de son visage se brouillaient déjà devant mes yeux. Ma main jaillit vers son visage et agrippa l'œil pédonculé. Je tirai de toutes mes forces. Un long filament sortit de l'orbite de Gunnar, l'œil me fixait toujours, et le monstre poussa un hurlement.

Il me lâcha et j'en profitai pour me mettre hors d'atteinte. Je ne pouvais plus réfléchir, ma seule idée était de m'éloigner du Trou du Diable. Gunnar reprit ses esprits et me regarda avec haine. Son œil d'escargot se tendait vers moi. Il esquissa un nouveau mouvement, mais la force invisible l'empêcha d'aller plus loin. Son cri de rage résonna dans la clairière et, se retournant si vite qu'il sembla disparaître, il bondit par-dessus l'orifice du Puits Profond. Le gendarme qui protégeait les deux femmes leva son arme dans un geste de désespoir et n'eut pas le temps de s'en servir. Gunnar lui arracha son PM qu'il jeta au loin comme de la ferraille et plongea ses mains dans son torse. L'homme poussa un hurlement mais ne put arrêter le colosse. Je vis sa poitrine s'ouvrir, j'entendis les os craquer et Gunnar se retourna vers moi en brandissant un paquet de chair sanguinolent. Je reconnus un cœur qui palpita deux ou trois fois dans le soleil levant.

– Caroline !

Jamais je ne me serais cru capable de crier aussi fort. Elle avait de bons réflexes. Elle fit volte-face et partit en courant. Marie fut moins rapide. Gunnar la saisit par un bras et la ramena vers lui. Le cri de la vieille femme résonna sur la lande.

Gunnar la tenait d'un seul bras. Il la souleva et approcha son visage de son œil monstrueux. Je compris qu'ils se parlaient, sans doute en langue ancienne, car les sons étranges qui me parvenaient m'étaient totalement inconnus. Après quelques phrases la terreur s'empara de Marie. Elle essaya maladroitement de se libérer, mais ses gesticulations étaient dérisoires. Je ne pouvais rien faire : me précipiter sur Gunnar revenait à mourir et mettre le feu aux explosifs condamnait Marie. Mais si le possédé tuait Marie, il fallait que je sois prêt.

Il me fallut passer près des morceaux de Larnoux pour atteindre nos affaires. Je repérai tout de suite le lance-fusées mais je mis du temps à récupérer les cartouches. Jean les avait enveloppées dans un sac militaire. Du coin de l'œil je voyais Gunnar continuer de parler à la vieille femme de plus en plus terrorisée.

Je revenais vers le menhir avec mon armement lorsque Marie poussa un hurlement. Je regardai dans leur direction et mon cœur cessa de battre.

Gunnar tenait la vieille femme à bout de bras. Il l'avait soulevée du sol, comme moi tout à l'heure, et la pauvre ne se débattait presque plus, trop occupée à respirer. Dans l'autre main le colosse tenait toujours le cœur sanguinolent du gendarme. Marie fixait le possédé avec les yeux de celui qui regarde l'enfer.

Lentement, afin qu'elle puisse bien voir ce qu'il faisait, Gunnar porta le cœur à sa bouche et mordit dedans. Il arracha un gros bout de muscle qu'il mastiqua avec délectation, défiant la vieille femme du regard. Je pouvais voir la scène dans toute son horreur grâce au soleil qui inondait maintenant la clairière.

L'œil du monstre continuait à se balancer devant Marie, comme s'il appréciait en connaisseur le visage tordu de frayeur de la pauvre femme. Gunnar mangea posément le cœur en entier puis, de sa main libre, il saisit Marie par les cheveux.

– Tu aimes bien cette vieille, hein, Lefrançois ? Tu

voudrais bien que je la lâche ? dit-il en tournant la tête vers moi.

Ses lèvres et son menton étaient couverts de sang. Il mâchouillait un dernier morceau de cœur tandis que le pédoncule de son œil s'allongeait démesurément dans ma direction. J'estimai sa longueur à plus d'un mètre. Les narines du possédé se dilataient de plus en plus comme s'il reniflait avec délice l'odeur de notre peur.

Je restai sans voix devant ce visage de cauchemar. Mes jambes tremblaient et je faillis lâcher le lance-fusées. J'eus soudain l'envie folle de m'enfuir en courant, de tout oublier, d'abandonner. J'étais cloué au sol par la peur.

Gunnar se tourna vers Marie *alors que son œil monstrueux restait braqué sur moi*. Tenant la vieille femme par un bras, il la fit tournoyer autour de sa tête comme une fronde gigantesque. Marie devait souffrir le martyre. Elle hurlait d'une façon continue.

Gunnar riait et semblait ne fournir aucun effort.

– Eh bien, tu vas être content, Lefrançois. Je la lâche ! cria-t-il en ouvrant la main.

Marie vola un instant dans ma direction, mais Gunnar avait bien calculé son coup. Le Trou du Diable nous séparait et le colosse avait lancé Marie droit sur les rochers qui l'entouraient. Je vis son crâne se fracasser sur le granit. Du sang et de la cervelle jaillirent en une gerbe qui arrosa la pierre. Cela fit un bruit sec de noisette cassée, suivi du choc mat d'un corps contre la terre.

Je poussai un cri de haine en voyant le corps de Marie glisser lentement dans l'orifice infernal. Je fis un pas en avant et m'arrêtai aussitôt. Elle était morte et je ne pouvais plus rien pour elle.

Dès que le corps eut disparu, Gunnar bondit pardessus le trou et se dressa devant moi.

– À ton tour maintenant.

– Viens donc, espèce de connard ! ne pus-je m'empêcher de crier.

J'avais retrouvé l'usage de la parole et l'envie d'en

découdre. Marie était morte et plus rien ne m'empêchait de faire brûler cette obscénité vivante. Marie, Larnoux et toutes ses victimes anonymes allaient être vengés. Gunnar était pris au piège et j'allais l'éliminer.

– Mais j'arrive, petit homme. Je viens te chercher tout de suite, gronda-t-il.

Il s'avança d'un pas lourd et franchit le cercle sans rencontrer la moindre résistance.

Le charme de Marie n'avait plus d'effet.

Le colosse n'était plus qu'à quelques mètres de moi. *Autant mourir bravement, cela laissera à Caroline une chance de s'enfuir*. Je me sentais étrangement calme.

Je levai le lance-fusées. Gunnar s'immobilisa à deux mètres de moi. Je crus un instant qu'il avait peur de mon arme, mais il tourna la tête vers le Puits du Diable. De profil je voyais son œil pédonculé s'agiter follement vers le trou béant. Je regardai à mon tour.

L'air résonnait du même crissement que celui qui avait précédé son apparition. Le bruit devint soudainement si fort que je crus que mes dents allaient se briser. Une brume bleuâtre, agitée de mouvements internes extrêmement violents, flottait au-dessus du cercle. On aurait dit qu'une tempête se déchaînait à l'intérieur. Puis le nuage explosa dans un bruit de tonnerre, jetant une lueur aveuglante.

Je regardai le trou : il n'y avait rien.

Un éclat de rire nous fit sursauter. Nous nous retournâmes d'un même mouvement vers la chapelle qui nous dominait. À mi-pente un homme nous regardait en riant.

Reynal !

– Surpris ? demanda-t-il au colosse. Tu as aimé mon petit tour ?

Le visage de Gunnar se crispa de fureur.

– Toi ! hurla-t-il de sa voix de stentor.

– Je t'attendais, Azram, dit Reynal en descendant vers nous. Je t'attendais pour te renvoyer d'où tu viens.

Aucun des deux ne semblait se préoccuper de moi.

– Je vais te tuer, gronda Gunnar.

L'asticot qui lui sortait de l'orbite était dressé vers Reynal. Le docteur leva le bras droit et un éclair en jaillit, frappant Gunnar au torse et le renvoyant à l'intérieur du cercle. Le monstre, un genou à terre, allait se relever. Je me dis que j'avais ma chance.

Je visai soigneusement le bidon près des pieds de Gunnar qui était déjà debout. La fusée partit comme une flèche, laissant derrière elle une traînée de fumée. Elle tapa au centre du bidon qui explosa aussitôt, envoyant une nappe d'essence enflammée autour de lui. Le cercle s'embrasa avec une rapidité stupéfiante, me laissant à peine le temps de me jeter à terre. Une vague de chaleur m'enveloppa. Une fumée grasse et noire m'empêchait de voir quoi que ce soit.

Je me relevai en toussant, des larmes plein les yeux, et cherchai à apercevoir les deux hommes. Une rafale de vent dissipa enfin la fumée. Gunnar se tordait au milieu des flammes. Il hurlait par-dessus le rugissement du feu. Mais ce qui me stupéfia le plus était l'attitude de Reynal.

Il se tenait immobile à deux mètres du trou, son bras droit tendu devant lui. De son poing fermé jaillissait la même lumière que j'avais vue entourer l'anneau de Paul et le jet argenté venait s'enrouler autour du corps de Gunnar comme un serpent.

Le colosse gigotait de toutes ses forces pour échapper à l'étreinte du fluide mystérieux. Son œil s'agitait en tous sens, parfois sa langue sortait de sa bouche, longue et pustuleuse, entre deux imprécations dans le langage ancien. Lorsqu'il s'approchait du cercle de feu, avant qu'il ne puisse le franchir le serpent argenté le repoussait en s'entortillant autour de lui.

Le jaune des flammes se mêlait à la lumière d'argent. Gunnar brûlait vif. Il titubait en jurant de plus en plus fort, luttant contre toutes les flammes qui l'assaillaient. D'un coup il n'y eut plus d'essence et les flammes disparurent. Reynal dut juger que c'était le moment du coup de grâce. Il prononça un mot que je ne compris pas et la lueur qui entourait Gunnar s'intensifia.

Le colosse poussa un hurlement démentiel et tout son corps se tendit. Je vis une lueur bleue s'échapper de ses lèvres déformées et disparaître comme un éclair dans le Puits du Diable. Il y eut comme un cri de désespoir qui résonna longuement dans le conduit.

De Gunnar il ne restait plus qu'un corps calciné qui tenait encore debout. Je crus qu'il allait s'effondrer, mais le colosse était un mort vivant. Il chancela, s'ébroua comme un taureau et se dirigea pesamment vers moi.

– Toi... tout est à cause de toi.

Il tendait ses bras vers moi comme s'il voulait m'étrangler. Sans vraiment m'en rendre compte je chargeai une deuxième fusée et tirai, visant la tête. Il était trop près pour que je puisse le manquer.

Son crâne explosa. Un magma d'os et de cervelle voltigea dans les airs et il s'abattit sur le sol. Son œil pédonculé fouetta l'air une dernière fois et tomba dans l'herbe, serpent blanchâtre et sans vie. Je sentis l'odeur de la chair brûlée envahir mes narines. Le bras droit de Gunnar eut un mouvement spasmodique puis son corps se raidit.

Gunnar était mort.

Je contemplai un moment ce dieu abattu puis relevai la tête. Reynal me fixait sans bouger. Il me restait des fusées. J'allais lever mon arme lorsqu'il parla d'une voix ferme.

– Allons, Lefrançois ! Ne faites pas l'imbécile.

Reynal irradiait la puissance et la sérénité. Ses vêtements, à peine froissés, lui donnaient une élégance incongrue. Vêtu d'une chemisette rose et d'un jean noir, il était plutôt bel homme.

– Et maintenant ? dis-je sans lâcher mon arme.

Ma voix sortait difficilement de ma gorge rouillée.

– Maintenant ? Eh bien, maintenant, *rien*. L'histoire est finie. Azram ne reviendra pas de sitôt.

– Même... Même dans votre corps ? Vous avez pourtant bu l'Élixir !

J'avais parlé avec agressivité et je m'en voulais un peu. Je ne savais pas sur quel pied danser avec ce type.

– Oui, j'ai bu l'Élixir. Non, Azram ne pourra pas me posséder.

Il leva son bras gauche et je vis qu'il s'arrêtait au poignet. Reynal agita son moignon.

– Vous pouvez constater qu'aucune pince de crabe ni aucune griffe monstrueuse n'a poussé pour remplacer ma main perdue.

Il avait dit cela avec une certaine mélancolie mais il se reprit aussitôt.

– Je sais que ce n'est pas un argument irréfutable. Pensez simplement que c'est moi qui vous ai permis de tuer Gunnar.

Il parlait comme si nous étions dans un salon. Son calme me stupéfiait.

– Ça ne prouve pas que vous ne deviendrez pas un monstre à votre tour !

– Effectivement. Je disais ça pour vous tranquilliser, monsieur Lefrançois, pas pour éviter que vous me tiriez dessus.

Il me sourit largement, prit ses lunettes de soleil accrochées à sa chemise et se les mit sur le nez.

– Vous pouvez approcher, mademoiselle Colson.

Je mis un moment à comprendre qu'il parlait à Caroline. Cela me fit un drôle d'effet de l'entendre appeler par son nom de famille. Elle avait contourné le Trou du Diable et venait vers nous. Je la serrai dans mes bras, immensément heureux d'un seul coup.

Reynal tira un paquet de cigarettes de sa poche de chemise. Avec la même main, il fouilla dans son pantalon, en sortit un briquet et alluma sa cigarette. Caroline fronça les sourcils en regardant l'avant-bras amputé.

– Un accident.

– En vous enfuyant de la maison ? demanda Caroline.

– On peut le dire comme ça...

Il sourit et tira une bouffée de sa cigarette. J'eus

envie de fumer moi aussi et je m'approchai de mes affaires éparpillées. Je sentais Reynal me suivre des yeux.

– Je cherche mes cigarettes, dis-je en posant ostensiblement le lance-fusées sur l'herbe.

Je ne me voyais pas tirer sur lui maintenant. Puisqu'il avait l'air de jouer la carte de la décontraction, je décidai de me décontracter moi aussi. Je m'assis dans l'herbe et sortis une cigarette. Bon Dieu, que ça faisait du bien de souffler après ce cauchemar. J'avais mal à tous les muscles et je sentais encore mon cœur battre comme un tambour. Je constatai avec soulagement que mes mains ne tremblaient pas lorsque j'allumai ma cigarette.

– J'attendais Gunnar depuis trois jours, expliqua Reynal. Je vis dans la chapelle, ou plutôt dans le laboratoire. Je vous ai entendu, hier, lorsque vous étiez avec Marie. J'avoue que votre plan était courageux, quoique irréaliste.

– Vous aviez perdu la trace de Gunnar ?

– Je n'ai pas revu Gunnar depuis votre attaque de la propriété. À ce propos, toutes mes félicitations, vous avez eu du flair de vous faire aider par un sorcier. J'avoue que je n'en revenais pas de voir quelqu'un résister aux assauts d'Ophile.

– C'était Paul Duguet qui protégeait sa fille, lâchai-je d'un ton plat.

Reynal sursauta.

– Quand je pense que nous l'avons cherché pendant des années ! Décidément la lignée de Fallem est riche en rejetons exceptionnels.

Il caressait machinalement sa barbe tout en parlant et son regard se voila un instant. Il se leva en soupirant, puis se tourna vers la chapelle.

– Ne vous affolez pas, monsieur Lefrançois ! Je ne vais pas partir mettre le monde à feu et à sang. Vous n'entendrez sans doute plus jamais parler de moi.

– Qu'allez-vous faire ? questionna Caroline d'une voix un peu trop tendre à mon goût.

– « Épuiser le champ des possibles », mademoiselle Colson.

Il nous fit un petit salut, sourit une dernière fois à Caroline et monta vers la chapelle.

– Au nom de la loi, arrêtez-vous, Reynal !

Caroline et moi sursautâmes. Jean se tenait à une dizaine de mètres derrière nous, près des restes du corps de Larnoux. Il tenait un revolver qu'il pointait sur le docteur.

Il s'avança lentement vers nous, continuant à braquer Reynal qu'il ne quittait pas des yeux. Je remarquai que les mains qu'il serrait sur l'arme étaient rouges de sang. Il n'avait pourtant pas été blessé. Je frissonnai en comprenant qu'il avait dû fouiller parmi les viscères de Larnoux pour lui prendre son arme puisque j'avais utilisé la sienne en vain contre Gunnar.

Reynal ne s'était pas retourné et avait atteint la porte de la chapelle. Jean tira en l'air, mais le docteur ne daigna même pas sursauter.

– Laisse tomber, dis-je. C'est lui qui a tué Gunnar, il a chassé l'Azram.

Jean hésita et baissa son arme. Reynal s'engouffra dans le bâtiment et ferma la porte derrière lui. Je l'imaginais descendant l'escalier derrière l'autel, traversant le laboratoire pour rejoindre sa voiture.

– On ne le retrouvera jamais.

– Je ne pense pas, répondis-je. Mais je ne crois pas qu'il représente un danger pour les autres.

– Tu en es sûr ?

Je ne répondis pas et Jean haussa les épaules.

– Comment te sens-tu ?

– Ça ira. Son foutu éclair m'a assommé, mais je n'ai rien de cassé. Juste un mal de crâne à faire exploser la tête.

– Eh bien, je crois qu'on a finalement réussi notre coup, dis-je en prenant Caroline dans mes bras.

Je la serrai longtemps contre moi. Elle sentait bon la vie.

– Maintenant il faut nettoyer ce cauchemar, dit Jean d'une voix lasse.

– Je compte sur toi, commandant.

Je n'arrivais pas à me détacher de Caroline.

Je finis par relever la tête et vis que Jean s'était avancé jusqu'au Puits du Diable. Il contemplait le cadavre carbonisé de Gunnar. Nous le rejoignîmes, toujours enlacés. Jean me désigna le cadavre du gendarme de l'autre côté du trou.

– Marie ?

– Gunnar l'a jetée dans le Puits. Je n'ai rien pu faire.

Il hocha tristement la tête.

– Je vais demander des renforts. Restez là en attendant.

Il avait l'air si découragé que Caroline se détacha de moi et lui prit le bras.

– Vous ne pouviez pas faire mieux, ni vous ni Xavier. C'est un miracle qu'il soit mort et que nous soyons vivants, dit-elle en montrant le cadavre du colosse.

– Un miracle nommé Reynal, répondit Jean d'un ton amer.

Il se dirigea vers les menhirs, là où devait se trouver sa voiture, supposai-je. Je pris Caroline par la taille et l'éloignai du trou et de ses horreurs.

– Je t'aime, dis-je en la serrant encore et encore contre moi.

– Je t'aime, me répondit-elle.

Je sentais ses larmes couler sur ma joue. Elle tremblait de tout son corps. Il me fallut de longues minutes pour la rassurer.

– C'est fini, mon amour. Aucun Azram ne reviendra.

Le soleil nous chauffait les bras, une brise légère s'était levée. Je me sentais immensément bien en tenant Caroline contre moi.

Dans l'échancrure de la forêt on distinguait l'océan dont aucune ride ne troublait la surface. Le royaume d'Azram. Je frissonnai en pensant à la chose qui hantait à nouveau les profondeurs. Puis je haussai les épaules : après tout j'avais déjà couché avec le démon, non ?

Je désignai à Caroline la nappe liquide qui brillait sous le soleil.

– Aujourd'hui je t'emmène à la plage !

Achevé d'imprimer en mai 2000
sur les presses de l'Imprimerie Bussière
à Saint-Amand (Cher)

POCKET - 12, avenue d'Italie - 75627 Paris Cedex 13
Tél. : 01-44-16-05-00

— N° d'imp. 1190. —
Dépôt légal : juin 2000.

Imprimé en France

Achevé d'imprimer en mai 2000
sur les presses de l'Imprimerie Bussière
à Saint-Amand (Cher)

POCKET - 12, avenue d'Italie - 75627 Paris Cedex 13
Tél. : 01-44-16-05-00

— N° d'imp. 1390. —
Dépôt légal : juin 2000.

Imprimé en France